Bernard CLÉMENT-DEMANGE

# Eddy & Suze

## Tome 2

## Les nouvelles enquêtes

**Avertissement**

Le problème avec une fiction, c'est que les esprits simples pensent que c'est la réalité.

**Auteur** : Bernard CLÉMENT-DEMANGE
bernard.clement-demange@laposte.net

**Illustrateur** : Etienne CLÉMENT-DEMANGE
etiennecd.fr

Édition : BoD - Books on Demand, info@bod.fr

Impression : BoD - Books on Demand, In de Tarpen 42,
Norderstedt (Allemagne)

Impression à la demande
ISBN: 978-2-3225-4138-6
Dépôt légal: Juin 2024

# Eddy & Suze
# Tome 2
# Les nouvelles enquêtes

**Enquête N° 7**

# Miss Chartres BTP.

## Chap. 1 : Une affaire délocalisée

Le commissaire de la ville de Chartres, sous prétexte de sous-effectif, cherchait à refourguer poliment une enquête en la déléguant à un autre commissariat du même district. Il s'agissait d'une affaire délicate de politique locale. Chercher une solution s'apparenterait à résoudre le Rubik cube en moins d'une minute, les yeux fermés, de nuit de préférence. Alors il prît la tangente et opta pour un schéma en rupture. Il ne mouillerait pas sa propre équipe et tenterait de faire ami-ami avec un autre commissariat, hors district.

**Commissaire de Chartres**: Inspecteur en chef, je me présente. Je suis le commissaire de la ville de Chartres et de sa périphérie. Vous m'avez été recommandé.
**Inspecteur en chef**: Mes respects mon commissaire. Mais Chartres ne fait pas partie de notre juridiction. Et pourtant nous parlons du 'Grand Paris'.
**Commissaire**: Certes, Mais c'est un cas de force majeure. Votre propre supérieur m'a dit que vous seriez de bon conseil. Alors je vous contacte.
**Inspecteur en chef** surpris que son chef le recommande en quoi que ce soit: Mr le commissaire. Je remercie mon propre commissaire de m'avoir aussi chaudement recommandé.
**Commissaire**: J'ai une enquête délicate. J'ai surtout besoin de ne pas m'en occuper. Je souhaite qu'une personne étrangère la pilote.
**Inspecteur en chef**: Écoutez, je vous vous faire une contre-proposition. Je peux vous fournir un détective privé. Votre problème est-il du genre comptable ou éthique ?
**Commissaire**: On peut faire une contribution comptable de région à région. Pour l'éthique, vous le découvrirez, les relations mairie commissariat sont pour le moins complexes.

**Inspecteur en chef**: Je peux vous envoyer cette personne et je vous la recommande,… excepté son caractère. Il est très compétent, mais atypique.
**Commissaire**: On fera avec. Toute bonne idée est bienvenue. Donc je peux le contacter ?
**Inspecteur en chef**: Je vous prépare le terrain en le prévenant immédiatement. Appelez-le demain s'il vous plaît.

**René**: Salut Suze, tu me passes ton gus ?
**Suze**: L'ambiance va se dégrader ?
**René**: Non, ce serait même plutôt une bonne nouvelle.
**Eddy** prenant le mobile: Eddy, ange gardien de la paix des ménages à votre écoute.
**René**: Ah ah ah !
**Eddy**: Bon Beauf… je comptais passer à une autre activité. Tu me l'as fait courte !
**René**: Je t'ai trouvé un contrat. Tu pars pour Chartres immédiatement.
**Eddy**: Alors reformulons. Tu me la fais un peu moins courte.
**René**: Le commissariat de Chartres ne souhaite pas s'occuper d'une affaire, et moi non plus. Il arrive que la police fasse appel à du personnel extérieur. Je t'ai recommandé. C'est un emploi payé par le gouvernement.
**Eddy**: Résume-moi les conditions.
**René**: Je te les envoie par courriel. Tu le lis et tu me dis 'oui' et pas autre chose s'il te plaît.
**Eddy**: Envoie. Je lis et je sais où te contacter.
**René**: On commence à me faire confiance, alors j'ai besoin de ton aide pour consolider cette nouvelle chance.

## Chap. 2 : Proposition d'enquête

Eddy et Suze étaient à l'appartement. Suze aidait son Eddy à imprimer le document. Eddy lui prit des mains et le lu en diagonale avant de le présenter à sa douce.

**Suze**: C'est quoi ?

**Eddy** vague : Une proposition de contrat. Il faut que le lise en détail.
**Suze** : Tu sais lire les documents de cette nature ? Tu as déjà lu un contrat de travail ? Et surtout en détail ?
**Eddy** : Bien sûr, il faut juste me laisser du temps.
**Suze** : Tu me le passes ?... Ou tu as intérêt à me le donner !
**Eddy** : Bin les deux ma belle.

Suze lut le document... complètement. Et ses sourcils n'indiquaient pas une franche adéquation.

**Eddy** : Ma puce... c'est un bon contrat oui ? Qu'en penses-tu ?
**Suze** : Mon Eddy... le salaire est honnête pour ta profession. Mais je n'ai pas compris la phrase 'pas de frais d'hôtel, hébergement chez l'habitante'.
**Eddy** : Bin ce doit être une astuce pour faire des réductions.
**Suze** : Il y a le 'chez l'habitante'
**Eddy** : J'ai lu en diagonale...
**Suze** : J'irai avec toi.
**Eddy** : Mais 'bébé'...
**Suze** les yeux en colère : Est-ce une prime 'édredon' déguisée ou négociée ?

Pour ceux qui sont étrangers au vocabulaire 'déplacement', une prime 'édredon' est la possibilité d'ajouter les frais de 'call girl' sur la facture d'hôtel... Il paraît que cela se pratique de moins en moins. Il paraît.

**Eddy** : Mais non. Tu es ma seule couette, hiver comme d'été.
**Suze** : Je me mets en vacances. Je t'accompagne. Et c'est 'non négociable'.
**Eddy** appela son beauf : René, c'est ok sur le principe. J'ai juste un petit problème et il se nomme Suzette.
**Beauf** : J'en étais sûr, elle est trop maligne. C'est la tête pensante du couple.
**Eddy** : C'est quoi cette histoire d'habitante ?
**Beauf** : Oh rien du tout ou pas grand-chose. Elle est partie prenante dans l'enquête... et elle a deux chambres, tu prends celle avec la

fille ou sans la fille.
**Eddy** : C'est un piège en fait ?
**Beauf** : Non. Le contrat a été rédigé par Chartres.
**Eddy** : Elle est majeure au moins.
**Beauf** : Largement oui …
**Eddy** : J'irai avec Suze. Veille à ce qu'on ait un lit 'King size'… on a besoin de cette dimension.
**Beauf** : Je transmets tes *desiderata.*

## Chap. 3 : En route pour Chartes

Suze prépara les deux valises, de manière assez vigoureuse et énergique. Malgré une Twingo poussive, ils se présentèrent à Chartres deux heures plus tard, dans le courant de l'après-midi. Eddy demanda à sa Suze d'amour éternel de rester dans la Twingo. Ce qu'elle ne fît pas. Eddy entra et demanda le commissaire. Le planton d'accueil fut très surpris, mais il fut encore plus médusé quand le commissaire confirma chaudement son souhait de rencontrer ce couple.

**Planton** : Le commissaire vous mande Mr …
**Eddy** : Je suis détective privé et le commissariat de Chartres a besoin de mon aide. Et la personne m'accompagnant est mon assistante.

Eddy & sa Suze furent introduits dans le bureau du commissaire.

**Commissaire** : Mr le détective, Bienvenue. Je dois reconnaître que je vous attendais seul.
**Suze** : J'accompagne le Détective Eddy sur les affaires éloignées. Nous sommes ainsi au cœur de certaines enquêtes, et naturellement nous sommes en binôme nettement plus efficace.
**Eddy** : Mon assistante s'occupe de la préparation logistique, moi je suis plus dans le décisionnel et l'opérationnel. Débutons, s'il vous plaît.
**Commissaire** : Soit. On a un décès sur les bras et il va falloir décider s'il s'agît d'un accident, d'un meurtre, d'un suicide, ou je ne

sais quoi d'autre encore. De plus, la mairie s'en mêle car elle est concernée de près.
**Eddy**: Merci. Si on commençait par le début… Qui est le mort ?
**Commissaire**: L'associé de votre logeuse.
**Eddy**: Donc vous allez me demander de satisfaire vos conclusions ?
**Commissaire**: Pas du tout. Je souhaite juste ne pas sauter lorsque vos conclusions seront jetées en pâture au conseil municipal.
**Eddy**: Alors je fais quoi avec l'associéE ?»
**Commissaire**: C'est une belle personne avec sa personnalité. Elle est très investie dans l'expansion de la ville. Elle perturbe la nomenklatura immobilière et s'est fait des amis et des ennemis, mais rien entre les deux. Vous aurez l'occasion de vous faire votre propre opinion. Elle vous logera. À vous de transformer cette opportunité en atout.
**Suze**: Ce n'est pas tombé dans l'oreille d'une sourde…
**Eddy**: Si je comprends bien, c'est notre passage obligé …

## Chap. 4 : Logé à belle enseigne

Eddy et Suze, en Twingo se garèrent à l'adresse indiquée, à peu de distance du centre-ville. Mme Viviane (comme la fée) habitait à un numéro fantasmagorique. Le 69. Cela n'échappa pas à Suzie, même si pour le moment elle ne voyait pas le mal/mâle en cette chartraine inconnue. Ils sortirent de la voiture et sonnèrent à la porte au bel emblème numérique. La porte s'ouvrit et une belle brune au sourire italien apparut. Suze grinçât des dents et Eddy palpita comme chaque fois qu'il découvrait un nouveau jouet sexuel. Suze se colla à son Eddy, en guise de marquage de territoire. Et donc le droit du sol pourrait être prioritaire au droit du rien. La femme afficha son plus beau sourire et le couple francilien entra dans son antre accueillant. On se retrouve un peu plus tard autour d'une tasse de thé (ça changera pour Eddy…) afin d'échanger pour faire connaissance. Elle se nommait Viviane, comme dans Pendragon. Elle avait de ces yeux pour Eddy, tout comme Suze avait les mêmes en noirs avec des éclairs jaune. Viviane était (et est encore) une belle femme. Brune italienne. 90D international.

Elle sirotait sa tireuse à nicotine. Eddy et Suze lapaient leur thé (pauvre Eddy). Viviane était habillée d'un bermuda, d'un tee-shirt assez moulant, sa tenue d'intérieur. Pour Suze, sa tenue était trop collante pour être honnête. Eddy ne partageait sans doute pas ce constat.

**Viviane**: Mr Eddy, vous m'avez été recommandé par notre commissaire. Mais j'avais supposé que vous viendriez seul.
**Eddy**, coupant la parole à Suze: Oui, mais le contexte étant doublement ou triplement complexe, j'avais besoin de mon assistante, à qui je confierai ma vie s'il le fallait.
**Viviane** en chasse: On n'en est pas là je l'espère.
**Suze** d'une froideur théâtrale: Il vaut mieux prévenir que guérir.
**Viviane**: Eddy, J'ai conclu un accord avec le commissaire pour faciliter et accélérer l'enquête. Je veux que cette enquête soit close rapidement et que je puisse continuer à emmerder la mairie et ses projets immobiliers hors norme. Je réponds à presque toutes vos questions, sitôt que vous serez allez revoir le commissaire. Je prépare la chambre d'amis et y dépose vos valises, en attendant l'arrangement pour la literie.
**Eddy**: On ne peut pas commencer alors ?
**Viviane**: Non, le commissaire a été clair. Après votre installation Mr le détective doit aller voir le commissaire. Ensuite vous me revenez, pour une sorte de nuit d'adaptation.
**Suze** en mode guerrière: … qui aurait été nettement différente si je ne m'étais pas pointée …
**Eddy** créant une diversion qui arrivait à point nommé: On a nos valises dans notre Twingo. Je vais les chercher.
**Viviane** à Suze: J'avais prévu la venue du seul Eddy. Je vous rassure, Mlle Suze sur le fait que mon appartement comporte deux chambres, la mienne et celle du détective. L'invitée de dernière minute héritera du canapé.
**Suze**: Mlle Vivi, Je vous informe. Je vais coucher avec mon mec dans sa chambre même si vous aviez des vues sur lui… si vous croyez que je ne vous ai pas vu venir.

## Chap. 5 : Progression dans l'enquête

Nouvelle rencontre au commissariat. Cette fois-ci, sans Suze. Eddy fut introduit dans le bureau du commissaire pour avoir plus d'informations, et aussi plus de latitude, sans avoir une personne qui le plomberait, même par amour.

**Commissaire** : J'ai un décès et je souhaite une résolution sans vague.
**Eddy** : Les vagues, c'est une chose, le coupable c'est mieux non ?
**Commissaire** : Je ne sais pas… cela dépend des vagues.
**Eddy** : Si on vous a tout dit sur moi… c'est mépris total des vagues.
**Commissaire** : J'accepte cela. J'ai juste demandé à externaliser l'enquête pour que le commissariat demeure en dehors de la tourmente.
**Eddy** : Donc le deal est de résoudre honnêtement l'affaire, avec un minimum d'impact sur le commissariat ?
**Commissaire** : Il n'y a pas d'autre deal pour moi.
**Eddy** : Mais un sac de nœuds politiques …
**Commissaire** : Et pourtant ce n'est pas pour cela que j'ai signé.
**Eddy** : Je ferai le max. En plus naturellement que de résoudre l'énigme.

## Chap. 6 : Le lieu où le corps repose

Le lendemain, De bon petit matin au 69 de la rue proche du centre-ville de Chartes, Suze et Eddy prenaient leur petit déjeuner. La nuit avait été agitée, et Suze s'était fait un malin plaisir à crier plus que de nécessaire. Elle était sûre que dans la chambre voisine, la logeuse avait parfaitement entendu et compris le message. Chasse gardée. Qui s'y frotte s'y pique.

**Eddy** : Je vais devoir t'emprunter ta Twingo pour retrouver notre logeuse sur le lieu du décès.
**Suze** : Tu vois que j'ai bien fait de te proposer de t'accompagner, hein !

Suze décida qu'il serait dommage d'être venue à Chartres sans rendre visite à sa Cathédrale. Il faisait beau. Elle enfila sa plus longue mini-jupe et se laissa guider au jugé à pied vers le centre-ville. Eddy gara la Twingo sur le chantier 'interdit au public' situé non loin de la gare, sur un grand espace en friche, bientôt en construction. Il y avait de ci de là des policiers en armes. Lorsqu'il se gara, un des agents vint immédiatement lui faire signe de circuler. Heureusement Viviane avait donné son nom et il put être dirigé vers la bonne portion du vaste chantier en terra transformation. En marchant à bon pas vers sa logeuse, il observait aussi les policiers un peu béats. Eddy et Viviane se retrouvèrent. Elle lui passa un casque de chantier. Elle lui fit une bise prolongée pour lui souhaiter le bonjour. Dans le BTP, elle devait se faire respecter et la règle était le serrage de main. Avait-elle d'autres ambitions avec Eddy ?

**Viviane** : Maintenant que vous êtes attifé comme un professionnel, accompagnez-moi que je vous fasse visiter.
**Eddy** : Bien M'dame.
**Viviane** : Viviane je préfère.
**Eddy** forçant le trait : Bien M'dame Viviane.
**Viviane** souriante à souhait : Bien curieuse façon de briser la glace Détective Eddy. Ou bien faut-il que j'utilise les mêmes armes que votre plantureuse assistante ?
**Eddy** : Vous parlez de ses chants nocturnes ? Oups, nous aurions dû être plus discrets.

Viviane se retourna, lui fit son plus beau sourire, qui sembla ensoleiller tout le chantier et se permit de tendre sa main vers la sienne. Eddy la laissa faire. La poignée de main n'avait rien de fusionnel. Elle préféra ensuite la retirer et attira l'attention du détective autour d'un gouffre de chantier de dix mètres de haut. Au bas, un drap était posé sur ce qui semblait un cadavre (en réalité un mannequin, personne ne laisserait un cadavre se putréfier. La morgue était prévue à cet usage), surveillé par deux policiers autour desquels gravitaient quelques hommes en blanc, occupé à récolter des échantillons de terre au sol et autour du mannequin. Eddy et Viviane restèrent à scruter vers le bas durant quelques minutes.

**Eddy** brisa ce moment de silence impalpable : Mme Viviane ...
**Viviane** : Appelez-moi simplement Viviane, c'est tellement plus ...
**Eddy** : Plus subtil ?
**Viviane** : Je n'aurai pas pu trouver mieux.
**Eddy** : Vendu pour Viviane.
**Viviane** : J'adore votre romantisme.
**Eddy** : Et la voiture ? On m'a dit qu'il y avait une voiture. Je n'en vois pas en bas.
**Viviane** : La voiture. Mais personne n'a dit qu'elle avait chue. C'est toute l'ambiguïté de l'enquête. La voiture est à cinquante mètres, sous scellés et lui en bas. Vous aviez cru qu'il avait joué au cascadeur ?
**Eddy** : Je ne savais pas, je verrai le commissaire cette après-midi.
**Viviane** : Donc je dois vous briefer un minimum avant.
**Eddy** : Mme Viviane, ce serait pas mal que je sache qui est le mort et comment vous vous situez par rapport à lui.
**Viviane** : Eddy, je te dirai tout, mais par pitié Je me nomme Viviane et on se tutoie.

## Chap. 7 : Le chantier BTP

Un homme du chantier s'approcha de Viviane.

**Homme** : Mme, je sais que vous êtes la responsable du chantier et mon chef m'envoie vous demander quand est-ce qu'on pourra reprendre le travail ?
**Viviane** : Vous êtes... Gérard l'adjoint de Serge ?
**Homme** : Oui madame.
**Viviane** : Gérard, dites à Serge que l'enquête passe avant les bulldozers. Et je suis justement accompagné par la personne chargée de l'enquête. C'est une question de jours, voire d'heures.
**Homme** : Merci madame.
**Viviane** : Dites à Serge que je le préviendrai personnellement douze heures avant la levée des scellés.

Il s'éloigna et **Viviane** donna l'explication à Eddy : Poses toutes tes questions, en haut du chantier, en bas aussi, mais ce serait bien que le travail reprenne… sinon tu feras connaissance avec le maire avant l'heure.
**Eddy** : J'ai vraiment ce pouvoir ?
**Viviane** : Bosse dès maintenant au lieu de reluquer la faune féminine locale et dès cette après-midi le commissaire voudra certainement avoir ton avis sur ce point très important.
**Eddy** : Ok, pense à me présenter à la faune féminine locale, car pour le moment je préfère encore ma parisienne… qui chante bien, mais s'exprime trop fort.

Viviane serra les poings. Eddy 1 – 0 Viviane.

## Chap. 8 : Au Café, l'affaire est discutée

Viviane proposa à Eddy de prendre du recul et de s'installer à une terrasse de café pour discuter de l'affaire. Aussitôt dit aussitôt fait. Avec l'heure du déjeuner qui approchait, la circonstance était tentante. Le garçon passa prendre la commande. Eddy et ~~Suze~~ Vivi savourèrent leur apéritif. Un kir local.

**Eddy** : J'ai accepté ce boulot, car j'aime enquêter. Et si cela permet d'éviter des erreurs judiciaires.
**Viviane** : Et elle ?
**Eddy** : Elle mérite un E majuscule à Elle, s'il te plaît Viviane. Elle le mérite vraiment.
**Viviane** : Pour ses capacités à chanter ? Soit, mais alors qu'est Miss ELLE Suze pour toi ?
**Eddy** ne répondant pas à la question : On disait quoi déjà sur la scène de crime ?
**Viviane** bonne perdante : La voiture du mort à notre gauche, le corps en face, à dix mètres en surplomb. Je te présenterai après le repas à tes collègues officiels.
**Eddy** : Le mort ?
**Viviane** : Mon associé. On a monté ensemble une société de BTP (Bâtiment et Travaux Publics) et on tente de se faire une place sur

le marché immobilier chartrain. On prône la qualité verte. Cela a un coût. Mais on parvient à se frayer un chemin pour les chantiers style résidence, car il y a de la tune et c'est tendance grâce aux bobos… enfin, si on veut. On commence à être connu et reconnu et on embête assez la municipalité en ayant de notre côté pas mal d'associations de locataires qui souhaitent que Chartres s'achète une charte de bonne conduite. Pour notre société, cinquante-cinquante entre lui et moi au départ, je demeure la tête pensante et je suis la ministre des Affaires étrangères et relations publiques. J'avais besoin de son argent, et il se la coulait douce à toucher son salaire.
**Eddy** : Un peu cynique ?
**Viviane** : Oui, et alors ?
**Eddy** : Et ton rôle de logeuse ?
**Viviane** : Disons que Suze n'était pas censé venir.
**Eddy** : Disons que je remercie Suze de m'avoir forcée la main en m'accompagnant. J'aurai raté des choses sinon …
**Viviane** : Disons qu'en venant accompagné, tu en rates de plus belles et bien plus chaudes …
**Eddy** : Vivi, Explique-moi ce truc de logement chez l'habitante dans le contrat s'il te plaît ? »
**Viviane** : Le forfait journalier fonctionnaire est minable. Si on souhaitait qu'un enquêteur ait envie de venir, on a trouvé que c'était une bonne idée. J'ai proposé au commissaire de couper la poire en deux et de prendre les frais d'hébergement à ma charge. C'est bien que quelqu'un s'implique à résoudre cette affaire, et qu'il n'y soit pas de sa poche.

Pendant le repas, Viviane fut le plus souvent agréable et volubile. Au début, Eddy pensait que cela avait un rapport avec l'enquête. Mais en fait, il plaçait les aspirations de Viviane à un niveau moins subtil et plus compréhensible pour sa petite tête de mâle primaire. Elle choisissait ses compagnons de chambre comme elle progressait dans sa vie professionnelle. Avec opportunisme.

## Chap. 9 : Réunion informelle au logis

Il était revenu avec Viviane quasiment bras dessus bras dessous et Suzette n'était pas conne pour deux sous. Au domicile de Viviane, dans le salon, une table ronde. Viviane avait organisé une soirée jetset. Eddy & Suze, prévenus tardivement avaient fait en sorte d'être en habits de ville. Eddy apprit aussi à l'occasion que son rendez-vous avec le commissaire serait remplacé par cette réunion. Viviane avait juste eu le temps de faire jouer ses relations pour trouver un traiteur réactif et organiser impromptuement à la demande du maire cette réunion informelle, mais politique. Viviane venait de finir de préparer le buffet dînatoire professionnel non officiel. À partir de dix-huit heures, les coups de sonnette débutèrent. À dix-neuf heures, on était au complet. Les invités : Viviane, et nouvellement Eddy & Suze, puis le Commissaire chartrain, et aussi en '*Guest star*' l'inspecteur en chef René. Et Mr le Maire. On trinqua au champagne et on ouvrit enfin les hostilités.

**Commissaire** de Chartres : Merci à notre hôtesse Mme Viviane pour son aide logistique dans notre enquête.

La poupée Vivi, en robe bleu roi échancrée au possible était en mode promo. Elle était très belle. Elle faisait office de maîtresse de cérémonie et dirigeait de main de majesté sa soirée mondaine. Elle faisait modestement sa timide, mais elle jubilait. Elle était la reine de cette soirée. Elle aimait prendre une revanche sur la vie et appréciait le pouvoir et la reconnaissance qu'on offre à celle qui en a. Le maire était contraint de composer avec elle, ce soir comme à maints conseils municipaux. Elle savourait le champagne dont elle avait choisi la marque elle-même sans faire confiance au traiteur. Suze était anxieuse. Elle marquait Eddy à la culotte et avait conservé un couteau et une fourchette de table en plastique dans sa main. Sans croire en ses pouvoirs, mais tant pis, au moins ses doigts serraient quelque chose de précieux, et de dangereux.

**Détective Eddy** : Messieurs, j'ai été engagé sur cette affaire. Certains points nécessitent votre aide et vos réponses à mes questions. Si vous êtes constructifs, je suis à votre écoute. Euh,

avec mon assistante qui prend des notes.
**Inspecteur en chef René** enthousiaste : J'ai conseillé le détective Eddy, car il m'a fait une très bonne impression sur certaines affaires. Laissez-le œuvrer sans entrave et le crime sera élucidé.
**Commissaire Chartres** : Cette affaire est une belle épine. En premier lieu pour notre chère mairie, mais économiquement aussi pour la région qui soutient la région, mais pas assez la ville … un bordel.

A demi-mot grossier, la région ne soutient pas le maire actuel.

**Maire** : Ouais. D'accord. Il faut aussi que les travaux d'urbanisme redémarrent au plus vite. La ville a besoin de ce pôle qui est en train de sortir du sol chartrain.
**Viviane** apportant sa touche de douceur : La mise en bouche sera constituée de verrines fruitées sucrées-salées, mais aussi de tapas aux saveurs sud-américaines.

Le champagne accompagnerait tout le monde durant toute la soirée.

**Eddy** au Maire : Mr le maire. Vos craintes seront levées demain. Le matin j'irai débriefer avec les experts de la police et ensuite je devrai donner l'autorisation de reprise des travaux.
**Eddy** à Viviane en aparté : Prévenez Serge, ma décision est en fait déjà prise.
**Suze** à Eddy en aparté : Tu lui chuchotais quoi à l'oreille de ta nouvelle égérie paysanne ?
**Eddy** à Suze en réponse à son aparté : pff. On discutera de cela plus tard. J'ai tout de même une enquête à faire avancer.

Un peu plus tard, on entendit un cri de Mr le maire. Il avait une fourchette en plastique plantée dans sa main. **Suze** à tous en regardant Eddy : Il n'avait qu'à ne pas avoir la main baladeuse.

On fit appel à un adjoint au maire qui attendait en bas dans une voiture pour qu'il évacue le blessé léger.

**Viviane** à Suze : Pour une fois que quelqu'un lui cloue autre chose que le bec.
**Viviane** après le départ de Mr le Maire : Nous allons continuer et ne plus faire mention de cet incident. Sachez seulement qu'il n'y a pas de fumée sans feu, et je jurerai que le mandat de Mr le Maire s'achèvera aux prochaines élections municipales dans six mois. Mais cet incident ne devra pas sortir de cette pièce.
Le détective **Eddy** pour l'inspecteur en chef René en aparté : Ce qui se passe à Chartres reste à Chartres.

Le commissaire, l'inspecteur en chef René et le détective Eddy discutèrent de l'affaire. Le commissaire les mit au jus du contexte, plus simple à expliquer en l'absence du Maire.

**Commissaire** : Maintenant que le Maire nous a quitté, je peux vous donner ma version de cette histoire. Il y a deux ans, il y eu une grande décision au conseil municipal. Convertir des hectares de friche derrière la gare en ZAC (Zone d'Aménagement Concerté). Il y eu un appel d'offres et deux candidats seulement postèrent leur proposition. Ensuite, lors d'un conseil municipal où devait avoir lieu le choix, sous la direction de Mr le maire, trois petits points, Mme Viviane s'invita et je vous relate son intervention.
**Viviane** : Merci Martin, je prends la suite.

Eddy avait le regard plongeant et Suze planta son couteau de cuisine en plastique dans le torse de son légitime.

**Eddy** : Aïe.
**Viviane** : Je fais partie de l'opposition au Maire, et il ne peut plus m'ignorer. Pour cet appel d'offre, Il y avait deux entreprises en lice, mais le maire avait déjà ses pots de vin en poche. Alors la vilaine Viviane est venue divertir le conseil. J'ai rapidement compris quelle société avait la préférence du Maire et j'ai alors démonté son dossier. Même certains adjoints de la majorité ont commencé à tiquer. Alors j'ai proposé une association de sortie de crise. Il y avait assez d'hectares. J'ai proposé un projet triple qui permettait une approche plus coopérative. 40% de la superficie à chacune des sociétés, et les 20% restants à ma société de BTP.

Sinon je faisais annuler le projet global. Le maire a toujours eu une dent contre les femmes et les personnes qui tentent de faire de l'urbanisme équitable. Alors on est passé d'une dent contre moi a un dentier entier. Depuis, je dois faire attention à mes arrières. Au propre comme au figuré.
**Commissaire**: Les travaux ont commencé. Viviane a investi presque toute sa société, et son associé a été retrouvé sur sa parcelle. Et cette affaire sera un sésame… vers la fin ou le début de la suite.

## Chap. 10 : Eddy à la mairie

Eddy avait rendez-vous avec le maire. Il se présenta à l'accueil de l'hôtel de ville, hébergé dans une resplendissante maison bourgeoise issue du passé des belles heures de Chartres sous l'époque du directoire. Eddy rappela son invitation à l'accueil. Petit changement, il ne verrait pas vraiment Mr le maire, mais un de ces adjoints, plus au fait de l'urbanisme. Eddy, avec un petit sourire se dirigea vers le bureau de cet adjoint, au premier étage. Eddy fut reçu par le septième adjoint. Assis en face de l'adjoint à lunettes. Eddy exposa son besoin de comprendre l'affaire sous un angle municipal et économique.

**Adjoint**: Je vais vous raconter les tenants et aboutissants. Nous passerons sur la genèse. La parcelle derrière la gare a été partagée entre trois sociétés. Joli coup de poker de la part de votre logeuse, que nous connaissons un peu trop. Elle enquiquine le maire, mais elle nous a aussi ouvert les yeux.
**Eddy**: Ce qui se dit à la mairie de Chartres restera à la mairie de Chartres
**Adjoint**: Les trois sociétés sont Pôle-Chartres, Gare-Chartres et Chartres-Vert. Chacune de ces sociétés possède ses propres valeurs mises en avant. Mais il existe aussi un document qui indique les obligations de chacune vis à vis des deux autres. Et le point le plus important demeure la minorité de blocage. Chaque société à une voix, donc trois, et une pour le conseil municipal à titre d'hébergeur moral, soit un total de quatre voix. Il en faut

deux pour bloquer une proposition. Mais les buts étant censés être communs entre les quatre parties, nous espérons tous ne pas arriver à ce genre de situation.
**Eddy** : Où en est l'avancement des travaux ?
**Adjoint** : Du fait que nous sommes parties prenantes, nous organisons des points trimestriels entre tous. Les deux sociétés avancent avec des projets similaires, mais heureusement des architectures différentes. Mais le projet de la troisième société est très nettement en retard. Et cela pourrait poser des problèmes. Nous verrons comment nous gérerons cela.
**Eddy** : Et je fais comment pour avoir le pedigree commercial de la société de Mme Viviane ?
**Adjoint** : Nous en avons une copie puisque son activité est basée sur notre belle ville de Chartres.
**Eddy** : Et vous me l'imprimeriez ?
**Adjoint** : L'enquête prime Mr le détective.

Eddy quitta l'hôtel de ville avec son petit exemplaire papier. Il le donnerait à éplucher à Suze, elle était plus experte pour les analyses poussées. En clair, elle lisait des livres sans image.

## Chap. 11 : Confrontation entre femmes

Le temps était enfin venu pour une franche confrontation entre les deux héroïnes de l'histoire. Elles étaient seules à l'appartement, toutes les deux dans le salon. Suzie affairée sur son ordinateur, Vivi préparant le repas. Un silence religieux et somme tout mortuaire voire mortel plombaient l'ambiance.

**Viviane** : Ça fait longtemps que vous êtes en couple avec le patron ?
**Suze** : En réalité ta question serait plutôt est-il fidèle ou non ? Ou encore est-il libre ? Dans tes rêves.

Suze les yeux exprimant une colère noire signifiant 'Fais gaffe au choc en retour ma belle'

**Viviane** : Ce qui se passe entre adultes consentants restera toujours entre adultes consentants ma belle !

**Viviane** : Nous sommes parties sur un mauvais pied. Trinquons et faisons la paix. Je te sers quoi ?
**Suze** : Un Mojito… corsé, sans glace.
**Viviane** : Pareil.
**Suze** : On discute de quoi… en dehors de mon mec !
**Viviane** : On pourrait être alliée ?
**Suze** : Tu as souffert comme moi ?
**Viviane** : Ça se pourrait. Et je déteste qu'on se tire dans les pattes alors qu'on devrait s'entraider
**Suze** : Je n'ai rien contre toi.
**Viviane** : Il y a des larmes en toi.
**Suze** : Il y a de l'amertume en toi.
**Viviane** : Se faire une place au BTP, il faut avoir des couilles.
**Suze** : Mon boulot… Je dois les sucer ! Alors ne te plains pas.

Étonnement sur le visage de Viviane.

**Suze** : Je loue mon corps. Eddy m'aime malgré tout, si tu peux comprendre.
**Viviane** : J'ai été violée dans ma tête des centaines de fois. Des mains baladeuses, des propos sexistes, des rendez-vous piégeux avec tripotages. Aucune réponse ou défense possible. Juste ravaler ma fierté. Mais jamais on ne m'a pénétrée physiquement.
**Suze** : Ils me paient pour cela, mais cela me laisse toujours un goût amer en travers de la gorge.

Elles finirent leur premier Mojito et enchaînèrent sur un autre. Le plus délicat serait de savoir s'il y aurait assez de feuilles de menthe en stock pour les tournées suivantes.

**Suze** : Pourquoi ta soif d'hommes ?
**Viviane** : Et si j'y prenais du plaisir ?
**Suze** : Pas plus ? Juste un peu de plaisir ?
**Viviane** : Le BTP m'a vacciné. Pas un pour rattraper l'autre. Mais Eddy m'a intrigué.

**Suze** : Moi aussi, mais j'étais la première.
**Viviane** : Et la deuxième n'a pas le droit de goûter au fruit défendu ?
**Suze** : Ce genre de pépite, cela ne se prête jamais.
**Viviane** : Je ne ferai rien sans son accord.
**Suze** : Salope !
**Viviane** : T'inquiète ma belle. On mettra un préservatif. Et moi je ne fais pas payer.

Il y eut une troisième tournée de Mojito, puis les filles ne répondaient plus vraiment présentes.

## Chap. 12 : Dîner dangereux

Eddy était par moment assez secret. Il sentait que les deux belles étaient dangereuses, autant seules qu'ensemble. En clair, une enquête périphériquement explosive. Il avançait en terrain miné. En rentrant à l'appartement partagé, il reçut en retour deux sourires et sut qu'il aurait dû rédiger son testament avant. Eddy fit gaffe à ses arrières et fit une mini toilette avant de se présenter pour le dîner, avec deux tueuses. Vivi avait préparé le repas, mais ce fut Suze qui le servit. Suze et Vivi se faisaient face, Eddy sans vis à vis, mais pas rassuré pour autant. On débuta avec une petite sangria pour détendre l'atmosphère.

**Suze** : Alors Eddy mon amour, tu as passé une bonne journée ? Les méchants n'ont qu'à bien se tenir, n'est-ce pas mon cœur ?

Eddy sentait l'haleine des filles. Et pas une pour rattraper l'autre. Le Rhum était l'ingrédient majoritaire. Il ne pourrait jamais l'oublier. C'est après sa troisième cuite qu'il décida de passer à un autre alcool, sans pour autant stopper les cuites.

**Viviane** : Eddy, on a passé une super journée, pas assez bonne à mon goût mais bon.
**Eddy** : Les filles, on va se concentrer sur le repas, s'il vous plaît.
**Eddy** se focalisant sur Viviane, pour les besoins de l'enquête : Viviane, vos relations avec votre associé décédé ?

**Viviane** : Ah, Robert. Je l'ai pris avec moi ou sous mon aile il y a quelques années. Il avait de l'argent à cette époque. Il a été un pilier de la société aussi. Maintenant je porte le tout à bout de bras. Mais je ne peux oublier qu'il a été une épaule pour moi.
**Eddy** : Quel était encore tout récemment son rôle dans la société
**Viviane** : C'était le contact principal et le superviseur administratif. Un très bon gestionnaire de portefeuille.
**Eddy** : Quelles étaient vos parts et responsabilités respectives ?
**Viviane** : On était à cinquante-cinquante au départ. J'ai toujours eu la gouvernance. Je suis plus visionnaire et stratège que lui. Puis il m'a vendu des parts, rendant la balance à soixante quarante, et encore une fois il y a peu de temps. Soixante-dix trente. Soit il a un vice, soit un enfant qui pompe son fric pour des études ou autres. Peut-être aussi rien que de très normal.

Viviane sourit à Eddy. Eddy avait de quoi réfléchir. Viviane pleurnichait. Elle jouait à la perfection son rôle de femme affaiblie pour attendrir sa proie.

## Chap. 13 : Rappel à la normale

Suze pour une fois était dans un état proche de l'ébriété totale. Eddy l'aida. Il la déshabilla et la coucha, non sans lancer son propre regard noir à Viviane, qui devait nettement mieux supporter l'alcool que sa douce. Viviane chantonnait dans sa chambre, juste à côté. Eddy la maudissait et pestait aussi contre sa Suze. Et pourtant des centaines de fois, ce fut ce qu'elle avait fait pour lui. Il préféra que Suze dorme toute nue, vu son état. Mais il n'y toucha pas. Elle était tellement belle et innocente dans son corps de femme fatale.

## Chap. 14 : Petit déjeuner

Suze, Vivi et Eddy au petit déjeuner. Suze réclama un café fort et sans sucre. Viviane ne faisait pas trop la fière non plus, et elle alternait les rotations de thé, café, chocolat, et autres demandes de ses clients parisiens. C'était une de ces femmes rebondissantes qui sera toujours présente, car il y avait de la force dans ses tripes.

**Eddy** : Viviane putain de merde, arrêtes tes allers et retours, on va causer… à trois pour changer
**Suze** : On n'a pas besoin d'elle.
**Viviane** : Je suis à toi tout de suite maintenant… Eddy.

Viviane finit par s'asseoir. Pendant une micro seconde, Ce fut presque une situation idyllique. Mais cela ne dura pas.

**Eddy** : Viviane, Pour poursuivre la discussion d'hier, j'aimerai avoir des précisions sur l'équilibre entre les trois sociétés et la mairie, sorte de quatrième actionnaire.
**Viviane** : Il y a deux sociétés majoritaires. Chacune aurait souhaitée avoir le gâteau au complet et du fait d'une trublionne, moi en l'occurrence, n'eurent chacune que 40% Moi j'ai bien jouée mon va-tout et j'ai obtenu 20% du projet. En échange, je tente de donner un air ZAC écolo, ZAC équitable. Mes superficies sont haut de gamme et situées au cœur du pôle d'activité.
**Eddy** : Viviane, qui crois-tu convaincre ? Un pauvre détective ? Un commissaire qui fait partie de tes proches amis pour éloigner les soupçons ?

Suzie ouvrit un œil.

**Viviane** : Mais c'est ma véritable situation financière.
**Eddy** : Si on se fie au bilan comptable OUI, mais l'avancement de ton projet est pour le moins au ralenti, voire à l'arrêt ?
**Viviane** : Depuis deux ans, date de la signature du contrat, j'ai été perturbé par l'attitude de Robert. J'ai dû faire des choix. J'ai dû racheter ses parts alors que j'aurai dû mettre l'accent sur le chantier
**Eddy** : Et qu'en pense la mairie ?
**Viviane** : Que je suis en perte de vitesse. J'ai de moins en moins de soutien. Et de plus en plus de difficultés.
**Eddy** : En quoi Robert a-t-il changé la donne ?
**Viviane** : Il m'a fait chambouler mes plans à la baisse car j'ai refusé

de l'abandonner. Il a eu besoin d'argent et j'ai ralenti le chantier pour cela. Oui, j'ai dorénavant 70% des parts, mais d'une société de plus en plus en déséquilibre.
**Eddy** : Son décès change quoi ?
**Viviane** : Il fout la merde, il braque les projecteurs sur moi.
**Eddy** : Le chantier de ta vie… Tu le vis comment ?
**Viviane** : Mal et cela fait partie de mes dilemmes. Mais oui, il y a une clause d'assurance vie. Il est pour 30% dans la société. L'assurance investira l'équivalent et cela nous fera une bouffée d'oxygène pour au moins six mois. Donc oui, je profite du crime.
**Eddy** : Viviane. Son décès arrive bien à propos. S'il était encore en vie, tu te serais remise comment en selle ?
**Viviane** une larme artificielle émergea d'un œil : Je ne sais pas Eddy, je ne sais pas.
**Eddy** : Je dois retenir ce point contre toi. Est-ce pour cela que tu m'as dragué ?

Suze ouvrit l'autre œil.

**Viviane** : Draguer n'est pas séduire. Mais c'était juste une question de temps.

Suze serra les poings. Eddy lança son coup d'œil magiquéen et fronça les sourcils, et nulle femme ne pouvait y résister, du moins c'est ce qu'on lui avait vendu.

**Viviane** : Peut-être inconsciemment ai-je fait du gringue à une certaine personne, et ce serait aussi pourquoi j'ai suggéré au commissaire de me proposer pour accueillir le détective qui serait affecté à cette affaire. Mais ce ne serait que pure coïncidence ?
**Eddy** : Viviane, as-tu une seule idée de comment tu aurais éventuellement pu t'en sortir sans la mort inopinée de Robert ?
**Viviane** : Non, désolé.
**Eddy** : Alors je n'ai plus le choix, faut que je trouve la solution.

Suze ne partageait pas du tout ce point de vue.

## Chap. 15 : Commissariat

L'après-midi, Eddy souhaita faire un point au commissariat de Chartres. Le commissaire et Eddy firent comme si c'était leur première rencontre formelle.

**Eddy** : Commissaire, J'aimerai avoir un topo sur votre perception de la présence de Viviane dans les affaires de la ville. Votre vision, pas celle du maire.
**Commissaire** : Une grande personnalité cette Viviane. Oui, je l'apprécie car elle est une belle personne qui apporte beaucoup à la ville, et elle emmerde profond ce connard de maire mafieux.
**Eddy** : Certes mais pour l'enquête, je dois retenir quoi sur elle ?
**Commissaire** : Que du bon, détective, que du bon.
**Eddy** : C'est un peu mince… J'ai compris l'idée, mais j'ai besoin d'informations plus concrètes.
**Commissaire** : Viviane a hérité d'une société de BTP et autres activités liées, à la mort de ses parents. Fille unique, elle s'est lancé le défi d'y arriver seule dans ce monde connu pour son machisme. Elle en a bavé. Elle a stoppé ses études. On sortait ensemble à cette époque. Mais elle a dû changer sa voilure et s'est totalement investit. Par fierté, elle a dû faire des choix. Depuis cette période, je tente de l'aider comme je peux. Et ma femme n'en sait rien. Et il n'y a jamais rien eu depuis avec Viviane, donc j'ai ma conscience, mais ma femme ne l'interprétera pas pareillement.
**Eddy** : Cela ne sera pas dans mon rapport. Maintenant que je comprends vos relations avec ma principale suspecte, passons au dossier plus complet.
**Commissaire** : Elle a joué un tour de cochon au conseil municipal il y a deux ans en limitant la volonté du maire. Il n'a eu que 80% du projet et elle, 20%. Mais depuis, son projet n'avance pas à la vitesse annoncée dans le planning initial. Alors, la mairie va réagir. Comment je ne sais pas, et si je l'apprends, je l'en avertirai.
**Eddy** : Merci. Que pouvez-vous me dire sur l'associé de Viviane ?
**Commissaire** : Robert. L'homme de paille de la société. Cela permettait à Viviane de ne pas supporter trop souvent ce milieu de gros cons machistes en déléguant à Robert. À part cela, pour moi il était insipide. Mais je me suis un peu plus intéressé à lui lorsque

Viviane s'est mise à lui racheter des parts. Rien d'officiel, juste pour l'aider au cas où.
**Eddy** : Et en termes de dossier chez vous ?
**Commissaire** : Robert n'est apparu dans numéros fichiers qu'il y a trois ans. Il a eu des problèmes avec des casinos dans un autre département. Il dépensait trop, et réglait peu. Bien sûr Chartres n'est pas une ville d'eau et il pensait que cela ne se saurait pas.
**Eddy** : Sait-il que nous sommes passé il y a peu dans le troisième millénaire ?
**Commissaire** : Depuis cela, il a changé. Il s'est éloigné des casinos, et a plongé dans les cercles privés avec l'aspirateur qui va avec.
**Eddy** : Euh, c'est quoi cette aspiration ?
**Commissaire** : Les clubs privés sont truqués. Leur but est d'aspirer le fric, pas de jouer franc jeu.
**Eddy** : Mais vous n'avez pas accès à son compte club privé ?
**Commissaire** : Indirectement et partiellement. On connaît les mouvements bancaires, mais on ignore ce qu'il doit encore.

Eddy sortit déçu et satisfait de son entretien. Pas de nouvelle piste criminelle, mais une confirmation des dires de Viviane. Dans son logement, Eddy contacta son beauf par Skype.

**Eddy** : René, merci pour l'affaire tordue.
**René** : Tordue, mais rémunératrice et à la hauteur de tes talents.
**Eddy** : Trouves moi les dossiers sur Viviane et Robert. Les dossiers nationaux. Ici ils n'ont accès qu'à la région autour de Chartres.
**René** : Chef oui chef.
**Eddy** : Ne me la joue pas humilité, tu ne connais ni le mot ni sa définition.
**René** : Je t'ai refilé le job, alors je suis engagé.

## Chap. 16 : Pôle-Chartres

En attendant les fichiers de son beauf René, Eddy alla à son rendez-vous à la société Pôle-Chartres. Pôle-Chartres est l'une des deux sociétés à 40% dans le gros projet Chartrain. Détective Eddy avait sous couvert de l'enquête prit rendez-vous avec des pontes de la société. Il fût reçu.

**Eddy** : Merci de me recevoir. Il y a l'enquête, et il y a l'entreprise.
**Mr François** : Nous souhaitons collaborer totalement avec la police.
**Eddy** : J'aimerai connaître le passé présent futur de votre projet immobilier.
**Mr François** : Notre société a 40% des parts. Si le conseil municipal s'était déroulé différent, nous aurions eu 100% ou 50% ou 0%, alors 40% a été un compromis accepté.
**Eddy** : Et l'après signature …
**Mr François** : Depuis deux ans en fait… On a eu le temps pour digérer cet état de fait. Nous sommes une grande entreprise. On se 'contente' de 40% et on diversifie nos activités.
**Eddy** : Un joli gâteau tout de même. Je suis en connexion avec la police commerciale. En clair Mr François, n'avez-vous jamais été tenté d'augmenter vos parts dans ce projet en empiétant sur les autres projets ?
**Mr François** : L'idée aurait été séduisante à l'époque, mais la direction de l'entreprise a décidé que non. Donc, la réponse est officiellement et même si cela vous fait de la peine : Sur cette affaire, nous sommes clean. Bons perdants si vous préférés.

## Chap. 17 : Chartres-Gare

Chartres-Gare est l'une des deux sociétés à 40% dans le gros projet Chartrain. Détective Eddy avait sous prétexte de l'enquête prit rendez-vous avec des pontes de la société. Il fût reçu.

**Eddy** : Merci de me recevoir. Il y a l'enquête, et il y a l'entreprise.
**Mr Paul** : Nous souhaitons collaborer en toute transparence avec la police.
**Eddy** : J'aimerai connaître le passé présent futur du projet centre gare.
**Mr Paul** : Notre société a 40% des parts. Si le conseil municipal s'était déroulé différent, nous aurions eu 100% ou 0%, ou 50%,

alors 40% a été un compromis accepté.
**Eddy** : Et l'après signature …
**Mr Paul** : Depuis deux ans en fait…On travaille sur l'excellence de ce projet. Il y a un besoin haut de gamme et cela nous plaît comme défi.
**Eddy** : Mais seulement 40% au lieu de 100%.
**Mr Paul** : C'est la vie.
**Eddy** : Un projet est plus rentable s'il y a plus de clients.
**Mr Paul** : C'est la vie.
**Eddy** : Je comprends assez bien le concept. Cela aurait-il été envisageable de tenter d'acheter les parts de l'actrice numéro 3 ?
**Mr Paul** : Envie oui, mis en application non.
**Eddy** : Je rappelle que j'ai accès à certaines données. Nationales et confidentielles.
**Mr Paul** : Donc, c'est envisageable.
**Eddy** : Comment avez-vous abordé le problème ?
**Mr Paul** : Elle, pas possible, mais on avait des infos sur des faiblesses de la part de son associé.
**Eddy** : Vous l'avez serré comment l'associé ?
**Mr Paul** : On connaissait sa faiblesse. On lui a proposé de racheter ses parts un bon prix. Il a préféré décliner. Idiot ! Il n'aurait pas pu avoir meilleure proposition.
**Eddy** : Vous y avez cru ?
**Mr Paul** : Personnellement, je n'avais pas envie d'y croire. Je préférai qu'il se débrouille seul et assume ses erreurs, dont la dernière aura été de refuser notre main tendue.
**Eddy** : Pourquoi ?
**Mr Paul** : Personne ne l'aurait jamais aidé, sauf ses proches, et je n'en fais pas partie.

Eddy était assez circonspect. Des entreprises pourries, des personnes proprettes. Et Viviane entre les deux. Question : Cette très belle femme méritait-elle de finir sur l'échafaud ? S'il demandait à Suze : Oh oui ! Mais était-elle objective dans cette affaire à forte sensibilité féminine ?

## Chap. 18 : Sur le chantier

Eddy passa ensuite par la case Mairie. Il avait rendez-vous avec Mr le Maire.

**Adjoint** : Mr Eddy, nous allons rejoindre Mr le maire au chantier.

Au chantier, derrière la gare. Cela ressemblait presque à une fête de quartier. La quintessence bourgeoise et électorale de la ville était réunie sur le chantier. Chacun dut écouter le maire mais finalement Eddy coupa court.

**Eddy** : Mr le maire. J'ai apprécié la participation de tous et toutes pour que la ville prenne une autre voie expansive …
**Maire** : J'ai du mal à comprendre la léthargie du commissariat.
**Eddy** : Il ne faut peut-être pas oublier qu'il y a eu mort d'homme.
**Maire** : Ouais, fallait voir qui était cette personne.
**Eddy** : Et vos rapports avec Mlle Viviane ?
**Maire** : Avec cette femme. Aucun rapport.
**Eddy** : Et sur un plan professionnel ?
**Maire** : Le minimum.
**Eddy** : J'ai autorisé la réouverture du chantier. Je n'ai pas envie de revenir sur ma décision. Donc, dites-m' en plus sur le contexte de cette affaire.
**Maire** : Il n'y a aucune affaire, juste une conne qui ralentit l'économie chartraine.
**Eddy** : Et sur un plan de la construction, où en est l'avancement du chantier ?
**Maire** : Sa part du projet plombe la totalité. À cause de cette personne, nous allons être obligé de retarder l'annonce dans les médias.
**Eddy** : Elle a combien de retard par rapport aux autres ?
**Maire** : Je m'en fous. Elle est le maillon faible.

## Chap. 19 : Piège

Sur le trajet de retour au numéro 69 de la rue de Viviane, Eddy se mit à travailler du chapeau en attendant le retour de miss BTP. Il voulait éviter les embrouilles de la veille et souhaitait une enquête qui se déroule enfin comme sur du velours. Il fit un bref arrêt à une pharmacie. Puis, lorsqu'il revint au bercail, ou au nid, il s'installa au salon, Viviane n'était pas loin, et Suze non plus. Il y avait comme de l'électricité statique dans l'air. Hors de question de commencer la soirée avec des Mojitos, avec à gérer une pénurie de feuille de menthe. Il fallait trouver autre chose. Pendant que Viviane faisait mijoter le repas du soir, Eddy trouva le coffre à alcool et se mit en tête de préparer un apéritif collégial.

**Eddy** : Viviane, tu as du vin blanc pour un kir chartrain ?
**Viviane** : Les bouteilles de vin sont rangées horizontalement dans le petit réfrigérateur à côté. Tu trouveras tout seul ?
**Eddy** : Je te prends un crémant de Chartres, je ne sais pas ce que cela vaut.
**Viviane** : Tu ne veux pas que je te la débouche aussi ?... La bouteille ?

Un haussement d'épaule et Eddy prit soin de déshabiller la jeune bouteille en effeuillant sa robe d'aluminium. La bouteille enfin présentable et consommable, Eddy demanda des flûtes ou des coupes à défaut. Il versa un fond de crème de pêche de vigne dans les trois verres, puis y ajouta le crémant local. Il jeta un coup d'œil à Viviane et déposa dans un des verres un peu de poudre acheté à la pharmacie. Dans chacun des verres, une touillette de couleur différente. Bleu pour Eddy, Rouge pour Viviane, et Rose pour Suze. Eddy mit le bâtonnet rose dans le verre saupoudré. Il plaça les verres sur un coté du bar de la cuisine américaine, puis retourna à ses activités. Suze était connecté et tchattait avec sa communauté. Viviane s'activait en cuisine. Eddy avait allumé la TV et regardait en streaming une rediffusion de la finale de la coupe du monde de foot. Pendant ce temps, la belle Viviane déchira un petit sachet et le vida dans la flûte à la touillette rose, et remua un peu. Personne n'y prêtât attention. À la mi-temps du streaming footeux, Eddy proposa de trinquer à la triple entente cordiale et locale. Par sécurité, Viviane mis une musique d'ambiance entraînante. On trinqua à la résolution de l'affaire. Suze but son breuvage sans rien détecter. Eddy entama la conversation avec Viviane.

**Eddy**: Viviane, pourquoi avoir racheter les parts de Robert et te placer en mauvaise position vis à vis de la mairie.
**Viviane**: On a été amant. Et je n'abandonne jamais un homme entre lequel je me suis abandonné.
**Suze** se voulant intentionnellement méchante: Dois-je en déduire que toute la population de Chartres est sous ta protection?
**Viviane**: Ils sont nettement moins nombreux que tu ne peux le penser. C'est pour cela qu'ils me sont chers.
**Eddy**: C'est intéressant à savoir.
**Viviane**: Oh pas trop d'empressement mon bonhomme. On doit prouver qu'on me mérite.

C'est à cet instant précis que Suze décida de s'écrouler, au sens premier du terme. Sa flûte vide se brisa au sol et elle était en train de suivre le même chemin quand son galant homme la rattrapa in extremis. Elle était livide. Viviane lui apporta son aide aussi. Ils la déposèrent dans le lit qu'elle partageait avec Eddy. À lui de la déshabiller si l'envie lui en prenait. Ils retournèrent au salon.

**Eddy**: Bizarre que cela ait fait effet aussi vite.
**Viviane**: Oui, je suis d'accord, bizarre.

Après quelques secondes de cogitations, Eddy et Viviane se regardèrent et éclatèrent de rire. Ils avaient compris qu'ils avaient eu la même idée pour éviter que Suze ne gâche la soirée, alors forcément, double dose. Eddy pour avoir une conversation clean avec Viviane, et Viviane pour peut-être finaliser une relation séductrice. Eddy et Viviane se ré installèrent au salon et Eddy demanda un whisky. Viviane préféra carburer au porto.

**Viviane**: On passe à table maintenant?
**Eddy**: Avec ta permission, on passe aux questions.

Elle aurait souhaité tout autre chose.

**Viviane** : Tu as besoin de ma permission ?
**Eddy** : Commençons alors. Quelle était ton idée au conseil municipal en faisant ton coup d'état ?
**Viviane** : M'en foutre plein les poches ?
**Eddy** : Tu ne peux pas être un peu sérieuse ?
**Viviane** : Si je te propose un marché, alors je serai sérieuse à tes yeux ?
**Eddy** : Viviane. Réponds à la question !
**Viviane** : J'y ai vu une opportunité de monter en gamme et d'accéder à un statut plus mondain. Ma société serait enfin localement reconnue. J'entrai dans le gotha sociétal. J'avais ma place au conseil immobilier municipal. J'étais enfin reconnu comme une femme ayant réussie. Tu te rends compte Eddy ce que c'est que d'être une telle personne, une femme.
**Eddy** : Et ensuite ?
**Viviane** : Robert m'a ralenti. On aurait pu y parvenir s'il n'avait pas été un boulet financier.
**Eddy** : Et tu souhaitais conserver tes 20%, pour demeurer crédible ?»
**Viviane** : Oui, c'est un argument de plus pour le fait que j'étais obligé de racheter ses parts. Merci encore à lui pour avoir respecté nos souvenirs communs et m'avoir vendu ses parts, à moi plutôt qu'aux hyènes d'à côté.
**Eddy** : Et donc ?
**Viviane** : Je suis dans une de ces merdes. J'ai douze mois de retard sur les travaux, et non vingt-quatre comme le clame cet ersatz de maire. Seul le décès de Robert avec les assurances me permettra de respecter mes engagements. J'attends le résultat de l'enquête pour réclamer la prime à l'assurance pour rassurer la mairie et relancer les travaux pour six mois.
**Eddy** : Racontes moi plutôt.
**Viviane** : La mairie tente de me retourner et de me forcer la main pour revendre mes parts à une des deux sociétés plus sérieuses. En clair me retirer du projet. En revanche, Robert et aussi moi avons tous les deux étés approchés pour vendre nos parts. Surtout lui. Moi ils ont compris assez vite à qui ils avaient affaire, ces chacals.

**Eddy** : Et les deux sociétés ?
**Viviane** : Je sais que Robert a été contacté. Il me l'a confié.
**Eddy** : Et ?
**Viviane** : Une société lui a proposé un beau pactole. Mais il a refusé. Par amour pour moi sans doute.
**Eddy** : Pas plus ?
**Viviane** : Robert est comme il est. Mais il est honnête, et il me manque déjà.
**Eddy** : Donc je clos l'affaire sur une forme de non-lieu et tout le monde est content ?
**Viviane** mutine : Tout le monde je ne sais pas, mais une certaine fille assez avenante oui.
**Eddy** : Pas encore. Mais stoppons pour ce soir.
**Viviane** la mutine : On passe à autre chose Mr le détective privé ?

Suze dormait à poings fermés et ne pouvait donc avoir conscience des activités nocturnes qui se consommaient dans la chambre d'à côté.

## Chap. 20 : Des voleurs

Au petit matin, Eddy, retourné dans le lit de Suze, ouvrit le SMS. Il apprit l'arrestation des voleurs de l'ordinateur portable de Robert. Suze se réveilla lentement. Eddy eut l'impudence de lui poser un bisou sur sa bouche, en lui dégageant une mèche de cheveu et en admirant sa chance de vivre avec une aussi exceptionnelle femme. Puis il se prépara pour honorer son rendez-vous au commissariat.

**Commissaire** : En tant que responsable de l'enquête, je dois vous informer qu'un contrôle inopiné de papiers d'identité a permis de retrouver l'ordinateur portable du décédé.
**Eddy** : Bien joué Commissaire. Et les analyses des data ?
**Commissaire** : Au cas où cela vous intéresserait, Le voleur a indiqué avoir vu une voiture abandonnée. Il l'a fracturée et a pris cet ordinateur aux alentours d'une heure du matin.
**Eddy** : Et son téléphone mobile ?
**Commissaire** : A ma connaissance, rien. De plus ce n'est pas un

commerce lucratif pour les voleurs.

Eddy laissa le commissaire et son équipe informatique se charger de l'analyse de l'ordinateur. Il n'y croyait pas. Quant à lui, il avait un petit service professionnel à demander à son beauf. Eddy s'isola dans la chambre qu'il partageait avec Suze. Mais avec Eddy, on ne sait jamais quelle est vraiment sa chambre attribuée. Il lança un Skype (+ Token) avec l'inspecteur en chef René.

**Eddy** : Salut beauf.
**René** : Pareil.
**Eddy** : J'ai besoin de ta brigade sécurité informatique s'il te plaît.
**René** : Ce serait légal pour une fois ?
**Eddy** : Bien sûr sinon je me serai adressé ailleurs.
**René** : Vas-y, je réceptionne.
**Eddy** : Je veux connaître les identifiants, de tous les ordinateurs de la société de Viviane et Robert, mais si tu n'as pas le temps, tu te focalises sur Robert. Je veux connaître tous les numéros de téléphone mobile de Robert. Si en plus tu as l'historique des appels, ce sera bonus. Et surtout, la traçabilité GPS.
**René** : Je veux, je veux, je veux ? Tu n'as pas d'autre vocabulaire ?
**Eddy** : Je veux que ma Sœurette soit heureuse, à toi de me dire si c'est le cas.
**René** : Je vais t'aider beauf. Pour l'affaire, car je suis impliqué. Mais je dirai à Suzie tout le bien que je pense de toi.

## Chap. 21 : Suze enquête

Suze était dans le salon de la maison de ville de Viviane, seule. Elle avait son casque audio et via son réseau de la communauté avait enfin été mise en rapport avec son équivalente à Chartres.

**Suze** : Je suis 'Paradis d'un Soir' A qui ai-je l'honneur ?
**Christine** : Je me nomme 'Du Soir au Matin', mais je suis Christine dans la vie civile.
**Suze** : J'espère que vous me ferez confiance. J'ai besoin d'aide sur une enquête de la police.

**Christine** : J'en ai un peu entendu parler.
**Suze** : Nous avons les mêmes activités, et j'aide mon homme qui enquête.
**Christine** : Je me suis un peu renseigné sur toi. Ok, demande.
**Suze** : Que savez-vous de Robert, qui est mort.
**Christine** : Il ne fourre pas ses économies chez nous. Il les joue dans des clubs privés. Il est criblé de dettes.
**Suze** : Vous avez les clubs ?
**Christine** : Cela ne vous servira à rien. Il joue, et alors ?

Suzie était interloquée. Elle faisait ce qu'elle pouvait, mais détective, cela ne s'improvise pas. Elle avait l'impression d'être inutile voire de gêner Eddy dans son enquête. Chacun devrait rester à sa place. Elle savait ce pour quoi elle était douée. Pourtant elle voulait vraiment aider.

## Chap. 22 : Eddy enquête

Suze assistait Eddy, qui effectuait une recherche similaire en démarchant une de ses connaissances.

**Eddy** : Julien, j'ai besoin de connaître les dossiers officieux de Robert. On sait qu'il jouait, mais j'ai besoin de connaître les clubs, et tout ce que tu pourrais savoir de malsain sous cette affaire.
**Julien** : Eddy, tu m'en dois déjà deux, ton ardoise augmente.
**Eddy** : Je la règle en totalité à la fin de cette enquête et je m'engage sur une loge VIP en finale de coupe du monde féminine à Lyon le 7 juillet. Si tu n'aimes pas le foot féminin, tu pourras trouver à t'occuper avec les charmantes hôtesses.
**Julien** : Une loge perso, c'est quatre personnes et quatre hôtesses. Tu sais te racheter. Bise mon ami. Je t'envoie les infos sur ton compte.

**Suze** : Juste pour savoir, tu sais combien coûte une loge VIP en finale ?
**Eddy** : C'est du foot féminin, ça ne doit pas chercher bien loin ?
**Suze** : Il n'y a plus aucune place en vente. Alors continue de vendre

du vent et apprête-toi à perdre tes amis.
**Eddy** : Sur eBay ou le bon coin ?
**Suze** : Tu es prêt à mettre combien sur le tapis ?
**Eddy** : Je pense que cela vaut max de max cinq cents euros.
**Suze** : La question ne se pose plus puisqu'il n'y a plus de place. Mais s'il y en avait, faudrait allonger plutôt deux mille euros. Et puis tu as promis sans savoir, comme trop souvent.
**Eddy** : Pourquoi j'ai l'impression que tu vas me proposer un plan pour me sortir de la mouise ?
**Suze** : Tu veux honorer ta promesse ?
**Eddy** : A ce tarif-là, j'hésite, il comprendra.
**Suze** : Mille euros. Cela efface ton ardoise de trois services à ce que j'ai cru comprendre ?
**Eddy** : Ok j'ai compris. Ok, d'accord. Je vais finir sans un sou à la fin de l'enquête.
**Suze** : Je t'hébergerai chez moi, cela te changera.
**Eddy** : On va éviter d'en arriver là, sauf pour l'invitation au lit.
**Suze** : Ça, c'est en supplément.
**Eddy** : Grrr mon amour.

## Chap. 23 : Eddy avance

Eddy, sentant que son salaire pour cette affaire serait englouti sur cette promesse, préféra fermer les yeux et avancer. Mais c'était Eddy. Tout lui. Il dut se rendre se rendre au commissariat pour le sujet ordinateur mobile de Robert. Même s'il pensait que c'était une perte de temp.

**Eddy** : Bonjour Commissaire, vos conclusions s'il vous plaît ?
**Commissaire** : Les indices sont faibles. Il y a les empreintes de votre suspecte, du défunt et du voleur. Il y a aussi le fait que l'ordinateur était en veille, et non éteint. Enfin, l'analyse des données n'a pas permis de trouver des pistes de fraude ou d'espionnage. Juste qu'il préparait une vente de parts. Le document 'Word' était prêt, mais après il faut demander à l'imprimante et aux signataires.
**Eddy** : Merci Commissaire, Puis-je partir avec la pièce à conviction ?

**Commissaire** : Même vous ne pouvez pas. Désolé.

Eddy n'avait provoqué ce dernier échange verbal que pour faire diversion. En fait, l'information importante était que l'ordi était en veille et non éteint. À lui de savoir s'en servir.

## Chap. 24 : Informations techniques de communication

Cette après-midi, sans Viviane, qui était à son entreprise, Eddy et Suze se connectèrent à un Skype à l'initiative de Eddy avec son beauf.

**Eddy** : On a avancé un peu, mais on a besoin de tes analyses data électroniques.
**René** : Bonjour à Suzette.
**Eddy** : As-tu des retours sur mes demandes Ordinateur et Mobile ?
**René** : Oui beauf, je t'envoie un mail crypté, n'oublie pas de mettre ta clé Token
Puis René se déconnecta.

**Suze** : C'est tout ?
**Eddy** : Calme-toi ma Suzette. Il va m'envoyer des informations très importantes.
**Suze** : Et moi, je suis encore une potiche ?
**Eddy** : Tu as voulu venir. Tu as demandé un badge et une fonction ?
**Suze** : Protecteur de mon mec ça compte ?
**Eddy** : Je suis heureux de ta venue, mais je n'ai jamais été en danger.
**Suze** : Ça, c'est toi qui le dis.

## Chap. 25 : Vivi et Robert

Dans le salon d'une maison de ville à Chartres. En clair chez Viviane.

**Viviane** : Je nous prépare un apéro les amis de Paris.

**Suze**, méfiante : Rien pour moi.
**Eddy** : Un whisky pure malt sans glaçon ~~ma~~ Mlle Vivi.
**Eddy** : Viviane, Tu en sais plus que tu ne m'en as dit sur Robert. Était-il sollicité récemment pour vendre ? Et s'il était passé pour t'annoncer qu'il vendait à d'autres ? Tu dois le savoir.
**Vivi** : Je suis passé de 50% de part à 70% en deux opérations, toujours à sa demande.
**Eddy** : Pourquoi a-t-il vendu à toi ? Par deux fois ?
**Vivi** : Il a eu des propositions de rachats plus intéressantes.
**Eddy** : Je le sais, tu le sais, et donc ?
**Vivi** : Il m'a aimé et ne voulait pas me faire un coup de Trafalgar. Il a refusé de se faire acheter par une des deux sociétés et m'a donné la primeur. Je n'avais guère le choix, surtout après avoir sorti mon couplet sur ma fidélité à mes associés.
**Suze** : Eddy, ce que la 'demoiselle' t'explique c'est que c'était son amant et que ça comptait pour Robert.

## <u>Chap. 26 : Telecom (1)</u>

Eddy décida d'appeler un ami chez Orange, Il en avait assez de la paperasserie et de la lenteur des fonctionnaires de la police. Ne jamais faire confiance à un fonctionnaire.

**Eddy** : Greg, urgence besoin localisation GPS suivi mobile
**Greg** : Eddy, Je t'ai reconnu. Tu sais ton numéro est en mémoire …
**Eddy** : Greg… et merde
**Greg** : Bon le '*has been*'. Refile-moi le numéro et tu auras tout sous peu.
**Eddy** : Ah si je ne t'avais pas.
**Greg** : Tu as déjà Suze, alors un second emmerdeur, tu es sûr ?
**Eddy** : Tu n'aurais pas une sœur ?
**Greg** : Si, et tu lui as préféré Suze, et j'en entends parler assez souvent.
**Eddy** : Elle a dû passer à autre chose ?
**Greg** : Bon, je vais éviter de lui avouer qu'on s'est parlé.
**Eddy** : Merci, cool mon pote.

**Greg** : Ce service est gratuit mais la prochaine fois je te jette en pâture à ma sœur.

Eddy se souvenait avec nostalgie de ses années à la faculté. Insouciant, il préférait ne pas savoir que sa mère économisait pour lui envoyer le maximum pour payer ses études en psychologie. Il avait toujours eu un rapport conflictuel avec l'argent. Ce dernier ne restait jamais très longtemps dans ses poches. Il y avait cette fille, la sœur de Greg. Elle vivait dans l'ombre de son frère, et il la couvait. Mais un jour, il la présenta à Eddy. C'était la première fois que Sandy passait la soirée avec un homme. Elle rêvait de l'homme idéal, providentiel, unique et elle crût que son frère l'avait mis en relation avec ce dernier. Ce fut une belle période pour Eddy et Sandy… déjà E&S. Et son argent fila. Sandy parla à ses parents de se marier avec un homme exceptionnel, et d'arrêter ses études. Eddy, ne supportant pas cette pression changea d'université (et aboutit à l'Université de Versailles Saint-Quentin-en-Yvelines), et Greg le couvrit. Il disparut de la surface de la terre pour Sandy. Il resta en contact étroit avec Greg. Il eut des nouvelles de Sandy. Elle partit en vrille et en déprime. Le premier homme a toujours une saveur qu'on n'oubliera jamais, un goût de reviens-y qui vous entêtera toute votre vie. Mais jamais Sandy n'avait pardonné à Eddy.
Grâce à la résurgence de ces souvenirs, Eddy attendit patiemment le fichier de Greg sur le suivi GPS du mobile de Robert. À l'arrivée du courriel avec la précieuse pièce jointe, Eddy double-cliqua et découvrit le parcours GPS du cellulaire de Robert. À chaque fois qu'il se déplaçait de dix mètres, une ligne était inscrite dans le fichier tableur. Il ne s'intéressait qu'à la date du décès, aux heures de la soirée. Son visage exprimait la surprise. Il devait se faire confirmer cette désagréable information.

## Chap. 27 : Telecom (2)

**Eddy** : Écoute Greg, j'ai encore deux questions.
**Greg** : Tu en as déjà posé une.
**Eddy** : Encore deux alors.

**Greg** : Vas-y, je ne te dois rien, mais tu restes mon meilleur pote de fac.
**Eddy** : Question 1 : Pourquoi le GPS n'indique-t-il plus de mouvement après la ligne 17545 ?
**Greg** : Parce que le GPS est là-bas. Ou alors il a été éteint à cet endroit.
**Eddy** : Question 2 : Sais-tu tracer un ordinateur portable ?
**Greg** : Seulement s'il possède une carte GPS.
**Eddy** : Tu saurais le faire ? Je te donne quoi comme information ?
**Greg** : Sa 'Mac Adress'.
**Eddy** : Sa quoi ?
**Greg** : Demande aux flics, ils te la donneront.

Eddy téléphona à son beauf. Comment lui expliquer qu'il travaillait en sous-marin pour franchir le premier la ligne d'arrivée.

**Eddy** : Euh René… Je suis dans le besoin.
**René** : Tu as des dettes d'hôtel ? Tu t'es fâchée avec ta trop accueillante habitante ?
**Eddy** : Excuse ma demande loufoque, j'ai besoin de connaître la 'Mac Adress' de l'ordinateur de Robert.
**René** : Je ne sais pas ce que c'est, ni pour quoi c'est faire ?
**Eddy** : Alors on est presque à égalité
**René** : Je t'arrange le coup, mais c'est parce que je suis impliqué jusqu'au cou.
**Eddy** : J'en ai besoin… Sous peu.
**René** : Je sais, on ne fonctionne pas à la même vitesse. Je t'envoie l'info par SMS.

Quarante-cinq minutes plus tard, il recevait l'information, laconiquement. Il la fit suivre à Greg. Et deux heures après il reçut un courriel avec un autre fichier GPS tableur. Comme avec le fichier GPS cellulaire, il fit le même suivi avec le laptop. Même parcours pour le jour J. Eddy, découvrit de grosses similitudes entre le mobile et l'ordinateur. Mais alors que le mobile restait à l'appartement de Viviane, l'ordinateur repartait en voiture pour demeurer dans la voiture alors même que le corps de Robert était retrouvé en bas du chantier.

## Chap. 28 : Le (réellement) passé

Robert se gara dans la rue. Il prit son ordinateur et sonna chez Viviane. Elle regardait du premier étage en entrouvrant les rideaux. Il sonna et elle ouvrit la porte. Il monta l'escalier, entra dans l'appartement de la belle Viviane et s'installèrent dans le salon, qu'il connaissait bien, vu le nombre de réunions de travail passées dans cette pièce. Elle était ressortie du lit pour lui. Robert s'excusa et s'installa à un fauteuil et connecta son ordinateur.

**Robert** : Viviane, j'ai encore besoin de toi.
**Viviane** : Robert, on va discuter autour d'un café ou d'un alcool fort.
**Robert** : Une poire s'il te plaît.
**Viviane** : Tu sais où te servir. Et mets-m' en une aussi, double dose.

Cette nuit-là, car il était déjà tard, Robert était anxieux, voire angoissé, et Viviane émergeait de son sommeil… seule comme assez souvent, car elle préférait dormir seule que mal accompagné. Elle choisissait ses étalons, et la qualité nécessite de faire régime de temps en temps. Dans le salon, ils occupèrent les deux fauteuils.

**Robert** : Vivi, j'ai encore besoin d'argent.
**Viviane** : Robert, et moi aussi j'ai besoin d'argent pour renflouer et honorer nos engagements d'un centre-ville plus propre.
**Robert** : Je refuse de vendre à l'un des deux groupes en lice. Ils m'ont tous deux fait des propositions largement honnêtes, mais c'est avec toi que je veux traiter. Tu m'as donné ma chance et je suis réglo.
**Viviane** : Tes parts m'intéressent, mais comment financerai-je alors le programme ?
**Robert** : Viviane, je te propose 30% de moins qu'on me propose. Tu es preneuse ?
**Viviane** : Bien sûr que je vais les prendre. Mais tu me fous aussi dans une merde noire. Robert… Pourquoi ces besoins ?
**Robert** : Merci Viviane, Je suis heureux de renforcer ton entreprise.
**Viviane** : Robert, tu n'as pas répondu à la question.

**Robert** : Et je ne souhaite pas y répondre.
**Viviane** : Je n'ai pas toujours été ton amie ?
**Robert** : Jamais je n'oublierai nos corps entrelacés.
**Viviane** : Il n'y a pas eu que cela dans notre histoire ?
**Robert** : Non, mais tu m'as redonné confiance en moi. Alors je te revends mes parts. Je dois prendre du recul.
**Viviane** : Dans quelle merde t'es-tu foutu ?
**Robert** : J'ai besoin d'argent.
**Viviane** : On a tous besoin d'argent, mais toi c'est tous les ans que tu viens me voir. Tu ne préférerais pas me causer de tes problèmes ?
**Robert** : Ça va se régler …
**Viviane** : A 10% par an, tu reviens me voir encore deux fois.
**Robert** : Bon, tu en tires ton compte financièrement. Et moi j'ai des échéances.
**Viviane** : D'accord, encore une fois, on formalise et on finalise. À moi de trouver ensuite comment j'honore le contrat avec la mairie.
**Robert** : Je t'envoie le fichier maître.
**Viviane** : Je sais, j'imprime et on le remplit à l'ancienne, avec nos stylos.

## Chap. 29 : Eddy et Suzie, un moment de tendresse

Eddy était allé voir sa Suze dans leur chambre. Il lui fit un chouette bisou et lui expliqua qu'il devait peaufiner les détails de fin d'enquête, de préférence sans elle. Suze tristement, donna son accord, se sentant exclu de la vie de son homme, remplacé par cette croqueuse d'hommes.

## Chap. 30 : Eddy progresse

Après avoir fait la paix avec Suze, Eddy retourna voir Viviane.

**Eddy** : Viviane. J'ai des infos. J'ai résolu l'affaire.
**Viviane** : Ah oui ?
**Eddy** : Tu l'as aimé, mais tu ne m'as pas tout dit.
**Viviane** : Un coup d'un ou deux soir, pas une réelle histoire

d'amour.
**Eddy** : Pourquoi lui avoir racheté ses parts ?
**Viviane**: Pour deux raisons. Je faisais une plus-value, et je devenais la personne incontournable pour ce chantier. Et aussi j'entrai dans la liste des appels d'offre pour les futurs chantiers de la mairie. Et c'était important pour moi.
**Eddy** : Viviane, il est venu ici le soir de son décès ? N'est-ce pas ?
**Viviane** : Oui c'est possible.
**Eddy** : Il est arrivé à 23h16. Il est reparti à 0h02.
**Viviane** faussement étonné : Ah ?
**Eddy** : Mais il est reparti sans son téléphone ? Bizarre ?
**Viviane** : Ah ?
**Eddy** : Peux-tu composer son numéro s'il te plaît, je n'ai pas envie de le chercher à l'ancienne, à quatre pattes dans ton salon.

Viviane S'exécuta. Le mobile vibra. Il était au sol, contre une plinthe, caché par un rideau qui frôlait le parquet.

**Eddy** : Maintenant Viviane, tu m'expliques ?
**Viviane** : Tu bois quelque chose ?
**Eddy** : Un pur malt sans glaçon, un double s'il te plaît ?
**Viviane** : Je vais t'accompagner ?

Chacun dans un fauteuil Viviane raconta son histoire.

**Viviane**: Je ne me souviens plus des heures, mais je te fais confiance pour ton enquête et ton flair.

Eddy avait eu tout bon. Cela suffisait à son bonheur.

**Viviane** : Quand il posa son verre vide sur la petite table, il se leva trop brusquement et perdit l'équilibre. Et comme dans les films, il chut en arrière, se brisa la nuque sur les arêtes en métal de la petite table, et je n'ai pas fait attention que le mobile se faisait la malle. Quand je pense que je lui ai fait un massage cardiaque et du bouche-à-bouche avant de jeter l'éponge. La suite tu la devines.
**Eddy**: Tu l'as transporté au chantier et tu l'as jeté en bas. Il a eu d'autres impacts à la tête ou cela a laissé le doute sur la plaie

initiale, attribuée à la chute.
**Viviane** : J'ai laissé la voiture. J'ai même laissé les clés dans le barillet, et voiture non fermée, l'ordinateur en évidence, afin de créer une fausse piste.
**Eddy** : Les casseurs ne font pas partie des gens les plus intelligents au monde.
**Eddy** : Ressers-m' en un, on a d'autres sujets de conversation à aborder.
**Viviane** : Et Suze ?
**Eddy** : Il me restait du somnifère. J'ai mis double dose.
**Viviane** : Procédure légale ?
**Eddy** : Procédure nécessaire.
**Viviane** : Et donc ?
**Eddy** : Ne te compare pas à elle. Elle dort actuellement, mais elle sait que je ferai toujours passer l'enquête en premier.
**Viviane** : Je ne peux me comparer à elle. J'ai d'autres qualités, que les hommes apprécient.

## Chap. 31 : Vivi et Eddy : C'est prouvé

Il s'assit dans le fauteuil tandis que Viviane, tendue restait debout à se jouer de son bracelet rebelle qui voulait passer par-dessus sa montre. On ne se doute jamais assez de la complexité des problèmes féminins au quotidien. En fait Eddy réfléchissait à une sortie de crise et elle était sur le grill. Elle savait que Eddy savourait son adrénaline liquide, son second whisky. Elle avait eu largement le temps de se changer et de revenir en nuisette. Au moyen âge le poison était l'arme des femmes. Maintenant c'est le charme, accompagné d'une bonne dose de sexe. Après son quatrième whisky, et encore quelques questions à Viviane, Eddy dont l'enquête était close, sembla sur son visage être satisfait peut-être pour une proposition de sortie honorable pour la seule suspecte de la mort de Robert.

**Eddy** : Mlle Viviane. J'hésite avec la vérité judiciaire.
**Viviane** : Je ne l'ai pas tué.
**Eddy** : Mensonge par omission et dissimulation de preuves, ce

n'est pas rien.
**Viviane** : Je ne l'ai pas tué.
**Eddy** : J'hésite.
**Viviane** : Pourquoi ?
**Eddy** : Tes cadeaux ne comptent pas. Je ne dois pas me placer en juge ? Je suis détective seulement.
**Viviane** : Mais c'est toi qui transmets le dossier au juge ? Donc tu as un avis et un pouvoir ?

Viviane n'en menait pas large. Eddy semblait insensible à son charme. Avait-elle trop vieilli ? Pourtant ils étaient nombreux à la solliciter et à la désirer.

## Chap. 32 : Telecom (3)

**Eddy** : Écoute Greg, j'ai un gros service. Coupe l'enregistrement des communications s'il te plaît.
**Greg** : Fait, cause mon poteau.
**Eddy** : Je veux que tu supprimes les informations GPS portable et mobile de Robert.
**Greg** : C'est légal cela ?
**Eddy** : Je ne pense pas.
**Greg** : Donc je peux te demander plus …
**Eddy** : Tu peux effacer ?
**Greg** : OUI !
**Eddy** : Tu veux quoi ?
**Greg** : Tu rencontres ma sœur et tu t'expliques.
**Eddy** : Tu sais ce que tu me demandes ?
**Greg** : Tu n'as pas le choix. Prépares-y toi.
**Eddy** : Quand ? Où ? Qui sera là ?
**Greg** : Moi et elle seulement. Les parents seront interdits.
**Eddy** : Le passé rattrape toujours le présent.
**Greg** : Merci. Ton poteau sera avec toi.

## Chap. 33 : Agréable conclusion

**Vivi** : Souhaitez-vous donc tellement me mettre ces sales menottes aux poignets ?
**Eddy** : J'envisage aussi les solutions alternatives ?
**Vivi** : Lesquelles auraient votre gré monsieur le détective ?
**Eddy** : Auriez-vous peut-être disons des foulards en soie ?
**Vivi** ragaillardie : Excellente idée, je crois que c'est largement dans le domaine du possible. Les menottes en fer ne me siéent pas. Tandis que la soie.
**Eddy** : Alors, je me sens fort de vous accompagner en toute confiance à l'étape suivante ?
**Vivi** : Je serai enchantée de vous guider sur le chemin adéquat.
**Eddy** : Le menu est doublement à mon goût, visuellement et physiquement. Mlle, je vous ouvre la porte du paradis.
**Vivi** : Et on oubliera toutes les autres charges ?
**Eddy** : Très certainement. A condition de ne pas avoir à craindre un pic à glace ?
**Vivi** : C'est une arme d'une autre époque, et elle ne fait pas partie de ma panoplie, allez vérifier sous le lit. Je ne vous connais pas comme votre Suze… mais c'est une très belle personne. Ne la décevez pas trop. 'My dear' Eddy ?
**Eddy** : Oui je le veux.
**Vivi** : Je vous aurai mis en garde, elle vous en voudra.
**Eddy** : Je sais …

## Chap. 34 : Les conclusions officielles de l'affaire

Les conclusions de l'affaire selon le détective Eddy. Tentative de suicide réussie de Robert. De plus en plus endetté. Au dossier, aucune mention des traces GPS mobile ou portable. Un dossier se clôturait. Les pièces à convictions existantes ne permettaient pas d'aller plus loin.

**Eddy** : Je défends la présomption d'innocence pour Mme Viviane. Elle est partie prenante, mais j'ai l'intime conviction qu'il n'y a eu aucune manigance ou manipulation. Donc par défaut et sans aucun doute possible, seul reste la possibilité du suicide.

Cette solution de sortie plut à un maximum de personnes chartraines. La conclusion partagée et acceptée sera le suicide. Il faut prendre en compte les activités sombres de Robert, qui ne voyant pas d'issue à ses problèmes, voulu liquider ses affaires tant qu'il avait encore un peu de sous à lui. Certes Viviane était l'unique bénéficiaire sur son testament, mais il ne lésait personne. Elle héritait de l'assurance décès et du reste des part dans la société. Le commissaire accepta les conclusions, assisté par le préfet et son assistant sur le sujet.

FIN de l'AFFAIRE.

## Chap. 35 : Cerise sur le gâteau

Viviane innocentée. Le chantier repartait pour au moins six mois grâce aux primes d'assurance. Viviane héritait de Robert. Les 30%, c'était suffisant pour la remettre en course. Sa rage de vivre et de réussir ferait le reste. Une belle femme dotée d'une telle force. La vie continuait. La vie est dure et le restera, mais Viviane demeurera une combattante.

## Chap. 36 : Le passé rattrape le présent

Eddy n'en menait pas large. Il était au restaurant avec Viviane et attendait Greg et sa sœur. Chartres n'est pas loin de Paris. Le frère et la sœur finirent par arriver.

**Eddy** : Greg, vieille branche. Sandy, bonjour. Je vous présente Viviane.
**Greg** : Bonjour Viviane. Je vous présente ma sœurette Sandy. Avec Eddy, on s'est dit que ce serait bien de fêter des sortes de retrouvailles.
**Sandy** : Bonjour Eddy. C'est notre anniversaire de non-mariage. Dix ans, tu te souviens.

**Viviane** : Bonjour Sandy, je suis la nouvelle petite amie d'Eddy. Et rassurez-vous, on veut juste profiter de la vie et surtout ne pas se marier.
**Greg** : Allons, ce sont des retrouvailles. On va passer un bon moment et se raconter nos vieilles bêtises à la fac.
**Eddy** : Greg, je pense que Sandy, ma Sandy attends autre chose.
**Sandy**, sans regarder Eddy : Il a pris ma petite fleur. J'ai cru en lui. Et il m'a abandonné.
**Viviane** : Hé Sandy, ta virginité tu lui as offerte. Et alors ! Trouve-toi un mec plus fidèle.

**Viviane** se tournant vers Eddy : Salaud, quand je pense que tu 'avais déclamé que j'étais la première et la seule !
**Sandy** : C'est un connard qui ne mérite pas notre attention.
**Viviane** faisant un clin d'œil à on Eddy : Ouais, Merci Sandy, tu m'as ouvert les yeux. Quand je pense que je m'illusionnais sur cette crevure.
**Eddy** très bon acteur, donc surjouant : Viviane, je t'aime, qu'importe l'historique.
**Sandy** : Eddy, tu ne changeras jamais. Je regrette notre relation.
**Greg** : Bon, bon, bon, Sandy, tu vois il est resté sympa mon copain de fac.
**Sandy** : Eddy, Je tourne la page sur toi. J'ai mis des espérances sur toi, mais tu n'es qu'un mâle sans couilles. Greg, je n'ai plus faim ni soif. Laissons ce dégénéré avec cette femme qui va le larguer.

Ils se levèrent et quittèrent le bar. Il restait l'énigmatique Viviane et le détective.

**Eddy** : Vivi, tu comprends pourquoi je ne pouvais pas mouiller Suze dans cette opération.
**Viviane** : T'inquiète, en récompense, on va le faire ensemble.

La suite…
Ce qui se passe à Chartres devra **vraiment** rester à Chartres.

## Chap. 37 : Billetterie

Suze alla voir son homme, con la majorité du temps.

**Suze** : Tu as promis une loge. J'ai les places.
**Eddy** : Et bien Ok, achète, je plombe mon salaire. Mais bon.
**Suze** : Deux mille euros.
**Eddy** : Putain, mais ce n'est que du foot féminin ?
**Suze** : Évite tes sarcasmes et paie cash pour une fois. Tu es diablement con. Alors j'achète ou non ?
**Eddy** dépité : Achète. Tu me fais crédit, je n'ai pas un métier qui rapporte.
**Suze** : Ok, je lance la transaction.
**Eddy** : Merci.

Eddy pour une fois honorait ses dettes. Il râlait, mais l'agence restait bénéficiaire avec cette affaire.

## Chap. 38 : Julien

Dimanche 7 juillet 2019, stade Gerland à LYON : Finale de la coupe du monde de foot féminin, sans l'équipe de France. À la mi-temps, Eddy, autrement occupé avec sa douce reçu un appel sur son mobile. Il décrocha. Les amis, ça se respectent.

**Eddy** : Wow Julien, t'es où, dans un hall de gare ?
**Julien** : Tu ne m'avais pas dit que tu connaissais du beau monde. Les quatre hôtesses ne tarissent pas d'éloges sur toi. Tu as des bises de Poca, de Hontas, de Green Lantern et enfin de Mata Hari. Elles sont tellement… euh magnifiques. Ton ardoise est effacée. Et n'oublie pas de me demander d'autres services. Allez, j'y retourne, elles sont belles au-delà des espérances et aussi… insatiables …
**Eddy** : Eddy rembourse toujours ses dettes au-delà des espérances. Bye

## Chap. 39 : Dans le lit

Suzie et son homme se couchèrent dans leur lit commun chez Eddy. Lumière éteinte. Elle pouvait le toucher si l'envie l'en prenait.

**Suze** : Tu as couché avec elle.
**Eddy**, après un silence coupable : Oui
**Suze** : Elle t'a comblée ?
**Eddy** : J'avais besoin de le faire.
**Suze** : Elle t'a donné du plaisir ?
**Eddy** : Je t'ai fait de la peine. Je m'en rends compte.
**Suze** : Ça comblerait quelle femme de se faire cocufier !
**Eddy** : Aucune, je sais. Je ne te mérite pas.

Suze tourna le dos à son Eddy. Elle sanglota, mais aurait souhaité que cela ne s'entende pas. Elle pensait à Eddy qui chaque soir attendait son retour de mission. Elle avait un métier atypique. Il l'attendait et cela devait lui peser, jour après jour, et quelquefois c'était trop difficile. Elle comprit qu'elle devait prendre sur elle et se montrer compréhensive. Suzie est une belle, très belle personne. Ce qu'elle ne savait pas, c'est que cela s'est produit deux fois entre Eddy et Viviane, et que Eddy pensait tristement à la non réalisation de l'adage 'Jamais deux sans trois'.

## Enquête N° 8

## PSG : Si t'es fier d'être parisien frappe dans tes mains.

### Chap. 1 : Août : Coupe du doublé

Vincent, pour son entrée dans sa nouvelle école (privée et payante) avait reçu deux places en loges VIP. Toute sa promotion avait reçu la même marque d'affection. 'Master Business Pro Sport School' avait fait les choses correctement. La nouvelle promotion débutait l'année avec le match de gala PSG-Strasbourg. Le vainqueur de la Coupe de France contre le vainqueur de la Coupe de la Ligue. De quoi occuper un mois d'août moribond sur le plan de l'activité footballistique. Vincent, fan du PSG découvrait les luxueuses coulisses d'un grand club. Il était venu avec sa copine du moment, moment qui durait. Le match était sans intérêt pour un quelconque classement, mais l'honneur du PSG passait par une entame de saison victorieuse. Pour une fois Neymar mouillait le maillot au lieu de se rouler par terre. Jamais où on l'attend celui-là ! Vincent voyait le match au travers d'une vitre et les cris de la tribune Auteuil lui manquait. Mais il était dans un fauteuil avec sa dulcinée à son coté et avait même un verre de coca. Ils n'avaient pas touché à la bouteille de champagne au frais sur la table juste derrière eux. 0-0 à la mi-temps. Pas faute d'avoir mis des attaquants à l'attaque. Vincent se dégourdissait les jambes et était fier de ce qu'il avait eu gratuitement. Il était bavard auprès de sa copine, genre je me la pète. Mlle Marie, chargée des relations publiques du PSG, passait de loge en loge ce soir-là pour consolider les relations avec l'école privée à l'initiative de cet investissement. Elle y distribua des cartes de visites. Une collaboration École Sport & PSG. Opération occasionnelle promotionnelle mais fort rémunératrice et gagnante-gagnante entre le PSG et l'école de commerce. Elle se présenta à la loge de Vincent durant la mi-temps. Afin de promouvoir la collaboration entre l'école et le mythique club du Paris Saint Germain. Vincent n'était pas n'importe qui. Il était stagiaire au PSG et donc Mlle Marie sera sa tutrice pour trois années. Mlle Marie était mignonne, mais cela ne servirait pas ce soir. Vincent ne se laissera jamais distraire de sa belle. Ils discutèrent quelques minutes. Elle repartit en affichant un sourire épanoui, et laissa une brochure que Vincent avait intérêt à lire pour son premier entretien de rentrée. Ce fut la seule occasion de trinquer au champagne à trois convives. Puis la seconde mi-temps débuta. Et Vincent retourna à son coca. Il se cala à nouveau dans son luxueux fauteuil. Il vérifia que sa copine était toujours à ses côtés, sait-on jamais. Et c'était reparti pour quarante-cinq minutes. C'était l'occasion pour chacune des deux équipes de faire rentrer les nouvelles recrues pour les tester collectivement. Strasbourg fit entrer un inconnu en provenance du Brésil. Il faisait des merveilles et en deux passes trois mouvements, en toute facilité, il trompa la défense parisienne et marqua le premier but de la soirée. Seule la tribune des visiteurs exultait. Vincent était particulièrement tendu et il ne ressentait nullement les caresses de son amie sur son avant-bras. Après tout, il restait encore trente minutes. Paris avait sorti Neymar pour tester d'autres joueurs. Et cela donna du 'pep'. Et Strasbourg fît de même, mais sans star. Enfin le match devenait chaud bouillant. Et Strasbourg avait intérêt à avoir une bonne défense. Le gardien alsacien ne déméritait pas. Jusqu'à la dernière minute. Une des nouvelles recrues du club parisien parvint à se laisser tomber dans la surface de réparation. L'arbitre n'y vît que du feu. 1-1 sous les huées de la tribune des visiteurs, largement masqués par le reste des spectateurs, non objectifs. Les prolongations ne donnèrent rien. Mais une hôtesse passait pour rapporter éventuellement une nouvelle bouteille de champagne. Vincent se souvint qu'elle était-elle ou une autre déjà passée en seconde mi-temps. Il y pensa puis passa à autre chose. Pour la séance des tirs aux buts, une hôtesse passa encore. Ils devaient avoir un accord avec Reims, la capitale du champagne. Quant au match… Paris 4, Strasbourg 3… sous un tonnerre d'applaudissements. Une hôtesse était déjà ou encore présente dans la loge. Depuis quand ? Elle fit patienter Vincent et son amie. Elle leur expliqua que l'invitation spéciale école incluait la réunion journaliste TV, et ensuite une réunion-bilan privée avec les joueurs et l'entraîneur. Cela afin de les préparer à leur futur job. Après les tours d'honneur pour saluer les supporters, les joueurs du PSG rentrèrent se changer. Mlle Marie prit congé pour être du côté des interviewés pour l'étape à venir.

**Étape suivante** : La séance journalistique (les stagiaires au fond de la salle).
Vincent ne savait plus où regarder. La tribune ou le premier rang avec les joueurs que les cameramen représentant toutes les chaînes filmaient dont naturellement Canal+. En fin de séance, Mlle Marie prit la parole pour indiquer aux étudiants de ne pas quitter la salle. Ils étaient conviés à une séance d'échanges avec les joueurs.

**Nouvelle Étape suivante** : La séance estudiantine.
Mlle Marie était virevoltante et multipliait les traductions pour décoincer les étudiants et les joueurs internationaux et contraindre diplomatiquement les joueurs à parler un peu d'eux-mêmes. Vincent, parlant assez bien l'espagnol, posa des questions aux joueurs sud-américain (sauf le Brésil), mais ces derniers n'avaient d'yeux que pour son amie. À la longue, ils partirent, lui, Vincent et sa copine. Il avait de la route à faire.

## Chap. 2 : Radio: Annonce du décès d'un joueur du PSG en milieu de nuit

**France-Info** : Sept heures du matin. Vincent était encore sur la route pour pour ramener sa dulcinée en province. Le communiqué indiquait le décès post match d'un joueur du PSG. Frederico Garcia-Gomes était décédé dans des circonstances encore à éclaircir. Changement de programme. Vincent après avoir raccompagné sa copine chez elle près de Lille, reviendrait tout de suite à Paris. Il voulait suivre l'enquête et ferai donc une croix sur sa semaine de vacances dans le nord. Vincent la joua assez mufle. Il largua sa copine à Lille avec une explication bidon et revînt à Paris par la même autoroute, nommée A1.
Bien sûr, Frederico, à peine recruté et déjà raide, les propos iraient bon train. Hypocritement, le PSG chercherait une alternative, payé par les assurances du prédécesseur.

## Chap. 3 : Parc des Princes

Dimanche, le lendemain du match du doublé, remporté dans la douleur par le club parisien, le Parc des Princes était encore plus inaccessible que les soirs de match officiel. Vincent s'y présenta néanmoins et demanda Mlle Marie. Connu depuis peu, on le laissa passer. Dans la matinée, l'inspecteur René se présenta aussi, et Mlle Marie vint le chercher. Mlle Marie, L'inspecteur et le stagiaire était en réunion dans la pièce d'entrée aux loges.

**Inspecteur** : Mlle, Je suis chargé de l'enquête.
**Mlle Marie** : Et moi je suis chargé de vous aider et de vous accompagner. Je vous présente Vincent, qui est mon stagiaire, qui sera silencieux, mais aura beaucoup à apprendre. Du fait de la nature confidentielle de cette affaire, on peut l'exclure de nos conversations. Ce sera à votre bon vouloir.
**Inspecteur** : : Laissons le petit jeune apprendre la vie.
…
**Inspecteur** : Pouvez-vous me mettre au parfum sur le déroulé d'une telle soirée. Et ensuite son cas particulier s'il vous plaît.
**Mlle Marie** : Hier, C'était une soirée privée. Un match sans enjeu, vendu à une école de marketing. Donc aux loges, uniquement des étudiants. Vincent fait partie de cette école. Je suis sa tutrice pour sa scolarité. Avec votre accord, il me seconde et sera avec moi pour ses trois années d'études.
**Inspecteur** à Vincent : Bienvenue Vincent. Désolé que ce soit dans le cadre d'un décès. J'espère que tu as bien choisi ton club
**Vincent** : Merci Monsieur. Je suis fan du PSG. J'admirai le PSG pour avoir acquis Frederico Garcia-Gomes. Et j'apprends déjà beaucoup avec Mlle Marie.
**Inspecteur** à Mlle Marie : Il me plaît, Je l'embauche sur notre enquête.
**Mlle Marie** : Je n'accepte pas facilement d'être tutrice. Vincent est prometteur et je suis honorée d'être sa guide.
**Vincent** : Mlle Marie, je pense que l'inspecteur souhaiterait parler des circonstances du décès
**Mlle Marie** : Il intervient quand je bavarde trop… Ok pour le décès de Frederico. On venait de signer son contrat pour cinq ans.

Nous voulions finir sa formation et ce serait une future pépite. On voulait miser sur le long terme. Donc, va falloir qu'on trouve un remplaçant de haute qualité. Rapidement.
**Inspecteur** : Il a fait un match moyen. Et ensuite, hors caméra, vous me racontez quoi ?
**Mlle Marie** : Frederico n'était pas dans un bon jour
**Inspecteur**, la coupant : Je m'en fous, je veux juste connaître son emploi du temps.
**Mlle Marie** un peu bousculée : Euh
**Vincent** prenant la relève : Monsieur, une soirée de football se décompose ainsi d'un point de vue du joueur. Aucune interaction le jour du match, soit le samedi. Ils s'entraînent encore à huis clos en début de soirée. Le match a eu lieu de vingt et une heures à minuit hier soir, à cause des prolongations. La douche ensuite et le débrief journalistique de minuit trente à minuit quarante-cinq. Après tout, ce n'était qu'un match de gala, sans aucune annonce mercato. Pour l'info, j'étais au fond de la salle où on avait demandé aux étudiants de ne pas faire trop de bruit. De une heure à une heure quarante-cinq, Il y avait la soirée spéciale pour mon école 'échange avec les joueurs'. J'ai obtenu cinq autographes, et j'ai pu discuter avec les joueurs et certains de leurs agents. Mlle Marie était fort occupée. La soirée s'est achevée vers deux heures trente en fait. Pour ma part chaque étudiant pouvait venir accompagné. De ce fait, je l'étais et j'ai raccompagné ma demoiselle cette nuit même avant de revenir ce midi pour continuer à être l'adjoint ou le second de Mlle Marie.
**Mlle Marie** : Quand je vous disais qu'il était prometteur.

Vincent souriait ou jubilait.

**Inspecteur** :: Le joueur Frederico est décédé vers six heures du matin. L'appel est venu de sa chambre d'hôtel en langue française. Des informations que seul moi, vous et Vincent partageons dorénavant. On ignore encore qui a prévenu la presse.
**Mlle Marie** : Je collabore pleinement à cette enquête et serai vos yeux et vos oreilles au sein du PSG. Vincent est fiable. Il a demandé à débuter son stage à la fin de la saison, soit mi-juin. J'ai toute confiance en lui. Il est déjà opérationnel sur des sujets où

d'autres seraient encore à me téléphoner pour savoir quoi faire.
**Mlle Marie** : Une réponse facile déjà. Nous proposons aux joueurs en 'transit' un hôtel agréé PSG. Mais il est de très haut standing.
**Inspecteur** : Donnez-moi l'adresse et l'accréditation, j'irai voir.
**Mlle Marie** : Hôtel du Ballon Rond. Un peu à l'écart. Les joueurs ont droit à une navette 24 24 pour les trajets professionnels ou personnels
**Inspecteur** : Merci. On reste en contact.

## Chap. 4 : Escortes paniquées

Dans la nuit de dimanche à lundi. Dring, dring, dring. Suze dormait chez elle. Elle variait son lieu de 'couchage' en fonction de son emploi du temps et de la météo du couple. Suze dormait du sommeil des justes anges dans son propre lit. Quand son mobile tintinnabula d'une voix bruyante. Elle décrocha.

**Femme** : Allo Paradise, on est dans la mouise …
**Suze** : Allo : Qui est ce ?
**Femme** : Salut Suzie, c'est Hontas. On est un peu empêtrée dans quelque chose qui ne sent pas bon.
**Suze** : Je t'entends et je t'écoute.
**Hontas** : Salut Suze. On a besoin de toi.
**Suze** : Que vous est-il arrivé à toutes les deux ? Je ne laisse jamais tomber une paire d'amies.
**Hontas** : On parle de nous sur les ondes sans nous nommer.
**Suze** : Sois beaucoup plus précise… J'ai du mal à cette heure
**Hontas** : On était de la soirée après le match au parc… tu sais avec le footballeur.
**Suze** : Alors ça oui c'est un scoop. Alors, tu te pointes dès que tu peux chez Eddy.
**Hontas** : J'y serai avant que le soleil ne fasse mine de se lever.
**Suze** : Le soleil est déjà levé. Rendez-vous chez Eddy sur le coup de huit heures. Lui ne sera pas encore réveillé.

## Chap. 5 : Escortes paniquées chez Eddy

Poca & Hontas se pointèrent à l'appartement de Eddy. Suze s'y était téléportée aussi. Finalement il n'y a que Eddy qui serait surpris de l'utilisation de la sonnette à huit heures du matin. Mais pour trois beautés, vous le voyez ne pas ouvrir ? Eddy, en déguisement de sortie de bain, ouvrit la porte. Suze avait sa propre clé mais avait préféré faire 'collective girl'.

**Eddy** : Entrez les filles, justement je m'ennuyais. Mais fallait pas venir à trois. Une seule par heure suffisait largement pour ce jour.

Eddy changea son breuvage traditionnel malté et opta pour un café noir sans sucre. Il fût suivi par les trois autres, mais seul lui avait une gueule à vomir immédiatement. Huit heures du mat j'ai des frissons …

**Eddy** : Les filles, je n'ai pas l'air, mais je vous écoute
**Hontas** : Le footeux mort… on l'a pratiqué peu de temps avant
**Poca** : Et il était chargé, mais assurait ferme
**Suze** : Elles veulent dire qu'elles craignent, car ça va forcément remonter jusque elles.
**Eddy** : Les filles, était ce au 'Ballon rond' ?
**Suze** : Mais tu es devin ? Ils ne l'ont même pas dit à la radio !
**Eddy** : Tous les fans du PSG connaissent le 'Ballon rond'. C'est le lieu de résidence temporaire de chaque nouvelle recrue parisienne en attendant qu'il trouve palais à la taille de son égo.
**Hontas** : Bref, on s'est pointé à deux heures à l'hôtel. On est entré par la porte arrière. Un portier nous a ouvert et nous a menées à sa chambre. Et on a attendu. Ça c'est sûr qu'ils avaient l'habitude. On n'était pas les premières et on ne sera sûrement pas les dernières. Tant qu'il y aura des footballeurs, on aura un revenu assuré.»
**Poca** : Et lui aussi a assuré… au pieu. Il n'y avait pas besoin de le stimuler ni de simuler.
**Suze** : Elles veulent dire que c'était un bon coup… financièrement et au lit aussi.
**Eddy** : Les filles, s'il vous plaît, je suis loin d'être au top, loin de là, mais vous pourriez peut-être me résumer votre soirée sportive

et footballistique …

**Poca** : Moi je passe la main, je l'ai assez utilisée hier …

**Eddy** : Je suppose que tu vas arrêter de parler pour reposer ta bouche aussi.

**Hontas** : Ma sœur chérie indique que cette nuit c'était chaud bouillant et bon. Tu veux savoir quoi Détective Eddy ?

**Eddy** : Sans divulguer tous les détails sordides ou non, puis-je avoir la chronologie pour les poulets ou pour moi.

**Hontas** : On travaille toujours en duo. On était à attendre le footeux de deux heures jusque son arrivée vers trois heures. L'important était d'être payé et de nous mettre à l'œuvre …

**Hontas** : On a quitté l'hôtel vers cinq heures. On a appris la 'bad new' en nous réveillant à midi.

**Poca** : Il respirait encore quand nous l'avons laissé. Peut-être qu'il a abusé des joints après notre passage ?

**Eddy** : Et il était dans quel état alors ?

**Poca** : Totalement vidé ! nous sommes des professionnelles Eddy, ne l'oublie pas.

## Chap. 6 : Au Ballon Rond (1)

Dans le département des Hauts-de-Seine, tout proche de Boulogne-Billancourt, on peut trouver des petits coins de verdure cachée. Dans un de ces coins particuliers, le PSG avait acquis il y a quelques années un quartier entier. Cela servait de lieu de résidence temporaire pour les joueurs. Tant à leur arrivée sur le sol français, mais aussi pour des stages ou séminaires particuliers. Dans l'après-midi, Eddy se présenta à l'hôtel, ou tenta de se présenter. L'hôtel était camouflé dans un cadre champêtre agréable et digne d'un footballeur désirant ne pas avoir de relation avec les paparazzis. À l'interphone du portail, on ne lui ouvrit pas. Alors il passa comme au péage. Il attendit une Ferrari, ou une Mazeratti ou une Porsche, ou une… enfin une voiture quoi ? Il colla une superbe voiture quand elle entra. Le coup du petit train. Ils se garèrent devant l'hôtel. Eddy était venu avec sa Suze. Elle ne s'intéressait pas au foot, et ne comprenait pas cet engouement idiot. Sociologiquement, Il fallait un dérivatif et le foot aujourd'hui remplaçait assez bien les arènes du monde antique romain. Mais Suze était curieuse, et aussi elle représentait Poca & Hontas, ses consœurs de profession. Ils se présentèrent aux flics qui demandaient pattes blanches à tous ceux qui n'étaient pas dans leur trombinoscope des joueurs demeurant à l'hôtel.

**Flic** : Monsieur, je ne sais pas comment vous avez fait pour entrer, mais cette résidence est privée, et je ne pense pas que vous ayez une invitation.
**Eddy** : Je viens enquêter sur la disparition soudaine d'un joueur du PSG.
**Flic** : L'enquête est du ressort de la police. Qui êtes-vous ?
**Eddy** : Un privé.
**Flic** : Donc Je vous prie de remonter dans votre voiture et de retourner d'où vous venez.
**Eddy** : Je connais un inspecteur. Pourriez-vous à minima l'appeler.
**Flic** : Qui est-ce ?
**Eddy** : Inspecteur en chef René Ducret
**Flic** : Comment saviez-vous que c'est lui qui est chargé de l'enquête ?
**Eddy** : Je ne le savais pas. C'est mon seul et unique contact dans la police… et il m'adore.

Le policier appela sur son mobile et s'éloigna pour que la conversation demeure confidentielle.

**Flic** : Il veut vous parler.
**Eddy** prenant le combiné et s'éloignant à son tour : : Allo Beauf, alors tu t'es mis au babyfoot? Tu ne connais toujours pas les règles ?
**Beauf** : Qu'est-ce que tu viens m'emmerder sur mon enquête. On ne pourrait pas faire une fois plates-bandes séparées ?
**Eddy** : Bon écoute, j'ai un scoop pour toi, que tu apprendras de toutes façons. Je ne suis pas là par hasard. Ton joueur. Il s'est payé après sa prestation nulle sur le terrain une autre nature de prestation et d'après mes sources, où il a été nettement plus performant. Donc, je contre-enquête pour innocenter deux collègues à ta belle-sœur. S'il te plaît, laisse-moi quelques heures d'avance.»

**Beauf**: Ok. Passe-moi mes collègues.

Eddy refila le mobile dans les pattes de la police.

**Flic**: Oui monsieur. Bien monsieur.

Ensuite …

**Flic**: Mr le détective. Vous êtes accrédité par l'inspecteur en chef. Vous pouvez entrer, je vous prépare votre badge pour l'enquête
**Eddy**: Merci à vous et à… mon beau-frère

## Chap. 7 :Au Ballon Rond (2)

Eddy pénétra dans l’hôtel. Suze et Eddy se présentèrent au comptoir d’accueil. Il y avait une hôtesse et certainement son patron, conséquence du rififi.

**Eddy**: Bonjour, Je suis accrédité par la police. Une forme d'aide extérieure. Mlle, vous pouvez me donner les heures des allers et venues de la nuit précédente jusqu’au matin ? Merci Mlle
Pendant ce temps, **Suzie** causait avec l’homme : Monsieur. Quelle effervescence. Avez-vous des caméras extérieures ?
**Monsieur** : Oui bien sûr, la porte d'accueil est en permanence sous surveillance.
**Suze**: Vous avez des caméras au portail, à l'accueil et je suppose aussi à l'arrière de l'hôtel ?
**Monsieur**: Enfin non, pas partout.
**Suze**: Je souhaite les horodatages des entrées sorties par le portail S'il vous plaît. Mais, vous saviez que j'aime le foot, et pas que le foot féminin ?
**Monsieur**: Oui Mme.
**Suze**: S’il vous plaît. Je cherche encore le prince charmant, et j’espère qu’il aimera le foot …

Et cela fît son petit effet. Le responsable bouscula son employée pour prendre la main sur l’ordinateur et en trois clics et quatre validations, il fit semblant de s'excuser et patienta impatiemment devant l'imprimante. Le petit bruit crépitant le rassura. Le listage sorti, il le donna à 'Princess Suze', et attendit sa caresse comme un chien son os. Il n'obtint pas son 06.

**Eddy** : Euh Mlle, Toutes les entrées dans l'hôtel sont recensées ?
**Mlle** : Oui.
**Eddy** : Toutes les personnes passent par ce comptoir ?
**Mlle** : Oui, bien sûr

Dans le jargon détective, 'bien sûr' signifie non.

**Eddy** : Donc Mlle si je trouve des entrées au portail sans présentation à ce comptoir, je dois en déduire quoi ?
**Mlle** : Euh …
**Eddy** : Je connais le milieu sportif… Il doit y avoir une entrée à l'arrière de l'hôtel… n'est-ce pas ?

La demoiselle préféra passer la patate chaude à son chef.

**Eddy** ré expliqua : Monsieur le directeur de l'accueil. Il y a une entrée à l'arrière de l'hôtel, n'est-ce pas ?
**Monsieur** : Et alors ?
**Eddy** : Fournissez-moi la liste des personnes qui sont entrées et ou sorties par cette porte dérobée cette nuit.
**Monsieur** : On a aucune surveillance… c'est un peu le but.
**Eddy** : Monsieur… Me prenez-vous pour un cave ? Le but de cette entrée non surveillée est de faire rentrer des personnes payées pour soulager les maux de vos résidents. Elles entrent, font leur pratique et repartent par la même voie.
**Monsieur** : C'est possible, bien que peu probable.
**Eddy** : Il y a eu un mort. Souhaitez-vous faire entrave à la justice ? Je souhaite votre entière collaboration sur ce point. Je vais devoir faire mon compte-rendu à la police en mentionnant 'mensonges' en lieu de place de 'coopération'.
**Monsieur** : C'est notre premier décès… on ignore ce qui filtrera à la presse de ce que nous dirons à la police.

A cet instant, Le policier de l'extérieur arriva avec un badge Police-Accréditation. Eddy le montra très clairement au directeur de l'accueil.

**Eddy** : Je suis accrédité, donc je ne divulgue rien à la presse. Je laisse cela aux gradés. Maintenant à vous.
**Monsieur** : Il n'y a aucune caméra. Simplement, si quelqu'un tape à la porte et si 'on' nous a prié d'amener les invités à la chambre du demandeur, on le fait.
**Eddy** : Alors dites à vos portiers que j'ai besoin de l'information. Je souhaite connaître les entrées et sorties par cette petite porte.
**Monsieur** : Pour les entrées, je vais faire le nécessaire. Pour les sorties, il y a un bouton pour ouvrir la porte.
**Eddy** donna sa carte : Envoyez-moi les précieux renseignements. Et mettez sans faute aussi en copie l'inspecteur chargé de l'enquête.
**Monsieur** : Je cuisinerai mon portier de nuit sitôt son arrivée. Vous aurez de mes nouvelles ce soir donc.

## Chap. 8 : Au Ballon Rond (3)

**Eddy** : Pourrions-nous voir la chambre de Frederico ?

La demoiselle demanda l'accord de son chef via un échange visuel.

**Mlle** : Oui, je vais vous accompagner
**Eddy** à Suze : Tu viens ou tu restes avec ton nouvel ami ?

Suzie avait joué à la détective et elle pensait qu'elle avait bien fait. Alors cette remarque lui fît mal.

**Suze** : Si Dominique a quelques minutes, je vais attendre ton retour autour d'un bon café. Eddy, pas de bêtises qui ne seraient plus de ton âge avec une fille dont tu pourrais être le père.

Dominique, ainsi que la jeunette riaient sous cape.

**Eddy** : Je ne vais pas souiller une scène de crime quoique la tentation est trop belle.

L'électricité statique avait plombé l'atmosphère. Dominique et Suze restaient au rez-de-chaussée, à siroter un café gourmand. Eddy et Isabelle dans la chambre d'un mort. Isabelle déverrouilla la porte et laissa la politesse à son hôte. Eddy précéda Isabelle. Une chambre d'hôtel… ou d'un palace. Une suite royale à minima. Beaucoup de film transparent et de barrières pour empêcher d'avancer. Eddy parcourut les différentes pièces de l'appartement.

**Eddy** : Mlle, oubliez les propos salaces de mon assistante et ma réponse forcée
**Isabelle** en souriant : Je crois n'avoir rien entendu. C'était important ?
**Eddy** : Elle est efficace, mais parfois bien trop impertinente.
**Isabelle** : C'est bien plus que votre assistante ? N'est-ce pas ?
**Eddy** : Je peux vous le dire à vous qui pourriez être ma fille… Elle couche avec moi… mais chut… si son mari l'apprenait …
**Isabelle** : Et autant prévenir plutôt que guérir… j'ai un petit ami… de mon âge.
**Eddy** : Je ne suis pas un Rhino ! Et j'adore Suze… c'est quoi le problème dans mon look ?
**Isabelle** : Vous êtes encore fort séduisant, donc il peut y avoir ambiguïté sur vos envies vraies …
**Eddy** : Mais je ne désire qu'elle !
**Isabelle** : Dites-le-lui plus souvent alors.

Ensuite la visite de l'appart-hôtel se fît plus calmement. Il avait vu globalement ce qu'il voulait voir pour se rassurer. Aucune bouteille ou verre qui traînait. Un état de propreté proche de la perfection. Seul le lit était largement défait. Aucune trace suspecte genre drogue. Finalement, juste une banale, mais torride partie de jambes en l'air. Certaines capotes usagées traînaient encore à terre. Isabelle et Eddy prirent l'escalier pour rejoindre l'autre couple composé de Suze et Dominique. Isabelle fît apporter quatre autres cafés gourmands pour reprendre une discussion saine et sereine.

**Dominique**: Alors, Mr le détective, des pistes pour l'affaire, mais aussi pour notre tranquillité ?
**Eddy**: J'ai vu la chambre où le mort est décédé. J'attends vos informations sur la fréquentation de la porte d'entrée facilitée. Ah oui… mes informations iront directement à l'inspecteur chargé de l'enquête. Je ne déroge pas à la règle. Néanmoins vous pouvez m'aider sur un point.
**Dominique**, sirotant son second café gourmand: Ah oui, lequel ?
**Eddy**: Qui a fuité et appelé la presse ?
**Dominique**: Je ne vois pas.
**Eddy**: Dans mon imagination, la femme de ménage a prévenu son responsable, vous en l'occurrence, et ensuite vous avez monétisé cette information.
**Dominique**: Non, cela ne serait pas dans les règles.
**Eddy**: Vous avez merdé, C'est certes en périphérie de l'enquête, mais cela sera sanctionné. Compris ?
**Dominique**: Oui, je ferai une confession au PSG
**Eddy:** Et Suze est à moi. Sans aucun partage ou concession.
**Dominique**: Mais on n'a rien fait.
**Eddy**: Je suis un homme jaloux, possessif et je ne me contrôle pas toujours… tu comprends enfin !
**Dominique**: Je tiens à ma petite gueule. Là aussi j'ai compris.

Eddy et Suze quittèrent l'hôtel. Eddy fanfaronnait en agitant son nouveau badge à la vue de Dominique.

## Chap. 9 : Eddy Appart

Soirée 'chez Eddy'. Pas de moule, pas de frite, mais open bar. Trois filles pour Eddy, mais sa légitime était aussi la surveillante en chef. Elle tenait à conserver sa primauté. Et elle le ferait comprendre clairement à son homme, quel que soit son niveau de connerie avancée, ainsi qu'à ses invitées. Ce dimanche avait tous les traits d'une journée très longue. On espérait tous décompresser avec le bilan de début d'enquête. Autour d'un whisky et de trois jus de fruit, on discuta sur l'affaire. Poca & Hontas, Suze et Eddy.

**Eddy** : Pour vous mettre au parfum. On est allé ce jour sur le lieu de votre sport favori

**Suze** : Eddy… Reformule s'il te plaît.

**Eddy** : Nous sommes allés, Suzette et bibi à l'hôtel du 'Ballon rond'.

**Suze** : Tu vois quand tu veux …

**Eddy** : Les filles, quelles pièces avez-vous parcourues ?

**Suze** : Poca & Hontas, à part la chambre, racontez-nous tout. Ok ?

**Hontas** : On l'a attendu une bonne heure et pour passer le temps, on s'est mis en valeur dans la grande salle de bain.

**Eddy** : J'imagine

**Suze** : Eddy le Connard ! Ne confonds pas ce que tu espères et ce que tu ne feras jamais, car je serai toujours et encore là pour te dire avec qui tu as le droit de coucher.

**Poca** : Heureusement il est arrivé vers trois heures. Après c'était nettement plus dans nos cordes… style rodéo …

**Eddy** : Si on passait après l'épreuve olympique ?

**Hontas** : C'est dommage, car il y avait pas mal à raconter …

**Suze** : Le monsieur a dit tu passes !

**Hontas** haussant les épaules : Il était claqué, clairement au bord de l'épuisement. D'un autre côté, c'est notre job de l'épuiser. Je ne jurerai pas qu'il n'ait pas consommé avant, cela reste des super sportifs. Mais il a assuré grave… même pour deux Escortes, c'est dire tout de même. On est parti à cinq heures… on a appris la mort à midi à la radio. Dis Eddy ? Tu en penses quoi ?

**Eddy** : Qu'à cette heure la police est sur la même piste et que vous devez rester à l'abri. Vous avez un endroit où vous planquez ? Et quand je dis planqué, je veux dire mobile éteint et aucun client !

**Suze** : J'ai vécu cette galère. Alors pour vous éviter de faire une bêtise. Laissez immédiatement vos téléphones sur cette table. Et n'essayez même pas de me faire croire que vous en avez moins de deux par personnes.

**Hontas** : Tu es sérieuse là Suze ?

**Suze** : Jamais je ne l'ai été plus. Et je suis passée par là. C'était une exigence d'Eddy à l'époque et je crois bien que cela m'a sauvé la vie.

Quand Suze demande, les filles ne râlent pas. Poca fît claquer sa bulle de chewing gum et sortit d'on ne sait où quatre mobiles. Hontas s'éxécuta de même. On était à sept mobiles sur la petite table dans le micro-salon de Eddy. Suze ota les batteries de chacun, afin d'être sûre.

**Suzie**: Les filles, durant quelques temps, plus de tapin, plus de tenue de travail. Tenez-vous à carreau. Quittez ce lieu et oubliez-le. Si on a quelque chose à vous dire, on passera par Kawaii ou Mata Hari, et uniquement ces deux noms. Ok ?

Elles acquiescèrent.

**Suze**: Vous êtes innocentes de tout, jusqu'à preuve du contraire, mais Eddy a besoin de temps et de vous savoir en liberté pour le prouver. Si vous vous faites attraper, il n'aura pas vingt-quatre heures, alors tant que les lapines sont en liberté, Super Eddy peut enquêter et aura accès à toutes les pièces de l'affaire. Inutile de vous dire qu'il devra aussi composer avec la confidentialité autour du club du PSG et ses millions d'euros. Donc il ne peut même pas graisser la patte d'un joueur. Alors les filles. Motus. Faites gaffe aussi à Skype etc. Ne faîtes aucun achat internet et ne parlez plus de vous ou de nous !

Si Suzette avait voulu leur foutre la trouille de leur vie. C'était réussi à merveille. Même Eddy avait pitié pour elles. Il avait vraiment fichu une peur comme celle-là à Suze lorsqu'elle avait été accusée d'avoir occis un client. Il s'en voulait presque maintenant. Elles repartirent la queue entre les jambes… pour ne pas changer.

## Chap. 10 : Eddy et Suze au Parc des Princes

Mardi matin, E&S prirent le RER puis le métro jusque la station: Porte de Saint-Cloud. Eddy avait lu 'L'Équipe' durant le trajet, tandis que Suze faisait sa gymnastique manuelle en envoyant différents SMS à sa communauté. Elle leva les yeux vers Eddy. Elle culpabilisait à chaque fois qu'elle envoyait un texto à sa belle-sœur, la femme de l'inspecteur. Elle n'avait jamais avouée à son amour de détective qu'elle était en connexion régulière avec sa belle-famille. Donc à cet instant présent, elle demandait à sa belle-sœur comment se portait son mâle dominant à elle. Elle lui répondit qu'il avait passé sa soirée à se documenter sur les joueurs du PSG. Elle pouffa et Eddy lui demanda de faire moins de bruit. Eddy était venu plusieurs fois au Parc des Princes pour différents matches. Mais voir le quartier en journée et sans personne pour scander des chansons à la con, il savourait sa surprise.

**Suze**: Alors c'est là que la France est devenue championne du monde
**Eddy**: Oui et non, c'était en Russie il y a quelques mois. Tu ne te souviens plus de mes soirées cahuètes ? De plus, c'était au 'Stade de France' et non au 'Parc des princes'.
**Suze**: Ta consommation de pur malt avait doublé en juillet. C'était donc cela. C'est aussi le mois ou tu m'as le plus délaissée de notre vie commune.
**Eddy** renfrogné: Je ne me suis pas rattrapé depuis ?
**Suze**: Je ne crois pas.

A chaque coin du Parc des princes, à chaque porte d'accès à une tribune, il y avait une rangée de gardes qui refoulait les passants. À lui de tenter sa chance. Il était heureux d'avoir emmené avec lui sa compagne porte bonheur.

**Eddy** à un agent le bloquant: Bonjour, j'enquête sur l'affaire du décès.
**Agent**: Qui êtes-vous ?
**Eddy**: Je suis un agent extérieur. Un genre de consultant. Donc, je viens consulter pour établir différentes hypothèses.
**Agent**: Une accréditation peut-être ?
**Eddy**: Peut-être et même certainement.
**Eddy** sortant son badge de l'hôtel du ballon rond.: Et voilà le travail. Et il fît mine de dépasser le garde.

Eddy fut stoppé net par un autre garde. Ce dernier ne laisserait passer personne sans un geste positif du premier.

**Garde** : Mr Eddy. Ce laisser passer est valable pour un autre lieu. Merci de repartir.
**Eddy** : Mais je suis sur l'enquête !
**Garde** : Alors allez enquêter à l'hôtel, mais sûrement pas ici.

Eddy allait monter en pression et sa sainte gardienne de son sang-froid préféra intervenir.

**Suze** : Monsieur, auriez-vous un numéro de téléphone pour vous joindre. Nous allons contacter la police et ensuite ils vous appelleront. Cela est possible ?
**Garde**. Il donna un 06 : Je ne vous laisserai passer qu'à la condition que cette personne m'appelle.
**Suze** : Merci
Et à Eddy : Tu vois, pas la peine de jouer à celui qui a la plus grosse … Sans compter que je ne suis pas sûre que tu aurais gagné mon bel Eddy de mon cœur adoré.

## Chap. 11 : Eddy et René en introduction

**Suzie** : Bon alors, mon Eddy, on fait quoi maintenant ?
**Eddy** : On va s'installer en terrasse. Je finis mon journal 'l'Équipe' et on passera quelques coups de fil.

Ils s'installèrent au bistrot 'Bienvenue au Parc'. Suze imaginait cela comme une escapade en amoureux, sans pour autant perdre de vue ses amies Poca & Hontas. Mais là, avec un petit air frais sur un soleil pas trop pesant… Elle rêvait dorénavant de vacances avec son Jules. Eddy était plongé dans son quotidien et en profitait pour se tenir informé des autres sports.

**Suze** : Eddy, tu me résumes un peu l'affaire, ou je dois lire ton journal cette après-midi, lorsque je serai désœuvrée et sans client.
**Eddy** : Excuse ma chérie. Le résumé sur l'affaire. Il est mort à l'hôtel vers six heures. Les policiers posent leurs marques, mais aucun progrès pour le moment. On ne parle pas dans le journal de nos amis, mais je suis sur que c'est l'hypothèse probable retenue.

**Suze** : ‘Il l’avait appelée MA CHERIE’
**Eddy** : Fait chier ce garde. Je suis contraint d'appeler la police à la rescousse

Il composa le numéro de son beauf adoré.

**Eddy** : Salut René.
**René** : Tu es où, tu fais quoi ?
**Eddy** : Mon beauf adoré, et entre parenthèses merci du passe-droit hier. Je suis un peu dans la même situation, seul le lieu diffère. Je suis au Parc des Princes. Peux-tu étendre ton badge et inclure le Parc ?
**René** : Je suis en route. On se retrouve à l'entrée de la tribune Auteuil. Dis que j'arrive sous peu. J'évite d'utiliser le gyro.

**Suze** était encore toute en émoi. 'Il l'avait appelée MA CHERIE' ! Eddy tirait la main de Suzette en allant vers la rue d’accès à la tribune Auteuil. Il stoppa et attendit. Qu’est-ce que Suze pouvait être un boulet depuis pas mal de minutes. Ils attendirent comme deux amoureux à peu de pas des gardes. Ils regardaient les vigiles. Puis un vigile, plus ou moins méchant que les autres alla clairement vers eux.

**Garde** : Détective Eddy ?
**Eddy** : Oui ?
**Garde** : Vous pouvez passer. Mlle Marie vous attend à cinquante mètres.

Eddy et sa Suze passèrent la douane sportive et continuèrent d’avancer en *terra incognita.*

**Jeunette** : Monsieur Eddy ?
**Eddy** : Oui c'est moi
Vu la beauté exposée de la fillette à peine majeure, **Suzette** intervint : : Bonjour, je suis l’assistante du détective.
**Jeunette** : Bonjour à tous les deux. Je suis Mlle Marie et je gère toutes les relations publiques du club. Actuellement, c'est un peu compliqué, mais je suis heureuse de votre renfort.

Cette fille était tellement fondante et surtout belle à croquer selon le calibrage à la Eddy que Suzie craignait un max et serra encore plus fort la main de son homme. Comprendrait-il ? Il a fait et réussi Psycho… quelquefois on se demande comment. Suze ne lâchait plus son Eddy et ils suivirent Mlle Marie. Ils entrèrent dans le saint des saints. Un des plus grands clubs d'Europe, pour le budget, mas pas du tout pour le palmarès. Et l'obscurité dévoila en ses sous-sols un réseau de sections de salles où les gens s'agitaient. Enfin. Dans une salle, il y avait L'inspecteur (n'oubliez pas le titre honorifique 'en chef'), Mlle Marie, Vincent son assistant (et ça rime) et enfin Eddy et Suze.

**Mlle Marie**: Bonjour à tous et toutes. Je suis la 'public relation' du PSG. Vous êtes dorénavant 'accrédités' Parc des Princes. C'est temporaire. Vous passerez ainsi plus aisément les différents contrôles, même si je ne suis pas là.
**Eddy**: Merci
**Mlle Marie**: Nous, et je parle clairement au nom du club, nous voulons la résolution du décès. Déjà qu'on n'est même pas clairement sûr que ce soit un meurtre …
**René** : Il est établi qu'il est clairement décédé vers six heures du matin dans son lit à l'hôtel du ballon rond.
**Eddy**: Le lieu 'Oui', mais la cause dépend aussi de l'analyse toxicologique. Il n'y a pas eu arme blanche, donc orientons-nous vers les armes non franches. »
**René**: Je vais la recevoir incessamment. Euh pas l'arme, l'autopsie.
**Vincent**: Tous, nous sommes tous ici pour que le décès de Fréderico soit éclairci. Seuls nous ne pouvons œuvrer dans cette direction. Mais ensemble …
**Suze**: Tu as raison, il a de la tchatche sans en avoir l'air.
**Eddy**: Suze, tu me laisses ! Je cause avec Mlle Marie.
**Mlle Marie**: Vincent est plus qu'un apprenti. C'est un futur géant. Je le laisse vous aider… vous semblez en avoir bien besoin.
**Mlle Marie** à Eddy: Et si j'étais vous, Je ne regarderais que dans sa seule direction. Elle est parfaite pour vous. Sans que vous ayez le moindre besoin de jouer au monte-en-l'air sexuel.
**Suze** qui avait l'oreille fine: Ah oui, cela lui correspond assez.

**Eddy** : Mlle Marie, je ne me souviens pas vous avoir fait quelque avance. Je ressors vexé de ce début de conversation. Puisse l'enquête ne pas en pâtir.
**Suze** : Eddy, Accepte la leçon.
**Eddy** : Pourquoi ?
**Suze** : Parce que cela correspond à ma souffrance qui porte ton nom !
**Eddy** : Je ne savais pas… mon amour.

**Suze** : 'Il l'avait appelée MON AMOUR'

## Chap. 12 : Dans le saint du saint

Ils ne purent rien faire. Ni rien visiter.

**Vincent** se rendit compte de cette frustration et calma le jeu : : Messieurs René et Eddy, ainsi que Mlle Suze. Vous êtes sur le territoire du PSG. Cela implique des règles contraignantes. Vos seuls contacts coopérants seront Mlle Marie et moi-même. Même vos laissez-passer n'ouvriront pas toutes les portes. Si Mlle Marie ou Moi-même ne sommes pas là, vous ne pourrez-vous promenez en toute liberté et posez vos questions à quiconque. C'est un état dans l'état. En revanche curieusement ou non, 'On' le PSG veut la résolution de l'incident. À nous de trouver comment travailler en bonne intelligence.

**Mlle Marie** : Trop fort
**Eddy** : Oui, c'est cela même, trop fort.
**René** : Pour l'enquête, vous pourriez nous parler des coulisses du PSG.
**Mlle Marie** : Vaste sujet.
**Suze** : Je n'y connais pas grand-chose en foot, mais qui aurait des raisons d'assassiner un joueur ?

Vincent se tourna vers Mlle Marie.

**Elle** répondit : En général les guerres entre clubs passent par les

deux mercatos annuels. Le plus important des mercatos vient de s'achever. Mais aucun club ne s'abaisserait à un meurtre. Après, les matches, c'est juste pour épater la galerie.
**Vincent**: Le club va très certainement faire appel auprès de la FIFA pour une dérogation pour un ultime achat.
**Suze**: Ainsi va la vie d'un club de foot. Et tant pis pour la vie d'un joueur
**Eddy**: A qui profite le crime ?
**René**: Je ne comprends pas tout. J'ai besoin de temps.
**Eddy**: Merci Mlle Marie pour ces laisser-passer.
**Mlle Marie**: Pour ma curiosité. Que faites-vous ici puisque Frederico a été tué au 'Ballon rond' ?
**René**: Quand on aura trouvé comment il est mort. En attendant, je n'exclue aucune possibilité.
**Vincent**: Je vais vous raccompagner.

Il distribua sa carte de visite (le PSG faisait les choses en grand). Il y avait ses coordonnées d'un coté de la carte et celles de sa tutrice de l'autre.

## Chap. 13 : Récapitulatif soirée

Eddy hébergeait sa belle ce soir. Ils organisèrent un Skype avec Poca & Hontas. Suze était dans la cuisine à mitonner un repas du soir, mais elle ne ratait rien de la conversation, l'appartement étant petit mais coquet.

**Eddy**: Salut les filles, alors ces congés forcés ?
**Hontas**: Tu te moques hein ? C'est mauvais pour les finances de notre couple, mais en plus on ne peut rien dépenser. Donc tu es heureux ?
**Eddy**: Merci de continuer à respecter le deal
**Hontas**: Ça va durer encore longtemps ?
**Suze** de la cuisine: Tu les embrasses fort pour moi Eddy
**Eddy** vit une Poca entièrement nue se pointer devant la webcam : Si tu crois qu'on a attendu ton autorisation maman.
**Eddy** charmé enchaîna et tourna légèrement l'écran. : Hontas, tu

peux aller coucher la petite ?
**Poca** : Bouh… c'est encore sur moi que ça tombe.
**Hontas** : Eddy, on t'écoute. Quoi de neuf ?
**Eddy** : Pour l'instant on a simplement obtenu les différents badges pour entrer partout où on veux au PSG. Maintenant l'enquête débute vraiment.
**Hontas** : Et la police ?
**Eddy** : L'inspecteur chargé de l'enquête est mon beauf. D'où les accès rapides. Il sait pour vous. Restez où vous êtes. On collabore mais c'est une affaire complexe.
**Hontas** : Mouais… beaucoup de paroles pour peu de progrès.
**Eddy** : Mettez-vous au Sudoku et laissez-moi bosser.
**Suze** : Les filles, une enquête au PSG c'est une autre paire de manche que notre taff quotidien. Imaginez que l'enquête se déroule au Vatican, avec ou sans équipe de foot. Si jamais vous comprenez têtes de linottes. Mes amours.
**Hontas** : On t'aime aussi 'Paradis de tous les soirs'.

Et la connexion chût.

## Chap. 14 : Camps des loges

Eddy et René se coordonnaient souvent pour avancer sur leurs enquêtes communes. René savait à peu près officiellement qu'il y avait deux Escortes qui avaient visité le joueur cette nuit-là, mais ni lui ni le PSG ne souhaitaient une trop grande diffusion aux heures de grande écoute. Ce matin, les joueurs étaient au camp des loges pour un décrassage. Le premier depuis le décès. Cela ne sera pas simple. René préférait accompagner les hommes en blanc à l'hôtel, lieu probable du crime. Eddy montra ses deux laissez-passer au contrôle renforcé. Son nom avait été inscrit à la main sur la liste sur injonction de l'inspecteur (sans doute durant la nuit). Il se présenta sur le terrain, au sens premier du terme, bien que le sport fût loin d'être son activité première. L'entraînement était en cours et les journalistes et supporters se tenaient de l'autre côté du terrain, derrière un grillage de protection. Certains joueurs furent perturbés par cette intrusion sur le terrain, surtout si une femme en mini-jupe sexy s'y promenait. D'habitude celles qu'ils côtoient n'ont rien sur elle (je rigole !). Sous les sifflets des spectateurs, l'entraîneur n'eut d'autre choix que d'aller à la rencontre des deux intrus.

**Entraîneur** : Qui vous a laissé entrer et foutre le bordel sur mon terrain ! Et ce n'était pas une question.
**Suze** : Monsieur. On aide à l'enquête. Vous préférez des flics tout bleus ?
**Entraîneur** : Ah c'est vous les extras.
**Eddy** : Voyez-nous plutôt comme des flics en civils. Cela vous évitera peut-être de nous insulter pour commencer.
**Entraîneur** : Vous voulez quoi ?
**Suze** : On voudrait discuter avec les sud-américains. C'est un point de départ naturellement.
**Entraîneur** : Je n'ai pas de traductrice. Allez-vous faire …
**Eddy** : Mon assistante est multilingue, ça vous la coupe hein. Alors on va s'asseoir sur le banc de touche et vous nous les enverrez chacun leur tour.

L'entraîneur repartît et avec moult gestes d'exaspération… mais il ne se permit aucun doigt d'honneur. Eddy et Suze marchaient vers le banc de touche.

**Suze** : Je serai multilingue ?
**Eddy** : Écoute, il fallait clouer le bec à son arrogance ! Tu as bien fait espagnol en seconde langue ?
**Suze** : Et s'il nous envoie un Brésilien ?
**Eddy** : Et alors ?
**Suze** : Je ne parle pas portugais !
**Eddy** : T'as jamais couché avec des Brésiliens ? Tu dois savoir communiquer un peu ?
**Suze** : Ça va réduire la conversation.
**Eddy** : Et prions qu'il n'y ait pas de brésilienne.

Un joueur s'avançait vers eux.

**Eddy** : Nom de Dieu, Hernandès Camares, l'avant-centre aux cent

buts en deux saisons au PSG.
**Eddy**: Suze, assure s'il te plaît, je me sens tout mou et je vais rester muet. C'est Hernandès merde !»
**Suze**: Monsieur Hernandès. Bravo pour vos cent buts… et votre baccalauréat de Français.
**Hernandès**: Mlle, Si toutes les journalistes étaient comme vous, tous les joueurs 'South américains' apprendraient déjà le français.
**Eddy**: Mr Hernandès, je suis fan.
**Suze**: Hernandès, on enquête sur le décès de Frederico.
**Hernandès**: Il venait d'arriver. Je suis colombien et lui argentin. On parle la même langue. Il était très prometteur. On joue à peu près le même style de jeu. On aurait pu être en concurrence, mais on pouvait aussi se compléter et surprendre l'adversaire.
**Eddy**: Monsieur Hernandès, vous lui avez servi de grand frère à la soirée du doublé. N'est-ce pas ?
**Hernandès**: Moi et son agent. Son français est non présent. On a pas mal discuté avec un jeune stagiaire école. Vince. Il avait de l'envie et ça nous a plus et on a eu plaisir discuter.

Le joueur suivant était Everaldo Pignola, brésilien. Il baragouinait un Français de contrefaçon. Suze sut le convertir en compréhensible. Il y eut d'autres joueurs. Pour le moment, l'enquête ne progressait pas. Ce qui ne signifiait pas que c'était une mauvaise chose. Juste une étape intermédiaire. Un passage obligé.

## Chap. 15 : Eddy René

Skype entre Eddy le détective et René l'inspecteur en chef, en soirée.

**Eddy**: Bien le bonsoir Inspecteur
**René**: 'En chef' s'il te plaît, et grâce à toi.
**Eddy**: René, je patauge dans la semoule. Le PSG est mieux gardé que Fort Knox. Pas facile non plus d'y faire parler les gens.
**René**: De mon côté non plus. J'ai connu des enquêtes plus faciles. Avec ou sans ton aide.
**Eddy**: Je vais avoir du mal à avancer. Tu as dû avoir les résultats

de l'autopsie.
**René** : Oui, cela m'était sorti de l'esprit.
**Eddy** : Alors rappelle toi aussi qu'on est dans la même équipe. Sœurette va te botter les fesses, mauvais joueur.
**René** : Je cherchais juste à ménager mes effets.
**Eddy** : Donc …
**René** : Il est mort.
**Eddy** : Bingo ! Mais ça je le savais déjà.
**René** : Empoisonné.
**Eddy** : Ça je ne le savais pas. Tu es sûr que ce n'était pas dû suite à un… surmenage
**René** : Je suis sûr.
**Eddy** : Mais il y avait bien des traces de stimulants ?
**René** : Pas la moindre trace.
**Eddy** : La vache !
**René** : Frederio est mort à la suite de l'absorption, volontaire ou non de l'Avinacute.
**Eddy** : C'est du sûr ça ?
**René** : Bin je cite les experts.
**Eddy** : Ok, bonne nuit
**René** : Bonne nuit frère de ma préférée

## Chap. 16 : Le journal des arrestations

**France-Info** dix heures, l'heure programmée du réveil du détective Eddy
: Nous venons d'apprendre l'arrestation de deux femmes à la gare du nord. Elles s'apprêtaient à quitter la France et prévoyaient de traverser le Channel pour rejoindre un pays qui a lui aussi décidé de quitter l'Europe. Elles seraient liées au décès de Frederio Gomez-Garcia, l'ex-joueur prometteur du Paris Saint Germain.
**Eddy** : Et merde ! Elles ne pouvaient pas se tenir à carreau !
**France-Info** : Ces deux personnes auraient été vues s'échappant de l'hôtel du 'Ballon rond' le matin de son décès.
**Eddy** : Putain. J'en connais un qui va devoir me rendre des comptes.

En caleçon, sans Suze pour le calmer, il passa un reste de café noir au micro-onde et téléphona à son beauf, en mode main libre et haut-parleur.

**Eddy** : René !
**René** : Eh beauf. Tu as de la chance de me trouver, j'allais justement faire une conférence de presse.
**Eddy** : Tu me dois une explication !
**René** : Je ne te dois rien du tout. Je mène mon enquête.
**Eddy** : Mais tu le sais qu'elles sont innocentes ? Tu as vendu ton âme au diable pour un abonnement au PSG ? Tu ne sais même pas jouer.
**René** : Suffit, j'ai un métier et l'éthique qui va avec.

Eddy raccrocha. Il y a des causes perdues qui ne méritaient pas qu'on use sa salive. Son beauf !

## Chap. 17 : Sœurette

Eddy avait téléphoné à sa Sœurette adorée chérie. Il la convoqua à son appartement. Il y avait crise.

**Eddy** : M'enfin sœurette, ton gus est un con et en plus il enferme les amies de Suzette !
**Suze** : Sœurette, sur ce coup, René a tout faux et pour se faire bien voir en haut lieu, il balance des innocentes. Ça lui est monté à la tête sa promotion obtenue grâce à Eddy justement. Il vise quoi ?
**Sœurette** : Je peux m'asseoir et avoir un verre d'eau ?
**Eddy** : Excuse Sœurette, mais si même Suze est en furie, c'est qu'il y a matière à. Oui bien sûr. On va se calmer et parler entre personnes adultes.

Enfin installés à la table. Chacun son verre à siroter, et un paquet de gâteaux apéritif ouvert sur une petite assiette.

**Sœurette** : Je ne vois plus guère René durant cette enquête. Enfin, peut-être aussi depuis sa promotion.

**Suze** : On est tous fier de son nouveau titre.
**Eddy** : Même moi, c'est dire.
**Suze** : Maintenant il veut son commissariat à lui.
**Eddy** : Quel con.
**Suze** : Eddy !
**Eddy** : Il n'est pas fait pour un boulot de gratte papier. C'est cela que je voulais exprimer.
**Sœurette** : Je regrette le temps où nous étions réveillés en pleine nuit et qu'il partait en m'embrassant tendrement
**Eddy** : Tu veux dire qu'il ne t'embrasse plus. Le saligaud !
**Suze** : Ta sœur veut dire qu'il passe tout son temps au commissariat, donc plus de lit et plus de bisou.
**Eddy** : Ah …
**Sœurette** : En ce qui concerne vos deux amies, on ne les fera pas libérer.
**Suze** : On ira les voir au poste. Veille déjà à ce qu'il n'y ait pas de notion de 'au secret'.
**Sœurette** : Alors on ira ensemble. Je préfère être sûre.

## Chap. 18 : En prison

Le même trio se présenta au commissariat. Eddy avait une carte d'entrée permanente et une place gratuite sur le parking. Pour aller voir les cellules, il fallait s'enregistrer et avoir un accord. Le prévenu prévu à cette fonction connaissait bien Sœurette (la femme du boss) et Eddy, un habitué bien vu. Mais il était gêné.

**Garde** : Mme René, Eddy. Les personnes à qui vous voulez rendre visite sont au secret. Aucune visite n'est autorisée. Ordre de l'inspecteur
**Eddy** levant le doigt : En chef, Inspecteur en chef
**Garde** : Oui Mr Eddy, ordre de l'inspecteur en chef
**Eddy** : C'est nettement mieux. Bon, Ce n'est pas cette personne que nous venons voir, mais sa colocataire. Elle a bien une compagne de cellule ?
**Garde** : Oui Monsieur Eddy. Donc Je vous donne l'autorisation d'aller voir Mme Armande Desfossés, enfermée ici pour avoir

tenté d'empoisonner son chat avec des somnifères.
**Suze** : Mais où va le monde.

Avec les talons aiguilles de Suze, les prisonnières entendirent arriver la cavalerie bien avant de la voir.

**Suze** : Salut les filles. Accompagné d'une bonne paire de bisous au travers les barreaux.
**Poca** : Mais c'est le bel Eddy. Dis Suze tu me le prêtes pour une nuit ou deux ?
**Suze** : Dans tes rêves. Ni à toi ni à ta frangine.
**Hontas** parlant de Sœurette : C'est qui elle ? Une nouvelle ? Va falloir qu'elle travaille son look.
**Sœurette** : Je ne suis pas consommable. En fait je suis la femme de l'inspecteur qui vous a coffrée.
**Eddy** : Inspecteur en chef
**Suze** à Eddy : Tu stoppes tout de suite ton comique de répétition.
**Sœurette** : Mlle. Nous aimerions vous innocenter et je rejoins la troupe du détective. Enfin si mon frère préféré accepte ?
**Eddy** : Faute de meilleure proposition, j'accepte… Et j'emmerde mon beauf.
**Hontas** : Eddy. En dehors des présentations familiales, tu as des questions à nous poser pour faire progresser notre cas… enfin si tu tiens à nous sortir de ces sales draps. Que tu nous crois innocentes ou non. Viens Poca, on va se tenir chaud plus loin au fond de la cellule.
**Suze** sur le départ : Les filles. J'ai confiance en Eddy. À bientôt

Poca & Hontas firent au revoir en croisant les doigts. Suze était importante.

## Chap. 19 : L'agent de Frederico

Mlle Marie appela le mobile d'Eddy.

**Mlle Marie** : Monsieur Eddy. Venez cette après-midi au parc, je vous ai prévu un entretien intéressant.

**Eddy** : Oui, j'accoure.
**Suze** : Mon bel étalon. Vers quelle bichette comptes-tu accourir ?
**Eddy** : Mais enfin, c'était Vince, tu sais mon pote stagiaire du PSG. Vraiment ma beauté, tu as besoin de vacances.
**Suze** : ‘Il l’avait appelée MA BEAUTE’
**Eddy** l’embrassant tendrement dans le cou. : Je vais au Parc. Tu viens ou non, comme tu veux.
**Suzie** avait quelques picotements cérébraux, rien de bien sérieux. : Je t’accompagne. J’adore te voir discuter avec la belle poulette.

Eddy comptait demander la permission d’emprunter la Twingo de Suzette. De fait il partit avec elle. Arrivés au Parc des Princes, ils se la jouèrent stars et s’engagèrent sur la voie ‘parking pour invités’ et cela fonctionna. quinze minutes plus tard, ils étaient avec Vince et Mlle Marie dans une loge VIP. Mlle Marie utilisa son mobile et parla en anglais. Peu de temps après, une jolie hôtesse accompagna un homme basané, très certainement sud américain. Il sourit et ses dents blanches éclairèrent la loge.

**Mlle Marie** : Senior Alvarez, Je vous présente le détective Eddy, qui est ici sous couverture policière pour résoudre ce meurtre.
**Alvarez** : Senior Eddy, Buenos dias.

Cinq fauteuils. Cinq verres de champagne. Décidément, cela devait être moins cher que la Cristalline.

**Mlle Marie** : Eddy, Monsieur Alvarez est l'agent de Frederico. Il a accepté de coopérer et il offre sa totale adhésion à votre enquête.
**Eddy** : Mr Alvarez. Frederico était un bon joueur que j'ai vu joué (sur le câble) dans le championnat sud-américain. Sa prestation ce samedi ne reflétait pas son niveau, mais je pense quand même que le PSG a fait une super affaire.

Eddy laissa Mlle Marie faire la post synchronisation linguistique. Mais en fait, ce fut Vincent qui s’en chargea.

**Alvarez** : Plaisir à être questionné par un expert.

**Eddy** : Seulement un profane averti. La courbette suivie.

**Eddy** : s'il vous plaît, quel impact a sur vos affaires le décès de Frederico. En toute compassion Senior.

**Alvarez** (traduit par Vince) : C'était un gain prometteur. Cinq années payées. Je les ai, l'assurance ne le reprendra pas. Juste pour vous, c'est moins de 1% de mes gains. Je fais 80% avec le PSG, les deux clubs de Barcelone, Londres et ses multiples clubs, et Munich. Frederico n'était pas grand-chose, mais j'ai une vie en dehors des billets.

**Suze** : Mr Alvarez. Amenez-vous votre femme aux matches de footeuball ?

**Alvarez** : Oui bien sûr et congratulations pour la Russia et deuxième étoile.

**Eddy** à Suze : Tu veux en venir où en fait ?

**Suze** : Je ne sais pas… Je cherche

**Vincent** : Senior Alvarez, Le contrat de Frederico… Y-avait-il des tirelires à rebondissement ? (ça, pas facile de trouver la traduction adéquate)

**Alvarez** : Le contrat de Frederico était important. Le Mercato Juno est ma période faste. Mais aucune raison de l'éliminer. C'est imposseeeble dans la profession. Vous pensez que ce serait moi qui étais visé ?

**Eddy** : Ne brûlons pas les étapes. C'est tellement soudain. On pense que Frederico était la cible. On se concentre sur le décédé.

**Vincent** : Avant de signer à Paris, il était déjà dans votre book ?

**Alvarez** : Non, on a un accord en Amérique… du Soude. Il y a des agents pour chaque niveau de compétition. Frederico est devenu une star. Il a dû changer d'agent. Je suis devenu son agent international. Bien sûr j'ai racheté son ancien contrat. Et je suis devenu son super nouvel agent !

**Vincent** : Mr Alvarez. Frederico a été un bon coup PSG, et il est mort. Je ne sais pas à qui profite le crime, mais en tout cas c'est l'assurance qui casque ('qui paie', expliquera-t-il peu après).

**Eddy** : Mr Alvarez, Cela va vous permettre de placer éventuellement un autre joueur ?

**Alvarez** : Non ! Je n'ai pas de joueur de cette classe en réserve. J'ai gagné le jack pot une fois, mais personne en seconde ligne, j'aurai bien aimé.

## Chap. 20 : Escortes

Eddy & Suze décidèrent de rendre une nouvelle visite de courtoisie aux consœurs de Suzette, bien empêtrées au commissariat.

**Eddy** : Bin les filles, avec vue sur un poster de la tour Eiffel. Waow !
**Suze** : Bonjour les filles. On est venu passer un peu de temps avec vous. Eddy a des questions, et moi à boire et à manger.
**Poca** : Super ! Des fraises tagada. Hé Hontas, il y a aussi des crocos.
**Hontas** en faisant la bise à Suze avec une petite larme : Merci Suzette.

Autour d'un goûter improvisé, style les convives ont tous dix ans. Eddy restait debout et allait de la table à la porte et de la porte à la table pour piocher à nouveau dans les sachets de bonbons.

**Eddy** : Hontas, comment avez-vous été contactées, pour votre prestation ?
**Hontas** : En fait c'est son agent. Et ce n'était pas la première fois, pour lui ou pour un autre. C'est comme cela que les choses sont orchestrées. Les agents connaissent l'hôtel, comment trouver les meilleures filles, et savent ce qu'il y a de mieux à offrir à ces joueurs pour rester leur agent.
**Suze** : Je confirme, cela arrive que des agents contactent mes filles.
**Eddy** : Bienvenue à l'hôtel du lupanar. Et lupanar ça rime avec… Enfin celui-là, pour une fois qu'il se roule ailleurs que sur la pelouse. (Réponse : Neymar)
**Hontas** : Eddy, en quoi cela nous aide ?
**Eddy** : Au moins, y en a un que je peux ré-interroger. L'agent

## Chap. 21 : Eddy René Mlle Marie

Toujours en cellule, pendant que Suzie faisait moyennement attention à sa ligne en grignotant quelques bonbons à la gélatine, Eddy s'éloigna au fond de la cellule et passa un coup de fil.

**Eddy** : Mlle Marie, c'est Eddy. J'ai besoin d'interroger l'agent du mort.
**Mlle Marie** : Mais vous l'avez déjà interrogé. Ce serait lui ?
**Eddy** : Cool Mlle Marie. Ce n'est pas parce que je cause deux fois avec la même personne que c'est une bonne piste. C'est notre combien de coup de fil ?
**Mlle Marie** : Ok, mais c'est mon premier meurtre.
**Eddy** : J'aimerais pouvoir dire la même chose
**Mlle Marie** : Mr Alvarez va repartir dans les prochains jours en Amérique du Sud.
**Eddy** : Et ?
**Mlle Marie** : Il sera demain au camp Ooredoo et fera une opération séduction & prospection. Il souhaite revenir au prochain mercato, donc ne pas partir trop bruyamment.
**Eddy** : Ah bon, c'est plus le camp des loges
**Mlle Marie** : C'est justement le nouveau nom du camp des loges.
**Eddy** : Et le camp des loges Ooredoo fait partie de nos passes coupe file ?
**Mlle Marie** : Non, mais je vous prépare cela. Vous viendrez seul… ou avec votre encombrante assistante ?
**Eddy** voyant Suze s'approcher dangereusement : Voilà, c'est cela. Ok pour deux couverts. À demain matin.

## Chap. 22 : Camps des loges - Ooredoo (1)

Tout se passa comme pour un ballon miniature sur un terrain de baby-foot, à cent à l'heure. Les gardiens (pas de but) tiquèrent sur la Twingo. L'autorisation était sans ambiguïté. Ils se garèrent entre une Ferrari et une Porsche. Suze prit un selfie d'eux deux avec les trois voitures.

**Eddy** : T'aurai pu la laver tout de même. On fait un peu tâche.
**Suzette** faisant éclater une bulle de chewing-gum : Fallait choisir. Au moins mes essuies glace sont neufs. Et tu n'as pas mis la main à la poche.
**Eddy** : Tu sais, c'est un peu dur ces derniers temps.
**Suze** sans ambiguïté : C'est souvent dur, mais j'aime assez.

Eddy & Suze sortirent du parking et arrivèrent directement sur le terrain. Les tribunes étaient vides. Mais Mlle Marie les repéra et les prit sous son aile. Mlle Marie fît la bise à Eddy et tendit froidement la main à son assistance Suze. Suzette n'aimait pas qu'une gamine tourne autour de son mec. À trois ils s'installèrent sur un banc de touche en attendant la fin de l'exercice en cours. Eddy entre les deux femmes. Les footeux trottinaient chacun avec un ballon, et dribblaient entre des cônes de la sécurité routière. À chaque ordre de l'entraîneur, ils s'échangeaient les ballons entre les deux équipes, les jaunes et les oranges. Suze admirait les pectoraux et les foulées des athlètes payés des milles et des cents.

**Suze**: Quand on voit ces beaux produits du terroir international qui courent et bombent le torse en passant devant nous, et quand on sait ce qui nous attend le soir au domicile …
**Mlle Marie**: Les essayer, c'est les adopter
**Eddy**: Ok, je ne dis pas que j'ai les mêmes plaques de chocolat, mais quand même.
**Suze**: Oui, mon chéri, tu as d'autres qualités que tes tablettes fondantes façon Nutella
**Mlle Marie**: Suze, vous commencez à me plaire
**Suze**: Alors cessez votre petit jeu et arrêtez de lui laisser croire qu'il pourrait finir dans votre lit.
**Mlle Marie**: Promis, quoique …
**Eddy**: Je suis quoi moi.
**Suze**: Un jouet. Mais tu enquêtes bien. Et n'oublies pas que tu es sur une affaire. Alors mets le turbo mon beau.
**Mlle Marie** toussotant: Euh, on pourrait aller voir …
**Eddy**: Senior Goncalvez !
**Mlle Marie**: Non, Mr Alvarez.
**Suze**: L'agent du mort, au moins là, tout le monde comprend.

## Chap. 23 : Camp des loges – Ooredoo (2)

**Mr Alvarez**: Si Mlle Marie, que pouis-je pour vous ?
**Mlle Marie**: Encore besoin de quelques questions.

Qu’est-ce qu’elle regrettait l’absence de Vincent. Ça lui apprendra à se la jouer perso. On apprend à tout âge.

**Mr Alvarez** : Tout dispo pour vous Mlle.

Suze prit le relais et son espagnol, qui n’égalait pas celui de Vincent, mais permit au moins d’avoir un dialogue clair.

**Suze** en espagnol : Senior Alvarez, vous connaissez Poca ?
Le senior en question perdit toute sa superbe. **Mr Alvarez** : Rien du tout, ni elle ni sa collègue.
**Suze** (sous la férule de Eddy) : Comment avez-vous eu le numéro de téléphone de Poca… et de sa collègue dont vous venez de reconnaître son existence.

Mlle Marie était embêtée de ne pas maîtriser le dialogue. Plus jamais sans Vincent !

**Senior Alvarez**, qui devenait nerveux répondait avec un Espagnol plus approximatif : Si, j’ai commandé deux filles pour mon joueur. J’avais fait une belle affaire. J’ai bien précisé une fois et une seule.
**Eddy** : Ça c'est sûr qu'il n'y en aura pas d'autre.
**Suze** : Vous avez souvent fait cela ?
**Mr Alvarez** : Ça arrive, ça fait partie du business.
**Suze** : Vous le faites pour vos joueurs ou aussi pour chasser sur les plates-bandes des joueurs d'un autre agent ?
**Eddy** intervint : On exige votre historique de ce genre de pratique. un an d’historique. Vous ne quittez pas le territoire de la France. Suze, traduis-lui.
**Eddy** ne lui laissa par terminer : Je veux l’historique demain matin dans mes courriels. Explique-lui que sinon ce sera l’inspecteur René qui est encore moins rigolo que moi.

Eddy fit celui qui était bien remonté et s’éloigna avec Mlle Marie, sans aucune suspicion de Suze.

**Mlle Marie** : Vous êtes sûr de vous ?
**Eddy** : Il faut le brusquer… et la seule méthode. On lui coupe le

vol retour.
**Mlle Marie**: Mais vous avez le droit ?
**Eddy**: Tout dépend si l'inspecteur me couvre. On ne sait jamais avec ces cons de la police.
**Mlle Marie**: Donc ?
**Eddy**: Il a jusqu'à demain.

## Chap. 24 : Debrief

Eddy en soirée tenta d'organiser un Skype collectif. Lui, Suze, Mlle Marie, Vince, et René.

**Eddy**: Merci beaucoup de vous être connectés. J'aimerais échanger autour d'une pratique qui pourrait être courante. Je vous le lâche en scoop. Les agents paient des parties de jambes en l'air à des joueurs ou à d'autres joueurs qu'ils prospectent. C'est juste le business.
**Mlle Marie**: Peux-tu compléter ? C'est une pratique connue, mais pas si répandue que cela.
**Suze**: Mlle Marie, je suis de la maison, enfin de l'autre maison. Donc, c'est beaucoup plus courant que la facette que tu minimises. Peut-être même après chaque match, du genre la prime girl … Une forme de carotte.
**René**: Merci Eddy.
**Eddy**: Je progresse, mais il y a une forme d'omerta parisienne. Heureusement que Mlle Marie m'aide dans ce capharnaüm.
**Mlle Marie**: Je ne gère pas les agents
**Eddy** : Si vous transformez l'hôtel du 'Ballon rond' (propriété du PSG) en hôtel de passe, alors vous êtes un maquereau.
**Mlle Marie**: On va se fâcher, Eddy !
**Eddy**: Alors demandez à l'inspecteur René de me dessaisir de l'enquête. René : Réponds à la Demoiselle. Tu me confirmes ou tu m'infirmes ?
**René**: Je confirme le détective Eddy. Mlle Marie. Si vous souhaitez éviter les vagues, il est votre meilleur allié. Moi, je ne peux pas faire de concession, ma plaque de Police me l'interdit.
**Mlle Marie**: J'accepte. Faute de mieux

**Eddy**: Mlle Marie. Je bosse pour vous, et pour le PSG. Je veux savoir la vérité sur la face cachée du ballon rond
**Mlle Marie**: Vous l'avez dévoilée. Il est possible qu'il y ait une face sombre quasi insoupçonnée.
**René**: Si Eddy s'en occupe, rien ne sera officiel, donc rien dans la presse. Vous préférez mon intervention ?
**Mlle Marie**: Ok, merci c'est plus clair et plus motivant.
**Suze**: Donc acte. Mlle Marie, supportez Eddy, car il vous aide bien plus que vous ne le pensez.

## Chap. 25: Mlle Marie + Vince

**Mlle Marie**: Vincent, J'ai besoin que tu sois là demain matin sans faute à huit heures.
**Vincent**: Ok Mlle Marie
**Mlle Marie**: Tu ne me demandes pas pourquoi ?
**Vincent**: État d'urgence et apprentissage en accélération.
**Mlle Marie**: Voilà, c'est cela même.

A huit heures, Mlle Marie et Vincent entrèrent dans les bureaux du PSG. Ils prirent place et allumèrent leur ordinateur.

**Vincent**: C'est quoi la leçon du jour ?
**Mlle Marie**: Tu établis la liste des joueurs du club et quel agent est derrière.

Vincent comme à son habitude s'attela à la tâche qu'on lui avait confiée sans poser de question. Deux heures plus tard.

**Vincent**: Mlle Marie, je viens de vous envoyer la liste. J'ai pris tous les joueurs, jusqu'en division espoir
**Mlle Marie**: Je pensais être tranquille pour toute la matinée.
**Vincent**: Je peux faire semblant de travailler si vous préférez.
**Mlle Marie**: Tiens, pendant que tu bossais au ralenti, j'ai recherché les potentiels futures recrues pour remplacer Frederico. Alors c'est du confidentiel. Tu me fais la liste des agents correspondants.
**Vincent**: Merci Mlle Marie.

## Chap. 26 : Historique Escortes

Eddy reçut par courriel la réponse de Senior Alvarez. La liste des prestations de nature sexuelle (Escorte) à l'hôtel du ballon rond depuis une année, pour ce seul agent. Eddy demanda comme d'hab son aide à sa beauté éternelle, sa Suzie d'Amour. Suze fit un petit geste discret et se rapprocha de l'écran, mettant sa monture de verre chevauchant son joli minois.

**Eddy** : Approche-toi, que je t'admire. Ça t'embellit encore. Si c'était possible.
**Suze** : Oui bon ce ne sont que des lunettes.

Eddy lui prit une mèche de cheveux et la plaça derrière son oreille.

**Suze** : Bon tu arrêtes de jouer ou j'arrête de t'aider.
**Eddy** : Ok Ok. Bon tu as la liste des joueurs et leur agent dans le fichier 1 et la liste des joueurs qui pourraient remplacer le décédé dans le fichier 2.
**Suze** : Et il veut trouver quoi le super détective ?
**Eddy** : A qui profite le crime. Fais-moi un tableau croisé dynamisé dont tu as le secret et trouve moi le top 3 des agents qui avaient intérêt à voir disparaître Frederico.
**Suze** : Et la liste des cadeaux nocturnes au ballon rond ?
**Eddy** : C'était juste pour faire patienter René.

Eddy regardait Suze comme si c'était la première fois qu'il la découvrait. Il la couvait du regard.

**Suze** : Bon ça suffit de me mater comme cela. Sinon je porte plainte pour harcèlement visuel.

Au terme de plusieurs triturages de fichiers et avec l'utilisation de formules, Eddy et Suze discutèrent des tris et de voir qui sortait du lot. Ils tombèrent d'accord sur un joueur et son agent, encore Mr Alvarez. Leur meilleure piste pour comprendre.

## Chap. 27 : Un joueur

Suze téléphona à Kawaii. L'affaire était entendue. Kawaii se présenta au 'Ballon rond' à vingt-trois heures. Suze avait obtenu le 06 du joueur par Mlle Marie. Elle appela pour parler d'un cadeau de la part de Mr Alvarez. La nuit se passa paisiblement. Kawaii pratiqua sa mission professionnellement et revînt directement au petit matin chez Eddy pour rendre compte. Kawaii sonna et Suze prit une petite robe de chambre en quittant le lit pour ouvrir la porte d'entrée, non sans avoir vérifié par le judas si c'était bien une amie qui était de l'autre côté. Suze tomba dans les bras de Kawaii. Elle n'aimait pas envoyer les filles en mission, et angoissait. C'est cette humanité qui faisait qu'elle était appréciée de toutes. Un quart d'heure plus tard, les trois convives étaient autour de la table, et un café noir et chaud était la seule boisson visible. Kawaii en tenue de sortie, belle à croquer. Suze en footing rose, et Eddy en caleçon rose et tee-shirt marcel mettant son manque de biscoteaux en avant.

**Eddy** : Kawaii, cela ne pouvait pas attendre une heure décente ?
**Kawaii** : Pour ta gouverne, j'ai fait autre chose que dormir moi.
**Suze** : Kawaii, je suis heureuse de te revoir. Tu sais comme à chaque fois j'ai peur
**Kawaii** : Si on t'obéit sans poser de question c'est peut-être parce tu as mérité largement notre confiance.
**Eddy** : La prochaine fois, j'apporte un paquet de kleenex avec le café.
**Kawaii** : Agent Kawaii, prête pour faire mon rapport.
**Eddy** : Il y a rapport et rapport.
**Suze** : Kawaii, tu sais les faire parler, tu as obtenu quoi s'il te plaît sinon tu ne serais pas venu aussi vite et gâcher le réveil du super détective
**Kawaii** : Il est au PSG, mais en espoir, de temps en temps sélectionné sur le banc de touche. Il est désolé pour Frederico, mais rêve de prendre sa place. Ils avaient le même agent. Est-ce que cela va aider ? En tout cas, il ne rate aucun entraînement. Il espère que la FIFA refusera la demande d'un joueur supplémentaire exceptionnellement pour cause de décès.

**Eddy** : On aura quand la décision de la FIFA
**Kawaii** : Aujourd'hui. Et il frétillait d'impatience. Il a aussi dit et ajouté que son agent l'avait largement rassuré.
**Eddy** : Oui, c'est le rôle d'un manager, de positiver et de maintenir le moral au beau fixe
**Suze** : Merci ma belle, tu as assuré dit-elle en lançant un regard noir à son Eddy.

## Chap. 28 : Un Agent

Suze appela Mlle Marie pour avoir le 06 de Alvarez. Il lui était toujours interdit de quitter la France, si on s'en tenait à la menace d'Eddy.

**Eddy** à Suze : Tu comptes piéger l'agent comment ? Qui lui offrirait une gâterie sur un plateau ?
**Suze** : Sans compter qu'on ne sait pas si c'est sa pratique en tant qu'agent, même si avérée pour les joueurs.
**Eddy** : Ah oui… et merde
**Eddy** : Suze… contacte ton réseau et s'il pratique, fais une interversion de fille.
**Suze** : Je vais voir. Pour le coup ce sera un réseau parallèle. Je ne connais pas trop le groupe de Boulogne, mais qui n'essaie pas ne trouvera jamais.

Quelques heures plus tard, Suze sourit à Eddy.

**Suze** : Primo : Il est hétéro. Secundo : Il pratique et il fait passer cela en note de frais le salaud. Tertio : Mata Hari sera sa fille ce soir. Il a une chambre à la demande au bordel du 'Ballon rond'.
**Eddy** : Que du bonheur. Et elle sait y faire Mata.
**Suze** tiquant : Comment connais-tu la qualité de ses pratiques ?
**Eddy** : Mais non mon cœur, mais tu parles tellement souvent de son savoir-faire.
**Suze** : Eddy, ne joue jamais avec mon cœur.
**Eddy** : Je t'aime.
**Suze** : Tu le dis pour la première fois, mais j'ai du mal à laisser

exploser ma joie.
**Eddy** : Ça viendra. Car je le pense vraiment.

## Chap. 29 : Nuit avec un Agent

Mata Hari sonna sur les coups de six heures du matin à l'appartement de Eddy, où Suze logeaient assez souvent, et plus encore en période d'enquête.

**Eddy** à Suze : Va ouvrir. Elle se sont donné le mot tes amies ?
**Suze** : Elles t'aident. Alors habille toi. C'est ta préférée. La belle Mata

Effectivement, Mata Hari fut introduite en tenue nocturne dans la salle commune et on attendait nerveusement que le café noir finisse de passer. Eddy appréciait la tenue de Mata. Il faisait attention à ne pas trop reluquer. Et sa paranoïaque de Suze qui voyait le mal partout !

**Suze** à Mata Hari : Je suis super heureuse de te revoir. C'est toujours un plaisir.
**Mata Hari** : Je n'ai fait que mon job Suze, plus les extras habituels, plus la tentative de tirage de vers du nez.
**Eddy** : Allez café noir pour tous et toutes. Ce sera biscottes et confiture de fraise, je n'ai pas eu le temps de faire un tour à la boulangerie.
**Mata Hari** : Ce sera parfait Eddy.

Suze fit tomber subtilement un morceau de biscotte et se baissa immédiatement. Le but était de vérifier la position des jambes autres que les siennes. Rien à redire pour le moment.

**Mata** : J'avais un petit creux. Merci Eddy.
**Suze** : Quelles informations as-tu ?
**Mata** : Il était heureux. La FIFA a refusé quelque chose. Je n'ai pas compris quoi. Donc son plan avait marché.
**Eddy** : Il a dit d'autres mots sur le 'plan' ?

**Mata** : Qu'il était content de son coup. Mais ne parlait-il pas de moi ?
**Eddy** : Alors choisis tes mots si cela peut nous aider ?
**Mata** : Il a dit qu'il attendait un nouveau contrat. Il a parlé de gros coup
**Eddy** : Suze, je suis désolé, y a présomption, mais pas de preuves.

## Chap. 30 : Commissariat (1)

Une fois n'est pas coutume, Eddy et Suze étaient avec René dans un lieu connu : le commissariat. René avait réservé la grande salle de réunion. Chacun y prit ses aises et le débrief débuta.

**René** : Eddy, Je t'ai laissé les coudées franches. Ça arrange le PSG car on n'étalera rien sur le 'Ballon rond'. Pour le reste, on me demande des comptes notamment au sujet de deux poules.
**Suze** : On les a mises en garde René. Et cela arrange aussi le PSG qu'elles ne causent pas trop.
**Eddy** : L'enquête avance.
**René** : Et ?
**Eddy** : On a une bonne piste, mais aucune preuve, donc on cherche autour, en resserrant la bride.
**René** : Ah. Donc on la boucle quand ?
**Eddy** : Ah ah ah… Si notre piste est la bonne. Si. Alors on cherche une preuve. J'espère que ce sera moins long que la quête du Graal.
**René** : Je connais ce genre d'emmerde. Je ne te jetterai pas la pierre.
**Eddy** : Si je progresse, c'est grâce encore une fois à Suze.
**René** : Je sais ce que nous lui devons, dans ce genre d'enquête.
**Suze** : René, on en saura plus dans deux à trois jours, sinon ce sera une mauvaise nouvelle.
**René** : Merci. Tenez-moi informé. Pour le moment le PSG me couvre car ils ont peur de pire que toi… moi.

## Chap. 31 : Commissariat (2)

Lorsqu'il les vit se lever, l'inspecteur en chef les retint.

**René** : Ola… Restez assis, moi aussi j'ai une nouvelle.

Tous s'assirent et aucun mot ne troubla le silence du commissariat.

**René** : J'ai reçu les résultats de l'analyse du poison. Ok, n'applaudissez pas tous en même temps.
**Suze** : On t'écoute…
**René** : Le poison est d'origine brésilienne. C'est un extrait d'une plante aquatique genre algue urticante.
**Eddy** : Super, on peut suivre comment les acheteurs ?
**René** : Difficilement. Comme tout poison, à faible dose c'est un médicament
**Eddy** : Mais on peut connaître les acheteurs ?
**René** : C'est en vente libre en parapharmacie. Tu veux combien de millions d'acheteurs ?
**Eddy** : Et Merde. Encore une piste qui finit en eau de boudin. Au fait, c'est quoi les symptômes ?
**René** : Je ne sais pas moi, j'ai pas la boite.
**Eddy** : Non, quelle serait la posologie pour tuer quelqu'un.
**René** : Je vais rappeler le service des expertises scientifiques à Lyon.
**Eddy** : Vas-y, et moi avec Suze, on va demander à Google.

Suze pianota sur son mobile, tandis que René téléphonait.

**Suze** : C'est comment le nom de l'algue ? René tu peux au moins nous le donner ?

René leur présenta un bout de papier avec un nom latin, donc imprononçable. Suze était championne du monde de SMS. Au bout de cinq minutes, Suze affichait un site qui donnait la marche à suivre.

**Eddy** : René, raccroche, 'Speedy Gonzesse' a encore gagné

**Suze**: Bla bla bla... cinq milligrammes pour faire baisser la tension, dix pour tuer. Douze heures de sursis, beaucoup moins si la personne fait de l'exercice physique régulièrement.
**René**: Il précise la nature des exercices votre ami 'Gougueule'?
**Eddy**: Ça pue le produit dopant que des agents pourraient faire avaler à leurs joueurs, en jouant aux apprentis médecins. Dangereux, mais crédible.

**René** raccrochant (et n'ayant pas suivi la conversation): Putain de fonctionnaires. Ils me rappellent.
**Eddy**, prenant son air de bon gagnant: Allons René, Suze a dégainé plus vite. Ton produit fait baisser la tension, mais à double dose, tu claques en quelques heures. Et comme il doit être classé dans les produits dopants, il est forcément connu des agents. Pour les détails, *confere* mon assistante.

## Chap. 32 : Étonnement

Garcia Fernandez avait explosé (sportivement) récemment... au PSG. Il avait été prêté par Boca Junior pour deux ans, avec 'promesse' de contrat. Senior Alvarez était son agent international. Sans doute espérait-il qu'il serait le remplaçant de Frederico. En ce cas, si le joueur joue régulièrement avec l'équipe première, il touche un bonus mesuré à la minute de jeu (et on ne paie pas en jeton de belote ou en grain de riz).

**Eddy** à René : Je pense que le joueur est clean, mais pour faire tomber son agent, il faut lui faire peur. Tu pourrais le questionner pendant une garde à vue. Moi quand j'y vais avec Suzie et sa mini-jupe magique, moi, je fais moins sérieux.
**René**: Ok, je le cuisine à la française, et aucun coup de fil.
**Eddy**: Tout est dans le doigté de l'annuaire en papier.

## Chap. 33 : Commissariat (1)

René avait signé les papiers pour une arrestation préventive pour Mr Alvarez, agent de joueurs de son état. Cela s'était fait avec la complicité de Mlle Marie qui avait autorisé le car de police à entrer dans l'enceinte du parc. Ils repartirent avec une personne de plus, un étranger, cela va de soit. En toute discrétion, Garcia fut pour les cinquante derniers mètres au commissariat, encagoulé et placé dans la cellule préférée de Eddy & Suze. Celles de leurs premières amours. René fit appeler Mlle Marie qui arriva avec Vincent le stagiaire.

**René** : Je me serais bien débrouillé seul, mais il ne parle pas français assez précis pour être pris en compte légalement pour une déposition. C'est dans vos cordes ?
**Mlle Marie** : Vincent, peux-tu rendre service au commissaire s'il te plaît.
**René** : Euh. Inspecteur seulement, même si je suis en fait Inspecteur en chef.
**Vincent** : Bonjour Inspecteur en chef. Allons voir Senor Alvarez

Dans la cellule, un seul prisonnier, Le Senor Alvarez.

**René/Vincent** : Bonjour, on aimerait vous poser des questions supplémentaires.
**Mr Alvarez** : Et vous croyez que je me serais enfoui si vous m'aviez posé des questions sans m'emprisonner. J'ai collaboré. Le football est un sport de fair-play ! Encore plus que le rugby.
**René/Vincent** : Quand avez-vous vu Frederico pour la dernière fois ?
**Mr Alvarez** : A la soirée. On a trinqué puis j'ai été accaparé par les jeunes de l'école. Il pourra témoigner lui, il y était. Il m'a vu partir. Et Frederico était encore vivant à ce moment. De toute manière, ce n'est pas à la soirée qu'il est mort.
**René/Vincent** : Nous allons vous laisser. On revient demain avec d'autres questions. On entamera le volet des produits dopants.

Mr Alvarez encaissa le coup bas et sourit. À l'extérieur des cellules, là où le présumé innocent ne pouvait rien entendre.

**Vincent** : Pourquoi ne pas continuer de le cuisiner ?
**René** : C'est pourtant ce que l'on fait, adjoint inspecteur. On le laisse mijoter cette nuit.
**Vincent** : Et pendant ce temps vous envoyez une équipe fouiller son domicile.
**René** : Si jamais tu es recalé en sortie d'école, il y aura une place pour toi dans la police.
**Mlle Marie** dont les mots dépassaient sa pensée : Il faudra me passer sur le corps.
**René** : Faut que je demande la permission à ma femme. Et je suis sûr qu'elle dira non. Allez circulez, et merci pour le coup de main
**Vincent** : On peut repasser demain pour l'épisode 2 ?
**René** : Permission accordée.

## Chap. 34 : Commissariat (2)

Rendez-vous matinal au commissariat pour Eddy & Suze, Mlle Marie & Vince, et l'inspecteur en chef René.

**Vincent** : Mr l'inspecteur. J'ai quelque chose à vous montrer
**René** : Vas-y, on ira titiller le prisonnier ensuite.
**Vincent** : Hier Mr Alvarez m'a dit que j'avais été témoin de son départ. Alors j'ai visionné les vidéos que j'avais prises pour immortaliser cette soirée. Et je suis tombé sur ça.

On voyait (Vincent avait calé la vidéo sur les dix secondes importantes) Mr Alvarez ouvrir deux sachets et verser consécutivement la poudre contenue dans une flûte de champagne. Puis il prit sa flûte et se dirigea vers un joueur pour la lui offrir : Frederico.

**René** interloqué : Tu veux dire que tu as la preuve du meurtre et on a perdu tout ce temps par ta faute.

Vincent ne s'attendait pas cette réaction. Il recula et fut pris par les bras protecteurs d'Eddy.

**Vince**: C'est vrai qu'un inspecteur qui ne pense pas à confisquer toutes les vidéos de la soirée mérite sans doute la médaille de la perspicacité.
**René**: C'était de l'humour, petit.
**Vincent**: Je n'intégrerai jamais les forces de police Monsieur l'inspecteur en chef.
**Mlle Marie**: De toutes façons, il aura son diplôme haut la main et une place assurée au PSG. Une place dans la tribune Auteuil pour commencer lui est acquise.
**Eddy**: Bon ça vaut la peine de continuer à torturer le prisonnier ou on peut passer à la phase de mise en accusation ?
**Suze** tenta une diversion: Au fait, la perquisition ?
**René**: Il y avait des boites de ce médicament, mais j'avais lancé la perquisition sur tous les agents sud-américains. Alors ils sont tous coupables potentiellement. Tous dopés, comme dans le cyclisme, hélas.
**Eddy**: Bonne initiative René. Encore une enquête résolue par une collaboration Police-Privé, avec une belle aide Sportive.

## Chap. 35: Menottes

Quatre personnes, l'inspecteur en chef, Mlle Marie, le président du Paris Saint Germain et le supérieur direct de René tenait concile au Parc des Princes. Comment gérer cette crise. Mlle Marie s'occupait de la traduction avec le président. Pas de Vincent, pas d'Eddy ni de Suze. On n'invite jamais les opérationnels lors des conseils décisionnaires.

**Mlle Marie**: Mr le président vous remercie pour votre enquête.
**Commissaire**: C'est tout naturel

René voyait bien que son supérieur faisait et ferait tout pour tirer la couverture à lui.

**Mlle Marie**: Nous souhaitons qu'il n'y ait pas de vagues. Déjà

que la FIFA nous refuse une dérogation. Encore un coup du Barça.
**Commissaire**: Nous avons attrapé le coupable, Les détails annexes seront gommés pour les journalistes.

La vie est ainsi. Au moins les amies de Suze pourront refaire le commerce de leurs charmes. On convoqua la presse au commissariat pour leur jeter Mr Alvarez en pâture. Mlle Marie indiqua que cet homme par appât du gain avait mis en péril l'équilibre d'une équipe de stature européenne. La FIFA n'ayant pas accordé une dérogation d'achat de joueur, Marie annonça donc que Garcia Fernandez n'était plus espoir mais titulaire. Et ainsi l'attention des journalistes pour les questions laissa tomber un criminel pour revenir vers le plus important, le sport et la bonne santé du PSG.

## Chap. 36 : Invitation au PSG

Mlle Marie avait convaincu son staff que la réussite et la discrétion de l'enquête émanaient d'autres personnes en fait. Elle quémanda pour eux quelques privilèges. Vincent obtint un abonnement en tribune Auteuil pour les trois saisons de ses études. Eddy & Suze tous les matches européens de la saison en loge VIP. Une loge étant conçue pour quatre personnes. René et Sœurette faisaient partie du package cadeau. Pour le commissaire, rien. Et Mlle Marie offrit des goodies à tous. Vincent eut un bonus. La collection complète des autographes de la saison en cours, soit vingt-neuf signatures avec à chaque fois un petit mot gentil. Pour ce soir, pour la première journée du championnat, ils étaient dans une loge VIP. Le PSG rencontrait un promu. Et ils remportèrent le match 7 à 0. Dont deux buts de Garcia. Mlle Marie passa la soirée avec eux. Tous savaient aussi que Vince préféraient la chaude ambiance virile de la tribune Auteuil. À un moment donné, Eddy trouva le moyen de poser une question qui lui taraudait l'esprit…

**Eddy** : Et pour le foot féminin, c'est quoi les cadeaux nocturnes ?

## Enquête N° 9

## Au cœur des sites de rencontres.

### Chap. 1

Sur le site internet de rencontre Cœurix, ou Cœur-X, Jedi78, nouvel abonné se connectait chaque soir depuis une semaine. Il était célibataire, trente ans, jamais au bon moment au bon endroit pour la bonne fille. Il ne souhaitait pas d'animal de compagnie, juste une amie qui serait sa copine. Il démarra un feu de cheminée, un luxe en appartement. Il avait aussi allumé la télé en fond sonore. Il voulait juste se trouver une moitié alter-égo. Une femme pour aller avec lui. Il s'était inscrit sur le site il y a peu. Une promotion : un mois payé, un mois offert, comme pour les pizzas. Jedi78 avait envoyé des ~~bises~~ sourires virtuels à différents profils de : filles, pas à la terre entière non plus. Il était urbain et cherchait une citadine. Une femme qui ne passerait pas son temps dans la salle de bain à se maquiller, mais pas un garçon manqué non plus. Elle devait rester féminine. Pour le reste, si elle connaissait la saga 'Star War' sur le bout des doigts, ce serait un bon début. Ce soir par rapport à la prospection de la veille, deux avaient répondues. Pas un grand 'Oui', mais un 'Oui on peut continuer'. Il avait réfléchi pas mal de temps sur quoi écrire. Il se lança. Il valida les deux messages.
Et il passa à autre chose, comme se préparer son petit plat au micro-ondes, tout en laissant l'ordinateur ouvert. Il avait une cheminée avec insert dans son appartement versaillais. Une petite folie. Il gagnait assez bien sa vie. Mais comment avouer dans son milieu qu'il ne trouvait pas pantoufle de vair à son pied. Il se sentait ridicule de passer par un site. Il regardait la dernière saison de GoT (Game of Thrones) sur la télévision. En fait une dérivation d'un site de streaming relié avec son ordinateur ouvert. Il allongea ses grandes gambettes et sa chatte Princess Leia venait faire patoune-patoune sur son ventre et surtout sur son tee-shirt préféré de 'Chewbacca'. Mais elle avait droit de préemption. L'ordinateur émit un bip. Petit, mais audible. Petit, mais sensuel. Princess Leia leva des yeux tristes en direction de son Jedi, puis avoua sa défaite

et tourna bride. Jedi78 se leva précipitamment et marcha d'un pas calculé vers son ordinateur.
Le PC sortit du mode veille.: Vous .. avez .. un .. nouveau .. message. Jedi78, fébrile, cliqua pour voir qui, ainsi que le contenu du message. C'était Cixi78. C'était son second choix, mais c'était déjà et aussi et surtout une super nouvelle. La question posée par Jedi78 au message précédent était 'Quel jour fête-t-on Star War ?' La Réponse de Cixi78 était: Fastoche, le 4 mai (May the 4th/ Force be with you). À moi (Cixi78) : Quel est le meilleur épisode de la saga ?». Jedi78 pensa très fort la réponse qu'il allait poster à Cixi78: Le 5 bien sûr : L'empire contre-attaque. Pour lui c'était le 4, mais il savait que les filles préféraient le 5 à cause de la réplique de Hans Solo au 'Je t'aime' de la Princesse Leia. Han solo répliqua un sobre 'Je sais'. Il envoya la réponse sans penser à poser une nouvelle question.
Il était content de lui et retourna à GoT qu'il avait momentanément mis sur pause. Et Princess Leia qui pardonne facilement revint faire des câlins au Chewbacca de ses rêves. Deux heures et demi plus tard, il utilisa la zapette pour éteindre l'écran. Il sortit son ordi du mode veille. Zut, il n'avait pas entendu le bip annonçant un nouveau message. Trop tard pour cette nuit. La flamme de présence de sa dulcinée était éteinte. À demain. Il mit quelques granulés de croquettes dans l'assiette de Princess Leia et alla se pieuter. Cela lui laissera le temps de cogiter sur la question de Cixi78 'Combien d'épisodes étaient prévus à la conception du projet'. Il s'endormit avec la réponse qu'il enverrait le lendemain au petit déjeuner : 12.

## Chap. 2

La police municipale de Saint-Quentin en Yvelines patrouillait dans le quartier du Parc près de l'Université. Comme chaque nuit, ils se promenaient par groupe de deux. Le but était d'éviter qu'un coin dealer ou point de deal ne s'installe. Ils se dirigèrent vers le centre du labyrinthe végétal. Il y avait une petite butte. Et ils ne marchaient pas au hasard. Ils avaient cinq parcours prédéfinis et leur chef décidait avant la ronde celui qui serait déroulé. Ils étaient accompagnés par ‘Dieter’, berger allemand de son état.

**Agent 1** : Et toi, tu passes Noël en famille ?
**Agent 2** : Non, j'ai demandé à être au commissariat. Je n'ai pas envie de voir la belle-famille, alors j'ai mis mon absence sur la nécessité de service.
**Agent 1** : J'en aurai des fois tellement envie aussi, mais ma belle-mère est un vrai détecteur de mensonge.
**Agent 2** : Oh oh. Dieter a flairé quelque chose de pas net.

Ils détachèrent la laisse et avancèrent une main sur le flingue, mais surtout sans le sortir. La boule de poil était bien dressée et avait pour consigne de ne jamais se précipiter, sauf contre-ordre et de rester en visibilité des deux agents municipaux. Le bon chienchien se dirigeait vers le centre du labyrinthe. Dans le carré central, Dieter s’arrêta près d’un corps et aboya.

**Agent 1** : Assis Dieter. Monte la garde.

Dieter s’assit comme on lui avait appris. Agent 1 utilisa son mobile pendant qu’Agent 2 faisait quelques pas dans le labyrinthe en s’éclairant de sa lampe torche. Ils cherchèrent des éléments en lien, mais sans saccager la scène de crime. Une heure après, le labyrinthe était condamné. Les policiers en bleu nuit quadrillaient la zone. Un Inspecteur adjoint était là pour initialiser le dossier. Il ne fallait pas bâcler le travail, car de ses prises de notes pouvaient dépendre la qualité d’une enquête. Le corps et les lieux furent photographiés sous toutes les coutures. Cet officier de la police municipale continuera de documenter le dossier à l’IML (Institut Médico-Légal) qui explorera le corps pour déterminer les causes du décès. Il était trop tôt pour statuer sur un meurtre, mais pour lui ce n’était ni un suicide ni une mort naturelle. Les policiers restèrent toute la matinée suivante à questionner les passants et les proches habitants. L’IML confirma l’intuition de l’inspecteur adjoint. La femme, victime était morte étranglée, et violée également. Meurtre sordide du quotidien. Le commissaire confia l’enquête à l’inspecteur en chef René. Il avait de bons résultats et il en voulait.

Dans la tête du **Commissaire** : On va le charger, on va jauger sa capacité de travail. Ce sera un bon test.
A midi, le **Commissaire** téléphona à l'inspecteur en chef René. : inspecteur en chef. Je vous confie le meurtre du Labyrinthe.
**Inspecteur en chef**: Mr le commissaire. J'ai aussi l'affaire des diamants du supermarché et la disparition d'une femme dont on suspecte son mari de la battre.
**Commissaire** : Cessez de pleurnicher. Vous me faites pitié, sans aucune once d'efficacité. Et puis cela ne fait pas longtemps que vous occupez ce poste. Je suis bon prince. Je vous affecte deux policiers municipaux tant que vous aurez trois enquêtes en parallèle.
**Inspecteur en chef**: Merci Mr le commissaire.

Comme si ajouter quelques pions remplaçait du temps pour travailler correctement. Du temps, il en donnait pour mériter sa promotion. Il avait l'impression de plus connaître son bureau que sa chambre à coucher avec la sœur d'Eddy.

## Chap. 3

René se lit livrer un sandwich. Il consulta le dossier qu'on lui avait refilé façon patate chaude. À chaud, c'est à dire avec seulement son instinct de flic, René pensa immédiatement à de la prostitution estudiantine. Ah si seulement il avait Suzie dans son équipe. Il téléphona.

**René** : Eddy, cela me fait plaisir de t'avoir au bout du fil.
**Eddy** : D'un autre côté, c'est mon numéro que tu as composé.
**René** : Un accident, C'est Suze que je souhaitais contacter.
**Eddy** : Ma sœurette sait que tu appelles ?
**René** : Arrêtes tes conneries, C'est professionnel.
**Eddy** : Oui, c'est ce que me dit toujours Suze.
**René** : Mais Ducon tu me la passes ! C'est professionnel de mon côté, pas du sien.
**Eddy** : Cool beauf, je vais voir si elle a envie de parler un non-

client irascible
**Suze** : Salut René, alors toujours l'amour courtois entre vous deux.
**René** : On a du mal à passer au niveau supérieur. Suzie, j'ai besoin de toi.
**Suze** : En quoi puis-je t'aider René ?
**René** : J'ai une affaire qui est plutôt de ton ressort.
**Suze** : Plutôt nébuleux ton ressort ...
**René** : Une jeune femme étudiante étranglée et violée à deux pas de l'université de Saint-Quentin en Yvelines.
**Suze** : Et tu as pensé à moi ! Pourquoi ?
**René** : J'ai pensé à une piste de prostitution estudiantine. Suzie, peux-tu m'aider ?
**Suze** : J'ai passé l'âge, mais je ferai mon possible.
**René** : Merci Suze, tu es comme une sœur. Je t'envoie les infos non confidentielles sur le courriel de Eddy.
**Suze** : C'est normal René. Ça va de ton coté ? Tu sembles à bout de force ?
**René** sans répondre à la question : Tu fais plus que m'ôter une épine du pied. Et remercie Eddy.

Ayant raccroché, Suze resta circonspecte, silencieuse et figée.

**Eddy** : Suze ça va bien ? Il ne t'a pas demandé ta main au moins ?
**Suze** : Non rassure toi. René est très bizarre.
**Eddy** : Ça y est tu ouvres les yeux. Depuis le temps que je te dis que j'ai raison.
**Suze** : Il m'a dit de te dire merci.
**Eddy** : Putain ça craint. Tu es sûre ? Tu n'as pas pu mal entendre ?
**Suze** : Comme toi quand je te demande de mettre tes fringues sales dans le bac à linge sale ?
**Eddy** : Pas pareil. Mais si c'est vrai il m'inquiète. Il couve quelque chose.
**Suze** : C'est ce que je me suis dit aussi.
**Suze** : Euh Eddy, tu n'as pas un courriel pour moi ?
**Eddy** : Un de René. Maintenant tu offres tes services gratos à mon beauf
**Suze** : Ouvrons-le ensemble alors.
**Eddy** : Oui mon cœur.

Eddy & Suze changèrent de 'device' de communication. 'Exit' le téléphone, 'welcome' le 'laptop'. Eddy & Suze découvrirent le dossier de Jessica Thurroi, étudiante en Psycho, Master 1. Elle, provinciale qui travaillait à McDo pour payer sa chambre étudiante et ses études. Aucune aide parentale. Aucun lien parental non plus. À Eddy et Suze de monter un plan d'investigation. René avait donné son accord pour l'acte 1.

## Chap. 4

Ce soir, le soir exclusif Eddy & Suze, où Suze refusait le moindre rendez-vous professionnel. Cette soirée hebdomadaire, elle la consacrait entièrement à Eddy. Elle l'aimait… et l'aime. Elle réduisait ses revenus mais si c'était pour le bonheur du couple. Après le gros câlin, ils restèrent allongés l'un contre l'autre, corps chaud contre corps brûlant.

**Eddy** : Suzette ?
**Suze** : Oui mon Eddy ?
**Eddy** : Ça en est où la prostitution estudiantine à SQY. S'il te plaît.
**Suze** : C'est notre Fac à tous les deux. Même si on ne s'y est jamais croisé. Bizarre.
**Eddy** : Ne détourne pas la conversation s'il te plaît. C'est là que tu t'es essayé au tapin ?
**Suze** : Tu sais que ce sont des questions intimes. Si je te réponds, je serai nue en ce cas, sans plus de secret ni de cache secrète.
**Eddy** : Laisse tomber, je t'aime avec tes secrets.
**Suze** : Merci, tu sais que ma condition n'est pas top cool. Pour ton info, je me force et force chacune de mes filles à avoir un entretien mensuel avec une psychologue. Certaines plus que d'autres en ont besoin. J'en ai besoin.

Eddy & Suze avaient aussi souvent besoin de tendresse et de caresses.

**Suze** : Saint Quentin en Yvelines était une ville assez active à notre époque. Depuis quelques années, avec l'interdiction de la pub cachée suggestive prostitutrice, cette activité a beaucoup baissé. Une fille se vends par bouche à oreille, ou choisit clairement l'Escorting. Et oui, j'ai quelques liens, d'où l'appel de ton beauf.

**Eddy**: C'est pour renouveler les vieilles que tu restes en contact avec la Fac

**Suze**: Comme dirait ton beauf, 'Connard' !»

**Eddy**: Écoute Suzette ...

**Suze**: Eddy tais toi !

**Eddy**: Oui je préfère aussi.

**Suze**: Le métier Eddy, juste le métier.

**Eddy**: Désolé ma belle. Je regrette.

**Suze**: Alors dormons maintenant.

**Eddy** : Bonne Nuit, Paradis de Toutes Mes Nuits, jour après jour.

Pour ceux qui l'ignorent, le nom de scène de Suze, c'est 'Paradis d'un Soir'.

## Chap. 5

Suze commença par se remettre au parfum. Un aperçu internet était suffisant. Ensuite elle hésita à contacter sa collègue à la Fac. Elle décida de faire une pause-café au préalable. En sirotant son café brûlant, elle avait les larmes aux yeux. Comment combattre la prostitution alors que c'était son fonds de commerce. Et le fallait-il vraiment ? Comment pouvait-elle aider René sur son enquête, mais aussi sa conscience. Elle adapta son casque audio et lança un appel téléphonique par internet.

**Suze**: Anna, j'ai besoin de tes connaissances.

**Anna**: Suze, tu me fais peur ?

**Suze**: Une fille est morte au parc.

**Anna**: Oui, je sais, mais elle ne fait pas partie de mon cheptel.

**Suze**: Ne me la fait pas. Étudiante Master 1, violée étranglée.

**Anna**: Écoute, parce que c'est toi. Je vais me renseigner auprès des Master 1 savoir qui était cette concurrence déloyale. Parce que c'est toi.

**Suze** : Merci.
**Anna** : Tu es jeune à ce niveau de poste dans la profession, mais tu es réglo. Je n'ai que des échos positifs sur toi. Et sur ton détective, un beau gosse. Ça joue un max.

Anna rappela trente minutes plus tard.

**Anna** : Suzette, j'ai tes infos
**Suze** : Vas-y ne me fais pas languir.
**Anna** : Jessica Thurroi n'est pas une Escorte. Ni concurrente, ni occasionnelle
**Suze** : Bin alors je fais quoi avec elle ?
**Anna** : D'après mes sources, elle cherchait le prince charmant.
**Suze** : Et donc ?
**Anna** : Site de rencontres ma beauté.
**Suze** : Merci, on reste en contact.

## Chap. 6

Eddy & Suze comptaient passer au commissariat, mais René leurs indiqua qu'il serait à la maison. Mais l'enquête étant prioritaire, Sœurette comprendrait, mais jusque quand ? Eddy & Suze vivaient en symbiose, mais déranger René chez lui, c'est Eddy qui recevra les foudres de sa sœur, et il n'était pas tellement accro à ce genre de torture. Eddy contacta son beauf par Skype au retour de Suze de sa prestation extérieure. Eddy était rassuré que personne ne répondit. Mais c'était compter sans René.

**René** : Allo la communauté. Deux secondes, je m'isole dans le cagibi bureau.
**Eddy** : Prends ton temps.
**René** : Ça y est. Je retire le casque. Le son est tout de même de meilleure qualité.
**Eddy** : On vient te rendre compte beauf.
**René** : Merci. Super. De l'avancement clair.
**Suze** : Jessica, l'étudiante décédée n'était ni une régulière, ni une occasionnelle.

**René** : Il nous reste quoi comme option ?
**Suze** : René, il reste les sites de rencontres.
**René** : Je ne suis pas un spécialiste non plus.
**Suze** : René, on continue à t'aider. À bientôt.
**René** : Merci du fond du cœur.
**Suze** : René, on se voit ce dimanche chez 'Mam'.
**René** : 'Of course'.

## Chap. 7

La tradition à laquelle tous doivent se plier. Le premier dimanche de chaque mois, c'est chez Mam. Depuis quelques années, le nombre des abonnés était en sérieuse augmentation. À table, outre Mam, quoique souvent à la cuisine, il y avait René & Sœurette, et Eddy & Suze. Cinq assiettes. Mam avait préparé un apéritif marquise, à base de champagne.

**Mam** : Alors René, vous en êtes où professionnellement ?
**René** : Depuis ma promotion que j'assume, je me démultiplie et j'assure.
**Sœurette** : René passe beaucoup de temps au commissariat et sur des tas d'affaires différentes.
**René** : Oui, mais c'est normal. Et puis, On attend de moi que je sois au top niveau.
**Eddy** : René, ta charge de travail … Et sœurette
**René** : Ne me fait pas chier toi. Je fais mon trou à la police et là-bas je suis reconnu.
**Suze** : Et Sœurette ? Sous-entendu 'Tu la rend encore heureuse ?'
**René** : Foutez-moi la paix. Je fais mon boulot, moi.
**Sœurette** :S'il vous plaît, tous, passons.

Le dimanche fut tendu du début à la fin. Mam ne desserra pas ses mâchoires. Sœurette conservait ses larmes, mais il ne faudrait pas la bousculer. René était furax. Eddy et Suze était gênés. René et Sœurette partirent tôt dans l'après-midi. Eddy & Suze restèrent pour le café goûter de quatre heures.

**Mam** : Ils m'inquiètent ces deux-là.
**Suze** : René travaille trop.
**Mam** : Ma fille est malheureuse. Donc je ne veux rien savoir d'autre.
**Eddy** : Mam, c'est juste une crise.
**Mam** : Il faut les aider. Et ce n'est pas René qui le fera seul.
**Eddy** : Mam, On va donner un coup de semonce à René pour commencer.
**Suze** : Mam… C'est la vie, mais on va veiller au grain hein ?
**Mam** : Merci Suze, tu es une chouette belle-fille.

Suze ne se formalisait plus sur le sujet. Mam était très subjective, mais verbeusement positive.

## Chap. 8

Retour à l'enquête.

**Suze** : Eddy, il va falloir que tu contactes Julien pour avoir la liste des sites de rencontres sur lesquels elle était inscrite.
**Eddy** : Je sais

**Eddy** : Julien, comment ça va ?
**Julien** : Tu sais que je suis en sursis ?
**Eddy** : J'ai besoin de tes doigts de fée.
**Julien** : Si on trouve une trace de mon action sur n'importe quel serveur au monde, je vais direct au trou.
**Eddy** : Je travaille avec la police. Ils en tiendront compte.
**Julien** : Bin si maintenant tu es un collabo, alors je dois être rassuré.
**Eddy** : Une jeune femme est décédée au Parc de Guyancourt il y a peu. Son prénom 'Jessica'. On veut … On voudrait savoir sur quels sites de rencontres elle était inscrite.
**Julien** : Rien d'autre ? Car le point d'entrée, c'est tout de même le piratage d'un dossier confidentiel de la police pour une enquête en cours.
**Eddy** : Tu me rappelles ?
**Julien** : Ouais Ouais et si t'as pas de nouvelles de moi sous

quarante-huit heures, tu téléphones à tes amis pour savoir où ils m'ont coffré. Allez Bye.

Suze caressa le cou de son Eddy. Lui si humain, contraint de demander une chose indemandable. Elle l'aimait car c'était un homme, un vrai selon son cœur.

## Chap. 9

Dans la Scénic de la police municipale, Eddy et René était à l'arrière et le conducteur actionna le gyro. Ils arrivèrent dans les temps dans les dix neuvièmes arrondissements. Ils avaient rendez-vous au siège de Cœurix, une startup de site de rencontres. Eddy se servit de cette information avec comme consigne de tout mettre en œuvre pour ne pas dénoncer sa source miraculeuse.

**René** : Une chance du feu de dieu. Tu t'inscris sur un site au hasard, et tu trouves une correspondance floue qui pourrait matcher avec le compte de la morte. Chapeau bas
**Eddy** : Je donne de ma personne pour faire avancer ton enquête, et voilà que tu ergotes. Il est peut-être encore temps pour opérer un demi-tour ?
**René** : Allez, tu participes à mon succès. À chaque fois je te cite dans mes comptes-rendus. Donc mon succès retombe sur ton humble personne.
**Eddy**, préférant pour une fois prendre sur lui : Bon on frappe ou on entre ?

La société Cœurix avait ~~ses~~ son bureau au 5ème étage avec ascenseur d'un immeuble de logements reconverti en immeuble de siège de petites sociétés. Ils discutèrent directement avec le Président Directeur Général de la startup.

**René** : Bonjour Mr Stern, je suis l'inspecteur chargé d'une enquête de meurtre et je suis accompagné par un consultant extérieur.
**Stern** : Bonjour, je vais tenter de vous aider et de répondre à vos questions

**René** : Une de vos inscrites 'Jessica Thurroi' a été assassiné. Nous n'écartons aucune hypothèse et creusons du coté de ses contacts via votre site.

Stern pianotait sur son ordinateur, l'écran tourné exclusivement vers lui.

**Eddy** : Mr Stern. Nous sollicitons uniquement votre aide. Nous pensons qu'elle a été victime d'une arnaque. Mais il nous faut tout l'historique de ses conversations.
**Stern** : Et je serai cité ?
**René** : Laissez-nous enquêtez. Et vous ne serez mentionné que si vous faites obstruction.
**Stern** : Donc j'ai tout intérêt à collaborer.
**Eddy** : Je préfère le terme 'coopérer'.
**Eddy** : Ah, et ce serait bien qu'on ait un mot de passe lecteur universel le temps de l'enquête
**Stern** : Je vous enverrai tout cela dans la journée.

Sur ce, Eddy et René reprirent la Scénic et retournèrent au Commissariat.

**Eddy** : René, ça va ?
**René** : Bien sûr. C'est juste un peu dur, mais j'y arrive.
**Eddy** : Et ma sœurette ?
**René** : Je l'aime.
**Eddy** : Inspecteur en chef …
**René** : Oui, cela demande un minimum de sacrifices.
**Eddy** : Ma sœur en fait-elle partie ?
**René** : Mais non voyons…
**Eddy** : Ce n'est pas notre avis.
**René** : Ça y est, la famille a votée.
**Eddy** : On aime sœurette, et toi tu déconnes. Ouvre les yeux bon sang. Si tu aimes Sœurette, et même elle le croit, alors fais la part des choses.

Le reste du retour en mode gyro se passa en silence.

## Chap. 10

Eddy & Suze étaient à l'appartement. Eddy avait fait suivre le mot de passe 'Lecteur-Universel' à Julien tout en lui assurant qu'il sera couvert. Eddy & Suze se concentrèrent dorénavant sur le fichier historique de toutes les conversations de Jessica. Eddy laissa Suze manœuvrer. Il alla lui verser un thé glacé et lui un whisky. Il se mit en planque à deux mètres dans le fauteuil à regarder sa belle, concentrée, faire des opérations informatiques qui étaient au-delà de sa compréhension.

**Suze** : Eddy, tu peux venir maintenant
**Eddy** se déplaçant : Ma Suzette, j'accoure.
**Suze** : Donc le bilan analytique. Jessica s'est inscrite il y a six mois sur Cœurix. Elle a été contactée par cent vingt-quatre profils masculins et aucun féminin. Elle a décidé de répondre à dix-sept profils en six mois. Elle a eu des conversations de plus d'une semaine avec trois profils, en juin, septembre et octobre. Elle ne mène pas deux danses à la fois, comme si elle se concentrait sur un homme en pensant qu'il s'agit du bon, avant seulement de passer au suivant, s'il y en a un de plus méritant.
**Eddy** : Le dernier.
**Suze** : Kevin London
**Eddy** : Je peux t'aider un peu, s'il te plaît. Je peux lire sa correspondance ?
**Suze** : On ne dit plus correspondance, on dit conversation, ou 'chat'.
**Eddy** : Allez, on ne sera pas trop de deux
**Suze** : Ce qui m'étonne, dans l'analyse de ce 'tchat', c'est qu'on a l'impression de plusieurs conversations.
**Eddy** : Euh… ma sociologue préférée, tu t'expliques ?
**Suze** : Il y a deux types de rédaction. Je suspecte deux hommes derrière ce pseudo.
**Eddy** : Merci Suze.
**Suze** : On repasse la main à Julien pour Hackage ?

## Chap. 11

Un soir, deux corps enlacés et collés.

**Suze** : Tu en penses quoi de René et Sœurette.
**Eddy** : Il a décidé de faire passer son boulot avant ma sœur.
**Suze** : Depuis sa promotion, ce n'est plus le même.
**Eddy** : Ah si ! C'est le même ! Même si tu fais semblant de ne pas t'en apercevoir.
**Suze** : Arrête tes conneries. Il aime Sœurette, alors aidons les.
**Eddy** : Ma motivation m'abandonne.
**Suze** : Ce n'est pas ce que tu penses de ton beauf qui est important, mais ce que Sœurette en pense. Alors tu te mets en ordre de marche et tu m'obéis.
**Eddy** : Et que doit-on faire pour les aider ?
**Suze** : Toi pour commencer, aucune engueulade.
**Eddy** : Je ne t'ai pas attendu pour. Et il lui raconta la virée du dix-neuvième.
**Suze** : C'est un bon début, voire peut-être même une judicieuse initiative.
**Eddy** : J'ai saisi l'importance pour Sœurette. Je lui dois bien cela. Et puis c'est un peu moi qui les aie mis en relation. Top responsabilité.
**Suze** : Mon Eddy assure.
**Eddy** : Comme une bête ma belle.

## Chap. 12

Eddy & Suze au saut du lit, au petit déjeuner, en nuisette ou robe de chambre. Thé pour l'un, café pour l'autre.

**Eddy** : Suzette, faut qu'on donne un vrai coup de pouce à mon beauf.
**Suze** : Je n'aime pas ce ton …
**Eddy** : Faut impliquer tes filles.
**Suze** : Tu veux que je les envoie séduire René ?
**Eddy** : Mais non ! L'enquête ! Elles serviront d'appât. Comme

avec les Russes, tu te souviens ?
**Suze** : Tu veux que je te rappelle qui a failli y passer ?
**Eddy** : Cette boule, elle n'est pas près de se dissoudre dans ma gorge… ni dans mon cœur.
**Suze** : Alors pourquoi courir après la mort ?
**Eddy** : J'ai besoin de tes forces vives pour aider mon beauf. On mettra toutes les chances de notre côté.
**Suze** : Tu m'avais déjà fait cette promesse, souviens toi ! Alors propose du concret, car je défendrai mes filles …
**Eddy** : Je sais. Bec et ongles.
**Suze** : Chacune de mes filles sur cette affaire devra avoir un micro enregistreur et un GPS caché
**Eddy** : A voir avec la police. Mais mon beauf ne devrait pas tiquer sur ce genre de frais d'opération.
**Suze** : On pourrait impliquer Kawaii et Mata Hari, à condition d'avoir leur accord.
**Eddy** : Tu penses qu'elles seront d'accord ?
**Suze** : Elles le seront.
**Eddy** : On les briefe quand ?
**Suze** : Cette nuit après le taff.

## Chap. 13

A l'appart. Eddy & Suze recevaient Kawaii et Mata Hari. Oui, il était bien trois heures du matin. Les horaires de travail de certaines professions artistiques ou intermittentes du spectacle ont des incidences sur la notion de dîner. Ce sera une pause coupe faim. Mais entre quatre adultes sont consentants… Chaque fille a eu droit son café ou thé avec des gâteaux, et Eddy son whisky.

**Eddy** : Heureusement qu'en plus de toutes mes qualités je suis aussi insomniaque.
**Suze** : Eddy. Je suis là !
**Eddy** : Physiologiquement oui.
**Suze** : Ah… physiologiquement …
**Eddy** : Écoute Suze, on a des invités et une enquête ?
**Suze** : Je ne suis pas Doris le poisson rouge.

**Mata Hari** : Je peux avoir ma feuille de route ?
**Suze** : Tu t'inscris sur le site Cœurix. Avec les mêmes paramètres que Jessica, et tu attends. Les premières touches, on les gère ensemble.
**Eddy** : Kawaii idem.
**Eddy** : Je ne peux hélas pas vous proposer de vous héberger toutes, mais on se Skype.

Le regard d'Eddy était paternel, celui de Suze meurtrier.

**Suze** : Rappel : Si j'en vois une seule, une fois même par hasard avec mon mec, je ne la tue pas, je la découpe façon carpaccio, la poésie en moins.

Le message était passé. Seule Mata Hari devait se sentir visé, ainsi que Eddy.

## Chap. 14

Finalement, le rendez-vous sous quarante-huit heures fut maintenu chez Eddy. Donc, on retrouve les mêmes quatre personnes. Eddy était heureux, les filles avaient conservé leur tenue de travail, avec décolleté profond et tee-shirt transparent et moulant. Il était comme le loup de Tex Avery, la langue pendante.

**Suze** : Eddy, tu pourrais être plus discret quand tu baves… c'est indécent
**Eddy** : Pas ma faute tu as vu la marchandise.
**Suze** : Ne me dit pas que tu les as jamais vues plus déshabillées ! Je saurai la vérité.
**Eddy** : Je vais demander à ma langue de se faire plus discrète
**Suze** : Pas que ta langue, c'est d'ailleurs aussi assez voyant.

Eddy s'absenta pour s'habiller un peu plus correctement. À son retour, Suze sourit de satisfaction. La conversation reprit.

**Suze** : Les filles, vous êtes bien rentrées dans le rôle ?

**Kawaii** : Je me suis amusée comme une petite folle, mais il y a un meurtre derrière.
**Mata Hari** : Si ce n'est le profil un peu neuneu. C'est qui le scénariste ? En tout cas, j'ai eu des touches.
**Suze** : Le profil est celui d'une femme, quoique potiche, d'une Catherinette qui cherche le prince charmant. Mettez-vous cela dans le crâne et tentez de répondre autrement qu'avec le jargon du métier.
**Kawaii** : C'est assez amusant pour le moment. Des échanges assez simplistes. Les mêmes gars qui pourraient nous téléphoner s'ils avaient plus d'argent et dix ans de plus.
**Mata Hari** : Oui, on en est au stade Harlequin. Laissons au temps le temps de les décoincer.
**Suze** : Les filles, bon travail. Et surtout ne vous fourvoyez pas. On a un job à assurer tous les soirs. Le site de rencontre, ce n'est pas que pour attraper les gogos. On est là pour aider la police, on est une princesse, pas une Escorte. Je sais que c'est dur comme projection pour vous, mais souvenez-vous de 'Pretty Woman'. Et 'Richard Gere' n'existe pas. Allez les filles, du vent, on a une boutique à faire tourner.

## Chap. 15

**Julien** : Hello Eddy, merci d'avoir pris de mes nouvelles, comme savoir où j'étais enfermé.
**Eddy** : Et c'est pour moi que tu utilises ton seul et unique coup de fil autorisé ?
**Julien** : En tout cas, jamais je ne me suis autant amusé. Et tout ça grâce au 'login' lecteur universel.
**Eddy** : Voyeur universel. Tu prends ton plaisir où tu veux.
**Julien** : Ne dis pas de connerie. Mais le fait de voir tout, c'est comme être dans la tête des gens. Lecteur Universel c'est trop top. On a accès aux questionnaires remplis par les internautes lors de l'inscription. On est en mode Dieu, mais on ne peut pas interagir, mais déjà c'est super comme pouvoir. La nana, elle ne sait pas qu'on connaît déjà ce qu'elle pense. Beaucoup plus facile pour lever une fille.

**Eddy** : Julien, Ce n’est pas un jouet ! C'est un outil de travail.
**Julien** : Si Dieu l'a inventé, alors il faut qu'on s'en serve.
**Eddy** : Ce n’est pas faux, mais c'est comme l'Arche d'Alliance, un grand pouvoir entraîne de grandes responsabilités.
**Julien** : Non, ça c'est Spiderman
**Eddy** : Ah … tu es sûr ?
**Julien** : Hé papy, revois tes classiques …
**Eddy** : Petit con va …
**Julien** : Il ne fallait pas me sauver la vie.
**Eddy** : Quelquefois, on ne fait pas ce qu'on veut, mais uniquement ce qu'on pense devoir faire.
**Julien** : Eddy, non mais tu t'es posé la question ? Et si le meurtrier avait eu les droits de lecteur universel. Je te jure, tu connais tout sur les filles. Tu as accès à leur dossier et leur historique. Toutes les questions-réponses primaires qui ont abouti à un dossier synthèse. Il n’y a plus qu'à adapter ton profil et la fille est marquée comme une bête prédestinée à la consommation. Finalement on devient facilement un prédateur avec 100% de réussite.
**Eddy** : J'ai besoin que tu utilises intelligemment cet outil de travail.
**Julien** : Tout ce que tu veux. Tu sais, je peux te trouver la fille idéale aussi.
**Eddy** : Je l'ai déjà.
**Julien** : Dis, tu crois que je pourrai le conserver le super pouvoir à la fin de l'enquête ?
**Eddy** : Bon Julien, on passe à l'étape deux… Tu me donnes le topo sur les sadiques de ce site ?
**Julien** : J'ai trouvé quelques cas intéressants. Alors :
J’ai quatre à cinq pseudos qui cherchent juste à faire leur marché pour chauffer leur lit le week-end. Et écoute-moi bien, dans ces quatre à cinq cas, il y a deux femmes. La société prend un virage dangereux, mais assez plaisant au demeurant. Reprenons. Il y a Hamilton qui proposent des photos coquines pour une grande agence de mannequinat. Le pire, c’est qu’il a eu des réponses. Comme il y a des mineures, je vais t’envoyer tout cela et tu feras suivre à qui de droit. Même pour la bonne cause, je n’aime pas endosser le rôle du délateur.
Enfin, je t’ai gardé le meilleur pour la fin, mais je pourrais, public adoré, vous faire un tome 2 demain. Un gars qui recherche des

filles pour son enterrement de vie de garçon. Fictive puisqu'il est seul. Ça aussi j'ai vérifié. La société part à veau l'eau, c'est moi qui te le dis.

## Chap. 16

Sœurette appela sur le 06 de Suze. Suze fit signe à Eddy de se taire et elle alla s'enfermer dans la salle de bain pour converser tranquillement avec sa belle-sœur.

**Suze** : Vas-y Sœurette. Qu'est-ce qui t'arrive ?
**Sœurette** : Je n'en peux plus.
**Suze** : Il a du mal à digérer sa promotion. Cela va se tasser.
**Sœurette** : C'est ce que j'ai pensé au départ. Mais ça a empiré. Quand il rentre, c'est juste pour se changer.
**Sœurette** : Il a changé de maîtresse.
**Suze** : Hein ?
**Sœurette** : Il a préféré sa carrière.
**Suze** : Ha …
**Sœurette** : Je ne sers plus à rien
**Suze** : Ne dis pas cela. Il t'aime.
**Sœurette** : Même ça, je commence à avoir des doutes.
**Suze** : Écoute, au moins lui il ne te trompe pas.
**Sœurette** : On devait partir un week-end à Venise. Il a annulé. Pas un long voyage, juste un petit week-end en amoureux.
**Suze** : Vous le reprogrammerez ?
**Sœurette** : Si c'est pour y aller avec une oreillette et un téléphone de la police, ou si c'est pour coucher avec un ordinateur portable.
**Suze** : Tu veux qu'on lui parle ?
**Sœurette** : Je ne sais plus ce que je veux.
**Suze** : Qu'il te revienne !
**Sœurette** : Peut-être ?
**Suze** : Sûrement.
**Sœurette** : Je cherche du boulot et il ne me demande même pas de mes nouvelles. Je n'existe plus.
**Suze** : Écoute, ne fais pas de bêtise. Ma porte t'est ouverte. Tu veux qu'on se fasse un restau entre filles la semaine prochaine ?

**Sœurette** : On verra. Bisou Suzette. Et embrasse mon frère.
**Suze** : Oui, bisou.

## Chap. 17

Eddy se rendit au commissariat. Il avait rendez-vous avec l'inspecteur en chef René. Il salua quelques policiers. Le monde à l'envers. Il aura suffi d'une enquête partagée pour qu'ils apprennent à se comprendre.

**Policier** : Bonjour Mr Eddy, ça faisait longtemps.
**Eddy** : Je vais je viens au gré des enquêtes.
**Policier** : Vous venez voir l'inspecteur en chef René.
**Eddy** : On ne peut rien vous cacher.
**Policier** : Alors bon courage.
**Eddy** : Pourquoi ? Je le connais. Je sais comment il est.
**Policier** : Il n'est plus le même. Mr Eddy
**Eddy** : Je suppose pas en bien ?
**Policier** : Avant il avait un petit mot gentil pour chacun d'entre nous. Maintenant il ne dit plus bonjour qu'à ceux qui peuvent l'aider à monter plus haut dans la hiérarchie.
**Eddy** : Merci. Un détective averti en vaut deux.
**Policier** : Mr Eddy, on est quelques-uns ici à savoir que c'est votre beauf. C'est pour cela que je vous en parle.
**Eddy** : Merci. Je le savais, mais l'entendre, c'est plus fort. Merci encore.

## Chap. 18

Eddy frappa à la porte du bureau de son beau-frère l'inspecteur en chef.

**René** : Entre Eddy.

René se leva et tandis que Eddy s'asseyait, René s'assit sur un coin du bureau. Eddy n'aimait pas le nouveau René. Déjà que l'ancien était à peine supportable.

**Eddy**: Écoute René. Tu ne me la joues pas façon cow-boy. Je bosse sur ton enquête pour t'aider. Je n'ai pas demandé de royalties et j'attends toujours le merci, qui ne viendra sans doute jamais, Inspecteur en chef René. Alors, tu descends de ton piédestal et on échange des informations.
**Eddy** se leva et ouvrit la porte du bureau. : Je pars ? Je ne pars pas ?
**René**: Reste, c'est stupide comme réaction. Reviens et soyons professionnel.

René 'poussa' Eddy à se rasseoir. Eddy pensa très fort à la définition du mot 'ZEN' et aussi 'Ne lui pète pas sa gueule de con,… pas tout de suite'.

**René**: Alors beauf, des infos sur l'enquête ?
**Eddy**: Avec Suze, on a inscrit deux filles sur le site. À suivre.
**René**: Bien, très bien. On va les coincer, tout est question de temps.
**Eddy**: J'ai demandé à des filles de se transformer en appât humain, tu trouves cela moral ?
**René**: Pour arrêter des salauds, il faut savoir doser les sacrifices.
**Eddy** serrant les poings: J'espère que je peux compter sur une protection policière quand je le demanderai ?
**René**: Oui sans doute, dans la mesure du possible. Naturellement.
**Eddy**, plantant ses ongles dans sa propre chair: Je t'amène aussi des profils potentiellement dangereux. Aucun d'entre eux n'a pris contact avec la victime, mais les profils montrent qu'ils passeront à l'acte à court terme. Alors, fait un travail d'anticipation et d'enquête.
**René**: Je conserve l'information. Elle servira.
**Eddy**: Tu ne vas rien faire ? Tu vas attendre une prochaine agression et tu te serviras de mon document pour faire une enquête éclair et te faire bien voir pour ta carrière ! Elle aura quel goût ta prochaine promotion. J'ai une femme, je l'aime et je lui prouve le plus souvent possible. Toi tu as un miroir dans lequel tu devrais avoir honte de t'admirer.

Eddy se leva et partit en claquant la porte. Toutes personnes présentes à dix mètres à la ronde se retournèrent et virent le détective Eddy quitter furieusement le commissariat. René haussa les épaules pour faire celui qui ne comprenait pas la réaction. En sortant, Eddy croisa le même policier qu'en entrant.

**Eddy** tutoyant le policier : C'est encore pire que ce que tu m'avais dit.
**Policier** : Bonne soirée Mr Eddy. Et ne changez pas, vous.

Kawaii passa un soir à l'appartement. Suze en général durant une enquête impliquant ses filles emménageait chez Eddy. Un petit café gourmand à trois heures du matin, et on s'étonne des capacités du détective en journée. Il était littéralement entouré de deux très belles femmes. Café, thé et whisky ainsi que des gâteaux secs.

**Suze** : Du nouveau Kawaii ?
**Kawaii** : J'ai eu des échanges, et non des rapports. dit-elle en levant un certain doigt pour accentuer sa phrase.
**Kawaii** : Bon feeling, il aurait pu passer pour un prince charmant. Poli, bien sous tous rapport. On a échangé, et puis j'ai accepté un rendez-vous
**Eddy** avant que Suze ne réagisse : Mais putain Kawaii, aucune prise de contact sans m'en référer.
**Suze** : Kawaii. Tu irais faire une passe dans un quartier mal famé ?
**Kawaii** : Non, mais ce n'est pas la même chose. C'est un site de rencontre, pas d'Escorting ?
**Suze** : Et bien non, dans cette enquête c'est la même chose et cela pourrait même être pire. Alors tu me refais une connerie comme celle-là, et …
**Eddy** finissant la phrase de sa belle : … Elle te renvoie à la circulation.
**Kawaii** : Pardon Suze.

Suze était toute tremblante.

**Eddy** : Néanmoins, on aimerait connaître le résultat de ton rendez-vous.

**Kawaii** : Le prince charmant avait cinquante ans et sa photo montrait trente-cinq. Je ne pense pas que Princesse Jessica avait envie de se faire entretenir par un 'rhino'.
**Kawaii** : Il a été réglo. Il a payé les consos. Ah oui, je ne suis pas débile profonde, le rendez-vous était dans un bar à côté de la gare de SQY. Pas folle la guêpe.
**Suze** : Tu es incorrigible. Tout en fondant en larmes.
**Eddy** : Kawaii, même s'il y a hypothétiquement une cervelle dans ta tête, ce n'est pas une raison pour la jouer solo, à moins que tu ne possèdes un caveau de famille.
**Kawaii** : Je le ferai plus. Promis

## Chap. 19

Mata Hari passa un soir à l'appartement. On organisa tout de suite un café gourmand. Suze était la championne du monde du réapprovisionnement des consommables non alcoolisés. Mata Hari était divine et sublimement et splendidement désirable. Eddy avait fauté avec elle, et par tous les Dieux, il recommencerait bien. En revanche, sa Suze. Elle, se doutait bien de quelque chose.

**Eddy** : Alors Mata Hari, comment ça se passe ? Une nouvelle passion pour le jeu vidéo 'site de rencontre' ?
**Suze** : Calme-toi Eddy. Écoutons Mata.
**Mata Hari** : Je prendrai bien un doigt de whisky, 'mon' Eddy ?

Le 'mon' Eddy n'avait pas échappé à Suzette.

**Suze** : Mata Hari, 'ma' fille. Tu nous racontes tes premiers émois sur le site de rencontre ?
**Mata Hari** : Ah non, mais tout s'est bien passé. J'ai eu des touches. Un gars est venu au rencard et on a couché. Mais ce n'est pas lui le méchant.

Suze et Eddy se regardèrent yeux dans les yeux.

**Suze** exaspérée : Connasse de Mata Hari, tu comprends les risques

à la con que tu as pris. Tu comprends ?
**Mata Hari** : Mais il était si mignon. Et c'est lui qui a payé l'hôtel. Moi je n'ai fourni que les préservatifs.
**Eddy** : Mata Hari. Je sais que ton métier te colle à la peau, mais tu étais censé être une princesse qui cherche le prince charmant. Penses-tu avoir tenu ton rôle ?
**Mata Hari** : Pas tout à fait. Mais j'apprends.
**Suze** : Tu es irresponsable !
**Eddy** : Que peux-tu nous dire sur lui ?
**Mata Hari** : Trop jeune pour être un tueur, trop timide.
**Suze** : On sait 'trop mignon'.
**Suze** : As-tu d'autres contacts 'prometteurs' ?
**Mata Hari** : Oui quelques-uns, mais j'ai moins le kif …
**Eddy** : Mata Hari, tu dois paralléliser tes conquêtes. On ne voudrait pas finir à la Noël, et tu stoppes les coucheries.
**Mata Hari** : C'était pour rendre service.
**Suze** regardant Eddy : Oui, on sait. C'est un peu trop dans ta nature.
**Suze** : Mata, tes services tu les fais payer. Et sur les sites de rencontres, tu ne les pratiqueras pas ou dans ton cas plus.
**Mata Hari** : Oui Suze, Promis.

## Chap. 20

Un soir, avant que Suzie ne soit rentrée d'une de ses prestations, quelqu'une se présenta à l'appartement, et appuya sur la sonnette. C'était Sœurette.

**Eddy** : Ma Sœurette, entre… avec ta grosse valise. Pas dupe le Eddy.
**Sœurette** : J'ai besoin d'un break.
**Eddy** : Aucune question. Tu es la bienvenue.
**Sœurette** : Je me ferai toute petite. Mais j'ai besoin d'être ailleurs.
**Eddy** : Sœurette préférée, si je peux te retourner la bienveillance que tu as manifestée à mon égard ?
**Sœurette** : Suze rentre bientôt ?
**Eddy** : Bienvenue dans mon quotidien. Je l'attends chaque soir.

**Sœurette** : Et pourtant votre amour est plus fort.
**Eddy** : Ce n’est pas simple tous les jours. Mais oui, on s'aime fort.
**Sœurette** : Je souhaite me reposer quelque part. Ça n’a pas été une décision facile à prendre.
**Eddy** : On va te préparer le lit avec des draps propres. Moi j'ai mon canap.
**Sœurette** : Je ne voudrai pas abuser.
**Eddy** : Allez zou, et après on attends le retour de ma belle, chacun à sa place. Allez Sœurette, au boulot.

Suzie revint tard… ou tôt selon l’échelle en vigueur, en tout cas pas à l’heure prévue. Elle avait répondu positivement à une autre sollicitation, un payant régulier avec une urgence… Elle réveilla en premier son Eddy, sans le faire exprès, juste en allumant la lumière du salon. Avec le cri poussé par Eddy, ce fût Sœurette la seconde à s’éveiller et à sortir de l’unique chambre. La petite famille, Eddy, Suzie, et Sœurette se réunirent au salon. Encore un café gourmand. Mais six heures, c’est un horaire presque cohérent. Suze tenait sur un seul œil. Mais elle refusait d’aller se coucher sans explication. Suzette tomba dans les bras de sa belle-sœur, en toute émotion et sincérité.

**Eddy** : Ou sinon Sœurette, pour le même prix, tu peux avoir un café noir …
**Sœurette** changeant de bras : Eddy, je vous aime tous les deux.
**Suze** s’étant changée : Sœurette, on va te faire une petite place. On sera ensemble dans la chambre. Le Pitt Bull dormira dans le canapé.
**Sœurette** : Dites-lui ce que vous voulez. Mais je veux arrêter de culpabiliser.
**Suze** : On gère, et il sera bien reçu.
**Eddy** : Sans violence. Juste ‘on’ va le remettre à sa place.
**Sœurette** : Je ne sais plus où j'en suis.
**Suze** : Vas dodo, je serai encore là à ton réveil. Et puis on dort ensemble.

## Chap. 21

Réunion au QG. Eddy et Suze, Kawaii et Mata Hari. Bien sûr il ne fallait pas faire trop de bruit, rapport au tapage nocturne à trois heures du matin, il ne faudrait pas que la marée chaussée débarque à l'improviste. Une habitude pour Eddy & Suze. Sœurette dormait à côté.

**Eddy**: Suze, tu tiens les comptes pour tout ce qu'on dépense en frais de bouche.
**Suze**: T'inquiète, j'ai augmenté mes tarifs.
**Suze**: Bon les filles, vous en êtes où ?
**Kawaii**: Bin, j'ai des échanges, mais quand on cherche le prince charmant, on ne le rencontre jamais.
**Mata Hari**: Pareil, alors pour coucher, ce n'est vraiment pas gagné.
**Eddy**: D'un autre côté, je vous rappelle l'enquête. Vous êtes de blanches colombes, vierges de préférence… et blablabli et blablabla.
**Suze** souriante : C'est peut-être pour cela que vous avez du mal en entrer dans le personnage.
**Mata Hari**: Ce n'est pas que de le dire.
**Eddy** prenant une grosse voix : Il y a eu une morte bordel ! Une vraie. Et je ne tiens pas à ce qu'il y en ait une autre, mais vu votre QI, j'hésite sur le pseudo de la suivante.
**Suze**: Eddy, ne soit pas trop dur avec elles. On utilise tout de même mes filles pour aider un flic aigri et arrogant.
**Eddy** : Les filles, Vous devez penser autrement qu'avec votre chatte. Ne me dites pas que vous êtes incapable de souhaiter un homme correct dans votre vie, même si personne n'y croit. Alors, soyez plus fleur bleue et conne si vous voulez, mais décrochez-moi le pervers qui joue avec le cœur des princesses, et je vous inclus dedans.
**Kawaii**: Merci Eddy, Merci Suze. Ce n'est pas un rôle de composition facile. On peut même dire que cela nous change de la routine physique et mécanique de notre quotidien.
**Mata Hari**: Je vais me modérer. On va le chopper.
**Eddy**: En ordre de marche les filles ?

**Kawaii** et **Mata Hari** : Pour Suze, on se défonce.

## Chap. 22

La police de Montigny-le-Bretonneux appela le commissariat. Une équipe d'intervention arriva, sirènes hurlantes. René fut appelé. Il était loin, Il téléphona à Eddy et ce dernier arriva le premier sur les lieux. Il demanda des nouvelles de la victime.

**Policier** : Elle est en vie. Un couple avec un chien a dû le mettre en fuite.
**Eddy** : On peut lui parler ?
**Policier** : Vous non. Nous oui.

Eddy était toujours dans l'incertitude. Kawaii ou Mata Hari. Il avait beau cogiter. Aucune des deux options ne le satisfaisait. Enfin son beauf arriva. Il avait pris une douche au commissariat ou à son domicile avant de venir.

**René** : Bonjour Eddy.
**Eddy** : Bonjour.
**René** : Y-a personne pour aller nous chercher des cafés ?
**Eddy** : Ah oui les prérogatives de l'inspecteur en chef.
**René** criant : J'ai besoin de deux cafés longs. Sinon je ne serai pas d'humeur à mener l'enquête.
**Eddy** se cachant le visage et pensant 'Y-a-t-il une limite à la connerie humaine ?'

Et il se remémora la prose de Einstein, Albert, pas Franck ! : Deux choses sont infinies : l'univers et la bêtise humaine. Mais, en ce qui concerne l'Univers, je n'en ai pas encore acquis la certitude absolue.
Curieusement, un policier apporta deux cafés. René prit le sien trop naturellement.

**Eddy** refusa le sien poliment : Désolé, ce dont j'ai besoin, je vais le chercher moi-même. Merci.

**Eddy** à René : Qui est la victime. J'ai besoin de savoir.
**René** : Calme-toi. Après le café.

Eddy prit sur lui, mais il s'imaginait assez bien faire un bowling avec la tête de René. Qu'importe les quilles.

**René** : Une jeune femme, de race blanche, entre vingt-cinq et trente-cinq ans, brune, sauf si teintée, les vêtements sont assez soft et peuvent attirer l'attention.
**Eddy** : Kawaii ou Mata Hari ?
**René** : Je t'ai dit une femme blanche, calme, aucune de tes amies.
**Eddy** : Tu es tellement à côté de la plaque, je veux avoir un visuel !
**René** à Policier : Mon consultant souhaite voir une photo de la victime. Vous pouvez ?
**Policier** : Oui bien sûr. Et présentant une photo sur mobile à Eddy.
**Eddy** : Merci Policier. Vous m'ôtez un sacré poids.

C'était une inconnue. Pas sympa. Mais cela soulageait tellement Eddy.

## Chap. 23

Une soirée à quatre, dont trois femmes. Le bonheur pour Eddy, mais il y avait Suze. Encore une matinée qui débutait à trois heures du matin.

**Eddy** : Bon les filles, arrêtez d'afficher ce stupide sourire d'Escorte. Il y a eu une autre victime toujours près de la gare et du parc. Alors, comprenez enfin qu'il y a du danger. Je suis à deux doigts de demander à Suze de stopper notre coopération.
**Suze** : Les filles, vous êtes connes ou vous êtes connes ?
**Kawaii** : Option 1
**Mata Hari** : Option 2
**Eddy** : Les filles. Vous êtes venues avec vos ordinateurs, alors on va se faire une séance Cœurix. Et n'oubliez pas, il n'y a pas d'heure pour déclarer sa flamme.
**Suze** : Au boulot les filles. On a quelques heures devant nous.

De quatre heures du matin à midi, sans être rémunérées en heures supplémentaires, elles échangèrent leur tenue légère nocturne pour un profil plus sage, à la demande de Suzie.

**Suze**: Ne vous précipitez pas sur une proposition de rendez-vous. Ne pas confondre 'Vitesse et Précipitation'. Maintenant, connectez-vous et laissez-les faire le premier pas.

Les deux filles répondirent correctement aux demandes de sourires et autres sollicitations, sous la surveillance de la coache. Vers midi, chacune était fatiguée. Ni Eddy, ni Suze n'était allé se reposer, ni seuls, ni ensemble, et voyait cette séance plutôt comme une leçon d'humilité et d'amour.

**Eddy**: Les filles. Merci de tout mon cœur. Allez-vous reposer, je suis presque sûre qu'après la sieste vous allez enchaîner sur votre quotidien beaucoup moins fun.
**Mata Hari**: Parle pour toi.
**Suze**: Merci. Merci.
**Kawaii** ; Suze, ce fut un plaisir, même tout petit, de t'aider.

## Chap. 24

Eddy, pour une des rares fois de sa petite carrière, alla à reculons au commissariat de son beau-frère. Il était tendu en s'asseyant dans le fauteuil face à l'inspecteur en chef René.

**René** levant à peine la tête: Alors, du nouveau.
**Eddy**: Je ne suis à tes ordres. On collabore ?
**René**: Tu as tout de même des progrès à me présenter.
**Eddy**: Je ne rien à te présenter. Je suis venu chercher les informations sur la seconde victime pour avancer sur l'enquête.
**René**: Je comptais sur toi. Visiblement trop.
**Eddy** agacé: Tu n'as personne pour enquêter et on accepte de donner un coup de main, entre autres une forme de rejet par la communauté de ces sortes de prédateurs sexuels qui se croit tout permis derrière internet.

**René**: Oui, en dehors de cela, je n'ai que 80% d'élucidation d'enquête depuis le début de l'année.
**Eddy**: Un bon indicateur, ce serait le nombre de personnes sauvées. Et en arrêtant ce malade, ce n'est pas ton pourcentage que tu améliores, ce sont des vies qui respirent.
**René**: Oui naturellement aussi.
**Eddy**: Je lis le dossier et je te laisse à tes indicateurs.
**René**: Le métier évolue.

Eddy se levant. René ouvrit un tiroir et lui tendit le classeur.

**Eddy**: Ce n'est pas vraiment une main tendue. Il prit le dossier et le parcouru, surtout les dernières pages.
**Eddy**: Puis-je voir la victime ?
**René**: Je vais te faire accompagner par un policier avec plaque.

Eddy quitta le bureau sans fermer la porte. Ça lui fera faire de l'exercice que de se lever pour la fermer. En sortant il retomba sur le même policier que la fois précédente. Ils se serrèrent la main.

**Eddy**: La prochaine fois que je viens. Ordonnez une fouille avant de me laisser passer. Il est fort probable que j'aurai caché une arme.
**Policier**: Il en sera fait comme vous voulez Mr Eddy. Mais vous savez, il est aussi possible qu'il y ait une mutinerie.
**Eddy**: Déjà que vous n'avez pas le droit de grève, alors celui de vous rebeller …
**Policier**: Les temps peuvent changer. Rappelez-vous 1789.
**Eddy**: Après les gilets jaunes, les képis bleus.
**Policier**: Ne vous moquez pas Mr Eddy.
**Eddy**: Bon Ok. Mais comme indiqué sur ce papier signé par le petit chef, je vous réquisitionne. Nous allons à l'hôpital rendre une petite visite à la victime. Naturellement on prend votre voiture, vous avez un permis de griller les feux rouges. Moi ça me coûte bonbon.
**Policier**: Alors qu'est-ce qu'on attend ?
En route, **Eddy**: Bon Ok, on ne grille rien, mais un petit gyro sur deux cents mètres ce serait possible ?
**Policier**: Il y a des règles et on ne doit pas user de ce droit sans

justificatif.
**Eddy** : Et arriver à l'heure à l'apéro du vendredi midi, ça passe ?
**Policier** : Je préfère ne pas comprendre.
**Eddy** : Mes excuses, mais c'est curieux la recrudescence des gyros le vendredi vers onze heures trente.

Sur le trajet, Policier mit le gyro en marche pour traverser un rond-point relativement encombré.

**Eddy** : J'en ai toujours rêvé. Vous avez vu comment ils nous regardaient. Excusez-moi policier, mais cela faisait partie des cent choses à faire avant ma mort. Alors merci.
**Policier** : Sincèrement, je ne suis pas pressé que vous finissiez la liste.

Ils se garèrent en pilant sur le parking des urgences et descendirent, alors que la gomme fumait encore.

**Policier** : Et ça, c'était sur votre liste.
**Eddy** : Même pas dans mes rêves.

## Chap. 25

Au niveau de l'accueil, il demanda l'infirmière en chef Caroline.

**Policier** : Vous avez vos entrées ?
**Eddy** : Ce n'est pas une indic, juste une personne qui m'a aidée, quand j'en avais besoin.
**Policier** : Vous avez décroché ?
**Eddy** : Très drôle.

Caroline arriva, fit la bise à Eddy, et serra la main du policier.

**Caroline** : Bonjour Eddy. Une de vos filles est là ?
**Eddy** : Non, une victime. Et j'enquête avec ce policier. On souhaite la solliciter, s'il vous plaît.
**Caroline** : Je vais vous accompagner. Je devrai pouvoir la rassurer.

**Policier** : Merci Madame l'infirmière.

Caroline lui jeta un regard du style 'de quoi je me mêle'. Caroline est infirmière en cheffe. Mais elle n'en était pas comme certaines personnes qui tiennent beaucoup au superlatif 'en chef/fe'.

**Eddy** : Caroline, j'ai choisi le meilleur policier du poste, et le seul disponible. Donc il est poli, compétent, il a son permis de conduire et il m'adore.

Policier et Caroline se sourirent, cette fois-ci sereinement. Chambre 2307. Caroline passa par le bureau des infirmières de ce niveau et facilita toutes les démarches. Ils allèrent ensuite à la chambre, et surtout enfin y entrèrent. Ils se placèrent autour du lit. La pauvrette, était entubée et enserrée au niveau du cou. Au bout de quelques minutes, Virginie émergea de son sommeil. L'infirmière Caroline lui prit la main et l'aida à se réveiller sans effroi. Elle la laissa ainsi émerger et entama le dialogue.

**Virginie** : Qui êtes-vous ?
**Caroline** : Je suis infirmière et je gère cet hôpital, partiellement. Vous êtes dans ma section. Et ces personnes sont des enquêteurs.
**Eddy** : Bonjour Mlle. Vous êtes la deuxième victime sur cette enquête. J'ai besoin de votre aide pour qu'il n'y ait pas de troisième victime. La première femme a été découverte morte. Vous non, et j'en suis très heureux Mlle Virginie.
**Eddy** laissa Virginie digérer. : Souhaitez-vous un thé ? Un café ? Une soupe ? Un verre d'eau ? Pour l'alcool, je n'ai pas encore la licence IV.
**Virginie** : Ok, humour étudiant, je suppose aussi que vous connaissez tous les épisodes de 'Friends'.
**Eddy** : Non mais je connais quelqu'un de mon entourage qui a l'intégrale, en version longue si cela existe. Et si cela vous intéresse, je vous ferai passer son 06.
**Virginie** surprise : Vous êtes vraiment flic ?
**Eddy** : C'est pour cela que je ne me déplace jamais sans ma caution morale, mon policier préféré. Je suis détective privé et parfois je me salis en acceptant d'aider la police. dit-il en tapotant l'épaule

du policier.
**Policier** : Mlle Virginie. J'ai un papier officiel qui mandate Mr Eddy pour vous interroger dans le cadre de cette enquête.
**Eddy** à Policier : Tu vois, le mot maladroit, c'était 'interroger', sinon elle était cool la victime. Maintenant on va espérer qu'elle soit compréhensive et coopérative.
**Policier** : J'ai gaffé ? Vous pensez qu'elle nous a entendu ?
**Eddy** à Policier : Elle est choquée, pas sourde.
**Virginie** : Et elle vous écoute en plus.
**Eddy**, posant son postérieur sur le lit d'hôpital : Je souhaite avoir plus d'informations. Nous aidons la police sur cette enquête afin d'éviter que beaucoup d'étudiantes finissent sur le carreau.
**Virginie** : Bien. Posez vos questions alors.
**Eddy** : En résumé, pouvez-vous expliquer de A à Z le déroulement de cette agression, en débutant s'il vous plaît le plus en amont possible ?
**Virginie** : J'accepterai bien un thé, vert, cinquante centilitres, sans sucre, et pas issu d'une machine.
**Caroline** : Cinq minutes d'attente, c'est supportable ?

Caroline s'éclipsa.

**Eddy** : Je vous écoute
**Virginie** : J'ai eu des échanges amicaux avec 'FANTA78' assez constructifs.
**Eddy** : Comme 'COCA78' ?
**Virginie** esquissant un sourire : Comme Fantasio … On est fan de BD.
**Policier** : Moi j'ai une bande dessinée dédicacée, avec un petit Spip qui grignote une noisette.

Caroline revint avec quatre tasses de thé. Chacun autre que Virginie se sentit obligée d'en prendre un.

**Eddy** à Virginie : Et ensuite s'il vous plaît ?
**Virginie** : On a échangé durant deux semaines avant que nous en arrivions au stade de l'acceptation de la rencontre. Attention, rencontre connaissance uniquement.

**Eddy** : Le lieu de rendez-vous ?
**Virginie** : Dans le coin de notre ville, Saint-Quentin-en-Yvelines. J'ai proposé les abords du plan d'eau, histoire de faire quelques pas romantiques plus vers la forêt. Je pensais avoir pris assez de précautions… Mais vous allez me dire qu'on n'en prend jamais assez.
**Eddy** : Mlle Virginie. Je ne vais pas vous expliquer que Internet est dangereux.
**Virginie** : Cela ne devrait pas être !
**Eddy** : Virginie, faites attention aux lieux de rendez-vous trop proche des lieux sans surveillance.
**Virginie** : Mais il était cool.
**Eddy** : Moi aussi je pourrais me la jouer à la cool si je voulais parvenir à mes fins !
**Virginie** : On s'est promené dans le parc. On s'est certes un peu éloigné vers la forêt.
**Eddy** : Un peu trop loin à mon goût. Et c'est là que ça s'est passé ?
**Virginie** : Oui. C'est là. Il a changé et ça a dérapé. Il m'a mis un sac en plastique sur le visage et ma tenue les mains. Pour la peur, et pour que je ne vois pas son complice.
**Eddy** : Vous êtes sûre ?
**Virginie** : J'ai fait psycho, alors mon deuxième cerveau fonctionnait correctement même si j'ai failli péter un câble.
**Eddy** : Psycho, c'est pas mal, j'en suis aussi.
**Virginie** souriante : Super. Au début j'ai pensé que vous sortiez de Socio.
**Eddy** : C'est pas mal aussi.
**Virginie** : Je ne traite pas avec ceux qui pensent statistiques et oublient les personnes.
**Eddy** : Vous, Mlle… qu'avez-vous subie personnellement ?
**Virginie** : Un très gros choc. Je ne le souhaite à personne. Je suis mieux préparée que d'autres. Mais le viol ne fait pas partie de mes acquits. J'ai paniqué, mais le pire n'est pas arrivé.
**Eddy** : Vous êtes forte. Que pouvez-vous me dire pour coincer les salauds ?
**Virginie** : deux hommes. Rien sur le Second. Le premier, un mètre quatre-vingt, svelte, blond, cheveux courts.
**Eddy** : Vous savez que cela correspond à pas mal de jeunes ?

**Policier** : Virginie n'y peut rien. Je pense qu'ils jouent là-dessus.
**Virginie** : Remerciez les personnes qui ont fait du bruit et les ont fait fuir.
**Eddy** : Ils ne se sont pas fait connaître.
**Virginie** : Quand pourrais-je sortir ?
**Eddy** : Je vais faire mon rapport. Et défendre ce point de vue. Mlle, voici ma carte. On pourrait avoir mutuellement besoin de se recontacter.

## Chap. 26

Le premier dimanche chez Mam depuis la séparation entre René et Sœurette. On l'ignorait, mais Sœurette avait averti Mam, avec sa part de honte. On avait orchestré les places afin qu'il y ait les couples en croix à la table et Mam en bout de table. Changement sans conséquence. Mam apporta des punchs pour entamer le déjeuner. Elle revenait d'une croisière.

**Suze**, toujours diplomate : Mam vous nous ferez une diapo touristique un de ces jours ?
**Mam** : Bin, j'étais assez souvent au bar et mon appareil photo n'était pas stable et prenait des photos floues.
**Eddy** : Sœurette, tu en es où dans ta recherche de job.
**Sœurette** : Pas le bon angle, pas le bon moment, pas la bonne lumière, pas la bonne visée, etc.
**Mam** : Tout cela, c'est du tout n'importe quoi. Tu dois persévérer. Une entreprise va bien comprendre ce que tu vaux.
**Sœurette** : Mam, je ne sors pas d'une grande école, j'ai juste un BTS.
**Mam** : Ce n'est pas cela l'important. Tu dois mieux te vendre.

Sœurette pensa dans sa tête 'et me rapprocher de Suze et sa communauté'. Elle pleura.

**Suze** : Sœurette. Il faut naviguer sur Internet pour trouver les meilleures filières d'embauche.
**Sœurette** : C'est vrai Suzie, tu y crois ?

**René** : Arrêtez. Elle doit rester à la maison. Je gagne assez.

Silence…

**Eddy** tenant la main de sa sœurette et parlant à son beauf. : Euh René. Sœurette t'aime et tu te comportes comme un gros con. Alors tu quittes cette table et tu reviendras un autre mois mais pas ce jour.
**René** : C'est toi qui commande maintenant ?
**Mam** : Depuis le décès de mon mari, c'est la première décision de mon fils que je valide… à 200%.
**René** : Sœurette, tu es d'accord avec ça ?
**Suze** : Tu lui as fait beaucoup de mal. Laisse là en dehors et reviens quand tu seras à nouveau amoureux.
**Eddy** : Je vais continuer à bosser avec toi sur l'enquête. Mais apprends à parler correctement, et à penser correctement.
**Mam** se levant et brandissant un couteau à bout rond : René. Quitte cette maison immédiatement.

René, sans défenseur, quitta cette place où il pensait avoir mérité sa place.

## Chap. 27

**Eddy** à Julien : Mr demi-Dieu, aurais-tu deux minutes pour moi ?
**Julien** : Humble mortel, tu sais, le jouet il est super.
**Eddy** dans sa tête 'mouais, sacré syndrome du voyeur ce Julien'. : Julien, redescends sur terre et trouves moi tout sur FANTA78.
**Julien** : Oh c'est trop 'Schweppes' alors !
**Eddy** : Tu as très peu de temps, l'étoile noire est en orbite.
**Julien** : Je t'envoie tout quasi immédiatement. Et je finis l'épisode culte des envahisseurs
**Eddy** : Tu as décroché de Star Wars ?
**Julien** : Oui, mais ne le dis pas à ma Super Girl…
**Eddy** : Ta Super Girl… C'est fini avec Wonder Woman ?
**Julien** : Non, mais ne le dis pas à Super Girl que j'ai encore un

gros faible pour Wonder Woman.
**Eddy**, se prenant la tête : Ok Julien
**Julien** : C'est envoyé sur ta boite orbitale.
**Eddy** : Tu peux me commenter en 'live' ton document de trois lignes ?
**Julien** : Oh c'est simple. Il a utilisé un brouilleur de 'Mac Adress' pour que personne ne remonte à son ordinateur. C'est monnaie courante pour les vidéos streaming pour ne pas se faire chopper par la brigade volante.
**Eddy** : Donc chou blanc ?
**Julien** : Ouais. Faudrait du temps et que je renoue avec mes contacts. Reviens dans un mois.
**Eddy** : Je ne peux pas attendre aussi longtemps. Merci quand même.

## Chap. 28

À la suite de la séance de coaching, Kawaii avait réorienté sa manière d'appréhender les dialogues sur le site. Un midi, Kawaii sonna à l'appartement. Eddy était absent. Cela tombait bien, elle avait seulement et uniquement besoin de Suze.

**Kawaii** : Je ne comprends pas, Y a plein de personnes avec qui je dialogue qui souhaitent continuer à échanger ou me rencontrer ! Pourquoi plus maintenant ?
**Suze** : Parce que depuis peu ton dialogue est en adéquation avec ton profil, que nous t'avons dicté. Maintenant les gens qui te contactent te voient comme la princesse de cœur, ton aura écarte une partie des faux princes. Et la majorité des gens ne recherche pas une princesse, juste un coup, ou une fille avec qui entamer une relation. Ils ne se sentent pas l'âme d'un Prince Charmant, donc ils visent le niveau en dessous de la princesse, la fille facile.»
**Kawaii** : Sacré responsabilité.
**Suze** : De plus, c'est un rôle temporaire.
**Kawaii** : Suzie, veux-tu dire que je ne suis pas une princesse ?
**Suze** : La vie est dure et s'il te plaît, ne crois pas au mythe de la princesse. Cependant, quand tu quitteras la profession, tu auras

un pécule, des conseils, des amies, et toujours une famille. Tu connais les changements que j'ai mis en place pour vous permettre de faire quelque chose de bien de vous 'après'.
**Kawaii** : On a bien fait de voter pour te coopter Suzie … en l'enlaçant dans ses bras.
**Suze** : Kawaii, je pense souvent à Blue Lagoon. Alors l'affaire d'abord.
**Kawaii** : J'ai eu tout de même quelques contacts depuis deux jours. Et j'ai un bon feeling avec SPI78. On était en échange depuis la veille au matin, et j'ai accepté un rencard. J'ai contacté Mr Eddy et à défaut d'une protection policière, j'aurai une protection d'ordre privé.
**Suze** : Fait gaffe 'Ma' Kawaii.

## Chap. 29

Eddy se présenta au commissariat. Il salua son ami policier qui le laissa passer, puis se ravisa.

**Policier** : Mr Eddy. Nous avons de nouvelles directives Vigie-Pirate. Nous allons devoir vous fouiller. Veuillez ne pas protester.
**Eddy** : Policier, c'était une 'joke' l'autre jour.
**Policier** : Ce mot ne fait pas partie du vocabulaire de la police.
**Eddy** : Putain, mais c'est une épidémie la connerie chez vous.
**Policier** : Injure à policier maintenant. Votre compte est bon.
**Eddy** : Mais on est dans le même camps !
**Policier** : Je vais devoir vous dénoncer à Mlle Suze qui m'a demandé de vous faire cette blague.
**Eddy** : C'est d'un lourd …
**Policier** : Elle a dit que cela serait bien si elle ne venait pas ce soir vous délivrer. Qu'une bonne leçon ne s'oublie pas.
**Eddy** se forçant à sourire : Vous devenez tous fous ma parole ! Maintenant j'ai du travail.

Eddy entra dans le bureau de son beauf.

**René** : Eddy, quelle bonne surprise. Tu veux quelque chose peut-

être ?
**Eddy**: Je vais accompagner Kawaii à un rendez-vous pour l'enquête. Aucun policier disponible pour m'aider ?
**René**: Non, personne.
**Eddy**: Alors on s'est tout dit.

Il se leva. **René** fit le tour de son bureau et retint Eddy par la manche: Sœurette. Tu me donnes de ses nouvelles ?
**Eddy** voulant faire mal: Elle songe à s'inscrire sur un site de rencontre pour se faire agresser et mourir.
**René**: Connard… tu l'as ton policier. Prends-en un en partant.
**Eddy**: Merci inspecteur en chef. Je dirai à Sœurette qu'il y a du mieux.
**Eddy** en passant en sortant devant le policier farceur: Ah au fait, je te réquisitionne pour m'aider sur l'enquête
**Policier**: Allez Mr Eddy, c'est une blague. Et en plus elle n'est pas drôle.
**Eddy**: Les détectives n'ont aucun humour. Ça se saurait. Suze ne t'avait pas averti ?
**Policier**: En cinq minutes, vous n'avez pas eu le temps de concocter une vengeance.
**Eddy**: Allez demander à votre cher inspecteur… en chef. Allez zou policier, on n'est pas en avance.

## Chap. 30

Le rendez-vous de Kawaii était dans le même centre de verdure, à deux pas de la gare de Saint-Quentin en Yvelines et de son université, et son vivier de belles jeunes femmes attirantes, étudiantes à souhait. En automne, la nuit tombe vite, mais il fait encore doux le soir. C'est tellement romantique une balade au clair de lune. Kawaii débarqua par le RER de dix-huit heures cinquante-deux. Elle se sentait un peu perdue. Une petite gare qui ressemblait à une grande. Eddy et son policier étaient arrivés en voiture banalisée et cette fois-ci Eddy insista pour ne surtout pas utiliser le gyro.

**Policier** : Décidément, vous ne savez pas ce que vous voulez.
**Eddy** : D'une part, je n'ai pas envie de mourir, et d'autre part, j'ai fait une fois, et pour certaines choses, c'est suffisant.

Ils cherchèrent et trouvèrent une place sur le parking de la résidence du parc, résidence où les rues et les passages piétons se chevauchaient et se superposaient. Une sorte de labyrinthe à échelle humaine. Kawaii traversa la rue principale, traversa le quartier du parc et s'assit sur un banc à côté de la verdure. Eddy et policier s'était mis en planque. Le policier côté lisière de la forêt faisant semblant de pratiquer des étirements. Quant à Eddy, il fumait sa cigarette électronique accoudé à la voiture et semblait hyper actif avec son mobile, ainsi qu'avec son autre main pour rendre vivant ses dialogues. Le rendez-vous était à dix-neuf heures trente, mais à vingt heures, le frais se transforma en froid et Kawaii commença à trouver le temps long. Eddy décida de mettre un terme à l'opération. Et merde.

## Chap. 31

Suze hésitait entre rester chez Eddy et aller affronter René au commissariat. Elle tergiverserait, mais il lui fallait du présentiel. René serait plus réceptif. Elle utilisa le badge du parking du commissariat de son détective et gara la Twingo parmi les voitures de police. Elle préféra tout de même fermer à clé sa voiture, on ne sait jamais. Elle insista pour être reçu par l'inspecteur en chef René, et personne d'autre. On appela l'inspecteur en chef. Il accepta de réaménager son emploi du temps et semblait pressé de donner l'autorisation de passage à sa belle-sœur.

**René** : Entre belle-sœur. J'ai commandé quelques rafraîchissements.
**Suze** : Il ne fallait pas. Mais c'est sympa. Eddy est-il reçu avec autant d'égards ?
**René** : Donc tu es venu pour l'enquête ou pour me donner des nouvelles sur Sœurette ?

La discussion fut coupée par l'arrivée du petit en-cas. Une

corbeille de mini viennoiseries, un thermos de thé, et quatre mini bouteilles de jus de fruit. Suze comprit sans effort que son beauf était perdu et en faisait beaucoup trop.

**Suze**: Je suis venu pour te dire qu'elle t'aime, mais faut que tu redeviennes le René d'avant. Bosseur, flic, mais disponible pour sa famille. Tu as changé. Trop.
**René**: Mais je fais tout cela pour elle !
**Suze**: Et tu cherches à me prouver ton affection à elle en m'inondant de viennoiseries à faire grossir la plus mince de mes filles !
**René**: J'ai de nouvelles responsabilités.
**Suze**: Tu ne vois que ta carrière. Et Sœurette? Tu la laisses tomber ?
**René**: Suze, ce n'est pas aussi simple.
**Suze**: Tu crois que ma vie avec Eddy est simple ! Mais au moins lui prends soin de moi, coûte que coûte.
**Elle** se leva: Sois sympa, pour ton indicateur 'popularité', offre les viennoiseries à ton équipe. Et n'oublie pas de sourire.

## Chap. 32

Après le fiasco (on lui avait posé un lapin!) au parc de SQY, Kawaii repartit déçue. Elle le vécu comme un affront à sa beauté. Policier et Eddy rentrèrent au commissariat silencieusement durant le trajet, cause chou blanc et personne n'aimait cela. Eddy et policier furent introduit dans le bureau de René.

**René**: Eddy, ta femme Suzie est sortie il y a peu. Mais place à l'affaire. Je souhaitais juste que tu le saches.
**Eddy**: Donc ce soir on est resté en planque pour rien. On te tiendra informé. Salut.
**René**: Rien de plus ?
**Eddy**: Nous sommes allés à l'essentiel, pour tes indicateurs.

**Chap. 33**

**Mata Hari** : Eddy, on peut causer ?
**Eddy** : Oui, ma Suze n'est pas là.
**Mata Hari** : J'ai un rendez-vous, mais je ne me sens pas à la hauteur.
**Eddy** : Peur d'un lapin, comme Kawaii ?
**Mata Hari** : Non, je ne pense pas, mais je suis une Escorte, pas une princesse. Il va le deviner.
**Eddy** : Bon, on te sort après le rencard.
**Mata Hari** : Je le fais pour mon bel Eddy alors
**Eddy** : Ne joue pas avec moi. Cette fois-ci je suis vacciné. Tant pis pour moi.
**Mata Hari** : Je suis prête pour un deuxième essai.
**Eddy** : Moi aussi, mais seulement en pure théorie. Tu es trop dangereuse.
**Mata Hari** : Tu n'es pas cool. Eddy, je serai en rencard vendredi treize soir à vingt heures. Tu me protégeras ?

**Kawaii** : Eddy, j'ai besoin de toi.
**Eddy** : Vous vous êtes donné le mot ma parole.
**Kawaii** : On te veut toutes… sans doute ton physique de rêve
**Eddy** : Quand ?
**Kawaii** : Je serai en rencard vendredi treize soir à vingt heures. Tu me protégeras ?
**Eddy** : J'ai un souci d'organisation. Je vais devoir gérer.

Eddy téléphona à René.

**Eddy** sur le répondeur : René. J'ai une urgence. René merde !

Pendant une demi-heure, Eddy téléphona à tous les numéros connus pour joindre son beauf. Puis il emprunta la Twingo de Suze, pour un besoin urgent. Il avait récupéré son badge parking. Il entra dans le commissariat. Heureusement, il tomba sur une tête connue.

**Policier** : Bonsoir Mr Eddy

**Eddy**: J'ai besoin de cinq policiers ce soir. Inspecteur ou non, tu lui mens s'il le faut, mais je vous vous veux tous les cinq dans trente minutes.
**Policier**: Vous êtes sérieux là ?
**Eddy**: Policier, je passe au-dessus de l'inspecteur en chef. J'ai deux filles auxquelles je tiens, et c'est non négociable.
**Policier**: Ce sera Ok, la protection fait partie de nos missions prioritaires, Mr Eddy
**Eddy**: Merci policier. Dans trente minutes, n'oubliez pas : Uniquement des bagnoles banalisées et sans gyrophare.

Eddy entra dans le bureau de René. Il était endormi sur son clavier d'ordinateur. En le secouant, c'était plus grave. Il était ivre. Eddy monta une mise en scène pour orienter son beauf à son réveil. Il ne voulait pas savoir d'où venait l'alcool, même s'il imaginait qu'il s'agissait d'une pièce à conviction d'une autre affaire. Donc motus. Il prépara une thermos de café. Elle serait froide le lendemain, parfait. Il prit un post-it et après avoir écrit lui colla sur le front : 'Pense encore plus fort à Sœurette. Je vais me taire là-dessus'.

**Eddy** sortit du commissariat et eut l'impression de se retrouver à la tête du commissariat. : Allez les gars, deux groupes. Policier, tu mènes l'autre groupe. Deux équipes, deux filles à surveiller ou à sauver. Allez zou, deux lieux de rendez-vous, mais pas si éloigné que cela. On avisera … En route les fliquettes.

## Chap. 34

Suze et Sœurette s'offrirent un dîner entre filles. Non loin de l'appart de Eddy, un petit centre commercial local proposait quelques restaurants de quartiers. Elles optèrent pour un classique 'ristorante' italien … à base de pâtes et de parmesan. Suze et Sœurette arrivèrent main dans la main, juste par pur bonheur. Elles furent installées sur la terrasse, chauffage par brasero. Il fallait en profiter, bientôt ce genre de chauffage serait interdit, pour lutter contre le gaspillage énergétique. Chacune choisie un menu différent, mais accord sur l'apéritif 'Kyr à la pêche'. La discussion pouvait débuter.

**Sœurette** : Je te remercie de m'héberger.
**Suze** : C'est chez Eddy, mais c'est vrai que j'ai un certain pouvoir de persuasion.
**Sœurette** : Je ne sais pas si je pourrai retourner vers lui ?
**Suze** : Moi par contre, j'en suis sûre. Mais il ne faut pas se tromper de cible.
**Sœurette** : Suze, aide-moi.
**Suze** : Je serai toujours là Sœurette.
**Sœurette** : Suze, Vous faites comment, tous les deux ?
**Suze** : Il m'aime totalement. Et j'espère moi aussi. Sœurette, tu es victime de l'arrivisme et du carriérisme.
**Sœurette** : Je parviens à comprendre, mais comment le ramener à la raison, et aussi à la maison ?
**Suze** : On y travaille, on y travaille.
**Sœurette** : Il reviendra ?
**Suze** : Il a intérêt.
**Sœurette** : Tu imagines la catastrophe si on avait eu des enfants.
**Suze** : Une chose à la fois Sœurette. Eddy fait partie du plan.
**Sœurette** : Qui l'eut cru.
**Suze** : Sœurette. On ne le lâche pas. En attendant, tu restes chez Eddy.

Suze et Sœurette était aussi en adéquation sur le dessert 'Banana Split'. Pas de commentaire.

## Chap. 35

Les deux lieux de rendez-vous pour les filles étaient éloignés de quelques centaines de mètres. Un rendez-vous traditionnel vers la forêt de Guyancourt, et l'autre autour des étangs de la Minière, pour le même pseudo 'ZAN78'. Policier était avec deux collègues et s'occupait du parc. Eddy était parqué du côté des étangs de la minière. Chacune des proies potentielles devait conserver son mobile allumé, pour rester en contact avec leur équipe de surveillance distante. Il n'y avait plus qu'à attendre le minutage du rendez-vous. Le policier André comme ses collègues était naturellement en civil. Ils avaient pris quelques accessoires et jouaient au football. Ils avaient réussi à dissimuler chacun la caméra accrochée à leur tee-shirt. À l'heure dite, le policier André laissa les deux autres jouer à la baballe et pénétra dans la forêt s'y cacher. Eddy, quant à lui, plaça chacun des deux policiers à l'entrée du parking de la Minière. La consigne : Photographier toutes les plaques d'immatriculation. Et intervenir en cas d'injonction par Eddy. Eddy fut prévenu par mobile de l'arrivée de Mata Hari aux étangs de la Minière, sur le parking principal. À la résidence du Parc, un homme encapuchonné s'approcha du banc sur lequel Kawaii tchattait avec son mobile, les écouteurs aux oreilles. Elle était en connexion avec Mata Hari, aux étangs, non loin de là, en plus des équipes de la police. Puis l'homme s'éloigna.

**Kawaii** : Ça va Mata. Pour l'instant je suis encore en vie. Tu imagines le stress ?
**Mata Hari** : Oui ma belle. Mais le coté romantique, je ne rempile plus. Je n'ai vraiment pas hâte de me réincarner en princesse.
**Kawaii** : Allons Mata, ça nous change de notre boulot, et je me sens utile, et Suze a demandée, alors ses désirs sont des ordres.
**Mata Hari** : Avec ton coté fleur bleue, tu te rapproches dangereusement du statut de Princesse.
**Kawaii** : Je ne sais pas si c'est un compliment, même venant de toi.
**Mata Hari** : Il fait vraiment froid. Finalement Je préfère ma position.
**Kawaii** : Il n'y a vraiment que cela qui compte. Tu as cela dans le sang ou dans tes gênes.
**Mata Hari** : J'aime le sexe. Alors autant en tirer parti.

La conversation stoppa net. Entre la forêt et la résidence, l'homme s'assit et aspergea Kawaii d'un spray. Kawaii baissa la tête en s'endormant. Aux étangs de la minière, au même moment, Mata Hari avait eu le réflexe de détourner sa tête lors de l'aspersion. Elle était encore lucide quand le corps étranger se précipita sur elle. Kawaii était éteinte et elle senti tout de même qu'on la traînait sur le sol, plus proche de la forêt. Le policier André siffla et la chasse fût donnée et lancée. L'agresseur lâcha Kawaii et fila. Malgré les trois poursuivants athlétiques, il s'échappa. Le policier se maudit. Sur l'autre scène, Mata Hari s'agrippa à son agresseur et tenta d'entraver un maximum de ses mouvements. Elle savait que Les policiers et Eddy allaient intervenir. Elle tînt bon malgré les coups de pieds que son corps encaissait, dans le seul but de donner une chance à la police d'appréhender le coupable. Un coup plus violent dans le ventre et Mata Hari dut s'avouer vaincue. Il s'enfuit avant d'être coursé, en vain.

## Chap. 36

Eddy téléphona à Caroline, afin de faciliter l'introduction de Mata Hari, sans le passage obligé en salle d'attente ou d'urgence, etc. Il était avec elle dans l'ambulance, précédée par la voiture banalisée des policiers pour ouvrir la route.
NB : En même temps le policier André ramenait Kawaii chez elle et resta un peu pour surveiller son état… et pas que. À l'arrivée aux urgences de l'hôpital, Caroline était présente et tout se fit en dix minutes chrono. Mata Hari donnerait plus tard son vrai nom pour le dossier. Chambre 2516, mais ne croyez pas qu'il y ait autant de chambres, c'est juste un principe de numération architecturale et décimale. Il y avait le lit, avec Mata Hari endormie. Il y avait Eddy, Suze et quelques policiers qui mettaient un point d'honneur à s'excuser et à montrer leur compassion.

**Eddy** : Merci Caroline.
**Suze** : Oui, merci pour nous aider.
**Caroline** : Je vous laisse, mais Mlle Suze, tu as mon 06, pas Eddy.

Caroline partit vaquer à d'autres occupations professionnelles. Mata Hari se réveilla.

**Eddy** : Bienvenue à toi Mata Hari.

Suze se pencha sur Mata et la serra dans ses bras. Mata Hari n'étant pas la préférée de Suze, elle en fût surprise et se laissa faire. Il y avait depuis quelques temps déjà une suspicion de tromperie qui mettait Suze mal à l'aise. Mata Hari avait-elle couchée avec Eddy ?

**Mata Hari**: Euh bonjour tous. J'ai encore un peu mal, mais vous me racontez ?
**Eddy**: Tu as joué au Pitt Bull. Tu t'es accroché telle une sangsue. Tu es doué pour cela.
**Mata Hari**: Pas assez visiblement.
**Un policier**: Mlle, grâce à vous, on a ramassé ses lunettes. Maintenant l'étau se resserre.
**Mata Hari** au policier: Merci mon beau légionnaire. Avec un clin d'œil suggestif.
**Eddy**: Cette cohorte de policiers est venue te féliciter pour ton action héroïque.
**Mata Hari**, toute souriante: Bien inscrivez vos 06 sur mon bloc-notes, ça devrait pouvoir se faire.
**Suze** intervenant: Mata Hari vous dédicacera une photo, car elle est assez canon. Mais pas plus. Surtout en considérant son état.

Les policiers remercièrent et se retirèrent.

## Chap. 37

Au moment où les policiers quittaient l'hôpital, René faisait son entrée. Il rejoignait Eddy & Suze et Mata Hari. La tension était palpable.

**René**: Excusez-moi. Je peux entrer ?
**Suze**: Tu es le bienvenu René.
**Eddy**: Entre inspecteurs en chef.

Eddy préféra prendre ses distances et tenait la main de Mata Hari en faisant une conversation parallèle.

**René**: Je suis venu prendre des nouvelles de la petite.

**Suze** gentiment quoiqu'un peu froide : Et bien vas-y, plus que deux mètres à faire.

Eddy passa la main qui fut prise par René.

**René** : Mata Hari, je n'ai pas voulu ça.
**Mata Hari** : Remercie Eddy d'avoir pris en main notre protection.
**Eddy** : Avec l'aide de la police, ou plutôt seulement de certains policiers.
**René** gardant les yeux baissés. : Merci Eddy.
**Suze** : On va te laisser un peu discuter avec Mata. On va attendre dans le couloir. Viens Eddy.

## Chap. 38

Dans le couloir.

**Suze** à propos de René. : Il est au bord du gouffre.
**Eddy** : Plus exactement, il est en plein dedans.
**Eddy** : On ne peut pas l'arrêter pour 'Burn out', même si ç'en est un. Après il n'aurait plus de carrière.
**Suze** : Ça vaut peut-être mieux que la voie qu'il est en train de prendre.
**Eddy** : Briser l'avenir d'un flic, c'est briser l'homme.
**Suze** : Alors on fait quoi ?
**Eddy** : Il ne remet plus les pieds au commissariat. On va s'occuper de lui, malgré lui.
**Suze** : Pas simple ton plan.
**Eddy** : J'ai une carte dans ma manche. Il téléphona pendant qu'il s'éloignait.
**Policier** arriva en mettant son mobile dans sa poche. : J'étais en train d'arriver. J'ai du raccompagner Mlle Kawaii
**Eddy** relut sa plaque : André. Un prénom de vieux dans un corps de jeune.
**Eddy** : André, entre dans la chambre. Nous allons procéder à un conseil de guerre.

En entrant, André eu un mouvement de recul, ne s'attendant pas à y voir l'inspecteur en chef.

**Eddy** : René André, André René. Bon chacun une chaise, on se fait un plan pour chopper ces salauds. On continue la coopération Police-Privé.
**Eddy** : Bon, on sait qu'ils sont deux. René, tu ferais quoi ?
**René** leva la tête : Les profils sont tellement banals que lancer une recherche est voué à l'échec.
**Eddy** : Super ! André, et toi ?
**André** surpris : Moi, mais je ne sais pas.
**Suze** : Mr André. Nous avons besoin des propositions de tous.
**René** lui souffla : Les lunettes.
**André** : Faire le tour des opticiens du centre commercial. Il y a toujours un numéro d'identification sur l'une des deux branches.
**Eddy** : Bien. On a une super bonne piste. Allez, on s'y met tous.
**René** : André s'en chargera. Ça l'aidera pour obtenir son premier grade. Si mon appui vaut encore quelque chose.
**Eddy** : Non, tu vas t'en charger René. Une façon de renouer avec le terrain.
**Suze** : André. Vous irez au commissariat et reviendrez avec l'ordinateur de l'inspecteur en chef. Sans oublier la clé Token.
**René** donnant une petite clé à André : Tiens, la clé du câble anti-vol.
**Suze** : René. Tu es invité à l'appartement à vingt heures. Sois à l'heure.

André, Suze et Eddy laissèrent René.

## Chap. 39

Un peu plus tard, en quittant l'hôpital, Eddy, Suze et le policier André firent un crochet par un bar pour mettre au parfum André avant la réception de vingt heures à l'appartement de Eddy.

**André** : Y a quelqu'un qui pourrait me faire un peu la lumière ? Je ne suis pas totalement idiot, mais je ne sais pas quel rôle vous

comptez me faire jouer.
**Suze** : René perd pied. Nous sa famille, nous faisons en sorte de le remonter à la surface.
**André** : Oui, il déconne de plus en plus.
**Eddy** : D'autres s'en sont forcément aperçus ?
**André** diplomate : Quelques-uns.
**Suze** : On va faire en sorte qu'il ne remette pas les pieds au bureau avant d'être redevenu (euh) humain.
**Eddy** : André, tu vas te montrer assez souvent au commissariat et tu t'arrangeras pour faire passer le message comme quoi tu reçois tes ordres directement de l'inspecteur en chef.
**André** : Et vous croyez qu'il sera moins bête après.
**Eddy** : Y a une limite au-delà de laquelle on ne pourra pas l'améliorer. Mais comme dit avant, je signe en bas de la page.
**André** : Je comprends la technique de l'éloignement. Loin de son milieu de stress. Là encadré, vous pourrez le sevrer. Je suis votre homme.
**Suze** : Vous avez compris votre mission ?
**André** : Bien sûr. J'obéis aux ordres de l'inspecteur en chef. L'enquête continue et il est sur le terrain pour suivre différentes pistes.
**Eddy** : Eh bien c'est pas mal. René a raison. Vous être prometteur agent André.

René passa son après-midi à parcourir en long et en large le centre commercial de Saint Quentin en Yvelines. On ne citera pas les marques, mais René arrivait, aidé de sa plaque, à obtenir des entretiens particuliers à chaque fois avec le responsable du magasin. Les numéros sur la branche des lunettes était effectivement un identifiant. Il fallait une commission rogatoire. René savait à quoi servirait son ordinateur dès ce soir. Il déambula partout dans le centre commercial et indiquait dans son carnet tous les opticiens. Il regardait aussi les autres boutiques. Il flasha une fois.

## Chap. 40

L’appartement de Eddy n’était pas grand, mais bien aménagé. Il avait gagné en standing depuis qu’une présence féminine avait décidé de prendre les choses en main. C’était il y a quelques années. Ce soir, repas de famille. Suze ne travaillerait pas. Elle préférait profiter un peu de la vie, quitte à ce que leur train de vie en pâtisse. Suze avait sorti la belle nappe des grands jours. Sœurette était heureuse d’aider. Il fallait préparer la table pour Eddy & Suze, Sœurette, René, et un couple surprise. Eddy & Suze ne voulaient rien dire, malgré les chatouilles de Sœurette sur son frère. Sœurette s’était occupée du repas. En règle générale, Suze devait tout préparer toute seule, et cela se finissait en pique-nique froid où chacun picorait. Là, Sœurette avait suivie à la lettre une recette ‘marmiton’. Soyons tous rassuré, Suze avait toujours un plan B. Elle s’investit pour surveiller la cuisson de la blanquette de veau façon Sœurette et rectifia le thermostat pour éviter de manger brûlé. Mais chut, ne disons rien à Sœurette. À vingt heures, la sonnette se fit entendre. Ô surprise, René. Il entra et découvrit Sœurette. Après un bref moment de silence angoissant pour tous, il fit le tour des personnes pour échanger une bise.

**René** : Ah Sœurette, cette après-midi, j'ai craqué pour une babiole pour toi. Eh ne crois pas que c'est en rapport avec ce que nous vivons ces derniers mois. Mais quand même, ça vient du cœur.
**Sœurette** le prenant : Je le sais bien que tu m’aimes. Ce n’est pas ça.
**René** : Ouvre-le. Cela ne t'engage à rien.

Sœurette ouvrant fébrilement son cadeau. Elle découvrit un collier de pierre. Lapis Lazuli. Magnifique dans les yeux de Sœurette. Quand elle voyait ce bleu, elle imaginait une mer tourmentée et une promenade sur la plage main dans la main dans la furie de la nature.

**Sœurette** pleurante : Merci Elle ne put énoncer plus.
**Suze** : René. Merci pour le cadeau. Mais notre but c'est toi. Que tu t'en sortes.

**René** : Laissez-moi déjà lui prouver que je l'aime et que c'est bon aussi au passé et au futur.
**Suze** : René, ne brouille pas les cartes. On t'a à l'œil.

Eddy et Suze regardaient souvent leur montre. Ils se regardèrent pour savoir qui allait se jeter à l'eau en premier. Comme d'habitude, celle qui en a, ce n'est pas celui auquel on pense.

**Suze** : René, on va te kidnapper temporairement. Pour que tu redeviennes comme avant ta promotion.
**Eddy** : Suze et moi souhaitons que tu changes de quartier général temporairement pour rester éloigné de la pression de ton commissariat
**Suze** : Et aussi que tu redeviennes propre surtout. Est-ce plus clair ?
**René** : Ils vont s'inquiéter au commissariat. Je suis tout de même une pièce indispensable.
**Eddy** : On va te prouver le contraire si tu joues le jeu.

Dring…

René était impatient de connaître l'identité des invités surprise. René découvrit André et Kawaii.

**René** laissa échapper un : Oh putain … pas très délicat.
**André** : Vous aviez dit vingt heures trente pétantes, alors on a patienté derrière la porte.
**Suze** : Je suis sûr que vous avez trouvé à vous occuper.
**Kawaii** : Suze, il m'a sauvé la vie. C'est mon héros.

Ces mots rappelaient plus que vaguement quelque chose à Suze. Elle a dû les prononcer en parlant d'Eddy à plusieurs reprises. Elle espérait que ce sera de bon augure. Ils étaient dorénavant six autour de la table. Un apéritif permit de détendre l'atmosphère. Seul Eddy prit de l'alcool, avec son traditionnel whisky pure malt. Tous les autres étaient au soda light voire pire. La blanquette n'était pas si mauvaise que cela. Le seul problème était dans le fait de conforter Sœurette dans son hypothétique talent culinaire.

André était vraiment sympa et apportait un plus aux anecdotes de René. Soirée très amicale. René dormirait chez Eddy. Sœurette avait déménagé chez Suze. Suze n'était pas franchement rassurée, mais des fois, il faut faire confiance aux abrutis, pour la paix dans le monde.

Chez Eddy
**René** : Eddy, Merci.
**Eddy** : Tu fais chier, je vais pleurer. Bonne nuit

Chez Suze
**Sœurette** : Suze, Merci
**Suze** : Dors, tu es une belle personne.

Chez Kawaii
**Kawaii** : C'est ton chef ?
**André** : Je le fais pour Suze, pour reprendre une de tes expressions favorites !
**Kawaii** : Tu es con, mon héros !

## Chap. 41

L'inspecteur en chef posta sur l'intranet de la police sa demande le soir même, avec le numéro de lunettes. La réponse devait prendre quarante-huit. Il eut un retour en un quart d'heure.

**Courriel** : Votre demande a été rejetée. Le numéro de lunettes correspond à des lunettes-loupes para pharmacie. On peut simplement vous trouver la pharmacie qui a vendu cet article. Recontactez-nous.
**René** : Et merde.

René sortit de la chambre et alla s'attabler avec Eddy qui sirotait un autre whisky.

**René** : Eddy, y a un blocage sur l'enquête.
**Eddy** : Tu as ton ordinateur, ta Token. Alors travaille sur tes trois

enquêtes, Réveille-moi plus tard.

Eddy reposa sa tête sur ses bras et s'endormit. René retourna dans la chambre et avec le wifi, bossa sur les trois enquêtes. Au petit matin… une corbeille de croissants sur la table et une bonne odeur de café finit de réveiller totalement le détective Eddy. Ensuite, Eddy et René se bâfrèrent.

**Eddy** : René, tu es sur la bonne voie.
**René** : Eddy, j'ai encore besoin d'une béquille.
**Eddy** : Tu en as deux, n'oublie pas Suze.
**René** : Ah non, je pensais uniquement à Suzie
**Eddy** : Tu me déplais moins qu'hier. Je sais qu'il y a des limites à te demander pour les progrès.
**René** : Je suis un nouveau beauf.
**Eddy** : Ça reste à prouver.
**René** : Tu seras mon garant de probité.
**Eddy** : Fais tes preuves et sois gentil avec moi.
**René** : Une chose à la fois. Mes preuves. La gentillesse attendra.
Puis **René** : Le numéro sur la branche mène à une paire de lunettes en parapharmacie. Pas une vraie paire de lunettes. Donc voie sans issue.
**Eddy** : Tu as un assistant. Communique avec André.
**René** : Pas facile.
**Eddy** : C'est un bon policier. Compte sur ton équipe terrain et quitte ton bureau.
**René** : Tu penses que c'est important ?
**Eddy** : C'est essentiel si tu veux revenir.

## Chap. 42

René téléphona au policier André.

**René** : André. La piste des lunettes est une esbroufe.
**André** : J'en suis navré. Vos directives Mr l'inspecteur en chef.

René était perturbé. Il lui fallait du temps pour recouvrer une confiance en lui, partielle puis totale.

**René** : André, je suis aussi à l'écoute des membres de mon équipe.
**André** : Merci. Si je puis émettre une suggestion, Mr l'inspecteur en chef, la piste lunette est sans lendemain pour en trouver l'origine. Tant pis, mais j'ai une autre idée, ou une théorie si vous préférez
**René** : Laquelle ?
**André** : FANTA pour Fantasio. SPI pour Spirou, et ZAN pour Zantafio. On pourrait creuser cette piste ?
**René** : Je suis fier de vous André. Contactez Eddy, il a un indic admin. Et je dirai la vérité pour votre promotion. J'aimerai avoir plus d'éléments pour vous pousser plus vers le haut.
**André** : Me tirer vers le haut vous voulez dire.
**René** : Oui, aussi.

Sur ce, André appela Eddy.

**André** : Mr Eddy. J'ai eu une idée de piste.
**Eddy** : Ça vaut mieux que pas avoir d'idée du tout.

André expliqua à nouveau son idée.

**Eddy** : Super idée André.
**André** : Mr Eddy. René change.
**Eddy** : Ouais, je ne demande qu'à y croire.

**Eddy** pianotant sur son mobile : Hello Julien ?
**Julien** : Mon Eddy ?
**Eddy** : Julien, trouve-moi tous les pseudos en rapport avec Spirou. On a pour le moment FANTA, SPI, ZAN. Alors tu explores le fichier Cœurix.
**Julien** : J'explore ta piste. Ça me plaît assez.
**Eddy** : Creuse bien, sinon on risque d'être vraiment sec.
**Julien** : Je ferai le maximum, et plus si besoin. Je l'aime bien moi ce site.
**Eddy** : Mouais, en rapport avec le pouvoir. Comme avoir des lunettes qui dénudent les jeunes femmes. Julien. J'attends ton

appel et, s’il te plaît, 'Julien, tu es mon seul espoir'
**Julien** : Ok, je te recontacte.

**Julien** : Mon Eddy. J'ai du lourd. J'ai un Champ78 comme Champignac
**Eddy** : Ou comme champagne.
**Julien** : Un autre Spip78 comme Spip. Et les profils sont positifs
**Eddy** : Positifs ?
**Julien** : Oui, Ils correspondent. Les descriptions sont ambiguës et similaires. Tu as tiré le gros lot ! La poupée gonflable !
**Eddy** : Ah … Bon, tu te mets en mode 'Mission Impossible'.
**Julien** le coupant : Je préfère ‘James Bond’.
**Eddy** : Ça le fait aussi. Donc tu annules toutes tes soirées streaming et tu endosses ta cape d'espion. Tu surveilles les conversations des 'positifs' et tu me préviens illico presto.
**Julien** : Oui 'M’.

## Chap. 43

Réunion entre hommes chez Eddy. Eddy, René, André et Julien. Eddy n’allait pas changer ses habitudes pour ménager les efforts visibles de son beauf. Un whisky et trois boissons gazeuses.

**Eddy** introduit la discussion : Je vous présente Julien, mon espion personnel, dévoué corps et âme. René, tu es le plus haut gradé. Je te passe la parole, libère-la.
**René** : Kawaii et Mata Hari sont sur la touche. Ils chercheront d'autres proies. Eddy, tu remercieras Suze et les filles.
**Eddy** : On a droit à une dernière chance. Si on les rate, je n’ai pas de plan C.
**André** : Inspecteur, on fait quoi ?
**René** : On attend que Julien nous prévienne. D'ici là, on réfléchit sur un plan infaillible, sachant qu'ils auront peut-être prévu eux aussi quelque chose. Ils savent qu’on est sur leur piste. Mon flair me dit qu’ils ne vont pas raccrocher et qu'ils se croient plus forts que nous.
**André** à René : Quel sera ce plan ?

**Eddy** : Il n'en sait rien encore. À nous trois, il faut qu'on en trouve une idée de plan d'ici au petit jour. Sinon des innocentes seront encore en danger.

La nuit fut longue. Julien était allé s'allonger sur le lit, mais il avait paramétré l'ordinateur pour émettre un bip sur les conversations de Champ78 et Spip78. Les idées fusaient. Il ne s'agissait pas seulement de prévoir des policiers, mais d'anticiper les mouvements de ces pervers qui se croyaient tout permis avec les filles.

**André** : J'ai une idée ! On va faire renifler la paire de lunettes par Dieter.
**René** : Excellente idée. Pour les autres, 'Dieter' est un chien policier à l'odorat très développé.
**Eddy** : Et si on fait renifler la même paire de lunettes à un autre chien et on met un chien à chaque lieu de rendez-vous.
**René** : Allez les gars, encore une ou deux idées comme celle-là et on sera prêt. Eddy, on pourrait passer au café, j'en ai un peu marre du coca light.
**André** : Il nous faut des teasers. Ainsi on sera armé sans risque pour les civils.
**René** : Seulement toi et moi. Les autres n'ont pas eu la formation et les teasers font aussi polémiques. Seules des personnes maîtresses d'elles pourront en porter. Ça limite à deux.
**Eddy** : Cela ne fait pas longtemps que je t'ai remis dans la case des personnes fiables.
**René** : Allez, on ne s'endort pas. Eddy il vient le café, ça fera venir les bonnes idées.

Eddy sourit. On avait changé son beauf. Il semblerait qu'une main tendue quelque part puisse avoir un effet bénéfique sur un inspecteur déboussolé à l'autre bout de la galaxie. L'effet papillon.

**René** : Deux bonnes idées. Jamais deux sans trois. Allez tournée de café fort pour tout le monde.
**André** : Aux étangs de la minière, l'agresseur n'était pas venu en voiture, mais à pied.

**René** : Intéressant. Imaginons un instant leur fuite. Après son méfait, il courre à pied, mais vers où ?
**Eddy** : On peut supposer soit que les deux terroristes sexuels habitent le coin, soit qu'ils y travaillent ?
**André** à René : Inspecteur en chef, vous pensez que les chiens policiers nous aideront efficacement.
**René** : Ce sont des armes à longue portée. Prends contact avec les maîtres-chiens et trouve-moi les deux meilleurs. Et préviens-les que je les réquisitionnerai, le maître et le chien sous peu. André tu feras les papiers demain au commissariat en mon nom. Au pire imite ma signature.
**André** : Je ne me permettrai pas.
**René** : J'ai appris une chose en côtoyant cette personne que nous nommerons mon beauf. La fin justifie les moyens.
**Eddy** : Prévoyez aussi quelques policiers à la gare de Saint Quentin en Yvelines.
**André** : Ça va faire du monde.
**René** : Je sais, je sais …
**Eddy** à André : Quand on donnera le top, ce sera un soir. Il y a peu de missions exceptionnelles, sauf les maraudes de nuit.
**René** : Peux-tu parler sous le manteau aux collègues. Peux-tu les convaincre de répondre présent à ton appel, pas au mien.
**André** : Oui inspecteur en chef René.
**René** : Bon dodo à tous. Et c'est Julien qui sera l'amorce et déclenchera l'opération.

## Chap. 44

A l'appartement de Suze, Sœurette était au lit et Suze la rejoint. L'occasion d'un papotage entre filles.

**Sœurette** : Tu n'as jamais pensé à décrocher ?
**Suze** : Tu me vois faire autre chose ? Tu me vois femme au foyer ?
**Sœurette** : Je commençais à m'y voir moi.
**Suze** : Eddy et moi, c'est du sérieux, mais en même temps c'est compliqué.
**Sœurette** : Vous comptez fonder une famille un jour ?

**Suze** : Moins je réfléchis, mieux je dors.
**Sœurette** : Tu crois qu'il changera ?
**Suze** : Je n'en suis pas sûre, mais tant que Eddy ne téléphone pas, alors c'est que son plan se déroule correctement.
**Sœurette** : Bonne nuit. J'appréhende le prochain dimanche chez Mam.
**Suze** : Dors Sœurette.

## Chap. 45

André arriva au commissariat en fin de matinée et fut convoqué par le commissaire.

**Commissaire** : Agent André. On ne voit plus l'inspecteur en chef René. Il paraît que vous êtes son nouveau bras droit.
**André** : Mr le commissaire, une des enquêtes de Mr l'inspecteur en chef est particulièrement épineuse. Il a changé d'emplacement son bureau d'où il opère pour être plus prêt et présent, juste au cas où. Et j'obéis à tous ses ordres.
**Commissaire** : Quand le reverrons-nous ?
**André** : Mr le commissaire. Je ne fais que suivre ses consignes.
**Commissaire** : Et bien dites-lui que si l'enquête n'aboutit pas, autant qu'il demande sa mutation ailleurs avec rétrogradation. Vous pouvez vaquer.
**André** : Encore merci Mr le commissaire.

Le commissaire avait aussi une dent personnelle contre René. Sur une enquête précédente, embêtante pour le club de football du PSG, Mr le commissaire n'avait pas reçu en cadeau une loge VIP pour la saison footballistique.
André passa l'après-midi à faire le tour des collègues. Il fallut d'abord les convaincre de travailler (à nouveau) pour l'inspecteur en chef, qui était bien descendu dans l'estime de chacun. Son charisme (à André) l'y aida et il commençait à croire à son propre leadership. Passer Inspecteur lui donnerait le grade qui convient à son aisance naturelle. Certains collègues se firent tirer l'oreille. Et il se rendit compte que ce genre de travail faisait partie du job

et était parfois plus épuisant que la partie opérationnelle. C'était juste le métier qui rentrait. André en était arrivé à douze agents. Dont dix fiables. Ça aussi ça se gère, le risque… André prit contact avec le centre canin. Il pipeauta et fit briller haut dans le ciel la silhouette de l'inspecteur en chef. Il obtint deux noms. Enfin quatre. Deux maîtres-chiens et leur deux chiens adorés.

**André** : Je vous envoie la demande de réquisition non datée, mais signée par l'inspecteur en chef lui-même. Ce sera une intervention de soir et il me faut les numéros mobiles des maîtres-chiens pour avoir une réactivité.
**Centre canin** : Vous savez, il y a un lien fusionnel entre eux. Alors protégez autant les humains que les prétendus animaux.
**André** : On a juste une paire de lunettes. On a besoin de mettre le maximum de chances de notre côté.
**Centre canin** : C'est pour l'enquête sur les agressions ?
**André** : Oui.
**Centre canin** : On sera réactif et je vous donne mon numéro personnel au cas où. J'ai eu la chance de travailler avec René. Passez-lui le bonsoir.

André se présenta à l'armurerie.

**André** : J'ai besoin de réquisitionner deux pistolets à impulsion électrique.
**Agent** : Je ne me souviens pas d'une demande liée à une opération programmée.
**André** : C'est une demande non datée. C'est prévu dans le protocole et dans le processus.
**Agent** : Faut que j'en réfère au commissaire.
**André** : Si vous regardez votre bannette, il doit il y avoir ma demande. Le circuit informatique n'a pas suivi.
**Agent**, vidant sa bannette courrier. : Oui, je la vois effectivement, mais il faut la signature du N+2 en ce cas, celle du commissaire.
**André** : Si la demande n'a pas de double signature, c'est parce que le plan police vient seulement d'aboutir. Nous attendons le point de rendez-vous pour intervenir. Après un nouvel échec, c'est notre dernière chance de coincer l'anguille.

**Agent** : Oui mais …
**André** : Ce que j'essaie de vous faire comprendre, c'est que si le rendez-vous tombe ce soir… Je refuse d'affronter un échec et je dénoncerai quiconque aura été une épine dans mon pied. Pour le moment, vous êtes cette épine, naturellement seulement au cas où on m'appelle pour m'annoncer que l'intervention est ce soir.
**Agent** : Et vous régularisez dès demain ?
**André** : Ma vérité ainsi que ma priorité, c'est l'enquête.
**Agent** : Voici vos teasers à vos noms. Heureusement que l'inspecteur en chef a été formé, sinon je ne pouvais vraiment pas accorder le moindre passe-droit.

## Chap. 46

Mata Hari trouvait le temps long. Elle pouvait causer avec Caroline, mais là elle souhaitait vraiment quitter cette prison. Elle souffrait encore des coups au ventre. Elle reçut une visite, sa consœur Kawaii. Elles se firent la bise.

**Mata Hari** : Vas-y raconte-moi tout de l'enquête.

Kawaii en vint à bout en une heure, perpétuellement coupé par Mata Hari.

**Kawaii** : Tu as aimé faire quelque chose de différent ?
**Mata Hari** : Tu veux dire mourir sous ses coups ? Désolé, mais j'ai déjà été tabassée, et j'en suis revenue.
**Kawaii** : Non, pas ça, mais le fait d'être utile à quelque chose ? De voir la vie autrement ?
**Mata Hari** soucieuse : Toi tu files un mauvais coton.
**Kawaii** : Je ne sais pas. Tu n'y penses jamais toi ?
**Mata Hari** : Tu sais comment je suis. Tant que je prendrai du plaisir à faire ce métier, je resterai fidèle à mon poste, droit dans mes bottes.
**Kawaii** : Tu sais, il y a des jours j'en ai assez de mentir à ma famille. Je crois que c'est ça le plus pesant. Ce mensonge est un déni. C'est le signe d'une honte.

**Mata Hari** : Moi je n'ai pas de famille proche, alors je ne me fais pas de reproche après le travail accompli.
**Mata Hari** voyant Kawaii triste : Mais je peux comprendre. J'espère que cela va te passer, sinon il te sera difficile de t'investir à fond dans ton job.
**Kawaii** : Oui, ça va sûrement me passer.

Elles continuèrent à discuter de choses et d'autres, même de chiffon. Puis Kawaii se sauva. Puis Caroline et Suze entrèrent ensemble.

**Mata Hari** : Comme c'est gentil, tout le monde s'est donné rendez-vous ici ma parole ?
**Caroline** : Bonjour Mata Hari.
**Suze** : Mata Hari. Caroline a le résultat de ton agression. Elle m'attendait pour te le dire.
**Mata Hari** mit ses deux bras croisés sur sa poitrine : J'écoute.
**Suze** : Le coup de pied a fait des dégâts internes dans tes organes de reproduction. Tu ne pourras pas avoir d'enfant.

Mata Hari encaissa le choc stoïquement.

**Suze** : Attention Mata, cela ne signifie pas que tu ne puisses pas être enceinte, mais cela te tuera.
**Mata Hari** : De mieux en mieux.
**Suze** : Donc fait encore plus gaffe avec toutes les précautions d'usage.
**Mata Hari** : Je peux continuer à faire mon boulot ?
**Caroline** : Après une convalescence. Mêmes les organes brisés ont besoin de cicatriser.
**Mata Hari** : Combien de temps ?
**Caroline** : Un mois encore s'il vous plaît.
**Mata Hari** : Fait chier !

Il parut préférable de la laisser seule.

**Caroline** : Je repasserai ce soir.
**Suze** : Et moi demain.

Mata Hari, la dure des dures, l'Escorte girl par essence, par définition et par envie, laissa échapper une larme par un œil. Ce n'est pas qu'elle se voyait en couple ou avec un marmot braillard, où on a d'autre solution que de mettre une tétine dans sa bouche pour que le son ne sorte plus, comme un bouchon sur une bouteille de champagne pour que les bulles ne s'échappent pas. Mais les jours de grandes déprimes, quand sa carapace craquait, à cause d'une solitude éternelle et choisie, elle aimait bien elle aussi retomber pour quelques heures en enfance, au fond de son lit. Elle avait coupé les ponts avec tous et toutes de son plein gré. Sa famille c'était Suze désormais, et tous les papas potentiels qui passaient entre ses jambes. Ce soir, Caroline avait mélangé un calmant et un somnifère à sa nourriture.

## Chap. 47

René était en vadrouille sur ses deux autres enquêtes. Eddy regardait un vieux film noir et blanc à la télévision. Un Philip Marlowe avec Humphrey Bogart et Lauren Bacall. 'Le grand sommeil'. Un classique de 1946 qu'il regardait périodiquement, en espérant un jour comprendre la globalité de l'intrigue. Mais Julien trouva intelligent de téléphoner à cette heure, et cassa l'ambiance.

**Eddy** : Oui, qu'est-ce que tu veux ?
**Julien** : Eddy, C'est Julien, je ne te démarche pas. Je ne vends rien du tout. J'apporte juste des nouvelles.
**Eddy** : Bon, excuse pour cette fois.
**Julien** : Bon, double rencard ce soir. Ils ont trouvé deux autres bonnes poires féminines qui sont tombé dans le panneau. Les lieux ont changé. Ils se méfient. Sur le quai de la gare de Saint-Quentin-en-Yvelines, direction Rambouillet, en queue. Sans doute vient-il de Versailles ou Paris ?
**Eddy** : Et l'autre ?
**Julien** : Le centre commercial SQY Ouest, devant le McDo.
**Eddy** : Mais ce n'est pas logique ? Ils vont faire comment pour les agresser ? Julien, Tu restes en écoute sur le site, je crains une

entourloupe de dernière minute.
**Eddy** téléphona aux deux autres. : Rendez-vous immédiatement au QG.

Eddy expliqua et ils affinèrent leurs plans.

**René** : On ne change rien, on a juste à définir les places et rôles de chacun.
**Suze** : Je viens aussi.
**René** : Hors de question.
**Eddy** : Alors je ne viens pas non plus.
**André** : René, elle n'aura jamais été entouré d'autant de policiers.
**René** : Je crains bien que si, et pas qu'une fois.
**Eddy** : Tu es le plus haut gradé, mais cette opération est à parts égales entre nous tous.
**Suze** : J'irai au McDo, Eddy t'accompagnera au train. Tu as deux soutiens supplémentaires.
**René** : Ai-je mon mot à dire ?
**Suze** : Oui. Je t'écouterai, mais moi, j'ai une de mes filles sur la touche, alors j'irai seule ou accompagnée.
**René** à André : Elle ne perd qu'un cheveu dans l'opération et je te rétrograde.
**André** : Y a quoi en dessous de simple agent ?
**René** : Y a la circulation !
**André** : J'ai eu une idée.

Tous se tournèrent. Il sortit la pièce à conviction, la paire de lunettes. Il la cassa au niveau de l'arête nasale, créant ainsi deux demi-pièces à conviction, chacune dans un sachet hermétique séparé.

**René** : On est paré. André, convoque les maîtres-chiens
**André** distribuant les armes : René, ton teaser. Eddy, tu sauras t'en servir ?

## Chap. 48

Opération Hamburger : dix-neuf heures trente, Ils se mirent progressivement en place. Un policier était désigné pour attendre à l'intérieur du McDo en mangeant. Un autre sur un banc à jouer ou téléphoner avec son mobile. Un maître-chien s'était déguisé en SDF et son chien assis. Il avait une casquette par terre et une pancarte en carton : J'ai faim. Kawaii tiendrait son propre rôle. Suze celui de Mata Hari. André et Suze déambulaient bras dessus bras dessous au centre commercial, mais aucun bisou. Pas le bon détective, pas la bonne Escorte ! La scène était prête. Il ne manquait que deux acteurs. Le SDF avait ouvert le sachet et le faisait renifler par Dieter. À vingt heures, André sortit des jumelles et s'installa en haut d'un escalier le plus discrètement possible. Suze marcha pour reconnaître un peu plus les alentours, en faisant attention de regarder les gens sans faire mine de les dévisager. Des couples faisaient la queue au McDo, mais à la manière dont ils se tenaient, ce n'était pas le premier rendez-vous. André devenait de plus en plus anxieux.

**André** à SDF : Dis-moi quelque chose de positif.
**SDF** : Négatif. Je pense que soit ils ne sont pas là, soit que le suspect n'est pas l'homme aux lunettes.
**André** à tous : Il est bientôt vingt heures trente. Il y en a un qui a une idée géniale ?
**Suze** à tous : On se donne rendez-vous au McDo, mais on va au cinéma avant et c'est ensuite qu'on fait connaissance autour de quelques frites. Venez tous au cinéma !
**André** : Mais quel film, il y a huit salles !

Devant le cinéma, Suze avait pris le commandement.

**Suze** au maître-chien : Molosse, tu vas à la sortie de secours, qui est commune aux huit salles et tu ouvres l'œil.
**Suze** aux deux policiers : Vous, vous descendez les deux couloirs et vous ne passez à la rangée de sièges suivants qu'après avoir vérifié la mine de ceux de la rangée précédente.
**Suze** à André : Nous, nous descendons les mêmes couloirs mais

plus vite.
**André** : Et s'il n'y a rien ?
**Suze** : On passe à la salle suivante.
**André** : Et après ?
**Suze** : Vous ne pouvez pas quelquefois attendre le résultat de la première action avant de demander quelle est la suivante. Moi je vous propose un plan. Si vous n'avez pas mieux, alors suivez-moi sans rechigner.

André sortit sa plaque et le plus discrètement possible il passa sans billet. Le maître-chien se dirigea à l'issue de secours et s'installa encore dans son rôle de SDF.

Quand un **responsable du cinéma** se pointa et lui parla : Monsieur, vous ne pouvez pas rester là, les spectateurs ressortent tous d'ici après la fin du film.
Le **maître-chien** sortit sa carte de policier et en lui montra, il chuchota : Opération de police
**Responsable** : Bien monsieur. Je retourne derrière les guichets, euh si vous avez besoin de quoique ce soit.

Les quatre acolytes entrèrent dans la première salle. On en était encore aux publicités. Les deux policiers descendaient lentement, tandis que André et Suze, plus vite. Cinq minutes plus tard, ils étaient tous au bas de la salle et sortirent à coté de Dieter. André fît signe que non au faux SDF. Les quatre s'engagèrent dans la salle suivante. La salle était au trois quarts vides. Les deux policiers commencèrent leur lente descente. André prit le couloir gauche et Suze le droit. Vers le milieu de la salle, Suze regarda vers le milieu de la rangée centrale. Elle y distingua un homme avec la main droite sur la bouche de la fille située à sa gauche. L'instinct de Suze était en alerte niveau maximal. Elle cria. André tourna ses yeux vers la même scène. Lui et Suze se précipitèrent en même temps vers le couple. Tandis que André tirait la fille à lui et se mettait en mode protecteur. Alors il sortit son revolver de service au lieu du teaser, par habitude. Suze chargeait l'homme. Elle avait dans sa main gauche une bombe anti-agression. L'homme agitait les mains vers elle, mais il se prit la rafale calmante mais surtout piquante du spray sur les deux yeux. Il ramena ses mains sur son visage.

**Suze** mit en visibilité sa main droite, serrant un couteau. Elle lança sa main dans l'estomac de l'homme suspecté. : Et ça, c'est pour Mata Hari.

André ne pouvait rien faire, n'avait rien pu faire, car il n'avait rien anticipé. Les deux policiers arrivèrent. Un désarma Suze, et l'autre allongea à terre le suspect.

**André** téléphona aux autres forces stationnées au dehors du centre. : Suspect arrêté, mais blessé. Amenez d'urgence une ambulance.
**André** : Suze, vous avez eu tort.
**Suze** : Si vous le dites.
**André** : Agent, gardez plus qu'un œil sur Mlle Suzie.
**André** : Suze, vous me foutez dans la merde.
**Suze** : Pour ça, désolé.

## <u>Chap. 49</u>

A la gare de Saint-Quentin en Yvelines, il y avait tout le temps du trafic, tant ferroviaire, que piétonnier. Que comptait faire le second suspect ? Ils s'étaient placés sur le quai à équidistance les uns des autres. Ils, c'étaient deux Agents, René, Rusty et son maître, et Eddy. À dix-neuf heures cinquante-huit minutes, le train en provenance de Versailles via Saint-Cyr-L'Ecole était à l'approche. Le maître-chien libéra Rusty de sa laisse. Il avait senti intensément et préalablement la demie paire de lunettes. Le chien gambadait sur le quai, passant entre les usagers, et reniflait les chaussures ou les sacs à main, puis continuait. Quelques personnes se retournaient sur lui, étonné qu'un chien de cette taille ne soit pas en laisse ni muselé. Mais comme il ne restait pas longtemps au même endroit, les gens retournaient à leurs pensées. Le RER stoppa et les portes s'ouvrirent. Des bousculades. Les gens descendaient, et d'autres impatients voulaient déjà monter dans la rame. Et puis le chien leva les oreilles, signe qu'il était sur une piste. Une des personnes descendues devait être le gars aux lunettes. René vit un homme pressé et Rusty sembla l'avoir aussi repéré. René courut rejoindre l'autre escalier. Quant à Eddy et les deux agents, ils étaient 'à la ramasse' car trop éloignés. Le jeune homme bousculait les usagers dans l'escalier. Rusty quinze mètres derrière. René commençait à dévaler l'autre escalier, qui finalement devait aboutir au même endroit, via un autre couloir souterrain. L'homme arriva le premier.

Lorsque **René** y fut aussi, il sortit son taser et visa l'homme et cria : L'homme en fuite, vous êtes en état d'arrestation.

Bin oui, il fallait toujours annoncer son intention au méchant. Mais pas eux… Il lança une décharge de teaser suffisamment haut pour être sûr de n'atteindre personne. On vit les deux fils et la pointe fuser et passer environ un mètre au-dessus du suspect. Il continuait de courir sans se retourner. René arracha les fils coté teaser, et une autre charge se mit en place. Il reprit le sprint. Cette fois-ci les gens s'écartaient sur son passage. Le suspect arriva aux portillons de sortie. Il poussa la porte de verre renforcée. La seconde charge du teaser s'écrasa sur la plaque de plexi glace. Dommage, la visée était bonne. Un énorme berger allemand dépassa en trombe l'inspecteur en chef, et devant le portillon de sortie, utilisa son élan pour sauter une première fois sur le support métallique à hauteur de main, là où de l'autre côté de la porte, où les usagers plaquaient leur carte Navigo pour ouvrir cette même porte. Puis Rusty sauta par-dessus le sas et sembla voler littéralement. Le suspect, empreint d'une forme d'intuition, tourna la tête pour vérifier s'il était encore suivi. Il vit une ombre gigantesque lui tomber dessus. Il se retrouva au sol avec une gueule ouverte et des crocs de crocos non loin de sa gorge. Le suspect avait comme un poids sur l'estomac. Les yeux jaunes injectés de sang lui fichaient une frousse monstre. René et Eddy arrivèrent. Les deux policiers étaient chargés de disperser la foule. René menotta son suspect. Un suspect qui ne serait plus jamais d'accord pour adopter un chien à la SPA.

## Chap. 50

Au commissariat, réunion de travail en salle de réunion attenante au bureau de René. Eddy, René, André, les quatre policiers, et Suze.

**René** : Suze doit être mise en examen. Comme vous pouvez le constater, Je n'ai pas encore tout dit à ma hiérarchie. Mais ce n'est qu'une question de temps.
**Eddy** : Après tout ce qu'elle a subie, vous voulez l'enfermer ! Mais tu ne t'arrêtes jamais dans les erreurs judiciaires !
**Suze** à Eddy : Laisse. Mon seul regret est de ne pas avoir poignardé le bon.
**André** : Suze, votre victime n'est pas morte, heureusement.
**André** à René : C'est grâce à elle que notre enquête est un succès.
**René** : C'est un peu trop tôt pour crier victoire. On n'a pas grand-chose en fait.
**Eddy** : Comment cela ?
**René** : Petite agression dans un cinéma. Pour l'autre, qu'avons-nous ? Une paire de lunettes dont il pourra affirmer qu'il les a perdues il y a peu.
**André** : C'est mince alors.
**Eddy** : Ce qu'il faudrait c'est les forcer à avouer.
**Suze** : J'ai un plan.
**René** : Non merci.
**André** : On peut l'entendre. Seulement, je n'ai pas envie de me faire avoir deux fois par la même personne.

Suze parla et les convainquit. Après tout, c'était assez dans le style de Eddy. Qui se ressemblent s'assemblent. L'exécution du plan : Eddy et Suze descendirent au sous-sol, où sont les cellules d'emprisonnement temporaire. Le policier de permanence les laissa passer. Le suspect était allongé sur un banc. Eddy tapa sur les barreaux pour retenir l'attention du prisonnier. Le suspect se leva et parla de façon arrogante.

**Suspect** : Mais voilà la police. Vous êtes venu me relâcher ? Ou bien m'expliquer pourquoi je suis en cage ?

**Eddy**: Ou tu peux aussi te mettre à table. Mais mon amie ici là préférerai que tu gardes le silence.

Par cette phrase, Eddy l'avait déstabilisé et le suspect mordit à pleines dents sur l'hameçon.

**Suspect**: Pourquoi ?
**Eddy**: Lorsque nous avons attrapé ton complice, elle n'a pas pu s'empêcher de le poignarder, au ventre.
**Suspect**: Je n'ai pas de complice.
**Eddy**: Elle l'avait confondu avec toi.
**Suspect**: Mais je n'ai rien fait. J'ai été arrêté sans preuve.
**Eddy**: Suze. Si dans quinze minutes tu reviens avec un couteau, alors je te le laisse cinq minutes. Après tout, il a tellement tabassé Mata Hari qu'elle ne pourra jamais porter d'enfant.
**Eddy** à Suspect: Tu comprends ce que tu as fait, hein ?
**Eddy** à Suze: Vas-y, j'ai déclenché le chrono.

Suze jeta un regard noir au suspect et remonta l'escalier. Ensuite silence.

**Eddy**: Nous voilà enfin seul.
**Suspect**: Je connais mes droits. Je veux un avocat.
**Eddy**: Tu ne regardes pas assez les séries françaises, moins violentes que leurs homologues américaines. Ici, au pays des libertés, tu auras un avocat quand tu seras mis en examen. Pour le moment tu es en simple surveillance, Un peu comme un témoin assisté.
**Suspect**: Je ne veux pas être assisté.
**Eddy**: Voyons. Voyons. Nous sommes ici pour t'aider à passer à autre chose.
**Suspect**: Je n'ai rien fait, je suis innocent.
**Eddy**: Tu sais, ton copain est vraiment choqué de s'être fait planter, au sens premier du terme. On lui a expliqué que la lame était un couteau de cuisine juste essuyé, même pas lavé. Même s'il s'en sort, il aura d'autres formes de douleurs.
**Suspect**: Je n'ai pas de copain.
**Eddy**: Connaissant Suze, et vu comment elle tient à son amie, elle

va choisir un couteau non pas à lame souillée, mais rouillée.
**Suspect** pleurnichant : Mais puisque je vous dis que je suis innocent. Vous devez me confondre.»

On entendit des bruits de pas dans l'escalier. Suzie était de retour. Elle souriait et arborait un couteau à lame pointue. Elle était effectivement rouillée. Même le suspect pouvait s'en apercevoir. Eddy appela l'agent de permanence, qui vint.

**Eddy** : Agent, vous pourriez nous ouvrir quelques minutes, nous aimerions parler plus confortablement avec le suspect.
**Agent** : Bien sûr Mr Eddy, je remonte chercher les clés.
**Suspect** : Non, ne le faite pas. Ils veulent me tuer.
**Agent** : N'ayez crainte, je leur confierai ma propre vie.
**Eddy** parlant tout bas au suspect : Il a raison, l'agent pourrait nous confier sa propre vie.

L'agent revint. Il donna les clés à Eddy.

**Agent** : Bon ce n'est pas tout, mais l'inspecteur m'a donné du boulot. Vous me remonterez les clés lorsque vous aurez fini.
**Eddy** : Pas de souci, ça va être simple, rapide et sans douleur.

Eddy introduisit la clé dans la serrure.

**Eddy** : Suspect, si je puis me permettre… une dernière volonté.

Eddy ouvrit en grand la porte. Le suspect se colla à la paroi la plus lointaine de cette porte de la mort. Eddy entra. Suze aussi.

**Eddy** au Suspect : Il te reste une chance. Avoue ou vis le reste de ta pauvre existence sans estomac, si tu en réchappes. Pense à la demoiselle que tu as envoyé à l'hôpital. Attention, je vais lâcher le fauve. Tu as bousillé sa copine. Alors 5, 4, 3, 2, 1, vas-y Suzie
**Suspect** : Non, je vais avouer. Oui j'ai tabassé la fille pour qu'elle me lâche. Oui j'ai un complice et on a joué avec quelques filles les semaines précédentes. On a poussé un peu et une a claqué. Et depuis deux semaines, on se lance des défis en solo. Retirez cette folle.

René et André apparurent comme par magie. Suze s'avança et Eddy ne put rien faire. André et René non plus. Suze enfonça son couteau dans le ventre du coupable. Puis frénétiquement elle multiplia ce geste, comme une dératée. Le suspect tomba à terre et se tordit de douleur. Elle sembla n'avoir jamais envie de s'arrêter. Eddy et René intervinrent et prirent Suze par les bras et la forcèrent à reculer. Elle était comme folle. Elle bavait comme une enragée. L'inspecteur appela deux hommes qui se chargèrent de la compagne de Eddy.

**René** : A l'infirmerie, et vous deux, vous restez avec elle.

Sur le sol, point de sang. René ramassa le couteau rouillé, et enfonça la lame dans le manche. Un couteau d'acteur. Les trois hommes rigolaient à gorge déployée.

**André** : Bon je crois que le dossier vient de s'épaissir, d'un 'coup'.
**René** : Suspect, vous êtes officiellement en garde à vuc. Vous pouvez appeler un avocat, sinon il vous en sera commis un d'office.

## Chap. 51

Eddy rejoignit Suze à l'infirmerie. Ils lui avaient administré une dose de cheval de calmant.

**Elle** murmurait : Pourquoi je n'ai pas poignardé le bon. Et pourquoi quand je suis en face du bon, j'ai seulement un couteau factice.
**Eddy** : Viens Suzette, on rentre chez nous.
**Infirmière** : D'après ce que les policiers m'ont raconté, elle a un sens aigu de l'injustice. Elle a clairement pété un câble. Elle va avoir besoin d'un suivi.
**Eddy** : Elle est déjà suivie. J'appelle sa psy.

**Eddy** : Mme Bordas, Suze a craqué. Vous pouvez venir en urgence ?
**Psy** : J'arrive, ne la transportez pas, où êtes-vous ?
**Eddy** : Au commissariat …

**Psy** : J'arrive.

Quinze minutes plus tard elle entrait dans l'infirmerie.

**Psy** : Laissez-moi seule avec elle dans une salle.
**Psy** : Suze, il paiera. Grâce à vous, il est derrière les barreaux pour longtemps. Vous avez beaucoup de responsabilité avec votre drôle de famille.
**Suze** : Il a massacré Mata Hari.
**Psy** : Votre haine n'y changera rien. Mais vous avez gagné une bataille. Gagner n'est pas anéantir l'adversaire. Vous êtes humaine et si vous l'aviez tué, vous seriez maintenant internée. Pas en prison, mais en institut psychiatrique.
**Suze** : Je ne veux pas y aller. Je crains pour mes filles. Tout en pleurnichant à profusion.
**Psy** : Allons Suze. Ne vous salissez plus les mains. C'est le rôle de la justice. Suze ?
**Suze** : Excusez-moi. Ça commence déjà à aller mieux.
**Psy** : Non, ça c'est le calmant. Vous allez dormir chez vous et Eddy vous amènera à mon cabinet à votre réveil, quel que soit l'heure.
**Psy** à Eddy : Elle s'écroulera en arrivant. À demain
**André** : Je vous raccompagne.
**Eddy** : Merci, et reviens ensuite nous rendre visite avec Kawaii.

Kawaii la coucha. Elle aussi. Eddy et André discutèrent autour d'un whisky et d'une bière.

**André** : Je n'avais pas vu son état.
**Eddy** : Et moi donc.
**André** : Elle ira mieux demain. Elle tenait le coup uniquement pour ses filles.
**Eddy** : Elle a perdu le contrôle. Je suis persuadé que demain elle redeviendra notre Suze. Prends le canapé. Moi j'ai l'habitude d'être assis en posant ma tête sur la table.
**André** : Alors bonne nuit.

Au petit matin, **Suze** ouvrit la porte de la chambre et bouscula légèrement et suffisamment Eddy et André : Allez, réveil. Je prends la douche en premier, puis Eddy. Ensuite je vous laisse l'appartement. J'ai une consultation à ne pas rater.

Eddy et René se regardèrent.

**André** : Mais ce n'est pas la même Suzie !
**Eddy** : Merci mon Dieu pour ce miracle.

**Psy** : Vous êtes bien matinale Mlle Suzie. Je pensais chambouler mes rendez-vous, mais en arrivant avant même l'ouverture du cabinet, vous me coupez l'herbe sous le pied.
**Suze** : Hier, j'ai expulsé un mal que je retenais en moi depuis des semaines. Je vivais un cauchemar. Mme Bordas. C'était une sorte de 'Burn out' émotionnel. J'ai évacué trop fort, comme une éruption volcanique. Je suggère un calmant léger durant deux semaines.

Eddy était sur le cul, et pas que lui visiblement.

**Psy** : Hé bin dites donc. J'accepte allègrement le diagnostic d'une consœur. Le syndrome de la cocotte-minute. C'est tellement bien vu que je vous signe la prescription. Et c'est gratuit. Ça m'a même donné du pep pour la journée.
**Suze** : Alors bonne journée. Nous aussi nous avons à faire.
**Eddy** : Oui ça doit être cela. Au revoir.

## Chap. 52

Kawaii invita Suze (subitement et totalement remise ?) à boire un verre à un bar en terrasse.

**Suze** : Kawaii, comment ça va. Y a de tes clients qui me contactent. Tu les plantes ?
**Kawaii** : Je ne les plante pas. Je leur dis de s'adresser ailleurs.
**Suze** : Mais enfin, pourquoi ? … Oh mais oui, j'ai compris.
**Kawaii** : Il est craquant.
**Suze** : Tu te précipites.

**Kawaii** : Mais lui aussi alors.
**Suze** : Cela me fait plaisir pour toi. Je serai toujours là pour toi. Tente ta chance, mais sois prudente.
**Kawaii** : Merci Suze. Ton avis a beaucoup d'importance pour moi.

## Chap. 53

Au commissariat, dans la salle de réunion à côté du bureau de l'inspecteur en chef René. René, Eddy, André, Suze, l'avocat, le suspect menotté et attaché à un crochet de la table, Un policier derrière lui.

**Avocat** : Bonjour. Je ne vous connais pas, mais je pense que vous êtes les personnes présentes au sous-sol pour extorquer des aveux à mon client. Je ne vous rappellerai pas que tout aveu obtenu sous la contrainte ne vaut légalement rien.

Le suspect eut un petit sourire en coin. Suze s'avança et il prit peur.

**Suspect** : C'est elle, c'est elle. Elle m'a poignardé à maintes reprises.
**Suze** : Exhibez vos blessures alors. Puis vers l'avocat : Ils sont tous pareils vos clients ?
**André** souffla à l'oreille de Suze : Laissez tomber, s'il vous plaît. On a la situation sous contrôle.

Suze recula, et elle et Eddy restèrent collés l'un à l'autre.

**René** : Nous comprenons la situation. Mais il y a un autre hic.
**Avocat** regardant son client : Je vous écoute.
**René** : Nous confirmons la garde à vue de votre client.
**Avocat** : Mais pourquoi ?
**René** : Tout simplement car il fait l'objet d'une dénonciation, qui fait donc office d'accusation. Et ces autres aveux ont été obtenus auprès de son complice, qui a préféré tout avouer et mettre en cause le chef des opérations.

**Avocat** : Puis-je voir cette déclaration ?
**André** joignant le geste à la parole et lui présentant le procès-verbal. : Là voilà.
**René** : Puisque votre client nie tout en bloc, nous nous baserons sur l'autre déclaration. Nous allons procéder à la perquisition des lieux d'habitation. La seule différence entre les deux suspects, ce sera la durée d'emprisonnement. Et cette dame ici, militera pour qu'il n'y ait pas de sursis possible pour votre client. Je dois avouer que la justice d'ici n'aime pas les violeurs.
**René** se levant et avançant la main vers l'avocat : Nous nous retrouverons au tribunal. Au fait, on garde votre client au chaud. Je ne vous raccompagne pas.

On ne peut pas dire que le suspect avait conservé son petit sourire en coin longtemps.

## Chap. 54

Chez Eddy, On s'y réunit toujours à la fin d'une enquête. Outre Eddy & Suze, il y avait André & Kawaii, ce qui n'était plus un secret pour personne, Mata Hari en petite forme, et l'infirmière en chef Caroline. Eddy ne comprenait jamais comment Suzie faisait. Le frigo était toujours plein. Et pourtant, il avait l'impression que l'appartement servait de plus en plus souvent de QG.

**André** : Bonsoir. J'aimerai prendre la parole en premier. Que personne ne soit surpris, j'ai le béguin pour Kawaii et on est ensemble pour un moment. Voilà
**Mata Hari** : Félicitations.
**Suze** : Une bataille gagnée, mais à quel prix.
**Caroline** : Eddy, vous nous faites un résumé de l'enquête ?
**Eddy** : André, charge-t 'en.
**André** : Bien. Avec moi, au moins vous êtes sûr d'avoir la version officielle de la police.

André raconta pourtant une version édulcorée. Kawaii surveillait du coin de l'œil Mata Hari.

**Kawaii** : Mata Hari, ça va ?
**Mata Hari** : Kawaii, cette histoire m'a plus 'marquée' que je ne le pensais.
**Suze** : Je n'aurai pas dû vous utiliser Kawaii et Mata Hari, mais j'ai voulu aider cette société qui nous rejette.

Un moment, Suze débarrassa la table pour amener la suite. Caroline l'aida.
Dans la cuisine, **Caroline** agrippa Suze et lui fila un flacon de gélules. : Pour Mata Hari. Une par jour, de préférence le soir. Elle ne doit pas conduire. Garde là ce soir chez toi.
A la fin de la soirée, Suzie prétexta d'avoir une dernière parole à dire à Mata Hari.

**Eddy** : Et comme d'habitude, c'est l'homme qui lave la vaisselle.
**Suze** à l'oreille de Eddy : Oui, et aussi tu dormiras sur le canapé. Mata Hari n'est pas dans son assiette. Compris ?

Il acquiesça en silence.

**Mata Hari** : Qu'est-ce que tu veux me dire ?
**Suze** : Tu n'es pas encore remise. Tu vas dormir ici.
**Mata Hari** : Mais je n'ai rien bu.
**Suze** : Ce n'est pas cela. Il faut qu'on cause encore. Eddy dormira sur le canapé. Tu veux un verre d'eau ?
**Mata Hari** buvant le verre d'eau entièrement : Et si tu me disais toute la vérité ?

Au lit elles continuèrent la thérapie. Canapé façon lit.

**Suze** : Caroline m'a donné des pilules que tu dois prendre chaque soir. Tu es guérie physiquement, même si… mais le cœur que tu pensais avoir enterré depuis des années a été finalement plus fort que ta tête de linotte.
**Mata Hari** : Je pensais être forte. Je ne suis plus une petite fille. Des coups j'en ai reçu. J'ai même été violée. Alors qu'un petit coup de pied me fasse chialer comme une madeleine, je ne comprends pas.

**Suze** : Tu sais je ne suis pas souvent allé chez toi. Mais j'ai vu la poupée Barbie.
**Mata Hari** : Oui, je ne parviens pas à me débarrasser de ce vestige de mon enfance.
**Suze** : Faisons dodo. Et tu restes ici. Eddy adore son canapé. Ça lui donne l'excuse de regarder des vieux films, un whisky lui tenant compagnie.

## Chap. 55

Le même soir, à peu de distance. Dans un restaurant italien.

**René** : Je regrette sincèrement. Je suis content que cette enquête soit terminée. Tu remercieras ton frère, mais pas trop, il ne faudrait pas qu'il ait la grosse tête et rappelle lui qu'il a fait psycho et que cela donne des résultats, même si je n'y crois pas.
**Sœurette** : Tu sais on dort très bien chez Suze.
**René** : Je pourrai te dire la même chose de chez Eddy. J'ai juste envie de retrouver la maison.
**Sœurette** : Tu te souviens de la chambre à coucher, ou juste de la douche, de te changer et de repartir au bureau.
**René** : Je n'étais pas moi. J'avais la pression. Je veux te retrouver. Sinon André et Eddy auront fait tous ces efforts pour rien.
**Sœurette** : Tu sais parler aux femmes toi.
**René** sortit une enveloppe de sa poche et la donna à Sœurette. : C'est un premier pas.
**Sœurette** ouvrit l'enveloppe et découvrit deux billets de voyage pour un grand week-end à Venise.
**René** : Et cerise sur le gâteau, je n'annulerai pas. Je n'ai même pas coché cette option.
**Sœurette** les larmes aux yeux : On va se remettre ensemble. Mais tu es en période d'essai.
**René** : Ce ne sont pas les plus jolis mots idiots, mais c'est la plus belle déclaration d'amour.

On passera sur les bisous et sur le fait qu'ils dormirent à la maison le soir même.

## Chap. 56

René était au bureau avec André pour ficeler le dossier Cœurix.

**René** : André, les rencontres au McDo et sur le quai, même si cela a avorté, comment étaient-ils censés se reconnaître ?
**André** : Ça fait une demi-heure qu'on n'a aucune idée. Je suggère d'inclure Eddy.
**René** téléphona : Eddy, on a un problème. Peux-tu venir tout de suite ?
**Eddy** : Bien sûr, ce n'est pas comme si moi j'avais trois enquêtes en même temps.

Eddy se présenta dès qu'il put. Lui n'avait pas de gyro 'coupe file'. Au moins il avait sa place sur le parking de la Police. Il serra pas mal de mains de policiers avant d'arriver au bureau de l'inspecteur en chef René. Mais il sentait déjà que l'atmosphère n'était plus nauséabonde. Il entra dans la salle de réunion.

**Eddy** : Salut la flicaille. On appelle Super Eddy à la rescousse.
**André** : Bonjour Eddy.
**René** : Salut beauf. Je suis en convalescence. Attends encore un peu s'il te plaît.
**Eddy** fut mis au parfum. Lui non plus n'avait pas vraiment d'idée. : On va faire une audio conférence avec Julien. Je n'ai pas mieux à vous proposer.

Les moues affichées n'indiquaient pas un non.

**Eddy** : Julien. On a un petit problème.
**Julien** : Vous savez, je suis en sursis, je ne peux pas aider n'importe qui.
**René** : Ça suffit Julien. On cherche à comprendre le signe de reconnaissance pour les couples au McDo et sur le quai. On est sec.
**Julien** : Alors, Sur le site, toutes les photos sont floutées et on ne publie pas le numéro de téléphone ni les adresses. J'ai aussi vérifié, pour les quatre, les numéros de téléphone et adresse sont bidons.

Mais …
**Eddy** : Mais quoi Julien ?
**Julien** : Bin ils prodiguent des conseils de rencontre et ont même une boutique en ligne. Ils vendent des bracelets, des colliers, tous avec le symbole de Cœurix, un cœur avec un X gravé à l'intérieur. Dans les conseils, ils disent de le porter ostensiblement et qu'ainsi ils se reconnaîtront.
**André** : Je vais vérifier pour les trois personnes connues, les deux coupables et la fille.
**René** : Merci Julien. Tu nous as aidé à trouver le chaînon manquant.
**Julien** : Moi vous savez, si la police est heureuse, alors je suis comblé.

Après vérification, il s'avéra qu'ils avaient tous (toutes) (les victimes) ces logos Cœurix sur eux.

**René** : Merci Eddy, je vais boucler le dossier avec André. Et si je n'ai pas fini à dix-sept heures, je file quand même à la maison.

## Chap. 57

Jedi78 était depuis quelques temps en tchat avec Cixi78. Jour après jour, elle effritait ses convictions. Il commençait à se dire qu'il était sous certaines conditions prêt à céder sur certains points. Elle regardait les mêmes séries que lui, c'est à dire quasiment toutes. Elle était quasi incollable sur n'importe quel quizz Séries TV, comme lui d'ailleurs. À croire qu'elle faisait des études de cinématographie. Waouh. Si son fuselage ressemble aux héroïnes des séries qu'ils regardaient tous les deux, alors il signerait la promesse d'achat sans hésitation. Ils auraient pu se donner rendez-vous au cinéma mais ils avaient déjà vu tous les films en streaming avant leur sortie. Ils tombèrent d'accord sur un lieu commun au cinquième essai, comme pour les papes. Le rendez-vous serait au dans la galerie marchande du centre commercial, près du kiosque des hôtesses. Samedi quinze heures. Bien sûr ils auraient leur collier Cœurix au-dessus du tee-shirt. À quinze heures pétantes, deux personnes s'approchèrent du kiosque à hôtesse. Ils se reconnurent tout de suite, malgré le collier. Lui portait un tee-shirt de Chewbacca ‘Faut pas me chercher des poux’. Quant à elle, le sien représentait une guerrière toute droit sortie d’une BD d’héroïque fantasy. Elle pointait un doigt d’honneur et la légende en gros caractères ‘Même pas dans tes rêves’. Ils se firent la bise et ensuite poussèrent chacun leur chariot vers l’hypermarché carrefour pour faire leurs courses. Ils continuèrent à échanger, mais aussi à gêner les gens car ils roulaient souvent cote à cote. Il était convenu pour cette première rencontre sans se cantonner aux courses alimentaires uniquement. Au rayon des sodas, elle prit du coca light et lui du zéro. À celui des fruits et légumes, il s’abstint sous le sourire de sa complice. Il se rattrapa à celui des gâteaux d’apéro. Elle prit des steaks de soja. Il fit de même. Elle reposa le paquet de steaks et **elle** parla : C’est dégueulasse, mais au moins j’ai testé et je sais que je suis vaccinée. Il reposa son paquet. Ils finirent leurs courses et se refirent une autre bise au kiosque des hôtesses. Il commençait à s’éloigner.

**Cixi78** : Hé Chewbisou, à ce soir.
**Jedi78** : Je ne raterai ça pour rien au monde.

Chacun partit de son côté le sourire montant jusqu’aux oreilles.

## Chap. 58

Au commissariat, l’inspecteur en chef René fut convoqué chez le commissaire. René entra, mais n’eut jamais la permission de s’asseoir.

**René** : Mes respects Monsieur le Commissaire.
**Commissaire** : Inspecteur en chef René. Qu'est-ce que c'est que ce compte rendu d'enquête. Vous ne préférez pas vous reconvertir en écrivaillon, car ça n'en vaut pas plus.

René et André avaient passé des heures et des nuits pour tenter de formater un compte rendu d’enquête qui pouvait tenir la route, et occulter la participation des non policiers n’avait pas été une partie facile.

**Commissaire**: Je vois dans ce rapport que vous avez pris d'énormes libertés avec les procédures. Votre récente promotion vous serait-elle montée au melon.
**René** : Monsieur, si je puis me permettre, nous avons dû improviser, souvent. Je dois aussi citer l'agent André, que j'ai recommandé au grade d'Inspecteur.
**Commissaire**: Inspecteur en chef. Vous êtes bien vu par le personnel du commissariat. Mais je ne veux pas de brebis égarée. C'est dans la rigueur et l'application stricte des règlements que la Police et tout organe étatique trouve sa place et sa force.
**René**: Oui. Monsieur, si vous souhaitez me rétrograder et me muter dans un autre commissariat.

Le commissaire réfléchit ou fit semblant.

**Commissaire**: Non, je ne peux pas. Dans deux heures il y aura une conférence de presse. Et c'est vous qui allez l'assurer. Dans ces conditions, je vous conserve au même poste.
**René**: Merci Monsieur

Le commissaire pensa très fort: Je suis pieds et poings liés. Mais un jour je m'en débarrasserai.

## Chap. 59

La Police avait réquisitionné un amphithéâtre à l'université de Saint Quentin en Yvelines pour cette conférence de presse. En bas, André et René, avec leur ordinateur. Dans les tribunes, Le Parisien édition de Versailles, TV FIL 78, France Info, etc.
A l'heure dite, René tapota sur le micro pour vérifier son efficacité, puis :

**René**: Messieurs les journalistes. Je vais résumer ce que je suis en mesure de vous divulguer. Ensuite je tenterai de répondre à vos questions.

**René** : Deux hommes immatures se sont inscrits sur un site de rencontre pour agresser les femmes. D'abord ensemble, puis en solo comme pour un concours.

René fit une pause pour boire une gorgée du verre posé à côté.

**René** : Ils ont tués une femme et plusieurs autres seront blessées ou choquées par la suite. Nous avons travaillé avec le site de rencontre pour suivre tous les tchats et filtrer les candidats que nous avions des raisons de suspecter. Finalement après une première tentative pour les prendre sur le fait, ils se sont enfuis. Nous avons renforcé notre vigilance et la seconde tentative fut un succès. Un des deux suspects est à l'hôpital, quant à l'autre, il est en cellule de garde à vue. Tous deux sont mis en examen.

René fit une pause pour boire à nouveau une gorgée du verre.

**René** : Vous comprenez que l'instruction est en cours, donc ma marge de manœuvre est assez étroite avec vous. On passe aux questions.

**Journaliste Parisien** : On raconte qu'une femme vous accompagnait et aurait poignardé un des suspects ?
**André** avec accord de René : J'étais sur les lieux, cette femme est une psychologue, afin d'être réactif en cas de prise d'otage. Le suspect était coincé dans un cinéma. Je l'ai teasé et il est tombé sur son propre couteau.
**Journaliste France Info** : Le dossier de l'accusation est mince. Quelles preuves avez-vous contre eux ?
**René** : Ils ont avoué. Les preuves sont sous scellés.
**Journaliste TV FIL 78** : Les gens ont vu un chien volant. Vous pouvez nous en dire plus ?
**André** : Nous avions en notre possession une pièce à conviction qui appartenait à l'un des deux suspects. Nous avons réquisitionné deux chiens ainsi que leur maître. Une fois que le chien a senti l'odeur de l'homme, il l'a chassé. Il a dû sauter par-dessus un portillon de sortie SNCF.
**René** : Moi j'y étais. J'avais raté mon tir de teaser et j'ai vu un bolide

à poil s'élancer et prendre son envol. Il est tombé à rebrousse-poil sur le suspect.
**André**: Je vous conseille de contacter notre commissaire si vous souhaitez faire un reportage sur les chiens volants policiers.

## Chap. 60

L'Inspecteur en chef René fut à nouveau convoqué chez le commissaire.

**René**: Monsieur le Commissaire.
**Commissaire**: Vous êtes content. Maintenant j'ai une demande de TV FIL 78 pour faire un reportage sur les chiens policier.
**René**: Monsieur, c'est aussi une façon de montrer que la Police travaille pour les citadins. Beaucoup ont vus à l'œuvre Rusty et cela nous rendrait encore plus sympathique si vous me permettez Monsieur le Commissaire.
**Commissaire**: Je dois donc répondre par l'affirmative.
**René**: Monsieur, J'ai demandé une promotion justifiée pour l'agent André. Pourriez-vous y accéder positivement ?
**Commissaire**: A-t-il vraiment fait tout ce qui est dans le rapport ?
**René**: Oui Monsieur.
**Commissaire**: Alors il fera partie de la prochaine promotion.
**René**: Merci Monsieur.

## Chap. 61

Suze hébergeait Mata Hari chez elle, et donc était moins disponible pour Eddy. Elles étaient couchées cote à cote.

**Suze**: Tu as bien pris ton médicament ?
**Mata Hari**: Je ne triche pas là-dessus.
**Suze**: Comment vas-tu ?
**Mata Hari**: Pas facile.
**Suze**: Autant te le dire tout de suite. Kawaii raccroche. Elle est avec André.

**Mata Hari** en souriant : Beau spécimen d'homme.
**Suze** : Il est à elle, ne va pas tourner autour, pour te prouver on ne sait plus trop quoi comme revanche sur la vie.
**Mata Hari**, mal à l'aise : Comme si c'était mon style.
**Suze** : Je sais. Tu sais. Alors si tu reprends ta place, tu ne dois pas devenir le vers dans la pomme de la 'communauté'.
**Mata Hari** : Promis. Cela ne se reproduira plus
**Suze** : Je l'espère bien. Tu avais besoin de te prouver quelque chose vis à vis de moi ?
**Mata Hari** : Je ne pense pas. C'est seulement ma nature.
**Suze** : Je te dirai bien de mûrir, mais tu as d'autres soucis à gérer pour le moment.
**Mata Hari** : J'ai besoin que tu me gardes toute ta confiance.
**Suze** : Et moi j'ai besoin de filles qui ne font pas n'importe quoi. Je te demande, mais ne peut te l'imposer, de voir un psy toutes les quinzaines au lieu de tous les mois.
**Mata Hari** : Je ferai ce qui te semble bon pour moi. Et pour ma faute ?
**Suze** : La vengeance est un plat qui se mange froid.
**Mata Hari** : Que vas tu me faire ?
**Suze** : Toi, je t'ai pardonné. Lui, il devra payer.
**Mata Hari** : Ne sois pas trop dure avec lui. Je l'ai tout de même chauffé.
**Suze** : Une simple leçon d'éducation morale.

Dans le futur, Mata Hari remonta la pente. Mata Hari redeviendra la compétente et performante Escorte qu'elle était avant cette histoire. Cela ne l'empêchera pas certaines nuits de s'enfermer sous les draps et de jouer avec sa poupée Barbie. Mais toujours suivie par une psychologue, comme toutes les filles, Suze y compris.

## Chap. 62

Le premier dimanche de chaque mois, c'est repas familial chez Mam. Eddy & Suze, René avait repris sa place aux cotés de Sœurette et Mam trônant en bout de table.

**Eddy** : Tu nous empoisonnes à quoi aujourd'hui ?
**Mam** : Toi, pour commencer, je te déshérite. J'ai eu des années pour me débarrasser de toi, et j'attendrai maintenant pour le faire ?
**Suze** : Bon, mais alors le menu c'est quoi ?
**Mam** : Oh, un simple cari d'agneau réunionnais
**Sœurette** : Simple, mais si on ne lui fait pas des éloges ensuite, elle sera aigrie pendant un mois. En fait jusqu'à sa prochaine croisière.
**Mam** : Toi, je te déshérite aussi. Qu'est-ce que j'ai fait au Bon Dieu pour mériter ce double châtiment. Et toi René, tu ne dis rien !
**René** : J'essayais juste de me faire oublier pendant quelques temps.
**Mam** : Je veux qu'il ne reste plus un gramme de mon plat. Toutes les assiettes vidées et le plat aussi. Et n'oubliez pas qu'il y a du dessert derrière. Et pensez à prendre des petites bouchées et mâchez lentement et longuement.

Un repas chez Mam, c’est souvent comme cela.

**Enquête N° 10**

**Une bombe atomique.**

## 0/ Chambre d'hôtel

Au petit matin, au lever du soleil, à six heures pétantes et tapantes, les petits moineaux parisiens picoraient ce qu'ils pouvaient trouver sur le sol pour assurer leur pitance du jour. Ils avaient bien vu un homme sortir de cet hôtel, mais les petits oiseaux n'y avaient pas fait trop attention, du moment qu'il ne s'approchait pas trop près d'eux. Dans cet hôtel parisien 'Le Cristal', le service de nettoyage des chambres se mettait en branle assez tôt, et s'adaptait aux horaires des clients. L'homme avait quitté les lieux au beau milieu de la nuit. Et au petit matin, une femme de ménage avait découvert le corps de sa compagne temporaire d'un soir ou d'une nuit dans la chambre, refroidie. Un coup de couteau au cœur, cela ne pardonne pas. L'inspecteur René, de permanence ce week-end se présenta à neuf heures. À l'accueil il demanda le responsable de nuit ainsi que la femme de chambre. L'un était là, on appelait la seconde chez elle afin qu'elle se présente au plus vite.

**Inspecteur**: Pouvez-vous me confirmer que personne d'autre n'a été dans la chambre ?
**Maître hôtel**: A part la femme de chambre, ainsi que moi juste pour m'assurer du décès, je peux vous assurer que personne n'est entré. Chambre fermée, et voici votre clé
**Inspecteur**: Merci, euh, vous avez l'habitude de voir partir vos clients au beau milieu de la nuit ?
Le **maître d'hôtel**, mal à l'aise: Ce n'est pas la majorité de numéros clients, mais cela peut arriver. Réponse diplomatique qui lui évitait de reconnaître qu'à défaut d'être un hôtel de passe, c'était néanmoins un établissement sûr pour les coups d'une fois.
**Inspecteur**: Et ce client, vous l'avez déjà accueilli ?
**Maître hôtel**: Jamais vu. C'était une réponse trop immédiate. Il ne méritait pas une seconde chance.
**Inspecteur**: En ce cas, je confisque les registres pour les deux

années passées. Tant pis pour vous.
**Maître hôtel**: Mais …
**Inspecteur** : C'est comme cela, et si je me réfère à mon expérience, à chaque fois qu'un établissement a rejeté cette main tendue de la police, on a trouvé des cas de proxénétisme avéré et donc puni. Cela a été leur choix. A se croire le plus malin, on finit dans le pétrin.
**Maître hôtel**: A part quelques cas isolés, On n'a rien à me reprocher.
**Inspecteur**, légèrement tendu de voir son week-end foutu en l'air: Alors coopérez bordel de merde !
**Maître hôtel**: Mais cela fait de moi un collabo ?
**Inspecteur**: Que voilà un vilain mot. Est-ce que la police vous demande de dénoncer vos amis ? non, alors vous êtes seulement un témoin intelligent.
**Maître hôtel**: Inspecteur, Cette personne vient régulièrement, mais très épisodiquement… et il paie toujours en liquide.
**Inspecteur**: C'est un excellent début. Maintenant il va falloir me le décrire.

Le maître d'hôtel fit des efforts et sauva ainsi sa tête. Il avait pris la bonne décision afin d'éviter de futurs problèmes et sauver sa tête.

## 1/ Enquête à l'hôtel

L'équipe des experts se pointa à l'hôtel et resta en retrait derrière l'inspecteur, attendant les ordres.

**Inspecteur**: Messieurs, voici la clé de la chambre. Faites votre boulot. J'arrive sous peu.

Lorsque l'inspecteur René arriva devant la chambre 119, elle était grande ouverte et des monceaux de sacs, sachets et cartons encombraient le couloir. Ils avaient oublié de laisser un policier en faction devant la porte. On frôlait le vice de forme. Et l'inspecteur entra comme dans un moulin sur la scène de crime.

**Inspecteur**, exhibant volontairement sa carte de police : Euh, y a-t-il quelqu'un qui gère ce bazar ?

Un quidam en tenue de mardi gras contre les attaques bactériologiques (NBC) et plus encore s'avança et retira son masque.

**Quidam** : Bonjour Inspecteur. On a pas mal de taff alors faite là moi courte s'il vous plaît.
**Inspecteur** : Bonjour. Pour commencer, pourquoi n'y a-t-il personne dans le couloir ? C'est professionnel ça ?
**Quidam** : Vous savez, réduction de tout. Alors nous aussi on réduit.
**Inspecteur** : Je n'ai pas eu connaissance de réduction des règles de sûreté. Le règlement, c'est le règlement. Vous me mettez un gus immédiatement.
**Quidam**, dépité : Ok, on va se remettre en ordre de marche.
**Inspecteur** : Merci, maintenant, s'il vous plaît, les conclusions de vos pervers qui auront reluqué sous tous les angles une superbe et belle fille morte.
**Quidam** : Escorte décédée, une de moins. Coup de couteau au cœur. Pas difficile à diagnostiquer, mais le couteau n'est pas resté sur les lieux du crime. Sinon, ils ont eu des rapports protégés. Donc pas de trace d'ADN. On farfouille l'appart pour les empreintes ainsi que l'éventuelle capote usagée.
**Inspecteur** : Merci. Je ne vous dérange pas plus. Je lirai les conclusions au commissariat.

L'inspecteur René repartit avec son procès-verbal provisoire, sans avancement pour l'enquête.

## 2/ CEA

L'homme dans son bureau fermé téléphonait, en liaison avec sa banque.

**Homme** : Bon, j'attendais un virement et vous me dites qu'il n'y

a rien.
**Homme bis**: Mr, je consulte actuellement votre compte et je puis vous assurer qu'il n'y a pas eu de virement sur aucun de vos comptes. Et pourtant je vois bien les traces de précédents transferts d'argent d'un montant avoisinant.
**Homme**: On va dire qu'ils ne sont pas à l'heure. Peut-être une question de minutes …
**Homme bis**: Ou de jours. À votre disposition pour un prochain appel.

Et il raccrocha.
L'homme composa un autre numéro.

**Homme**: Bonjour, code 674284, clé AV.
**Homme ter**: Nous vous mettons en relation
**Homme**: Bonjour, je m'étonne d'un retard de virement.
**Homme ter** avec un fort accent: Oui, c'est une perception acceptable de votre point de vue.
**Homme** : Rien n'est acceptable. Donnez-moi une date de régularisation.
**Homme ter**: Monsieur, la marchandise n'est pas en notre possession. Elle n'est plus en la vôtre, mais pas en la nôtre à cet instant. Comprenez-vous ?
**Homme**: J'ai rempli ma part du contrat.
**Homme ter**: Oui monsieur, mais l'accord stipule réception par la partie finale. Donc vous serez payez lorsque les intermédiaires auront fait leur travail.
**Homme**: Mais je m'en fous !
**Homme ter**: La résolution du problème est de notre ressort. Donc cela devrait n'être juste qu'une question de jours. Pas de quoi s'inquiéter en avance.
**Homme**: Et quel est la raison de ce retard ?
**Homme ter**: Sans doute une impondérable. Mais rassurez-vous, la résolution du problème est déjà en cours. Elle fera bientôt partie du passé.

L'homme préféra raccrocher, sinon il aurait pu s'emporter.

## 3/ René à la DST

Mardi matin, René recevait un SMS du gouvernement. Convocation immédiate au ministère de l'intérieur. Son chef, le commissaire principal de l'agglomération de Saint-Quentin-en-Yvelines le rappela personnellement à six heures et une minute pour s'assurer qu'il représenterait avec honneur et dignité son commissariat. L'inspecteur en chef ne serait pas dans les locaux du commissariat ce jour, excusé par son chef. À neuf heures, l'inspecteur en chef René se présenta au siège de la DST à Levallois-Perret, en habit de cérémonie. Tant pis s'il avait attiré les regards dans les transports en commun. Les demandes d'autorisation de places de parking sont longues et fastidieuses. René à l'entrée, dut comme tout le monde et comme à l'aéroport, passer toute sa quincaillerie sur le tapis roulant, se rhabillant ensuite. Je parlai de la ceinture, de la montre et des chaussures. Ensuite, muni de son ticket d'attente, comme chez le boucher, il attendit plus ou moins patiemment. À dix heures et demie, il fut appelé.
À 10h45, il était dans un bureau en présence de militaires en uniforme.

**L'inspecteur en chef René** se mit au garde à vous et se présenta. Mais dans sa tête c'était plutôt : Mais qu'est-ce que j'ai fait au bon Dieu pour me retrouver avec ces 'sans cervelle' de couleur kaki.
**Général** : Inspecteur, Une affaire de défense nationale requiert notre attention, d'où cette réunion.
**René** : Bien mon général
**Général** : L'affaire de l'hôtel Cristal.
**René** : J'étais d'astreinte ce week-end. Je vous rends compte de tout.
**Général** : Cette affaire est liée à une autre, de nature de sûreté nationale.
**René** : Je suis à votre disposition, mon Général, pour mon pays.
**Général** : Nous filions un agent étranger depuis un certain temps. Mon aide de camp vous donnera tous les détails. Cet homme, que nous filions, s'accoquinait avec des prostituées dans cet hôtel. Donc, pour raison nationale, j'ai ordonné à votre hiérarchie de vous freiner dans votre enquête.

L'aide de camp était une femme, comme quoi les préjugés sur l'armée étaient faux.

**René** au Général : Mais je ne peux pas laisser un criminel en liberté.
**Général** : Il est sous surveillance. Nous voulons qu'il conserve sa marge de manœuvre. Du moins tant que nous n'aurons pas appris comment il procède
**René** : Je ne peux lâcher une affaire comme cela. Permettez-moi de vous aider sur l'autre pan de l'affaire.
**Aide de camp** : Pourquoi réussiriez-vous là où nous avons tant de mal à progresser ?
**René** : Car c'est ma réputation. Un fort pourcentage d'élucidation, et toujours sur des enquêtes atypiques.
L'**aide de camp** feuilletant un carnet : C'est vrai, et il est aussi mention d'un détective privé.
**René** : Mon beau-frère… Il a ses méthodes et on aboutit souvent à des résultats probants.
**Général** : Nous allons y réfléchir. Mon aide de camp vous recontactera. Rompez Inspecteur.
**René** repassa au garde à vous style militaire : Oui mon général.

Puis René quitta la place sans se retourner. Il s'éloigna du ministère de l'intérieur et retourna à son commissariat de SQY.

## 4/ Association archéologique

En ce début de semaine et en ce beau mois de mai, tout était sens dessus dessous au CEA de Saclay (Centre des Études Atomiques). Le train-train quotidien flirtait avec cet air de vacances qui était présent dans tous les esprits. Les ponts de la Pentecôte et de l'Ascension seraient les bienvenus, et le printemps annonçait précocement l'été. Avec tout cela, les travaux pour la future ligne 18 du grand Paris se faisaient proches et pressants. Et une association CEA-L18 avait vu le jour pour participer aux fouilles. Le directeur avait même autorisé une exposition à l'intérieur du

CE. La sécurité était sur les dents pour cette organisation. Le directeur du CEA, Mr Fabrice Gudaro se promenait dans la cour couverte au centre du CEA, lieu des manifestations associatives du midi. Et ce jour était celui de l'installation de l'exposition L18. L18 était le nom de la future ligne de transport en commun qui passera juste devant le CEA. Donc de fait, c'était un peu comme creuser son sol à la recherche de sa propre histoire. Les bénévoles du CEA (il n'y avait aucune dérogation pour les non-membres du CEA) avaient présenté les différentes périodes trouvées dans le sous-sol. Les époques gauloises, romaines et médiévales avaient chacune leur table d'exposition. Le directeur se promenait, errait et lisait les étiquettes placées à côté des vestiges locaux et antiques. Subrepticement, de sa main gauche, il sortit une carte SD de sa poche et de sa droite il ôta une partie de son chewing-gum pour les réunir ensemble et coller le tout au fond d'un vase romain. À lui on lui pardonnait de toucher les objets, et personne n'y voyait rien à redire ni pourquoi il l'avait fait. L'exposition restera au moins une semaine.

## 5/ Eddy et René à la DST

**Eddy**: Ça ne te dérangerait pas trop de me briefer un minimum sur ce rendez-vous important pour nous deux sur une enquête 'touchy' ?
**René**: Je t'ai demandé bien sapé et tu viens en jeans !
**Eddy**: Bin, tout ce qu'il y a sur moi est propre et repassé, 'approved by' Suzette, et je m'inclus dans le propre et sacrément repassé.
**René**: On va voir des généraux. Des pontes de la sécurité nationale. Des gens au sens de l'humour très développé, et au 'dress code' couleur kaki.
**Eddy**: Tu as dit bien sapé, pas sur mon 31 !
**René**: Si tu ne sais pas lire entre les lignes …
**Eddy** : Allez, cool, s'ils ont des fiches sur tout le monde et moi en particulier ce jour, alors ils savent qu'il ne faut pas s'attendre à des miracles.
**René**: Ce n'est pas que de le dire hélas.

Ils se garèrent dans le parking du ministère. À l'entrée, Eddy ne fit pas de difficulté à se soumettre aux contrôles d'aéroport. Le débrief débutera à dix heures pétantes. Il y avait uniquement le général et son aide de camp féminine, et Eddy et René évidement. La parole fut monopolisée par l'aide de camp. Et Eddy jeta un coup d'œil suspect à son beau-frère, concernant la beauté de l'aide de camp. Sœurette devait-elle être informée de cette anormalité dans l'enquête ?
Si on ne disait rien ni à Sœurette, ni à Suzette, alors le monde ne s'en porterait que mieux.
Qui vivra verra.

**Général** : Inspecteur et détective. Vous êtes convoqués car nous accédons à votre requête de nous aider. La capitaine Corinne, mon aide de camp va vous confirmer dans vos nouvelles fonctions.
**Capitaine Corinne** : Messieurs, la grande Muette va partager avec vous les informations sur des fuites classées top secret défense. Le général prend sur lui votre adoption dans l'enquête et souhaite que ce changement de méthode entraîne de meilleurs résultats. Il se met professionnellement en porte à faux. Gardez cette information dans votre esprit.
**Inspecteur René** : Merci mon général et ma capitaine. J'ai souhaité vous proposer mon aide, car avec le détective ici présent, nous préférons les enquêtes ardues et en dehors du classicisme. Je vous garantis un autre angle de vue.
**Capitaine Corinne** regardant Eddy dans le blanc des yeux : Je collaborerai totalement avec vous. Le général en a décidé ainsi.
**Eddy** : Euh, l'inspecteur travaille avec moi, mais moi je travaille avec d'autres personnes.
**Capitaine Corinne** : Nous sommes informés de votre situation disons conjugale ou matrimoniale souple. Nous connaissons vos méthodes de travail. On en a tenu compte pour l'acceptation de votre dossier de candidature. Cela n'a pas été un frein.

Ensuite, Le général se tint en retrait et passa à autre chose avec son ordinateur, laissant le soin à son aide de camp de poursuivre la réunion. Elle présenta l'affaire à nos deux civils.

**Capitaine Corinne**: Il y a des fuites de documents confidentiel défense. Le CEA, c'est à dire le Commissariat à l'Énergie Atomique est une passoire, mes excuses mon général. Il ne se passe pas un mois sans qu'on retrouve la même technologie dans un certains pays à l'est de l'Europe de l'Est.
**Eddy** : Putain de chinois !
**Capitaine Corinne**: Mr le détective, restons factuel et concentrez-vous sur l'origine des fuites, et non leur pays de destination, hypothétique au demeurant.
**Eddy**: Message reçu cinq sur cinq, comme on dit chez vous.
**Capitaine Corinne**: L'homme recherché, que nous filons en permanence est en lien étroit avec une ambassade et nous le suspectons de trafic de données confidentielles. Il doit néanmoins rester libre de ses mouvements, car il ne nous a pas repéré et nous sommes donc beaucoup plus à même de le suivre dans ses moindres mouvements.
**Inspecteur**: Même s'il quitte le territoire français ?

L'inspecteur professionnellement en avait gros sur la 'patate'.

**Général**: C'est un risque calculé.
**Capitaine Corinne**, anticipant une réaction d'Eddy: Cela ne fait plaisir à personne. Il restera sous notre surveillance, quel que soit le pays. Je n'en dirai pas plus.
**Détective**: Développer totalement le dossier, je vais mettre mes meilleures élémentes (éléments féminins) sur le sujet. Et j'aurai sans doute besoin de certains coups de pouce du destin pour placer mes pionnes.
**Capitaine Corinne** passant sa langue sur ses lèvres, supérieure comme inférieure: Mr le détective, ce sera un plaisir de collaborer avec vous.

## 6/ Suze au CEA

A l'appartement du couple, Suze et Eddy procédaient à une mise au point.

**Suze** : Et redis moi pourquoi on annule nos vacances dans les îles ?
**Eddy** : La patrie mon cœur.
**Suze** : Tu fréquentes trop ton beauf.
**Eddy** : Je sais. Et je le regrette.
**Suze** : Donc je fais quoi moi sur cette enquête secret défense ?
**Eddy** : On en a déjà causé ma belle.
**Suze** : Tu fais chier !
**Eddy** : J'aide mon beauf, aucun bénéfice personnel. Suze, j'ai besoin de toi dans mon équipe de détectives en jupons.
**Suze** : En jupons jour et nuit ?
**Eddy** : Je ne fricote qu'avec toi.
**Suze** : Tu me le jures ?
**Eddy** : Je te le jure. Satisfaite ? On peut bosser maintenant ?
**Suze** : Connard !
**Eddy** : Fais attention, tu tiens le même langage que ma sœurette.

Suze remplit le formulaire sur le site ‘CEA-Interim’. Afin de postuler un poste vacant durant l’été via une entreprise d’intérimaires locale. Moins d’une heure après (merci Capitaine Corinne) Le CV était validé et un rendez-vous était acté pour finaliser l’acceptation pour un CDD de trois mois. Assistante de direction.

Suzette convoquée pour le poste se présenta au CEA le jour suivant. Elle passa les formalités d’accueil et finit dans le bureau du directeur, Mr Gudaro.

**Mr Gudaro** : Mlle… asseyez vous
**Suze** : Merci.
**Mr Gudaro** : Mlle. J'ai besoin d'une personne experte en Excel.
**Suze** : Cela me va. Les outils informatiques de nature bureautique n’ont pas de secret pour moi. J’avais craint que vous demandiez de connaître des langues exotiques.
**Mr Gudaro** : Juste Excel, et aussi PowerPoint… et rassurez-moi sur votre niveau de français orthographique.
**Suze** : Je suis experte Office & j'ai eu une bonne note à mon bac de français, monsieur.
**Mr Gudaro** : Allez voir mon assistante. Vous allez remplacer

temporairement cette personne, partant sous peu en congé maternité. Je vous attends toutes les deux lundi prochain.
**Suze** : Merci Monsieur le Directeur.

## 7/ Green Lantern à L18

Le métier à tisser se mettait en place. Il fallait noyauter le CEA. Suze était dans la place. Une autre ? C'était au tour de Green Lantern de postuler un emploi d'été pour l'enquête. Elle s'inscrit sur l'emploi de la RATP concernant le chantier de fouille de la ligne 18. Demande trop précise pour être exhaussée, mais les Dieux (et Déesses mesdames) des fouilles étaient bien disposés, surtout après la rencontre avec la Sûreté Nationale. Été ou pas, le chantier de fouilles devait continuer. Les personnes absentes devaient être remplacées. La candidature de Green Lantern fut retenue, facilitée par 'vous savez qui'. Elle travaillerait à l'étiquetage et la classification des pièces trouvées sous terre. Green Lantern savait se vendre, intellectuellement autant que physiquement. Green Lantern avait opté pour une robe, ce qui la changeait du tout au tout et la rallongeait d'une dizaine de centimètres. Les locaux L18 étaient basés proche du CEA. Green Lantern y fut bien adoptée, sa plastique aidant, et pourtant, dans ce genre de job, il y avait beaucoup de femmes. Au bout de quelques jours, Green Lantern fut définitivement assimilée. Elle gérait toute l'intendance et accélérait les procédures, toujours avec ce même sourire. En quelques jours, les ficelles du métier n'avaient plus de secret. Les hommes aimaient la voir, la reluquer serait plus proche de la vérité, et les femmes aimaient se projeter en elle, sauf si conflit d'intérêt.

## 8/ Directeur & sa femme

Mr Gudaro, n'était pas seulement directeur du CEA, nommé par la gouvernance étatique, mais aussi un homme public. Depuis quelques années, il s'était mis en avant lors de meetings politiques. Municipales et Européennes. Il représentait le parti au pouvoir : le

Pouvoir en Conservant la Tête Haute : PCTH. Glamour ou non, il était dans le mouvement. Ce samedi, accompagné de certains de ces 'fidèles', il parcourait les marchés de sa ville. Il souriait mais n'avait qu'une envie : Une sacrée bonne douche 'salvatrice', tiède de préférence. Quant à sa femme, elle avait pris du recul. D'abord au niveau de leur situation, deux lits valent mieux qu'un, puis au niveau de la communauté de couple. Ils étaient enfin séparés après des années de bonheur bla bla bla. Elle était retournée en Espagne, et lui séjournait en France et gérait les affaires. Les enfants finissaient leurs études à l'étranger.

## 9/ L18-CEA : Prochaine exposition

Mr le directeur gérait personnellement l'agenda des associations. Il se réservait toujours les meilleurs emplacements pour son autre passion : L'archéologie.

**Mr Gudaro** : Mlle Huyss, votre association est-elle bien installée ?
**Mlle Huyss**: Mr le directeur, grâce à vous, nous sommes toujours sur les meilleurs stands. Je ne vous remercierai jamais assez.
**Mr Gudaro** : Mlle… à ce soir, même heure même restaurant.
**Mlle Huyss**: Mr le directeur …

L'affaire était entendue. La demoiselle qui ne portait ce nominatif que pour faire durer son éternelle jeunesse appréciait le compliment à sa juste valeur marchande. Elle était une de ces superbes vieilles filles qui adoraient jouer de son charme pour se faire entretenir. Son coup de maître actuellement était cet abruti de directeur, qui jouait sur tous les tableaux. Il était dorénavant séparé. Il était depuis peu en politique, au premier plan des municipales et des européennes. Il était ruiné, puisque la fortune familiale était de provenance féminine, mais néanmoins il menait grand train. Il l'honorait passablement et faisait tourner plutôt grandement le tiroir-caisse. Elle en profitait. Cela durait depuis un an. L'archéologie était un moyen pour lui de se rendre populaire, et aussi de s'approcher de cette femme. Depuis que sa légitime avait décidée de reprendre ses billes et de ne plus miser sur ce cheval erratique, bien moins fougueux que dans son imaginaire. Le directeur, lui, avait trouvé visiblement une jument plus en adéquation avec ses envies. Vingt heures, Virginie, qui ne méritait pas son prénom était à la table 'La Belle Table' à Gif-sur-Yvette. Elle savourait une coupe de champagne en attendant son amant. Elle était avec son I-phone 11 à surfer sur internet et lire ses messageries personnelles. Et il arriva et même la surpris. Elle lui offrit son sourire en retour. Il lui baisa la main. Le repas fut somptueusement plaisant. Ils simulèrent le bonheur, surtout elle. Il paya. Ensuite ce sera juste un entracte dans un hôtel pour conclure dignement cette complicité admise et acceptée. Là encore, il régla la note, et quitta la réception de l'hôtel, sa consommation d'un soir partirait plus tard ou demain directement si elle avait un change cohérent pour aller directement au CEA le lendemain.

## 10/ Eddy DST

C'était le tour d'Eddy d'être convoqué seul au Ministère, et de se retrouver seul en face de la belle capitaine. Eddy était donc en face de l'attachée du général. Il avait beau être habitué aux belles formes, il restait assez baba devant cette bimbo en uniforme. Si seulement elle pouvait lui obéir au doigt et à l'œil. Qu'en penserait-elle, elle ?

**Capitaine Corinne**: Bienvenu Mr Eddy, quelles avancées sur l'enquête ?
**Eddy**: Excusez-moi Capitaine, mais ça n'avance pas à la baguette une enquête. Il faut d'abord placer ses pions.
**Capitaine Corinne**: Je ne le sais que trop bien, mais ma hiérarchie est impatiente.
**Eddy**: J'ai encore besoin qu'une de mes 'enquêtrices' trouve un CDD.
**Capitaine Corinne**: Elles doivent bien vous aimer pour vous obéir ainsi ?
**Eddy**: Oui et non, Je les apprécie, mais mon cœur est pris par Suze.
**Capitaine Corinne**: Tous vos collègues auront leur accréditation.

Et bon avancement. Voici ma carte, avec mon 06 personnel pour suivre l'enquête et vous rendre service.

Eddy prit la carte et se demanda s'il ne rêvait pas éveillé. Il se faisait draguer ouvertement par une femme qu'il imaginait cuir et fouet à le dominer. Il reluqua son petit cul ondulant avant de quitter la pièce, la tête envahie de pensées… curieuses. Si maintenant l'armée était libertine …

## 11/ Kawaii au CEA (sous-directeur)

Kawaii, à son tour, postula et sans surprise sa candidature fut retenue. 'On' avait besoin de remplacer une secrétaire tri lingue et son cursus correspondait 'Français-Anglais'. On lui promit que son CV serait conservé pour éventuellement une proposition de CDI. Quand Kawaii sourit, le soleil inonde la pièce. Son interlocuteur était subjugué, même s'il était marié, remarque à la présence d'une alliance à l'annuaire gauche. Et Kawaii prit son badge CEA et trouva toute seule son service, le laissant tout penaud. Elle se présenta à Mr Juan Rodriguez, un homme d'origine hispanique qui s'était fait une place au CEA et s'impliquait depuis plus de vingt ans pour une politique Atomique Française et Européenne. Kawaii se présenta personnellement puisqu'elle avait planté là son contact RH. Elle toc toqua, entra et serra la main de son chef pour une durée de six mois.

**Kawaii** : Bonjour, Je suis votre nouvelle assistance, en remplacement de Mlle Nadine.
**Mr Rodriguez** : Bonjour Mlle Charmante. Vous avez une semaine pour vous former avec Nadine. Et, nous nous tutoierons. J'ai de très bonnes relations professionnelles avec Nadine. J'attends la même performance de votre part, ni plus, ni moins.

Ainsi Kawaii passa quelques jours avec Nadine et elles devinrent bonnes amies. Nadine se confia à Kawaii pour son retrait pour six mois. Atteinte potentiellement d'une sale maladie, elle souhaitait investir ses économies dans son tour du monde avec son mari.

Mais elle serait toujours joignable pour certaines personnes du boulot, dont Kawaii et Juan. Et elles se firent un câlin.

## 12/ Directeur et progrès sur l'Atome

Le dernier jeudi de chaque mois, le président Mr Fabrice Gudaro occupait l'amphithéâtre du CEA pour partager un point avec tous les salariés. Une partie entreprise, suivi d'une partie CE. Cette fois-ci, avant les congés d'été, la priorité était au CE. Il parla de l'année bien remplie et de la confiance que l'état lui avait récemment renouvelé pour un mandat supplémentaire. Il félicita ses employés, à majorité des ingénieurs et cadres. Il leur souhaita à tous de bonnes vacances estivales, à la condition de passer un peu de temps sur les expositions de chacune des sections du CEA, au grand hall en sortant du restaurant. Enfin, avant la séance des questions réponses, il présenta sa nouvelle assistante, Mlle Suze. Suze et Kawaii étaient en bas avec des micros et attendaient les mains levées pour présenter le micro et faire une sorte d'interview.

**Personne 1** : Monsieur le directeur. Nous essayons toujours d'avoir plusieurs coups d'avance sur les autres pays dans cette technologie qui nous brûle les doigts. Mais certains pays semblent faire des bonds technologiques et c'est assez intrigant. Si vous me permettez, Monsieur le directeur, on ne progresse pas dans le nucléaire comme pour l'attraction terrestre, en faisant la sieste sous un pommier.

**Mr Gudaro** : Si vous faites allusion à l'Iran, qui ne respecte rien, je le dirai une fois et démentirai dix fois, ils sont aidés par la Russie. Si vous faites allusion à la Chine, nous n'avons pour le moment aucun stagiaire ou titulaire avec moins de quatre sauts de liens Facebook avec la Chine, autant dire que même moi avec ces règles, ce jour, si c'était à refaire, je ne serais pas embauché. La Chine est la deuxième puissance mondiale, et sans doute la première dans moins de cinq ans. Je pense qu'avec un milliard d'individus, leur progression fulgurante se nomme nucléairement parlant un miracle statistique.

**Personne 2** : Monsieur le Directeur. On vous voit sur certaines

affiches électorales ces derniers mois. Non que nous ayons des opinions divergentes, mais quid de votre double investissement, professionnel et politique ?
**Mr Gudaro** souriant à son auditoire : Je ne souhaitai pas faire de propagande, mais on m'y force. Je fais aussi les marchés le samedi matin, donc ce n'est un secret de polichinelle pour personne. J'ai la cinquantaine et je vise d'autres défis. Je serai sur les listes municipales pour me lancer et européennes car tout le monde s'en fout.
**Personne 3** : Monsieur le directeur. Je suis je crois la dernière embauchée et j'apprécie notre passion commune : l'archéologie. Quel sera l'avenir de cette section dans quelques années ?
**Mr Gudaro** : Je veillerai à ce que mon successeur soit un vieux monsieur passionné par les vieilles reliques, et aimant travailler avec de belles et jeunes personnes. La section Archéologie survivra, mieux que les dinosaures du moins.

Le directeur adorait cette séance pré estivale de communion collective. C'est de ses succès charismatiques professionnelles qu'avait germé l'idée de se lancer dans la politique. Et puis cela l'enivrait. Il aimait que la foule l'adule. Moins quand elle le molestait. Mais le pouvoir, on a ça dans le sang, ou on se retire de la vie.

## 13/ Suze contacte la chef de la fille tuée

Suze était dans la place, mais à quelle place. Elle avait fait le tri dans ses tenues retenues pour ce job. Elle avait sélectionné des robes courtes et des jupes longues. Son patron aimait, et les autres aussi. Elle se rendit compte qu'au fur et à mesure des jours, il y avait moins de coups de fil interne et plus de visites présentielles. À la longue, elle faisait même la bise à certains. Elle était finalement plus standardiste que secrétaire. Elle filtrait les appels entrants et les personnes 'gênantes' et gérait l'agenda de son patron. Elle l'accompagnait même au restaurant avec des clients. Et puis il y avait des réunions où il fallait une accréditation spéciale nationale, et d'autres avec défense de les mentionner sur l'agenda. Pour les premières, c'étaient des personnes du gouvernement en général. Pour les secondes, il demandait à sa secrétaire de ne pas noter d'autres rendez-vous, notamment ceux avec sa femme, ou plutôt son avocat pour la procédure de divorce. Normalement 100% des conversations téléphoniques étaient enregistrées. Il n'y avait aucune exception… connue à ce jour. Le reste du temps, Suze préparait des PowerPoint avec des extractions Excel et la reine des tableaux croisés dynamiques se la pétait sans comprendre rien à l'atome. Elle trouva naturelle de faire un appel téléphonique à une collègue professionnelle. Une autre responsable de filles. Dans ce milieu (et non pas dans le milieu) on apprend à connaître les maillons et les chaînons. Suze avaient obtenu toutes les infos sur Béatrice Denesse. Cette pauvre fille avait fini sa vie dans une chambre d'un hôtel modeste. Le ministère n'avait pas encore officialisé son décès, ce qui faisait que cela restait momentanément une disparition inquiétante ou fugue si quiconque fourrait son nez là où il ne faut pas. Mais elle, Suze au grand cœur avait appris (après un minimum de recherche) le nom de sa protectrice. Peut-être qu'elle ne l'appela que parce que c'était une femme. Un homme, elle se serait méfiée et n'aurait sans doute jamais composé le numéro téléphone.

**Suze**: Bonjour, je connaissais Béatrice dite B-Actrice. J'aimerai parler avec Léa, s'il vous plaît
**Léa**: Elle-même, qui êtes-vous ?
**Suze**: Elle est morte, mais j'aimerai savoir pourquoi.
**Léa**: Non ! Elle n'est pas morte, c'est juste qu'on soit sans nouvelle.
**Suze**: Elle est morte, je vous l'assure, en accomplissant son métier, si vous me comprenez.
**Léa**: Qui êtes-vous ?
**Suze**: C'est compliqué, mais j'ai besoin de vous.
**Léa**: Donnant donnant. Qui êtes-vous ?
**Suze**: On fait le même job. Mais j'ai un problème. Je vis avec un homme qui enquête sur sa mort. Mais motus sécurité nationale. Alors à votre tour.
**Léa**: Qui me dit que je peux vous faire confiance ?
**Suze**: Je suis Suze dite 'Paradis d'un soir' et certaines personnes me connaissent pour aider mon homme à résoudre des affaires,

et je 'prête' mes filles en priant très fort que rien ne leur arrivera.
**Léa** : Votre gus… il ne se prénommerait pas Eddy ?
**Suze** : Si, mais c'est vexant que dans ma profession il soit plus connu que moi.
**Léa** : Il paraît de plus qu'il est honnête pour nous. Mes excuses Suze. J'ai confiance, que voulez-vous ou veux-tu savoir ?
**Suze** : Je veux remonter à la source. Trouvez-moi tout sur son tueur. Et remontez dans le passé si cette pourriture a déjà réservé des filles chez vous.
**Léa** : Je te rappelle à ce numéro
**Suze** : Surtout pas. Je te recontacte dans vingt-quatre heures, on verra ensuite.
**Léa** : A demain.

## 14/ DST envoie info à René

Eddy faisait un point non factuel une fois par semaine avec Corinne. Il trouvait le trajet pour aller à Levallois-Perret un peu long. Si seulement ils pouvaient faire leur point plus près, voire dans son appart, puis il effaça cette pensée de son cerveau. À partir du 21 juin (jour de l'été) et jusque la rentrée scolaire de septembre, 'the military dress cod' était en mode cool. Elle se présenta en jupe beige. Ils s'installèrent dans une pièce sans fenêtre, dite sécuritaire. Comme cela, personne ne pouvait photographier des documents à distance. On ne badine pas avec cela à l'armée, juste avec autre chose.

**Eddy** : Vous savez Ma Capitaine, mon enquête en est à ses balbutiements. Je n'ai pas grand-chose à vous apporter sur un plateau.
**Corinne** : Vos trois protégées sont dans la souricière. Nous verrons ce qu'elles vont y dénicher.
**Eddy** : A votre avis, y-a-t-il du danger physique pour elles ?
**Corinne** : Pas plus que dans leur quotidien professionnel.
**Eddy** : J'ai besoin de plus d'info sur la morte et sur les fuites.
**Corinne** : Pour la morte, j'ai contacté Mlle Suze, votre… concubine. Elle a le dossier complet.

**Eddy** : Merci. Elle en fera bon usage.
**Corinne** : Alors passons aux fuites de secret défense.
**Eddy** : C'est à vous de me donner de plus amples informations que je ne compte pas utiliser.
**Corinne** : Les fuites, à notre connaissance, en comparant les avancées de différents pays qui nous sont loin derrière, débutent il y a cinq ans. Elles s'étalent dans le temps, dans le style deux à trois fuites par année.
**Eddy** : Vous estimez à combien le montant des ventes en euros ?
**Corinne** : Tout dépend naturellement de la négociation, mais minimum cinq cent mille euros par fuite.
**Eddy** : Ça fait beaucoup d'années de détective
**Corinne** : Et aussi de capitanat à l'Armée.

Ils osèrent se regarder droit dans les yeux et pouffèrent ensemble.

**Eddy** : Bon, sans dévoiler la face noire du monde obscur, ces fuites vont toujours au même endroit ?
**Corinne** : Oui… Eddy
**Eddy** : Euh, merci, je vais faire un point avec Suze qui est bien empêtrée dans la place …
**Corinne** : Prochain point dans une semaine… Eddy

## 15/ Kawaii agressée

Kawaii était maintenant lié à Mr Juan Rodriguez, qui ne s'en plaignait nullement. Il était méditerranéen et était assez tactile sans que cela ne dépasse les bornes. Les pauses café étaient un délice en sa présence et son équipe semblait l'apprécier fort… de café naturellement. Sous la présidence de Mr Gudano, trois chefs de service se partageaient les activités du CEA. Outre Mr Rodriguez (responsable stratégique et politique européenne), il y avait aussi Mr Buissard (responsable opérationnel et suivi des projets estampillés 'Initiative') et Mr Jutey (responsable administratif, commercial et tout le reste). Kawaii aimait à apprendre un autre travail et souhaitait s'y investir, comme une opportunité pour sa nouvelle vie. Kawaii vivait avec un policier proche de l'inspecteur

en chef, rencontré sur la précédente enquête et ma foi, les policiers sont moins mal embouchés que les médias les décrivent. Ce jour-là, son supérieur dut partir tôt (problème familial). Juan lui fit une bise de loin (tout lui ça ! Le charme hispanique, mais elle préférait encore son policier). Elle se concentra sur son ordinateur et continua de travailler seule, rarement perturbée par des appels téléphoniques. Mr Buissard se présenta presque à l'heure de fermeture. Il demanda à voir Juan, mais elle répondit qu'elle ne pouvait pas, vu l'heure, et qu'elle ne pouvait uniquement le dépanner d'un rendez-vous pour le lendemain.
Il la dévisagea.

**Mr Buissard** : Je vous connais vous !
**Kawaii** : Je suis nouvelle de cette semaine Mr. Donc cela m'étonnerait.
**Mr Buissard** : Si si je vous connais… vous êtes …
**Kawaii** : Je suis Véronique Le Haye, embauché en CDD, via une boite d'interim. Satisfait ?
**Mr Buissard** : Vous êtes 'Kawa', l'exotisme version japonaise. Superbe photo sur votre site.

Kawaii avait comme beaucoup d'autres Escortes, créée son site de présentation et mis quelques photos qu'elle supposait plutôt innocentes… du moins le croyait-elle.

**Kawaii** : Vous faites erreur. Je suis une femme correcte. Et je ne pratique rien de ce que vous suggérez.
**Mr Buissard** : Je suis sûr de vous avoir reconnu. Comment votre CV a-t-il pu passer les contrôles de sécurité ?
**Kawaii** : J'ai changé de vie, j'ai effacé mon site.
**Mr Buissard** : Alors un baroud d'honneur et je ne vous dénonce pas ?
**Kawaii** : Vas te faire foutre, jamais je ne couche si je ne suis pas d'accord. Surtout gratuitement.
**Mr Buissard** riant : Poupée, tu n'es pas en position de négocier. Tu veux ce job, ne le laisse pas filer. Allez, je connais un hôtel qui nous accueillera pas loin.
**Kawaii** ravalant sa fierté : Pourquoi je vous croirai ?

**Mr Buissard** : Parce que je veux juste tirer un coup… ou deux durant ton séjour, ah ah ah.
**Kawaii** : Qui me dit que vous me laisserez tranquille ensuite ?
**Mr Buissard** : Si vous dites oui, ce sera ce soir et après plus rien. Je suis tout de même un homme marié et respectable.

Kawaii eut quelques larmes mais acquiesça. Elle prit ses affaires sans oublier son sac à main, précieux et indispensable outil féminin. Il était tard dans la journée et la soirée allait débuter. Pendant qu'il téléphonait pour organiser sa soirée et nuit extorquée à Kawaii, cette dernière faisait de même en mode SMS vers son compagnon, son seul espoir, car elle était vraiment épouvantée. Elle monta dans la belle voiture de fonction de son 'kidnappeur'. Elle prit place dans la Talisman et boucla sa ceinture, comme une proie dans un filet. Trente minutes à supporter sa main sur sa cuisse gauche, Kawaii en avait assez et pleurait à chaudes larmes. Il lui parlait mais qu'importe. Ils arrivèrent vers dix-neuf heures au 'Repaire du chasseur', auberge stylée et étoilée proche de Saclay. Ils sortirent le tapis rouge pour un dignitaire du CEA. Qu'importe qu'il arrivât avec une nouvelle poule, il faut savoir détourner les yeux de temps à autre. Ils dînèrent et elle ne fit que peu la conversation. Il se vantait de tout, comme si le CEA reposait sur ses épaules.

## 16/ Police (André) à l'auberge

A vingt-deux heures, après un dîner arrosé, Mr Buissard demanda 'sa' chambre. Elle le suivi bêtement ou béatement. La chambre 'Soupir d'un soir' l'attendait. Un chauffage poussé plus que nécessaire, et une bouteille de champagne dans son écrin glacé. Il lui indiqua la salle de bain avec un sourire malsain. Kawaii commençait à maudire son flic. Elle s'enferma dans la salle de bain et pleura une nouvelle fois. Elle entendit frapper à la porte de la chambre.

**Personne** : Service d'étage s'il vous plaît, un bonus de l'auberge Mr.

Il ouvrit. Il se trouvait en boxer face à un policier à qui il ne manquait que le sourire.

**Policier André** : Monsieur, je pense qu'une petite discussion s'impose.
**Mr Buissard** : Je n'ai rien à me reprocher.
**Policier André** : Et qu'en pensera Mlle Véronique ?
**Mr Buissard** : Ah celle-là. Elle est consentante.
**Policier André** : Comme les autres ?
**Mr Buissard** : Sans doute. Pourquoi ?
**Policier André** : Vous êtes en garde à vue pour intimidation, harcèlement et tentative de viol. Je vais devoir passer l'enquête à quelqu'un d'autre du commissariat, pour cause de partialité. Véronique est ma femme.
**Mr Buissard** : Mais je vous assure. Elle m'a allumée !

Ô mon Dieu que le poing droit d'André n'attendait pas grand-chose pour sortir de ses starting-blocks. Heureusement que Kawaii sortit à ce moment de la salle de bain, habillée comme en y entrant. La nuit se passa différemment pour Mr Buissard que pour André et Kawaii.

## 17/ Expo CEA

Le lendemain au CEA, Kawaii prit son poste comme à son habitude et apprit par Juan qu'il y avait un problème avec Mr Buissard. Il était d'ailleurs convoqué par le directeur à neuf heures pour une réunion au sommet, mais ne se présenta pas. Kawaii était plongé dans ses données d'ordinateur, mais son bureau étant placé près de l'accueil, elle crut bien voir passer L'inspecteur en chef René et le détective Eddy. À neuf heures, réunion restreinte au CEA. Mr Dugado, ses deux chefs de service restants en fonction, Suze attaché de direction, Eddy, René, la capitaine Corinne, le général déjà connu, et ce sera tout.

**Capitaine Corinne** : Messieurs du CEA, l'affaire est grave. Mr Buissard est en garde à vue pour avoir tenté d'abuser d'une femme.

**Mr Dugado**: Voyons, un aussi bon élément, il doit il y avoir erreur non ?
**Capitaine Corinne**: L'affaire est assez grave pour que nous vous demandions l'autorisation de faire une enquête privée. Soit donc de demander au personnel féminin du CEA (et les anciennes stagiaires et intérimaires) si elles souhaitent porter plainte. Votre subordonné est relevé de ses fonctions avec votre accord, sinon ce sera à vous d'expliquer pourquoi vous le défendez plus que nécessaire.
**Mr Dugado**: Non non pas du tout, s'il est coupable, bien sûr que je le désavoue. Faites. Je voulais juste comprendre et préparer la communication adéquate pour mon personnel.

Pendant cette réunion, Suze observait tout le monde et prenait des notes pour son patron. Elle ne put pas ne pas voir les regards que la belle capitaine lançait sur son Eddy. Pourquoi fallait-il toujours qu'il y ait nécessité de conversation rectificative avec son beau gosse. Le général intervint ensuite pour indiquer que l'état lançait en parallèle une enquête globale.

**Mr Dugado**: Mais une faute de mœurs n'implique pas le CEA
**Le Général**: Nous en avons le droit et l'appliquons.

La délégation partit comme elle était venue. Eddy partageait ses regards entre sa tendre et l'autre.

## 18/ Règlements de compte à l'appart

Après sa journée de travail, sans extra programmé pour le soir, Suze avait préparé le souper pour deux, genre entre amoureux. Eddy rentra vers vingt-deux, après un devis avec une femme dans un bar. Mais cela, Suze le comprenait. L'odeur de cloque, elle le comprenait, mais moins si le parfum féminin prédominait. Eddy se mit en mode 'pieds sous la table', ce qui avait tendance à agacer sa douce.

**Suze**: Tu as l'air fatigué de ta journée. Ce n'est pas le CEA qui t'épuise ?

**Eddy** : Je te remercie d'aider René sur cette enquête. Je n'ai pas que cela à faire et je dois aussi me trouver des enquêtes à valeur ajoutée financière, même si je suis moins rentable que toi.
**Suze** : Tout le monde t'apprécie, toutes mes filles ne tarissent pas d'éloges sur toi. Je suppose que tu fais cet effet-là partout, à toutes ?

Le sixième sens d'Eddy se mit en branle. Alerte rouge, Femelle dangereuse à 9 sur l'échelle de Eddy.

**Eddy** : J'ai fauté. Je te l'ai confié. J'ai fauté. C'est du passé.
**Suze** : Je suppose que décodé cela donne 'jusque-là prochaine fois' .
**Eddy** : Suze, Je suis bien avec toi.
**Suze** : Moi aussi, alors pourquoi es-tu allé voir ailleurs ?
**Eddy** : Toi tu vas voir ailleurs tous les soirs merde. C'est dur.
**Suze** : C'est une excuse. J'ai un job. Je l'honore. Et je ne jouis pas avec eux. Uniquement avec toi, si tu veux encore de moi. Mais le veux-tu vraiment ?»
**Eddy** en la regardant droit dans les yeux : Je le veux.
**Suze** : Elle est qui cette pouffe kaki ?
**Eddy** : C'est René qui me la présenté. C'est notre contact au ministère de l'intérieur.
**Suze** : Tu sais que je sais lire en toi et sur toi. Alors, cela ne t'a pas traversé l'esprit ? Et tu sauras te retenir ?
**Eddy** : C'est elle qui me fait du gringue.
**Suze** : Ce sera notre dernière enquête. Je te regretterai connard.
**Eddy** : On est dans mon appartement, mais je sais où est mon canapé. J'ai tellement l'habitude que je trouverai son chemin les yeux fermés. Bonne nuit.

La vie reprenait ses droits, mais l'été avait soudainement un goût d'hiver.

## 19/ Disparition data sensibles

Suze, les yeux rougis prit son service comme d'habitude à l'heure dite au CEA. Mr Gudaro leva un ou deux sourcils, mais permit à la nouvelle secrétaire s'installer à son bureau. Lui-même avait des comptes rendus à lire et d'autres à rédiger. Le président de la République prévoyait un voyage commercial en Chine et il fallait progresser dans les projets prospectifs du CEA. Cette méthode permettait d'avancer à plus grande vitesse et les entreprises françaises pouvaient et devaient en tenir compte pour profiter des 'opportunités'. Elle annula tous les rendez-vous sur deux jours. Porte close. Elle se plongea dans l'analyse des fichiers auxquels elle avait accès. Elle découvrit 'Projet-CEA' et comprit qu'elle avait découvert la boite de Pandore. Elle nota les dates de dernières mises à jour. Quand Suze est en chasse, elle lève les proies et discerne celles qui semblent les plus importantes. C'est inné chez elle.

**Analyse Suze** : les dates correspondent (à une à deux semaines) aux dates en provenance de l'armée sur les fuites. Ce n'est donc pas une coïncidence. Qui prévenir ? Ce salaud de Eddy, ou René qui lui a présenté Corinne, ou la capitaine Corinne elle-même ? Elle ne voulait pas court-circuiter le détective. Elle remplit une clé USB de toutes ces informations.

## 20/ Suze puis Eddy puis René puis DST

La Capitaine Corinne convoqua les personnes sus nommées au ministère. Suze, puis Eddy, puis René. À neuf heures, Suze fut introduite dans le bureau de la capitaine Corinne. Le défi des femmes. Une tension certaine était palpable.

**Suze** la joua innocente : Dès que j'ai eu des informations, j'ai jugé bon de faire ma bonne patriote et d'alerter mon ministère.
**Capitaine Corinne** : Merci Mme Eddy, vos chiffres sont très intrigants.
**Suze** : Je me nomme Suze et je n'ai aucun lien avec Eddy. Faites

avec lui en ce que vous jugez faisable.
**Capitaine Corinne** : Cela ne m'a jamais traversé l'esprit.
**Suze** en son for intérieur : Non, juste un autre organe.
**Suze** : J'ai relevé des coïncidences, mais je ne suis pas sûre que c'en soient.
**Capitaine Corinne** : Oui, très intéressant. Eddy a vraiment une bonne équipe.
**Suze** : Il avait une équipe. Je pense qu'elle est en train de voler en éclat. Mais vous, vous générez des dommages collatéraux.
**Capitaine Corinne** : A la guerre comme à la guerre.
…
A dix heures ce fut le tour d'Eddy de passer du (bon) temps avec la capitaine. Suze l'attendait tremblotante dans la salle d'attente.
**Capitaine Corinne** : Bonjour Eddy, votre amie nous a via votre entremise apportée une bien belle information. Merci Eddy. Dit-elle en minaudant avec ses yeux.
**Eddy** : Écoutez, pourquoi vous nous convoquez nous trois sinon dans le but de générer une impression volontairement désastreuse de moi devant ma femme.
**Capitaine Corinne** : Vous vous égarez Eddy. De plus, j'ai sa totale autorisation.
**Eddy** : Et bien moi non et je resterai dans les clous, comme Jésus.
**Capitaine Corinne** : Je propose que notre point d'avancement hebdomadaire se fasse dorénavant à votre appartement. Y-a-t-il une remarque suggestive ?
**Eddy** : Aucune, Capitaine, aucune.
**Capitaine Corinne** : Comment pilotez-vous ces trois femmes au CEA ?
**Eddy** : La confiance réciproque, sans aucun ordre, juste de la discussion ou négociation.
**Capitaine Corinne** : A priori la confiance est retombée comme un soufflé. Pensez-y quand je viendrai vous voir.
**Eddy** : Oui capitaine. Vivement la fin de l'enquête.
…
A onze René prit son ticket et s'entretint avec la capitaine. Suze et Eddy étaient seuls, silencieusement dans la salle d'attente.

**Capitaine Corinne** : C'est ça votre équipe de choc ?

**René** : Vous avez étudiée les dossiers et vous avez approuvée ma proposition atypique, Capitaine.
**Capitaine Corinne** : Il y a des tensions entre votre principal collaborateur et sa… femme.
**René** : La faute à qui ?
**Capitaine Corinne** : C'est votre beau-frère.
**René** : Oui, et alors ?
**Capitaine Corinne** : Il est complètement en couple avec cette 'Suze' ?
**René** : Oui, et je me porte garant des deux.
**Capitaine Corinne** : Je vous prie de m'excuser, mais il a eu l'air de me trouver à son goût. Il a changé notre lieu des points mensuels. Ce sera à son appartement. Je ne voudrai pas tomber dans un guet append. Pensez-vous que je sois en danger ou que je risque quelque chose ?»
**René** : Je ne comprends pas.
**Capitaine Corinne** : Il a juste insinué qu'on serait plus à notre aise pour travailler.
**René** mal à l'aise : Eddy est un civil. Il tente d'user de civilités.
**Capitaine Corinne** : Bon pour le moment je ne me formalise pas. N'en parler pas à sa femme.
**René** : Bien Capitaine.

Dans la salle d'attente, le silence pesait et il fallait le briser.

**Suze** : Tu es content maintenant.
**Eddy** : J'ai ma conscience pour moi.
**Suze** : Et pour le reste.
**Eddy** : Elle est belle, mais elle m'exècre un max. Tu me crois ou non.
**Suze** : Dans toute notre vie, tu m'as pas mal menti.
**Eddy** : Elle me gonfle. Plus que tu ne peux me croire.
**Suze** : Je ne te crois pas.
**Eddy** : Je sais. Mais je ne couche pas avec les filles à soldats, même capitaine.
**Suze** : Pourquoi ?
**Eddy** : Car elle ne me fait pas bander.
**Suze** : Et moi ?

**Eddy** : s'il te plaît… Et nous.

Silence en entendant René sortir à son tour de son entrevue avec la Capitaine. Ils regagnèrent leur appartement respectif. Pour une fois, Suze rentra au sien, sans un regard vers son Eddy.

## 21/ DST arrête un CD à CDG

Aéroport Roissy-Charles de Gaulle aussi nommé CDG. Un appel des douanes à la DST (Direction de la Sureté Nationale), qui fut basculé sur l'inspecteur René exceptionnellement.

**Roissy** : Monsieur, nous venons d'intercepter une personne qui se prépare à quitter le territoire français. Son nom figure sur une note de la DST pour le suivre et c'est votre nom qui est indiqué. Il est indiqué 'en lien avec l'affaire du CEA'. C'est une personne CD (Corps Diplomatique). Je sais que cela ne se fait pas, mais il est ivre et fanfaronne limite provocation.
**René** : Alors vous avez bien fait. Le résultat de la fouille des bagages ?
**Roissy** : Des paquets de cigarettes en excès, mais aussi des substances opiacées.
**René** : Qu'il reste en cellule de dégrisement. Fouillez tout. Focalisez-vous sur les supports de données numériques. Je reste joignable sur ce numéro, je me mets en mode Token dès à présent.

Le mode Token signifiait que René pouvait se connecter via un réseau sécurisé sur différents sites dépendants des ministères des armées ou de l'intérieur. René envoya des SMS pour indiquer sa situation pour la journée à venir. Il avait une piste. Il avait son os à ronger. Quelques heures plus tard, Roissy rappela.

**Roissy** : Monsieur ?
**René** : 5/5 allez-y s'il vous plaît.
**Roissy** : Une carte SD cryptée.
**René** : Confisquez-là et n'en faite pas mention devant lui.
**Roissy** : Mais monsieur ?

**René** : Ce qu'il ne sait pas ne l'empêchera pas de dormir, ni de ronfler.
**Roissy** : Et s'il pose explicitement la question pour donner suite à examen de sa valise ?
**René** : Indiquez-lui qu'elle est confisquée pour une enquête. Et confisquez-lui tous ses mobiles, et enregistrez tous ses appels fixes. Pour le moment c'est un connard qui a disjoncté. Demain ce sera un autre chef d'inculpation. Ok ?
**Roissy** : Bien reçu. Monsieur vous êtes qui ?
**René** : Inspecteur en chef, réquisitionné par le ministère de l'intérieur, donc collègue d'un week-end.
**Roissy** : Et pour la carte SD ?
**René** : Je vous envoie du monde de la DST, vous savez, les experts du gouvernement.
**René** passa un coup de fil à la Capitaine : Ma capitaine. J'ai besoin d'un groupe d'experts informatiques pour pirater une carte SD cryptée.
**Capitaine Corinne** : Vous avez reçu l'appel, vous le gérez jusqu'au bout, inspecteur en chef. J'envoie deux agents à CDG. Tenez-moi informé mon cher ?

Trois heures plus tard, il eut le retour de Roissy.

**Roissy** : Monsieur l'inspecteur ?
**René** : Oui ?
**Roissy** : Euh … On a un peu aidé notre hôte à prolonger son coma éthylique pour le bien de l'enquête. Quand à la clé, je vous passe vos collègues.
**Expert 1** : Monsieur l'inspecteur en chef, nous avons décrypté la clé. C'est du lourd.
**René** : Lourd comment ?
**Expert 1** : Documents secret défense
**René** : Oups, rien de moins que cela. Vous pouvez me le mettre au frigo. Enfin je veux dire en prison sans aucune communication extérieure ?
**Expert 1** : Vous voulez dire au congélo.com
**René** : Oui voilà ça doit être cela. On commence comme cela et je rends compte à mes supérieurs.

René envoya un courriel à tous sur le déroulement de la phase CDG. Il ne voulait pas se retrouver en porte à faux avec la belle capitaine carnassière et fit attention à bien mettre le général en copie.

## 22/ CEA ambiance calme et éruptive

Un chef de service 'Out of Service' (en dehors du coup) (Mr Buissard), un homme en prison (CDG). Pour René, l'enquête avançait. Il appréhendait sa réunion avec la Capitaine. Il était au commissariat. Il avait réservé une salle pour Eddy. Il y avait fait livrer du café peu avant l'entrevue. La consigne était claire de la capitaine, et il ne pouvait en déroger : Eddy devait se trouver seul et se débrouiller seul. René pensait : Pourvu qu'il n'y ait pas de dérapage. Mais il ne savait pas de quelle partie viendrait le problème. Pour son rendez-vous à SQY, elle vint en Jeep et il fallut ouvrir la barrière, mais priorité nationale. Elle se présenta encore en jupe militaire, mais courte et fendue. Même les policiers avaient la tête à l'envers. Elle se dirigea dignement vers la salle de rendez-vous et posa son ordinateur en attendant le détective Eddy. René, dès qu'il sut qu'ils étaient installés fit livrer le café et le bonus croissanterie. Puis il entra dans la salle.

**Capitaine Corinne** : René, merci pour cette belle attention. Laissez-nous, nous avons à causer avec Mr le détective.
**Eddy** : Le café est standard. Le croissant est une marque de courtoisie de l'inspecteur, non de moi.
**Capitaine Corinne** : Allons Eddy, Vous en êtes où avec Suze ?
**Eddy** : Elle et moi sommes un couple fidèle et amoureux l'un de l'autre.
**Capitaine Corinne** : Ce n'est pas ce que mes dossiers indiquent.
**Eddy** : Des erreurs de jeunesse, genre excès de vitesse.
**Capitaine Corinne** : Vous êtes jeune, faites-en encore une…
**Capitaine Corinne** alla elle même jusqu'à tourner la clé de la porte d'entrée et se colla à lui : Ça fait longtemps que vous n'avez pas pris une femme sur une table ?

Eddy pensa à Suze, mais la chair était faible. Et la honte serait permanente.

**Eddy** pensa fort : Pourquoi je n'ai pas un Jiminy Cricket à plein temps et rien que pour moi ?
**Eddy** : Capitaine. Je préférerai nettement éviter. C'est déjà assez compliqué de vivre avec une Escorte. Alors S'il vous plaît, ne me tentez pas. Et retirez votre proposition. Si c'était une proposition ?

Cela coupa l'élan de Corinne la capitaine. Il était tellement touchant l'homme fort fondant en larmes. Elle se mit à penser qu'il avait un cœur et qu'elle pourrait elle aussi en avoir un, possiblement, mais elle reprit possession de son cœur éventuel.

**Capitaine** : Allez, tu seras mon premier, et tu regretteras ce plaisir que je te réservais.

Elle débloqua la serrure et laissa partir sa proie. Il saurait ainsi qu'il avait perdu la bataille, c'est aussi ce qui intéressait la capitaine. Elle conserverait toujours le contrôle. Elle était une dominatrice et les militaires appréciaient ce caractère agressif, combattant et déterminé.
**Elle** pensa : Fuyez Eddy le détective. Le monde masculin est à mes pieds.
…
Eddy quitta le commissariat écœuré de tout, y compris de lui-même. La capitaine repartit (comblée ?) vers Levallois-Perret. Eddy se noya dans un pur malt et bloqua la porte d'entrée de son appart avec une chaise, car sa Suze avait la clé. La bouteille y passa. Au matin, René prit des nouvelles auprès de Suze.

**René** : Suze. J'ai besoin de causer avec ton homme.
**Suze** : Alors appelle le.
**René** : Je l'ai fait. Maintenant j'ai besoin de toi pour accéder à lui.
**Suze** : Demande à la capitaine
**René** : Je demande à toi, pas à cette pute.
**Suze** : Tu le savais et tu n'as rien fait.
**René** : Elle est mauvaise. Pas Eddy. S'il te plaît Suze ?

**Suze** : Ce n'est pas la première fois !
**René** : Disons service perso ?
**Suze** : Je suis allé à son appart, il a bloqué la porte. J'ai la clé mais il ne veut pas ou plus de moi.
**René** : s'il te plaît. J'y vais mais n'y vas pas. Si tu me comprends
**Suze** : Fais ce que tu veux.

René et André s'étaient donné rendez-vous chez Eddy. Porte fermée. André ne se laissa pas démonter. Il utilisa un percuteur de porte que seuls le GIGN possédait. La porte fit semblant de résister, mais comme le chêne, elle se plia à la loi du plus fort. Il faudra néanmoins la changer, vu son état. C'est sûr qu'une porte en roseau aurait résisté différemment. Le problème de la porte étant réglé, passons à celui de Eddy. Il était affalé sur son canapé. Il avait fini la première bouteille de whisky, et la suivante était bien entamée. René et André le conduisirent sous la douche et tant pis pour les éclaboussures d'eau. Puis René se chargea seul de Eddy, tandis que André préparait un café fort et tonitruant, quasi un truc plus solide que liquide. Eddy finit par revenir de ses limbes. Et André et René purent se sécher avec une vraie serviette. Le café fut partagé en attendant la discussion entre adultes.

**Eddy** : Merci salauds.
**René** : Reprends encore du café, ce n'est pas toi. Trop gentil.
**André** : Eddy, je l'ai fait dégueulasse exprès, mais c'est pour ton bien.
**Eddy** : Qui en a à foutre de mon bien. J'ai perdu Suze et l'armée veut me baiser.
**René** : La capitaine est une salope. On l'expliquera à Suze
**Eddy** : J'aurai du baiser avec cette salope pour avoir la paix ?
**André** : Hein, tu ne l'as pas fait ?
**Eddy** : Bin non, mais pour Suze, c'est pareil. Vu sa réaction, j'aurai peut-être du au final.
**René** : Elle comprendra.
**André** : Non mais René, tu ne l'as pas entendu. Il est blanc comme neige.
**René** : Et tu le crois ?
**André** : Il mentirait dans son état ?

**René** : Ptêt pas …
**Eddy** : De toutes les manières, elle a raison de finir notre romance.
**René** : Elle n'a pas raison. Je vais personnellement m'y employer
**Eddy** : On ne peut pas sauver le soldat Rayan à tous les coups.
**René** : Je mets sœurette sur le coup. Et je lui dicterai quoi dire si besoin.
**René** : André, tu restes avec Eddy quelques jours.
**André** : Oui chef, je visualise bien le canapé.

## 23/ CdS en garde à vue

C'était dans les news internes de l'intranet CEA. Mr Buissard en garde à vue pour acte de 'harcèlement sexuel'. Naturellement cette nouvelle alimenterait pour la journée ou la semaine les discussions de café et les déjeuners. La direction organisa une réunion pour promouvoir temporairement quelqu'un à ce poste. Mlle Suze prenait les notes.

**Mr Gudaro** : Messieurs, nous devons réagir et revenir à des valeurs nobles.
**Juan** : Il était connu pour ses frasques. 'On' ne l'a jamais réprimandé. Maintenant il va payer.
**Mr Gudaro** : Oui, nous allons le sanctionner et aller plus loin. Nous allons entamer une procédure de licenciement pour faute grave.
**Juan** : J'espère que le CEA n'est pas gangrené par cette maladie …
**Mr Jutey** : Je pense que nous n'en sommes pas là tout de même.
**Mr Gudaro** : Juan, vous pensiez à quoi ? À vous placer ?
**Juan** : Non Mr Gudaro, je ne vise rien, sinon éviter de faire des vagues. Et cela passe par une irréprochabilité du Comité Directeur, dont nous faisons partie.
**Mr Jutey** : Vous ne pouvez pas parler comme cela au président.
**Mr Gudaro** : Juan, vous êtes jaloux de mes succès féminins.
**Juan** : Non, j'ai ma femme et je suis un homme heureux et comblé. Puisse vos succès honnêtement acquis ne pas vous monter à la tête.
**Mr Gudaro** : Mr Jutey, vous allez assumer le travail de Mr

Buissard. La séance est levée

## 24/ Expo Archéologique

Ce vendredi de fin juin. Dernier midi d'expos d'architecture en commun avec l'association L18. La sécurité était sur les dents. Toujours difficile de gérer des civils sur un lieu d'exposition. Le président se promenait aux côtés de la responsable de l'association L18 de la RAPT. Mr Dugado se permettait de prendre le bras de son invitée, qu'elle retira à chaque fois prestement. Mlle Kusky, est une immigrée russe, avait eu toutes les accréditations de sûreté nationale, et avec son CV russe d'archéologie-histoire-vénérologie, avait été préférée à d'autres 'européennes'. Elle avait une passion : Les vestiges de l'histoire et la dé-cryptologie de cette histoire. On ne lui connaissait aucune aventure, mais alors que de musées… Alors se faire toucher par cet homme générait un sentiment proche de l'intolérable. Elle mettait un point d'honneur, mais avec le sourire à défendre sa passion, sans s'offrir. Donc, ce midi de dernière journée d'exposition, il se pavanait et elle avait eu une invitation pour une forme de jumelage CEA-L18. Mlle Kusky était accompagnée d'une autre belle jeune femme. Miss Green Lantern (oh, c'est dingue !). Green Lantern faisait la version sonore des présentations des trouvailles archéologiques proches du CEA. À force d'être rejeté par la responsable de L18, il changea son angle d'attaque et finalement discutait avec son aide de camp culturelle, Green Lantern. Diversion ou changement de cible ? Personne ne remarqua le sourire entendu entre les deux femmes, Green Lantern avait été bien briefée en ce qui concernait les objectifs féminins du responsable du CEA. Les deux femmes rigolaient intérieurement, car soudées, et appréciaient à le voir perdre pied. Chacun chacune repartit. L'exposition était en cours de démantèlement. La prochaine serait à la rentrée. Essentiellement pour être informé des nouvelles sur le projet L18. Mr Gudaro ne serait pas de bonne humeur ce jour. Quant à la nuit prochaine ? Il sera seul, ça c'est presque sûr.

## 25/ DST René Eddy

René téléphona à Eddy et le convia à venir au commissariat, pour faire un point sur l'enquête.
À vingt et une heures, Eddy et René était dans la salle de réunion à côté du bureau de l'inspecteur en chef.

**René** : Eddy, on m'informe qu'il y a encore eu une fuite.
**Eddy** : Raconte, s'il te plaît.
**René** : Cette semaine, il a dû il y avoir une livraison. On vient de détecter la même technologie dans un établissement gouvernemental, mais pas en France.
**Eddy** : A part l'expo Archéologique qui est la passion du patron du CEA, et les filles l'ont bien fliquées. Demande-leur.
**René** : Je sais, et je ferai plus aussi. Rentre à l'appart, je n'ai pas confiance en André, il risquerait d'inviter Kawaii. Mais j'ai pleine confiance en lui professionnellement.
**Eddy** : Justement, je leur laisse du (bon) temps.
**René** : Eddy, je vais raconter à Suze qu'elle pourriture elle est, cette capitaine de mes deux.
**Eddy** : Elle a dépassé ce stade dans la tolérance. Merci, mais laisse tomber. Je n'en vaut pas la peine.

## 26/ Réunion Eddy Suze Kawaii René André Mata Hari Green Lantern

René n'avait pas le choix, il devait prendre le pilotage de l'affaire. Il décida une réunion chez Eddy avec les personnes impliquées, tant pis pour la promesse de ne pas convoquer André et Kawaii. Ils étaient sept : René, Eddy, André mais aussi Suze, Kawaii ainsi que Mata Hari et Green Lantern

**René** : On a plusieurs affaires. Les fuites, mais aussi les harcèlements. S'il vous plaît, laissons les hash-tags sexuels de côté ce soir, c'est la fuite du patrimoine industriel confidentiel et français qui nous intéresse.
**Suze** : Pourquoi continuerions-nous à t'aider ?

**Eddy** : Car on s'y est engagé.
**Suze** : Oui, tu t'es engagé à fond tous azimuts à priori.
**René** : Ça suffit Suze. Tu ne sais pas tout.
**Suze** : Je pense en savoir suffisamment.
**Eddy** : Finis cette enquête et ensuite tourne la page. S'il te plaît, fais le pour René.
**Suze** : Je le ferai, Connard fini.

**Kawaii**, qui n'aimait pas les embrouilles et commençait à tourner 'fleur bleue' intervint : Je travaille avec Juan. Il est clean. Pas ambitieux pour deux sous, mais carriériste. Il croit en l'Europe.
**René** : Merci. Quant à Mr Buissard, il est hors d'état de nuire.
**Green Lantern** : J'aime bien bosser avec ma patronne russe. C'est un job agréable… si je devais me reconvertir. Mais être de représentation avec un obsédé sexuel et devoir garder le sourire, trop peu pour moi.
**René** : Merci Green Lantern, mais des infos intéressantes, en as-tu ?
**Green Lantern** : Du coté L18, ça se passe bon enfant. Et de temps en temps, un gars un peu étranger se pointe le vendredi et semble évaluer les trouvailles de la semaine ou revenues des expos.
**André** : Mlle Green Lantern, pourriez-vous mieux le décrire, mais aussi connaître son historique de passage, enfin, si je puis me permettre.
**Green Lantern** : Oui mon Loulou, je vais te trouver cela, et tu m'en devras une.
**Kawaii** : Il est à moi !
**Green Lantern** : Tu es en couple, le chemin pour être mariée est encore long, poupée.
**André** à Kawaii : Laisse, c'est son style, mais on bosse ensemble. Tous et Toutes.
**Green Lantern** : Excuse'moi Kawaii.
**René** : Bon, revenons à Suze.
**Suze** : J'ai assistée à pas mal de réunions en tant qu'assistance du PDG. Il y a une grande tension entre le Directeur et mon chef Juan.
**Elle** ajouta : Néanmoins, j'ai choppé des informations sur les disques durs. Vu avec la nouvelle amie d'Eddy, la Capitaine

Broutte-Nique de jour comme de nuit, elle m'a aussi appréciée, mais différemment de toi. Je ne dois pas être bonne aux mêmes tâches.
**René** : Suze… abrège.
**Suze** : J'ai trouvé un dossier qui représente peut-être ou sans doute la preuve des fuites. Elles corrèlent ou corroborent bien avec les versements de paiement. Pas plus, pas moins. Mais une très bonne piste à creuser.
**André**, coupant l'herbe sous le pied de René : Et tu proposes de procéder comment ?
**René** : Suze, Ok, tu peux y aller. On comprend tous.

Une fois la belle partie, moins de tension et plus d'émotion.

**Green Lantern** : Euh, j'ai raté une marche ?
**André** : Un petit problème de couple. On te briefera.
**René** : Il a couché, mais avec circonstances atténuantes…
**Eddy** : Surtout faite comme si on n'était pas chez moi. Maintenant que Germaine est partie, on ouvre le bar. Un ptit whisky pour m'accompagner ?

Eddy alla chercher son nécessaire à soirée perdue, dédié aux longues soirées de solitude.

**René** clôtura la soirée : Kawaii et Green Lantern, laissez-nous s'il vous plaît.
Ensuite **René** : André, tu continues ton Eddy-Sitter, je pars négocier quelque chose avec Sœurette.

## 27/ Meeting politique directeur CEA / municipales

Mr Gudaro se promenait sur les différents marchés de Saclay. Il serrait des mains, puisque connu et les gens étaient heureux que quelqu'un de local les représentent aux élections. Il était accompagné de quelques personnes de sa mouvance politique, pour l'aider et tâter le terrain. Mr Gudaro était un homme connu et publique, mais avait-il la carrure d'un homme politique ? Sur les marchés de sa ville de prédilection, Il se comportait honorablement. Pas d'autre parti, donc pas de friction. Son parti ne jugerait donc que sa prestation locale et son charisme. C'était un premier test. Il ne partait pas perdant et sentait qu'il avait la fibre politique. Il savait qu'il serait retenu dans les différentes listes électorales. Un prédateur sent cela.

## 28/ René Sœurette

**René** : Écoute Sœurette … pour Eddy…
**Sœurette** : Tu cautionnes l'adultère ? Tu veux qu'on reparle de ton sursis ?
**René** : Tu sais que je suis nickel. De ce côté, rien à me reprocher.
**Sœurette** : Et tu défends quelqu'un qui n'en ait pas à sa première infraction ?
**René** : Cette fois-ci, il n'a pas eu le choix.
**Sœurette** : Il été violé à l'insu de son plein gré ?
**René** : Ce n'est pas facile de trancher. Les militaires, tu ne négocies pas avec.
**Sœurette** : Vas dormir sur le canapé. Tout de suite !

René s'exécuta.

## 29/ Descente de police

Suzie reçut un coup de fil de Léa.

**Léa** : On pense connaître le client récurrent de ma fille ou d'autres.
**Suze** : Merci Léa, Mes filles sont tout pour moi.
**Léa** : Un étranger du nom de Igor Chenk a été son client depuis cinq années avec une moyenne de régularité mensuelle.
**Suze** : Je vais enquêter, j'avais besoin de ton 'témoignage'
**Léa** : Je suis quasi sûr que c'était son client la nuit où elle a disparue.
**Suze** : Je pars de cette hypothèse. Léa …
**Léa** : Oui ?

**Suze** : Je pense qu'on est semblable… On les aime trop n'est-ce pas ?
**Léa** : Je n'ai pas d'autres enfants qu'elles. Tiens-moi informé Suzie.

## 30/ Point d'avancée

Suze, après une réunion féminine avec Kawaii et Green Lantern, décida de sortir ses pièces après avoir avancé ses pions. Elle avait appris cette expression de son ex-Eddy, qu'elle regrettait intérieurement un peu trop. Suze appela Mata Hari, La seule en dehors du coup de son équipe réduite. Va falloir penser à recruter du personnel féminin.

**Suze** au téléphone à Mata Hari : Mata, c'est la mère supérieure.
**Mata Hari** : Salut Suze, heureuse d'avoir de tes nouvelles.
**Suze** : J'ai besoin de toi pour un sale travail.
**Mata Hari** : Quelles positions ?
**Suze** : Un homme pourri qui pense que les femmes sont soient des plantes vertes soient des putes.
**Mata Hari** : Ok, Je me laisse faire. Tu veux quoi comme informations ?
**Suze** : Sa femme est déjà partie en Espagne, mais fout en l'air encore plus leur ménage et mange à tous les rateliers.
**Mata Hari** : Tu sais que je suis encore sous traitement ?
**Suze** : Oui, c'est un gros service personnel.
**Mata Hari** : Ok alors. Qui dois-je piéger ?
**Suze** : Le président du CEA, Mr Gudaro, un homme infidèle, séparé de sa femme et qui se lance en politique. Nous allons remettre de l'ordre dans tout cela.
**Mata Hari** : Vengeance personnelle ?
**Suze** : Je veux abréger une enquête qui me coûte.
**Mata Hari** : Envoie-moi toutes les infos nécessaires. J'accepte. J'ai foi en toi.

Suze aimait ses filles, et elle commençait à déjanter, à leur demander de prendre des risques pour son confort.

## 31/ Archéo CEA + L18

**Suze** à André : Désolé de vous déranger pendant le câlin du soir, mais vous redémarrerez après mon coup de fil.
**André** : C'est comme tu dis. Je suppose qu'on peut t'aider ?
**Suze** : Je veux une perquisition de la police au plus tôt à L18.
**André** : Bien sûr. Appelle l'inspecteur.
**Suze** : Je n'appelle pas les traîtres.
**André** : Je vais le faire, mais René a décidé d'aider Eddy car Eddy l'a aidé par le passé, et que René le pense 'récupérable ou rattrapable'. Je ne connais pas les détails, mais René était furax, genre erreur judiciaire contre Eddy, alors s'il te plaît, laisse une petite ouverture pour que Eddy puisse atteindre ton cœur, et tout le monde vous adore dans la profession, la tienne comme la nôtre.
**Suze** : Byzoux André, passe les mêmes à ma protégée.
**André** : Sure !

## 32/ Ailleurs : Décision de lâcher le directeur… (source espionne)

Réunion au ministère de l'intérieur. Le général, son aide de camp, René et Eddy.

**Capitaine Corinne** : La personne Corps Diplomatique arrêtée à l'aéroport CDG. Nous sommes totalement dans notre bon droit, mais cela a nettement mis la puce à l'oreille des autres. En tout cas, merci, nous avons récupérés une carte SD, cryptée, qui de ce fait ne sera pas passée à l'ennemi. C'est déjà cela.
**René** : Euh, s'il vous plaît, est ce que la personne appréhendée à Roissy serait le tueur ?
**Capitaine Corinne** : Très probablement, donc vous serez satisfait qu'il reste en France provisoirement au secret ?
**René** : Oui et merci. Avançons.
**Capitaine Corinne** : Nous souhaitons monter la pression d'un cran.
**Eddy** : Mlle Corinne. Nous connaissons vos méthodes. Que signifie pour vous un cran ?

**Capitaine Corinne**: Presser là où cela fait mal. (NdA : Et cela la connaît)
**René**: Merci s'il vous plaît. Continuons.
**Capitaine Corinne**: Le suspect est désormais accusé, et son pays d'origine nous bassine avec son immunité. Nous la rejetons pour les raisons exposées il y a peu. Mais comme c'est justifié, nous laissons le gouvernement gérer la crise et nous continuons notre pêche pour avoir le filet le plus rempli possible de mauvais poissons.
**Général**: Vu avec l'Élisée. C'est la voie actée. Vous aurez l'information officielle demain dans les journaux télévisés.
**Eddy**: Votre Capitaine a tiré de moi ce qu'elle espérait. Maintenant je travaille en solo.
**Général**: C'était entendu, bien que je ne comprenne pas votre retrait alors que vous aviez notre totale confiance.
**Eddy** : Si la grande muette veut tuer des couples dans l'œuf… Je suis à un doigt de tout laisser tomber et vive les puissances étrangères. Et il quitta impoliment la place.
**Général** à L'inspecteur René : Qu'est-ce qui lui passe par la tête ? Reste-t-il fiable ?
**René** cherchant les bons mots sans les trouver: Il respectera son engagement. Son équipe aussi, dont son amie. Mais une brèche a été créée par votre faction. Je suis de tout cœur avec mon beau-frère. Mais on a tous envie de laisser tomber. Mon Général, je me retire.

Il se leva et partit, laissant le général tout penaud, seul avec sa superbe aide de camp. L'histoire ne retiendra pas s'il se l'était tapé ou non.

## 33/ Mata Hari & le directeur… check

Mata Hari, un solide maillon du clan de la famille de Suze peaufinait son plan et son entrée en matière. Elle trouva sa tenue adéquate : jupe courte et rougeoyante, haut orange flamboyant et veste vert fluo. Un mélange moderne qui attirerait irrémédiablement les regards masculins. Elle avait été contactée (ou du moins tous les appels avaient été redirigées vers son site en priorité). Lui, avait contacté un site d'Escorte (il aimait en changer à chaque fois) pour une nouvelle femme, et nouvelle expérience, à chaque fois qu'il était célibataire parce qu'aucune fille de son entourage n'avait répondu positivement à ses subtiles avances. Mata Hari avait naturellement accepté le contrat. Un homme sur le parking Saclay 112, celui dédié par la ville au co-voiturage. Pour le reste, tout est possible entre adultes consentants. Mata Hari attendait dans sa Clio Coupé sport (de location, juste pour frimer et faire l'Escorte de 'Very luxe') depuis dix-neuf heures trente. Lui, se présenta à vingt et unes heures. Elle savait par Suze qu'il était parti vers vingt heures trente du CEA. Mata Hari avait voulu la rassurer le plus possible et aussi le plus vite, comme une fille pour sa mère. Enfin. Lui, en tenue de travail, mais beau costume étincelant. Elle, en tenue de travail, mais chut, avec son air d'innocence juste ce qu'il fallait. Il était assez suffoqué. Il avait respiré trop fort.

**Mr Gudaro**: Mlle, J'espère que je ne vous ai pas trop fait attendre ?
**Mata Hari**: Allons, je ne suis qu'une autre que tu as déjà connue. Je suis triste, mais pas trop conne. D'autres sont passées avant.
**Mr Gudaro**: Sans doute. Mais aucune ne m'a scotché ainsi.
**Mata Hari**: Allons, j'ai appris à ne plus entendre tous les compliments et à distinguer ceux honnêtes et ceux faux-cul.
**Mr Gudaro**: Je suis ainsi.
**Mata Hari** câline: J'accepte. Vous payez. Je vous écoute avec passion. Et plus mon homme d'un soir et d'une nuit.

Ils se présentèrent au restaurant. Ils profitèrent du menu. Ils se promenèrent sur la terrasse. Ils gagnèrent la chambre. Ensuite, la tâche de Mata Hari débutait vraiment. Elle devait le faire parler. Durant les ébats, pas facile, sauf des banalités. Mata Hari était performante, belle et douée en psychologie. À propos des confidences sur l'oreiller, Elle en apprit, mais assez peu sur cette affaire. Durant la nuit, le cachet excitant qu'il avait pris (quinqua cela vous guette tous) le tint éveillé après le long métrage dont il avait partagé le rôle premier, et il profita alors après le long métrage du charme visuel de Mata Hari et elle put en plus de son sourire tenter de lui soutirer des informations. Elle savait y faire. C'est dans les bonus qu'on en apprend le plus. Et les hommes sont tellement vaniteux, qu'ils en deviennent bavards, voire on ne peut plus les arrêter.

## 34/ Mata Hari & le directeur… tente sa chance

Ce matin, le directeur était peut-être joyeux, mais il demeurait un directeur. Surprise, car à son bureau, il trouva sa conquête (payée) de la veille, la belle et superbe Mata Hari, la princesse du soleil levant, la métisse aux formes tant convoitées. Mais comment pouvait-elle être ici, assise à son bureau, et surtout sans que la nouvelle Cerbère Suze ne l'ait vu passée, pas plus que la sécurité du site ? Et pourtant, la logique physique était en cohérence avec le bon sens paysan. Les yeux ne peuvent pas mentir à ce point. Miss Mata Hari était souriante comme la guerrière qui a jugé son ennemi, et qui le désigne en le regardant droit dans les yeux. Il était passé de prédateur à proie, sans passer par la case victime, il ne fallait pas exagérer tout de même.
Le directeur Mr Gudaro s'assit donc dans le siège des invités et découvrait son bureau d'un autre point de vue.

**Mr Gudaro** : Comment êtes-vous entrée belle enfant ?
**Mata Hari** : Par la porte grand nigaud.
**Mr Gudaro** : Mais encore, je n'aime vraiment pas imaginer qu'on puisse s'introduire ainsi.
**Mata Hari** : Je suis entré quand votre nouvelle secrétaire est allée cinq minutes au toilettes.
**Mr Gudaro** : Vraiment trop simple. Soit, et que faites-vous ici ?
**Mata Hari** : Je souhaite prendre ma retraite.
**Mr Gudaro** : Vous êtes encore bien jeune, et fort loin des quarante-trois annuités de cotisation.
**Mata Hari** : Je pense pouvoir vous convaincre de ma bonne foi
**Mr Gudaro** : Je vais demander à ma secrétaire de nous apporter du café.
**Mata Hari** : Non, n'en faite surtout rien.
**Mr Gudaro** : Alors je souhaite que votre histoire soit captivante,

sinon je vais piquer du nez.
**Mata Hari** débuta : Il était une fois un ingénieur tout frais sorti de l'école, qui épousa, sur un coup de foudre réciproque, une jeune fille au-dessus de sa condition. Je suppose que la famille laissa faire, flairant le potentiel de réussite professionnelle du prétendant.
**Mata Hari** sourit, reprit son souffle (on voyait sa poitrine se soulever énergiquement) et continua : Il gravit les échelons et sa belle-famille était fière de sa réussite. Puis, car il y a souvent un puis… Ils s'éloignèrent. La cause aux enfants. Elle les aimants, vous fuyant leurs cris incessants. Cela aurait peut-être pu changer la face du monde et de votre ménage. Enfin bref, ils connurent ce que tous les couples connaissent. La lassitude.

Encore un répit avec cette énergique poitrine qui offrait un répit visuel tentateur.

**Mata Hari** : Alors, le spectre du divorce hanta ses nuits. Il voulait rester dans le gratin social. Sans sa femme, les appuis de sa famille et leur belle fortune, aucune chance. Alors cette personne intelligente prépara un autre plan. J'ignore s'il a pensé au meurtre de sa femme. Je l'en crois capable. Qu'importe. Il prit contact ou fut contacté par une puissance étrangère, puis il monta un business économiquement rentable et refourguait les produits de son entreprise. Voilà, j'ai tout dit
**Mr Gudaro** : Très belle histoire, mais et alors ?
**Mata Hari** : Ah oui, c'est vrai, j'ai oublié l'épilogue. Il y eut une mort dans l'histoire. Une fille de joie, une Escorte comme moi. Mais l'enquête diligentée par le ministère de l'intérieur permit de remonter la filière. Je pense que le démantèlement sera pour bientôt, et le gentil du début finira pauvre et en prison. Je n'aime pas cette fin. Et vous ?
**Mr Gudaro**, dont le visage avait changé de couleur. : Effectivement, si on pouvait la changer.

Il comprenait vite. Mata Hari avait compris son appel du pied, quelle avait provoquée.

**Mata Hari** : Un virement substantiel sur mon compte, et ensuite

nous partons ensemble. Je sais comment éviter les éventuels lieux qui auraient reçu votre fiche sécurité.
**Mr Gudaro** : Et si je ne vous croyais pas ?
**Mata Hari** : Suze et Kawaii font partie de l'équipe d'infiltration. À vous de voir. Moi j'y vois une opportunité pour moi. Votre choix sera votre destinée.
**Mr Gudaro** : Le chiffre substantiel serait de ?
**Mata Hari** : Le nombre substantiel devra contenir 7 chiffres, sans virgule. Sinon L'inspecteur en chef René sera aussi averti.
**Mr Gudaro** : Vous n'y allez pas de main morte.
**Mata Hari** : Ma main est ferme, vous devriez vous en souvenir. Je vous permets de fuir avec le reste de votre fortune. Ce n'est pas rien.
**Mr Gudaro** reprit son fauteuil et pianota sur son ordinateur avec ses autorisations et sa clé Token sécurisée. : C'est fait
**Mata Hari** vérifia ses dires avec son Iphone 11 sur son compte : Je vous remercie pour votre générosité. Vous êtes prêt à partir ?
**Mr Gudaro** : Partir, c'est refaire sa vie.
**Mata Hari** : Je ne connais pas cette citation.
**Mr Gudaro** : C'est de moi. Enfin j'espère qu'elle me portera chance.
**Mata Hari** : Allez en route. Envoyez Suze au Diable vauvert et sortons de cet établissement.
**Mr Gudaro** au téléphone : Mlle Suze, pourriez-vous allez aux archives me rechercher les journaux internes depuis deux ans, c'est à dire depuis la création de la section archéologie.
**Suze** : Mais Mr, ils sont consultables sur l'intranet.
**Mr Gudaro** : Oui, mais je veux procéder à un maquettage.
**Suze** : Bien monsieur Gudaro. J'y vais de ce pas.

Une fois partie, le directeur et Mata Hari quittèrent le bureau ainsi que le CEA. Sur le parking du CEA, dans la voiture de Mata Hari, **il** demanda : Quelle destination, quelle direction ?
**Mata Hari** : Laisse-toi guider. Laisse-moi diriger, même si tu n'en as pas l'habitude.
Il posa sa main sur sa cuisse droite. Elle l'y laissa. Il avait été généreux, il était en classe VIP avec Mata Hari.
**Mata Hari** avec le sourire : Philippe, retire la puce de ton mobile,

tu vas bientôt être mis en surveillance. Ne t'inquiète pas, tu remettras ta main sur ma cuisse après.

## 35/ info TV : Fuite France-CEA vers la Chine

Aux informations du soir à la télévision, il y eut un reportage sur une fuite industrielle. Un ministre était interviewé. Le journaliste expliquait que des technologies militaires françaises avaient été retrouvées dans un pays (dont nous tairons le nom). Le journalisme embêtait clairement le ministre avec ses questions.

**Journaliste** : Mr le ministre, pourriez-vous nous permettre de nous faire un avis intègre en nous donnant la vision gouvernementale des fuites ?
**Ministre** : Fuite est un bien grand mot. Il y a des coïncidences de choix technologiques. Néanmoins nous avons préféré lancer une enquête pour suspicion, et non pour accusation.
**Journaliste** : Nous comprenons votre retenue Mr le ministre. Pourriez-vous préciser le périmètre technico-militaire mis en cause.
**Ministre** : Je resterai vague en me limitant au domaine de la technologie de pointe, soit le fleuron français.
**Journaliste** : Merci Mr le ministre pour votre disponibilité et votre transparence.

## 36/ Capitaine Corinne

**Capitaine Corinne** appela Détective Eddy : Eddy, Je suppose que vous avez vu le reportage à la télévision
**Eddy** : Je ne parlerai qu'en présence de l'inspecteur en chef René.
**Capitaine** : Allons, Eddy, oublions les bons moments et concentrons-nous sur la situation de crise.
**Eddy** : Il n'y a jamais eu de bons moments.
**Capitaine** : Il n'y a pas eu que des mauvais moments, bien au contraire.
**Eddy** : Bon, assez causé, je continue l'enquête. J'ai de l'honneur et

j'ai perdu ma Suze.
**Capitaine**: Le message de l'état en quelques mots simples : Où en est l'enquête ?
**Eddy**: Elle progresse.
**Capitaine**: Mr le détective Eddy. Savez-vous que nous sommes sans nouvelle du directeur Gudaro depuis ce matin. En clair, il n'est plus là… et donc, plus d'accusé, plus d'enquête.
**Eddy**: Merci de l'info. Je reboucle avec mon équipe… si elle veut bien encore me parler.

## 37/ Froid glacial

**Eddy**: Eddy à Super Suzette ?
**Suze**: Je suis au travail, tu veux quoi ?
**Eddy**: Problème dans notre plan. Ton boss s'est barré. Il a du sentir le vent tourner.
**Suze**: Bizarre, nous n'étions pas encore passé à la phase poussée ou agressive.
**Eddy**: Peux-tu contacter l'équipe et me rendre compte s'il te plaît. Ça chauffe un peu ici.
**Suze**: Tu veux dire avec ta belle Capitaine.
**Eddy**: Non, on finit l'enquête… pour René. Ensuite tu choisis le futur.
**Suze**: On va finir l'enquête.

Chacun raccrocha de son côté.

**Eddy** la rappela dans la foulée: Euh Suzette, J'ai réfléchi.
**Suze**: Oui, je comprends que tu m'appelles en ce cas.
**Eddy**: Suze, le directeur ne pouvait pas se douter. Il y a eu un clou… de girofle !
**Suze**: Moi aussi je me pose des questions. Et j'ai une mauvaise intuition féminine.
**Eddy** : Moi aussi j'ai des doutes. J'espère qu'on n'a pas fait de connerie, parce qu'avec la DST, je suis pas sûr que la rigolade soit de mise.
**Suze**: On continue l'enquête, j'y bosse… mon Eddy

Eddy était sur un petit nuage en raccrochant pour la seconde fois.

## 38/ Eddy & Suze

**Suze** à Eddy : Eddy. J'ai une une information problématique.
**Eddy** : De nature à me foutre dans la merde.
**Suze** : Assez oui.
**Eddy** : Hash Tag Balance ton détective, s'il te plaît.
**Suze** : L'enquête a pris une tournure différente plus éloigné de nos plans.
**Eddy** : Vas-y …
**Suze** : On est sans nouvelle du directeur Gudaro.
**Edy** : C'est un fait, et la suite ?
**Suze** : J'ai écouté ton intuition hier. Tu avais raison. J'ai introduit une brebis galeuse dans le CEA.
**Eddy** : Et c'est Mata Hari.
**Suze** : Oui, comment as-tu deviné ?
**Eddy** : Le maillon faible et le rasoir d'Ockham.
**Suze** : Oui c'est elle, et c'est quoi cette marque de rasoir ?
**Eddy** : L'hypothèse la plus probable est trop souvent la bonne.
**Suze** : Un peu réducteur ?
**Eddy** : Mais souvent correct. Statistique. Une sociologue devrait comprendre.
**Suze** : J'ai pas mal de choses en travers de la gorge. Alors finissons l'enquête avant …
**Eddy** : Je peux comprendre et le regrette. Restons ensemble juste pour finir l'enquête s'il te plaît.
**Suze** : Mata Hari a semble-t-il quittée l'équipe. Elle nous la joue solo, et je suspecte qu'elle soit réellement partie avec le directeur. Bonne ou mauvaise initiative…
**Eddy** : Ce serait grave n'est-ce pas ?
**Suze** : Elle est différente depuis la dernière aventure. Je tente de la suivre. Donc rien n'est clair.
**Eddy** : On tente de dire que cela fait partie du plan… et si on se plante, on verra ?
**Suze** : Oui, s'il te plaît, ma famille… tu peux comprendre ?
**Eddy** : Comme si je ne faisais pas partie de ta putain de famille.

Car je refuse d'en être exclu.

## 39/ René et Eddy

Après sa conversation avec sa douce à la saveur acidulée, Eddy souhaita échanger avec son beauf.

**Eddy** : René, j'ai moult problèmes.
**René** : J'ai comme toi vu le reportage TV, je suppose que tu me contactes pour un plan bis ?
**Eddy** : Non René, je suis ciblé. Je vais te résumer… La Capitaine me donne des infos sans te prévenir et me prends encore pour son mignon. Refus. La Capitaine m'informe que le directeur Gudaro a disparu… La capitaine. Je l'emmerde ou l'emmerderai si je le pouvais.
**René** : Je n'ai pas tout compris, mais on va devoir repositionner nos pionnes et solliciter nos amies pour bloquer des plans de fuites vers l'étranger. Eddy, demande à Suzie de faire un gros point complet pour sécuriser notre enquête. On n'est pas vraiment aimé au ministère ?
**Eddy** : Je vois avec elle. Si tu dois prendre une grave décision, s'il te plaît, fais un point avec elle ou moi avant.

## 40/ René et André et Eddy

Comment gérer Mata Hari.

**Eddy** : René, nous avons un autre problème …
**René** : Je ne comprends pas …
**Eddy** : Moi si… Mata Hari a quittée l'équipe.
**René** : Raconte, je crains de ne pas comprendre.
**Eddy** : Il semble qu'elle se soit barrée avec le directeur, en nous foutant dans la merde.
**René** : Putain… Peux-tu demander l'analyse de Suze … car c'est vraiment indisposant pour nous ?
**Eddy** : On est d'accord, tu bouges ton cul aussi de ton coté.

**René** : Oui Eddy, on est du même bord.
**Eddy** : René, j'en ai assez d'avoir un temps de retard. Peux-tu donner carte blanche à André pour enquêter au CEA. Comprendre les vagues post directeur, et trouver comment les fuites se font physiquement.
**René** : Ok, faisable.

## 41/ Mata Hari + Directeur tentent de quitter la France

Mata Hari et le directeur s'éloignaient à grande vitesse du CEA à bord du coupé sport de l'Escorte.

**Mata Hari** avec son plus grand sourire : Chéri, peux-tu retirer ta main de ma cuisse, j'ai besoin du levier de vitesse.
**Directeur** : Oups. Si cela peut nous aider à fuir plus vite.
**Mata Hari** : Vous fuyez. Moi j'assume juste les PV pour excès de vitesse.
**Directeur** : Vous me laissez tomber ?
**Mata Hari** : Je vous accompagne jusqu'à ce que vous soyez hors d'atteinte. Mais pas plus loin.
**Directeur** : Et c'est où hors d'atteinte ?
**Mata Hari** : Orly sera notre première étape.
**Directeur** : Après Roissy, ce sera l'aéroport le plus surveillé par les poulets.
**Mata Hari** : Nous y prendrons un vol national, pas international. Maintenant il nous faudra choisir la destination pour filer ensuite le plus vite possible pour une autre destination hors France.
**Directeur** : Futée ! Espérons que cela fonctionne. Et après le premier bond, vous m'envoyez où ?
**Mata Hari** : Aux States.
**Directeur** : Vous êtes sérieuse là ?
**Mata Hari** : Il n'y a aucun accord d'extradition. Et à vous de vous vendre au gouvernement américain. Ils ne s'en douteront jamais. Pensez à tous les Nazis accueillis à bras ouverts aux États-Unis après la deuxième guerre mondiale pour éviter des procès. Tout scientifique était bien vu de l'autre côté de l'Atlantique, et cela demeure vrai.

**Directeur** : Je ne regrette pas de vous avoir rencontré. Maintenant 'Alea Jacta Est'
**Mata Hari** : Au moins vous aurez appris une citation latine avec votre association archéologique.
**Directeur** : Je suis de la génération Uderzo.
**Mata Hari** tout en souriant : Ah oui quand même. Celle du satellite 'Astérix' alors.
**Directeur** : Oui. Merci de me remémorer ce souvenir.

## 42/ Que va devenir la prochaine expo ARCHEO ?

Ce jour, personne ne vit le Directeur au CEA. Mais à la place, des gens de la DST et de la police. René et André étaient présents et coordonnaient les différents plantons positionnés. Ni la police, ni la DST ne savait comment les fuites étaient organisées. René et André faisaient semblant de ne pas reconnaître ni Suze ni Kawaii, la chérie du beauf chérie ou la belle chérie. La Capitaine Corinne était aussi du voyage. L'équipe s'installa dans le bureau libéré après le départ précipité du Directeur. Et Suze conserva sa place, à gérer les appels et les rendez-vous pour d'autres. Mais elle n'était pas dans la même pièce que Eddy & Corinne. Elle était furax. En son fort intérieur, Suze voyait passer son homme avec la capitaine, mais ne supportait plus ni l'un, ni l'autre, et surtout plus ni l'un avec l'autre.

## 43/ Orly

En approchant de l'aéroport d'Orly, Mata Hari décida de se garer sur un parking proche du terminal dédié aux vols nationaux. Ils descendirent et prirent les escalators. Consigne : aller directement au comptoir Air France pour un vol vers Lyon. Cet autre aéroport avait beaucoup de destinations nationales à son catalogue. Elle et Lui. Elle paya avec sa carte bleue la suite de leur voyage. Elle utilisa ensuite une autre carte bancaire pour réserver deux places pour Détroit à partir de Lyon. Elle avait choisi la destination qui décollait le plus tôt à partir de Lyon. Deux places, pour brouiller les pistes, mais sauf problème, elle ne comptait pas embarquer. Leurs billets en poche, ils embarquèrent sans problème, et avec soulagement. L'avion décolla à l'heure et le trajet fut de tout repos. Il lui offrit une coupe de champagne malgré la classe éco. Elle insista pour qu'il paie en liquide. Il comprit qu'il devait se méfier s'il voulait survivre. Elle avait bien fait de le lui rappeler.

## 44/ Antiquités L18

**André** à Green Lantern : Green, peux-tu examiner les poteries prêtées par L18 au CEA ? N'y aurait pas passage de secret défense par cette voie ?
**Green Lantern** avec un clin d'oeil : Mr Kawaii, je vous donnerai mes conclusions au plus tôt
**André** : L'équipe suspecte cette voie comme fuite possible, mais sans plus d'intuition.
**Green Lantern** : Je clos le local et y passerai mes heures de l'après-midi.
**André** : Green, as-tu besoin d'aide ?
**Green Lantern** : Pas que je sache. Bye beau gosse, une autre a besoin de ta présence.
**André** : Pfff, pas une Escorte pour rattraper l'autre. Heureusement que Suze a la tête sur les épaules,… ainsi que Kawaii naturellement.
**Green Lantern**, un sourire aux lèvres : Tu es chanceux, policier. Et sans doute Kawaii aussi.

## 45/ Vol Air France atterrit à LYON

Mata Hari avait fait des plans et des perspectives tout le long où l'avion avait été à plus de cinq mille pieds. Elle devrait assurer le second trajet. Elle craignait qu'il n'y parvienne pas tout seul. La discrétion, c'est un métier. Et quand une Escorte accepte de l'argent, c'est un engagement. Lui avait ronflé. À l'atterrissage, elle savait quoi faire. Ils n'avaient pas de bagage à récupérer, pour donner suite au départ précipité. Pour un départ outre atlantique, une personne sans valise était forcément suspecte. Donc ce fut l'occasion de dépenses supplémentaires avec sa carte. Une valise, des fringues rapidement acheté, quelques magazines français. Un peu d'alcool pour passer pour quelqu'un de cool. Ensuite, toujours pilotant le couple, Mata Hari vérifia au comptoir Air France la confirmation de leur vol. Elle imprima les billets et ils se présentèrent à l'enregistrement, avec leur nouvelle valise. Ensuite il y aurait la douane… avec ses basiques tracasseries administratives purement françaises.

## 46/ Vol Air France décolle de Lyon pour Detroit

Aux douanes, tant qu'ils étaient ensemble, elle le cajola et lui fit oublier sa femme par des byzoux copieux et nombreux. Il fallait que durant le passage douane, homme et femme séparés, qu'il reste sur des souvenirs chauds et humides, et ne stresse pas trop. Elle s'y employait. Finalement, à Lyon, cela se passa bien.

## 47/ Green Lantern trouve la carte SD

**André** à René : Je suis avec Green Lantern. Je reste sur place et la protège. Il y a des complications. Rappelle-nous. On reste en poste à L18.
**René**, bien plus tard : Sorry André, moi aussi des complications.
**André** : On a du lourd, tes esgourdes sont-elles en mode enregistrement ?
**René** : Vas-y, déverse, et merci de protéger Green.
**André** : On a trouvé comment sont sortis les secrets défense.
**René** : Vas-y, qu'au moins une partie de mon enquête soit un succès.
**André** : Green Lantern a été formidable. Elle a découvert comment quelqu'un faisait transiter des cartes SD avec les secrets en passant par les pièces archéologiques. On a trouvé une de ces cartes collé avec un bout de chewing-gum, et c'est son ADN, celui du directeur du CEA. Voilà comment il faisait. Et maintenant je ne suis pas sûre de me sentir en sécurité. René ?
**René** : André, chouette compte-rendu. Prends bien soin de Green.

On t'envoie la cavalerie, et ne fait aucune confiance en la capitaine Corinne. J'ai quelques différents avec cette personne.
**André** : Je pense avoir compris. Tout le monde semble avoir un différend avec elle ! On travaille en équipe chef.

## 48/ USA Mata Hari + Directeur

L'avion se posa vers huit heures du matin sur le sol américain. Elle et Lui était assez fatigués. La sécurité faisait partie de la culture et du folklore américain, sans aucune concession. Mata Hari et Mr Gudaro débarquèrent. Pourquoi l'avait-elle accompagnée ? Elle n'était pas sûre à 100% sûr de son choix. Escorte oui, et surtout honnête. Enfin, peut-être seulement les filles de Suze ont eu cette éducation. Ils tentèrent de passer les douanes américaines. Entre souhaiter, perpétrer un attentat, et avoir l'intention de… La subtilité de l'interprétation des bombes étaient à cœur ouvert. On peut parler correctement anglais (ou américain) de toutes les façons du monde, et passer encore de mauvaises heures aux douanes américaines. Ils se tinrent la main le plus longtemps possible, avant d'être séparé par une armada de GI qui ne supportaient pas le mélange des genres, ou le mélange tout court. Maintenant ce sera le 'couloir de la mort' face à la présentation des passeports, ultime étape avant de poser le pied sur le pays de la liberté. Mata Hari prit la file féminine. Mr Gudaro celle masculine. L'expertise radar passa et ils continuèrent leur bonhomme de chemin. Ce gros con se permit de l'embrasser sur la bouche. Elle avait été payée pour.
**WELCOME TO AMERICA**
Ils foulèrent le sol sacré.

## 49/ Mata Hari aux USA

A heure US + décalage horaire, la France reçut une alerte sécurité. Un de ses ressortissants Security-Staff, c'est à dire un VIP gouvernemental avait foulé un sol étranger : Les USA. Mais si le gouvernement français avait ce renseignement, c'était avec l'accord informatique des Américains. Donc urgence à traiter l'information. Réunion à Levallois-Perret. André, René, Eddy et la Capitaine.

**Capitaine** à tous : Messieurs, on a retrouvé le directeur. En charmante compagnie.
**Eddy** : Oui, Suze m'a dit pour Mata Hari. Elle a pété un câble.
**Capitaine** : Elle a surtout favorisé la fuite d'un suspect.
**Eddy** : Bon et alors. Elle est où maintenant ? Allez les arrêter. Ils ne peuvent être loin, avec votre surveillance millimétrée.
**Capitaine** confuse : Elle vient d'atterrir à Détroit, États-Unis.
**Eddy** : Il va falloir revoir vos protocoles de surveillance.
**Capitaine** : Et vous, au lieu de nous aider, vous nous avez torpillé.
**René** : L'enquête est toujours en cours. Il y a seulement une présomption d'innocence qui vient de tomber. Il faut savoir comment les secrets sortent du CEA. Nous y sommes presque. Prenez la partie outre atlantique, nous nous continuons ici.
**Eddy** : Ne faite aucun mal à Mata Hari. Suze va sans doute tenter de la raisonner.
**Capitaine** : Plus jamais on ne refera appel à des civils.
**Eddy** : Pour les emmerdements que cela m'a apporté. Ne mettez pas de côté votre implication négative sur l'enquête.
**André** : Je propose qu'on se charge du CEA. On fera un point ce jour avec Mlle Suze. Je propose de refaire un point ce soir au commissariat de Saint Quentin en Yvelines. L'équipe complète.
**Capitaine** : Oui, je propose vingt et une heures, je dois faire un point avec les États-Unis à l'aube à cause du décalage horaire.

## 50/ Mata Hari au téléphone

Sur le trajet pour retourner au CEA, Eddy téléphona à sa douce.

**Eddy** au téléphone : Réponds, mais réponds s'il te plaît…
**Suze** : Bureau des pleurs j'écoute
**Eddy** : On était avec la Capitaine.
**Suze** : Avec ou sans préservatif ?
**Eddy** : Ni avec, ni sans. Suzie, tu peux m'écouter ?

**Suze** : Et tu as assuré ?
**Eddy** : J'étais avec René et André
**Suze** : Les casques bleus.
**Eddy** : As-tu appelé Mata Hari.
**Suze** : Bien sûr, mais elle me snobe.
**Eddy** : Envoie-moi son 06. je tente aussi
**Suze** : Tu ne me dis pas tout ? n'est-ce pas ?
**Eddy** : Envoie s'il te plaît

Suze le lui envoya, puis elle l'envoya paître. Son mobile à mille euros finit contre un mur. Il envoya tout d'abord un SMS.

**Eddy** : Mata Hari. Tu m'appelles s'il te plaît ? Tu portes bien ton surnom. Appelle-moi !

Elle appela quinze minutes plus tard. Il demanda à ses collègues d'arrêter la voiture et il sortit converser seul. Pendant que René et André patientait en parlant de la pluie et du beau temps.

**Mata Hari** : Salut Eddy. Pourquoi je t'appelle alors que je ne réponds pas à Suze ?
**Eddy** : L'important c'est que tu causes avec quelqu'un qui saura t'écouter et te conseiller.
**Mata Hari** : Tu crois que j'en ai besoin ?
**Eddy** : En tout cas tu nous as bien laissé en plan.
**Mata Hari** : Ah ça… Mais c'est pour faire avancer l'enquête. Je sais comment il fait. Et vous vous avez progressé ?
**Eddy** : Tu as aidé un criminel à fuir.
**Mata Hari** : Je croyais que tant qu'on n'avait pas de preuve, une personne était présumée innocente.
**Eddy** : Tu joues sur les mots. Comment on va faire maintenant pour l'arrêter ?
**Mata Hari** : Découvre d'abord comment il a fait.
**Eddy** : Et après ?
**Mata Hari** : Je ne sais pas, je visite et ensuite je verrai.
**Eddy** : Et le fuyard ?
**Mata Hari** : Il n'est pas loin, tu veux que j'aille le réveiller ?
**Eddy** : Mata Hari. Arrête tes conneries. S'il te plaît appelle Suzie.

Elle est plus psychologue que moi pour les cas difficiles.
**Mata Hari** : Je ne sais pas, je verrai.
**Eddy** : Si tu m'as appelé, c'est que je compte pour toi. Alors laisse Suze te conseiller.
**Mata Hari** : Je t'embrasse fort mon beau détective. A+

Le téléphone de Suzette sonna. Elle le sortit de sa poche. Un super Iphone 11 bardé de scotch pour tenir en un seul morceau.

**Suze** : Allo, allo ?
**Mata Hari** : C'est Mata …
**Suze** : Toi, faut qu'on cause !
**Mata Hari** : J'ai dévissé Suze.
**Suze** : Ce n'est pas que de le dire. J'ai l'impression que je suis assistante sociale en maternelle, alors,raconte ce qui t'es passé par la tête de linotte !
**Mata Hari** : Tu sais la nuit où j'étais avec le directeur. Eh bien il a parlé et j'ai flairé le bon plan. Je l'ai fait raquer pour l'aider à fuir la France. Il sentait que l'étau se resserrait et voilà.
**Suze** : Un peu rapide comme raccourci. Résumons. Tu aides un criminel à quitter la France. Accessoirement tu nous plombes l'enquête et maintenant on est dans de sales draps avec les rigolos de la DST. Donc toi tu as ton matelas en dollars et je suppose que tu vas mener la grande vie.
**Mata Hari** : Non. Je compte rester un jour ou deux et rentrer. Je ne voulais pas vous faire de la peine.
**Suze** : Et je suppose qu'il n'y a aucune chance que tu le convainques de se rendre à la police française ?
**Mata Hari** : Je peux tenter ? Tu en penses quoi ?
**Suze** : Non. Laisse-moi réfléchir pour avoir une bonne idée.
**Mata Hari** : Merci.
**Suze** : Et dorénavant réponds au téléphone. On va tenter de voir comment nous sortir de ton coup de pute.
**Mata Hari** : Tu voulais dire mon coup d'Escorte.

## 51/ Analyse association Green Lantern

Ça avance vite…

**Green Lantern** : Eddy, j'ai trouvé.
**Eddy** : Oui quoi ?
**Green Lantern** : J'ai trouvé comment les secrets défense les mieux gardés du CEA quittaient la zone sans danger.
**Eddy** : Au cas où t'es zappé l'information, je t'écoute.
**Green Lantern** : J'ai une carte SD cryptée et un chewing-gum.
**Eddy** : N'y touche pas avec tes sales pattes. Je passe illico.
**Green Lantern** : Toi tu sais parler aux dames. Je t'attends mon beau détective.

Eddy à peine arrivé au commissariat, repartait illico presto pour Saclay. Il rejoint Green Lantern en plein ré-inventaire de l'expo du CEA. Eddy se présenta à l'association L18-Archéo et demanda à voir Green Lantern. Il fut conduit dans un entrepôt extérieur. Elle était en mini short et lunettes de soleil. La sœur jumelle de Lara Croft. Tu m'étonnes qu'elle trouve toujours un petit gars pour l'aider à ranger et identifier les trouvailles.

**Green Lantern** : Eddy, approche que je te byzoute.
**Eddy** : Tu sais que Suze ne m'a plus à la botte.
**Green Lantern** : Raison de plus pour me prodiguer des bisous baveux.
**Eddy** : C'est un de mes problèmes avec les filles de ma Suzette …
**Green Lantern** : Oh Oh tu parles trop mon beau gosse.
**Eddy** : Laisse tomber. Je vais bientôt être sur le marché des détectives célibataires.
**Green Lantern** : On va vous faire une soudure à vie, vous commencez à être trop chiant tous les deux.
**Eddy** : Si on progressait sur l'enquête ?
**Green Lantern** : J'ai trouvé une carte SD & un chewing-gum collé avec un vase Etrusque de passage à Saclay.
**Eddy** : Et tu as conservé le chewing-gum au chaud dans ta bouche ?
**Green Lantern** : Je t'ai préparé deux sachets séparés. Je pense que l'ADN de la salive sur le chewing-gum devrait être celui du

directeur, où sinon je change de profession.
**Eddy**: Merci. Fais attention à toi. Je file au labo du CEA où la DST me rejoindra. Continue ta couverture.

## 52/ Directeur assassiné

Pour quelques jours, le directeur et Mata Hari avaient pris une chambre d'hôtel luxueuse avec piscine chauffée. Elle était nouvellement riche et lui sauvé du FISC et de la prison. Elle nageait chaque matin et faisait ses longueurs aquatiques. Lui lisait sur internet les news du monde entier. Sauf ce jour. Quand elle remonta dans leur chambre, enveloppé dans sa sortie de bain, les cheveux encore mouillés, elle trouva la porte de leur chambre ouverte, et un cadavre dans le salon. Le directeur était étendu sur le ventre, sur le tapis avec la télé allumée, mais avec le son neutralisé. Elle appela la réception, et ensuite tout fut assez confus. Elle était étrangère, française de surcroît. Elle était donc naturellement coupable. Tous ces experts de Détroit fouillèrent l'appartement et lui firent raconter plusieurs fois sa version. Dans l'après-midi, une protection française fit écran avec les Américains. Donc les débats s'étirèrent. On proposa aux américains une conférence avec quelques personnes de la DST en France, histoire d'être coopératifs et constructifs. On se plierait à leur horaire, marque de bonne volonté nationale pour l'international.

## 53/ Skype DST Police sur Mata Hari

A2PM US, soit 9PM FR, un Skype sécurisé fut lancé conjointement. FBI versus DST. Mata Hari était dans les bureaux du FBI, non menottée, en présence de l'ambassadeur de France, et aussi quelques inconnus au sourire absent, voire à la mine patibulaire, mais la veste militaire bien présente. Il fallait surtout se méfier de ceux en civil dont on ne pouvait identifier la fonction. Coté France, le pays des droits de l'homme et du citoyen, en présence de l'ambassadeur américain, d'un général, d'une capitaine, ainsi que René et André. Eddy avait insisté pour en être. Il devra se contenter de regarder d'une pièce à coté la retransmission, sans possibilité d'interagir. Le Skype était découpé de part et d'autre en deux écrans, un pour chacun des deux nations. Il y avait traduction simultanée des dialogues en sous-titres. En français sur les deux écrans français, en anglais sur les deux écrans américains.

**Américain** : Bonjour, il est toujours délicat de traiter une affaire de meurtre entre deux pays aussi intimement liés que les nôtres.
**Capitaine** : Si la coupable était française, nous n'aurions pas cette conversation. Elle serait déjà à Guantánamo.
**Américain** : Cela reste à prouver.
**Capitaine** : Bon, nous avons un mort et une fille. Comment avance l'enquête pour retrouver le meurtrier, si vous avez l'intention que la véritable enquête avance.
**Américain** : Pour le moment la fille est la suspecte la plus probable.
**Capitaine** : Si vous ne mettez pas les ressources nécessaires pour faire une enquête sérieuse, nous enverrons notre propre équipe, comme autorisé entre nos deux pays. Et vous feriez la même chose.
**Américain** : Nous allons faire un geste. Demandez l'extradition de l'accusée, nous y répondrons favorablement.
**Capitaine** : Merci, nous lançons la procédure. Et pour Mr Gudaro
**Américain** : Il est mort.
**Capitaine** : Avait-il pris contact avec votre gouvernement ?
**Américain** : Et pour quelle raison aurait-il fait une telle démarche ?
**Capitaine** : Donc la réponse est oui.
**Américain** : Nous américains, sommes les garants de la paix dans le monde. Alors quand nos alliés perdent leurs secrets atomiques, cela nous chagrine.
**Général français** : Nous en sommes fort marri aussi. C'est pourquoi une équipe hors protocole œuvre actuellement sur le territoire français pour colmater les brèches. Ce sera bientôt un dossier clos.
**Américain** : Soit, mais quid du pays qui possède dorénavant cette technologie. Et s'il a des intentions belliqueuses ?
**Général français** : D'après l'analyse des données qui ont fuitées, je reconnais que c'est dommageable. Mais …
**Américain** : … Ce qui est fait est fait. Nous allons vous y aider…

à charge de revanche.
**Général** : Merci.

## 54/ Info Source Mata pour Eddy

Eddy appréciait Mata Hari, mais pas son caractère fantasque. Il avait compris une partie du message. Il y avait eu un loup dans une récente livraison. Il admirait Mata Hari, car comme son homonyme historique, elle parlait en faisant passer des informations. À lui de savoir monter en compétence pour les décrypter. Eddy tenta de faire 1+1 et de trouver la retenue… Une Escorte sordidement liquidée dans un hôtel. Un homme qui ne reçoit pas le virement attendu. Le virement non reçu est la cause du meurtre ? L'Escorte ? Elle a dû tenter de le doubler. La fuite n'a pas été transmise ? Donc la preuve est toujours sur place, puisqu'il n'y a pas eu de virement. Eddy demanda une nouvelle visite de la chambre d'hôtel, par les experts de Paris.

## 55/ Enquête américaine

Les Américains pouvaient être efficace. L'ex-directeur du CEA avait été tué. Les experts de Détroit analysèrent les vidéos de l'hôtel. On y voyait une personne arrivant à l'hôtel et le quittant quinze minutes plus tard. Les vidéos du parking indiquèrent la plaque minéralogique. Plus tard, lorsque l'escouade SWAT (équivalent du GIGN France) tenta d'appréhender le suspect, il y eut des mouvements agressifs. Le SWAT n'eut d'autre choix que de le tuer. Fin de l'enquête. Pourquoi cela se terminait toujours aussi simplement de l'autre côté de l'Atlantique ?

## 56/ Enquête française

L'équipe française, aussi nommée French-spy, fit quelques recherches et contrôles sur le suivi de l'enquête américaine. Les impressions du capitaine Corinne ?

**Capitaine** au Général : Ils l'auraient liquidé ?
**Général** : C'est bien dans leurs méthodes. Putain de yankees.
**Capitaine** : Nous savons qu'elle est innocente. En plus il nous la livre sur un plateau.
**Général** : Elle est la cerise sur le gâteau, mais quel est le gâteau ?
**Capitaine** : Elle n'est rien.
**Général** : Je le sais déjà, capitaine
**Capitaine** : Ils ont fait comme ils ont dit.
**Général** : Hein ?
**Capitaine** : Ils se sentent investis de la responsabilité de la paix dans le monde. Ils ont éliminé notre traître. Et comble de la supercherie, ils sacrifient un pion, sans doute un agent du FBI, paix à son âme.
**Général** : C'est votre sortie de scène ou la vraie théorie.
**Capitaine** : Mon général, je ne fais qu'assembler les pièces.
**Général** : Repos capitaine.

## 57/ Info Source Mata pour Eddy : Fouille hôtel

**René** à Quidam : Hello, je ne sais pas si vous vous souvenez …
**Quidam** : Je crains que oui. Je suis en astreinte. Que puis-je pour vous ?
**René** : Je souhaite retourner à l'hôtel fouiller à nouveau la chambre de la morte.
**Quidam** : Là, à cette heure ? Ça ne la ramènera pas à la vie.
**René** : Nous, c'est à dire moi et l'ensemble de la Sécurité du Territoire National vous demandons de bouger vos fesses et de retourner immédiatement dans la chambre d'hôtel à la recherche d'objets de petites tailles, comme une carte SD par exemple.
**Quidam** : Mais ?
**René** : Mr, je vous passe l'aide camp du général Grumelon de la DST, sa capitaine aide de camp.
**René** passant te téléphone à la **Capitaine** : Mr Quidam : je travaille sur une enquête relevant de la sûreté nationale. Vous devez aller examiner à nouveau la scène de crime.
**Quidam** : Super poisson d'avril. Allez, à l'an prochain.

**René** : Je vais contacter son chef… C'est juste un petit retard.
**Capitaine** : Vous êtes des marrants à la police nationale.
**René** gêné à tous : Les protocoles d'identification sont compliqués.
**Général** : Je ne vous raconte pas. Moi, une fois, quand j'ai voulu donner un ordre à un appelé français un soir de Noël pour aller vérifier si le coffre-fort à alcool était bien fermé.
**Capitaine** : Général, nous allons juste laisser à l'inspecteur le temps de contacter sa hiérarchie.
**René** au téléphone : Oui inspecteur, entre collègues… Bon dites bien à votre collègue d'intervenir. Euh Bernard… Je suis avec la DST s'il te plaît.
**Bernard** : Oui Oui, mais tu sais, c'est compliqué. Allez, garde ton calme et je le mets sur le sujet en priorité plus tard.
**René** : Il doit faire le boulot maintenant et me rendre compte au plus tôt.
**Bernard** : C'est cela. Allez, on se rappelle sous peu.
**René** n'était plus gêné, il ne savait plus où se mettre. Dans le combat DST Police, il avait pris un gros vent.
**René** : Ne vous inquiétiez pas. Je gère.
Puis **René** à Eddy : Eddy, s'il te plaît, tu pourrais appeler la fée Suzic.
Puis **Eddy** à Suze : Écoute Suzette. J'ai un gros souci.
**Suze** : Elle n'a pas voulu coucher à nouveau ? D'où tu m'appelles ? Et déçu du premier soir ?
**Eddy** : Pff. Tu es aussi conne qu'au premier jour.
**Suze** : Tu es sûr que c'est une entame de conversation qui tient la route ?
**Eddy** : Oh pardon, j'ai vraiment un gros problème.
**Suze** : Vas-y, mais je ne fais pas de déplacement ce soir.
**Eddy** : C'est professionnel.
**Suze** : Bin oui, moi aussi dorénavant avec toi, donc tu vas raquer. Tarif en hausse.
**Eddy** : Je suis en sandwich avec la DST et je souhaite que tu remues ciel et terre et enfer pour contacter un connard de flic des experts français qui ne veut pas aller ré examiner la scène de crime.
**Suze** : J'ai beaucoup de contact dans la gent masculine de tous les ministères. Tu peux préciser la cible mon très cher pseudo poulet ?

**Eddy** : L'adjudant Albert Toumis, son chef est l'inspecteur Jérémy Goumm. Tous deux de la préfecture du neuf deux
**Suze** : Je dois sauver la nation en quelque sorte ?
**Eddy** : Si déjà elle m'écoutait ce serait bien ?
**Suze** : Écoute, je téléphone au président, et sauf s'il est à l'autre bout du monde, tu as ton compte rendu sous quatre heures.
**Eddy** : Le président est actuellement en Australie
**Suze** : Je coucherai avec son secrétaire alors. Ce n'est pas un problème, j'ai toutes les tailles de préservatif.
**Eddy** : Je ne rigole pas. J'ai besoin de toi.
**Suze** : Oui, comme d'hab. Je t'envoie un texto quand on sera en position de conclure. Byzes.
....
**Suze** à Eddy : Il leur manque vraiment des neurones à tes collègues. T'es sur que la DST est pire ?
**Eddy** : Écoute, on est un peu comme sur un barbecue… et je ne te décris pas la barbac.
**Suze** : Alors Mr XXS, la chambre est en cours de récurage par ton poteau qui aime reluquer mes amies nues et mortes. Tu auras son compte rendu sous peu.
**Eddy** : Merci ma … chère. Sauf pour le XXS.
**Suze** : Eddy Chéri. Je ne sais pas mentir. Et tu n'es pas près de revenir dans mon lit.
**Eddy** : Dans ton lit je comprends, mais dans le mien ?
**Suze** souriante : Connard.
....
Avec le pouvoir accélérateur de Suze, le compte-rendu arriva somme toute rapidement, en supposant que le travail n'avait pas été bâclé, rapport à l'esprit français.

**Texto** : Aucun objet 'oublié' dans la chambre
....
Eddy était assez déconfit, mais devait afficher un minimum de standing pour l'équipe. Eddy avait déduit que puisque la chambre était nickel, c'est donc qu'un élément autre avait l'élément recherché, si vous me suivez … Il y pensait depuis quelques temps, mais les réflexions morbides, il préférait éviter… si possible. Si la morte a été tuée parce qu'elle avait tentée de voler le tueur d'une

carte SD. Si cette putain de carte SD n'est pas dans la chambre de l'hôtel. Alors il faut examiner le corps. Et merde. Pour éviter de la paperasse à la noix, Eddy passa par la voie alternative… sa belle ex.

**Eddy** à Suze : Suzette ma belle ?
**Suze** : Je vais finir par te facturer à la minute.
**Eddy** : J'aurai alors quoi comme différence avec tes clients normaux ?
**Suze** : Je tente d'avoir une vie normale, même avec un pois chiche comme toi.
**Eddy** : Alors, tu vas perdre en qualité de service annexe.
**Suze** : Quoi merde ? Tu crois que tu es un crac ?
**Eddy** : J'en ai marre de perdre du temps. Je te demande de faire en sorte que le gouvernement exhume le corps.
**Eddy** : Suze, Je reformule. Tu veux que je sorte le macchabée de terre pour analyse.
**Eddy** : Oui Suze, c'est cela…
**Suze** : Donc je lance la procédure 'coûteuse'
**Eddy** : Oui ma douce, coûteuse n'est pas mon terme avec toi, même si trop proche de la vérité.
**Suze** à Eddy : J'ai lancé la procédure… ce n'est pas que cela me fasse plaisir …
**Eddy** : Merci ma toute douce.
**Suze** : Tu peux te brosser.
….
**Suze** : Eddy, j'ai les réponses avant ta pute de la DST.
**Eddy** : Je croyais qu'on disait Escorte et plus pute.
**Suze** : Pas avec certaines catégories de petits personnels.
**Eddy** : Tu sais que je t'aime ?
**Suze** : Ah oui, alors elle est où ma bague ?

Résultat de l'autopsie post mortem. Eddy en pensant à sa belle réfléchit à tout… Lorsque le résultat tomba, il en fut heureux. Suze lui avait dit qu'il allait recevoir un coup de fil.

**Expert FR** : Mr Eddy, vous êtes mon contact d'après Mlle Suze.
**Eddy** : Faute de mieux, oui, j'ai le pouvoir de réceptionner votre

résultat pour faire avancer l'enquête.
**Expert FR**: M'en fous, si je peux donner l'info, puis aller me recoucher avec ma femme.
**Eddy** : Avez-vous trouvé quelque chose ?
**Expert FR**: Donc, la victime possède en son corps défendant un objet secret défense. Une carte SD comme Secret Défense dans son estomac. Je fais quoi ?
**Eddy** : Merci, vous pouvez me donner les infos décryptées
**Expert FR**: Ok, je les balance partout ?
**Capitaine**: Ici le Capitaine Corinne. Si vous commettez une erreur de destination, vous serez placé là où il faut. Alors, prenez des pincettes s'il vous plaît. Le mieux serait que veniez tout de suite au siège de la DST à Levallois-Perret.
**Expert FR**: Bin là tout de suite disons que j'ai du lait sur le feu.
**Capitaine**: On envoie une voiture vous chercher. Soyez prêt dans trente minutes en bas de chez vous.
**Expert FR**: Ça doit le faire. Je me hâte.

## 58/ Exhumation du corps de l'Escorte

Réunion DST Police restreinte au Capitaine & René + Eddy.

**Capitaine**: Avec l'analyse des deux cartes SD, notre connaissance de l'ampleur du problème est plus concrète. Je tiens à partager certaines informations entre DST et police. Nous souhaitons rectifier notre avis et nous ne revenons pas sur le fait que nous vous avons sollicités.
**René et Eddy**: Merci.
**Capitaine**: L'affaire est plus grave encore. Nous vous informons seulement. Le contenu des cartes SD montrent clairement que les fuites n'étaient pas que sur des brevets de nucléaire civil, mais aussi militaire. Nous souhaitons que vous continuiez l'enquête. Nous prenons le volet international.
**Eddy**: Et Mata Hari ?
**Capitaine**: Ça se négocie encore.
**Eddy**: Je veux être incorporé dans la boucle. Elle a travaillé sur l'affaire et nous a guidé sur la méthode de fuite. Est-elle innocentée

du meurtre du directeur ? Oui ou non ? Peut-elle revenir blanchie en France ?
**Capitaine** : Ça se négocie encore.

## 59/ Nouvelle exposition

Suze, en accord avec tous (CEA + DST) faisait vivre le tout-venant au CEA, comme assistante du directeur, tant pis s'il n'y avait plus de directeur. Elle organisa une dernière exposition archéologique, aidée en cela par Green Lantern. Le thème en sera 'la période médiévale autour de Saclay'. Elle s'investit dans le projet étonnamment plus qu'elle ne le pensait et son 'stand' était le plus attirant de tous. Exceptionnellement, on installa des caméras de surveillance durant la nuit et il n'y eu aucun planton durant l'exposition. Bien que l'atmosphère soit fortement empreinte de la disparition du directeur, la vie reprenait progressivement ses droits. Les citoyens du CEA profitaient pleinement du midi pour visiter les différents stands composants l'exposition. Le but était de découvrir si le directeur avait des complices lors des transactions physiques des données. L'exposition battait son plein. Suze exultait. Elle vivait une autre vie. Elle reprenait vie. Elle osa même imaginer raccrocher. Cela faisait sans doute partie du métier. Suzie était devenue une belle personne incontournable. Elle anima souvent le stand, prenant sur sa pause déjeuner. Suze était tendue de s'être attribué cette fonction. Elle prenait café sur café avec divers directeurs, certains sincères, certains trop courtisans auprès de ses formes. Elle dut rectifier certaines mains, mais dans l'ensemble l'activité restait régulière. Durant cette semaine, le stand eut beaucoup de succès, mais personne ne s'y intéressât au point d'y jeter une carde SD, même avec un bout de chewing-gum gum. Suze en déduit que seul le directeur était mouillé dans cette affaire. L'enquête progressait.

## 60/ Mata Hari à Roissy

Capitaine Corinne avait averti Eddy du retour de leur consœur,

Mata Hari. Eddy & Suzie étaient sur les lieux, à l'aéroport. Mata Hari téléphona dès que l'appareil se fut posé sur le tarmac.

**Mata Hari** : Ma Suze, je te reviens… maman.
**Suze** : Mata, tu dépasses les bornes. Tu vas te conduire mieux à l'avenir.
**Mata Hari** : Je suis de retour. J'ai besoin de revoir ma famille.
**Suze** : Moi j'ai été déçue par une de mes filles.
**Mata Hari** : Je te demande pardon.
**Suze** : Reviens nous déjà, on te rectifiera ensuite.
**Mata Hari** : Merci et pardon. J'ai hâte de te serrer dans mes bras.
**Suze** : Le pire, c'est que moi aussi.

Mata Hari passa les contrôles douaniers sans être gênée. Ensuite elle se jeta dans les bras de Suzette. Puis dans ceux plus chaleureux d'Eddy.

**Suze** : Mata, Tu restes sous contrôle judiciaire. Et Eddy est ton contrôleur. Et Mata … On ne couche pas avec son contrôleur, c'est compris ?
**Mata Hari** : J'arrête les bêtises Suzie.
**Suze** : Pourquoi n'as-tu pas commencé par cela… il y a deux ans.
**Mata Hari**, souriante à Suze : Peut-être n'étais-je pas assez mûre ?
**Suze** : Ouais, et quand tu as couché avec mon Eddy, tu l'étais assez ?
**Mata Hari** : Oups, je n'ai pas fait exprès.
**Suze** : Tu as trahi mon cœur, ma sœur.
**Mata Hari** : Je souhaite reconquérir cette place Suze.

## 61/ Une rame de métro

**France Info** : Ce matin, à 6h00, le trafic parisien fut interrompu sur la ligne 1 à la suite d'une tentative réussie de suicide. Un homme s'est jeté sous la rame.

En même temps le téléphone d'Eddy sonna.

**Capitaine** : Détective Eddy. Nous vous faisons don de justice.

Il y eut quelques suicides cette semaine, au fur et à mesure de l'avancement de l'enquête française. Le ménage ne se fait pas sans casser des œufs, ou des os.

## 62/ L'état français place un autre directeur

Suze voyait le changement. Ensuite, Mlle Suze fut informée en avant-première que le futur président du CEA serait pour la première fois un non-français : Mr Juan. Suze demanda à Kawaii de lui annoncer personnellement.

## 63/ Mata Hari… son procès interne DST ?

Mata Hari était convoqué au ministère des armées. Il y avait aussi Capitaine, Eddy, Suze, et René.

**Capitaine** : Mlle Mata Hari, Vous avez eu de la chance avec les Américains.
**Mata Hari** : Je suis innocente ou non ?
**Capitaine** : Vous êtes innocente… de ce que l'on vous accuse ouvertement. Quant au reste, c'est une question d'affaire d'état.
**Suze** serrant Mata Hari dans ses bras. : Mata, Je t'aime
**Mata Hari** surprise : Merci Suze. J'ai du travail pour mériter à nouveau cette générosité.
**Eddy** : Mata Hari, je m'y mettrai bien moi aussi, mais j'ai une femme très suspicieuse.
**Suze** : Mais cette femme est aussi très réaliste non ?
**René** à Capitaine : On va revenir à nos moutons. Mata Hari restera à son domicile si vous le souhaitez. Nous avons une enquête à terminer.
Puis **René** à Suze : Que ce soit pour emmerder les Américains ou seulement la DST.

## 64/ Fred (1)

André alla voir Green Lantern sur le chantier L18.

**Green Lantern** : Kawaii sait que tu es ici ?
**André** : Eh ho Green, arrête ton cirque, je fais partie des gentils.
**Green Lantern** : Alors viens me faire un câlin pour me le prouver.

Elle se jeta dans les bras du policier.

**André** : Comment Eddy fait-il pour survivre avec vous toutes ?
**Green Lantern** : Il y a des compensations, il voit de jolies poules.
**André** : Ce n'est pas que de le dire. J'en ai adopté une.
**Green Lantern** : Bon alors mon loulou, tu viens pour la papote ou pour le boulot.
**André** : Il nous manque un maillon pour avoir toute la chaîne. Celui qui récupère les cartes SD ici.
**Green Lantern** : C'est sans doute Fred, un gars du coin qui n'y connaît rien en archéo, mais il est sympa. Il fait cela pour avoir une forme de reconnaissance. Il est chargé de toutes les manutentions. Personne ne lui envie son boulot, et chacun le remercie avec des sourires. On comptait faire une cagnotte pour lui.
**André** : Convoque-le s'il te plaît.

Green Lantern lui envoya un SMS. Le gamin, adolescent, retrouva Green Lantern en compagnie de André. Il se renfrogna immédiatement.

**André** : Salut Fred. Je te laisse Green, j'ai déjà une femme. En revanche j'ai besoin d'informations.
**Green Lantern** clignant de l'oeil envers Fred : Et moi, on ne me demande pas mon avis ?
**Fred** : Qu'est-ce que vous me voulez ?
**Green Lantern** souriante : Fred, André a ma confiance… mais toi aussi.
**André** : Fred, je suis flic.
**Fred** : Je n'ai rien à me reprocher.
**André** : Je t'explique. Nous avons démantelé une organisation qui

pille les secrets industriels des entreprises françaises. Quelqu'un colle un bout de chewing-gum avec une carte SD au fond d'une pièce archéologique. Cette personne a été appréhendé. Ensuite quelqu'un manipulant les trésors du passé et les transmet à un espion d'un autre pays. Cette personne aussi a été raisonnée. Voilà. Et toi ?

**Fred** : Moi quoi ?

**André** : Fred, il serait possible que tu sois cette personne. On en discute ?

**Fred** : N'importe quoi ! C'est de l'accusation sans fondement.

**Green Lantern** : pas tout à fait, mais passons. Fred, qui à part toi manipule les objets. Tout le monde t'apprécie et chacun est heureux de bosser avec toi. Je peux t'assurer que comme toi, j'ai été bien accepté par l'équipe.

**André** : Mais Fred, il y a un mais ?

**Fred** : Donc on m'accuse ?

**Green Lantern** : Je pourrai t'aimer comme mon fils, alors je vais te parler comme si. Les faisceaux de preuves t'accablent. Soit tu es innocent et c'est une bonne chose de t'obstiner dans la voie de la vérité. Soit tu es cette personne et ce serait bien qu'on échange avec Mr le policier ? Hein ?

**André** : Green, je peux avoir un café pendant que Fred réfléchit, s'il te plaît ?

**Fred** : J'ai réfléchi.

**André** : Hé bien réfléchis encore, moi je veux mon café. Toi tu veux un coca ?

**Green** : Je reviens. Le frigo est dans la pièce à côté. Vous serez sage ?

**André** à Fred : Tu as réfléchi ?

**Fred** : Ouais, ça se pourrait

**André** : Sache que Green est la meilleure amie de ma future femme. Elle ne t'a pas piégé. C'est simplement que je suis flic et que je dois avancer sur mon enquête.

**Fred** : Ce n'est pas pareil L18 avec elle. Je m'occupe et tout le monde est sympa avec moi.

**André** : Et quand quelqu'un est sympa avec toi, et te demande quelque chose, tu fais tout ton possible pour l'aider ?

**Fred** : Bin oui, pas vous ?

**André** : Quelqu'un t'a demandé de récupérer des cartes SD et tu lui as rendu service ?
**Fred** : Et alors ?
**André** : Avais-tu la moindre idée sur le contenu des cartes SD ?
**Fred** : Bin des petits trucs industriels, de quoi faire gagner un peu de temps à quelques entreprises à la ramasse.
**André** : Fred, réfléchis un peu, on parle du CEA, Atome.
**Fred** : Mais non, je suis sur L18, archéologue insignifiant et de seconde zone.

Green Lantern était revenue et chacun eut sa boisson.

**André** : Merci pour le café. Donc Fred, qui est ton contact ?
**Fred** : Qu'est-ce que cela peut vous faire ?
**André** : Primo, tu pourrais remercier Green pour ton cola ? Non ? Secundo, cela me fait beaucoup… de peine. En premier lieu, tu es un escroc amateur et tu files un mauvais coton. Tu as une chance de sortie, à savoir aussi si tu le veux. Tertio, tu n'es pas encore mis en examen, mais tu as déjà une foule d'admirateurs prêts à voter pour toi. On devrait trouver une solution.
**Green Lantern** : Fred, Ce n'est pas un petit casse, on parle de secrets atomiques. Alors tu craches ta vérité à mon pote André.
**Fred** : Mais il a tout deviné …
**André** : Il me manque juste les dates heures et objets. Tu participes avec la police ?
**Fred** : Si Green le demande, alors j'ai confiance.

## 65/ Fred (2)

**André** : Ma capitaine. L'affaire est bouclée. Je vous ai envoyé mon dossier, aidé par l'inspecteur en chef René.
**Capitaine** : Très bon rapport, mais vos conclusions sont un peu farfelues.
**André** : En quels points s'il vous plaît.
**Capitaine** : Aucune poursuite pour Mata Hari et rien non plus pour le jeune Fred.
**André** : Mata Hari a agi seule, mais elle nous a communiqué le

moyen de fuite des secrets. Simple et génial à la fois. Quant à Fred, il s'est laissé amadoué par le directeur du CEA. Mais il faut aussi noter qu'il s'est innocemment inscrit comme bénévole. Vous en connaissez beaucoup des bénévoles en France ma capitaine ?
**Capitaine** : Vous avez des embryons d'arguments. Nous pourrions discuter de cela au restaurant ?
**André** : Non merci ma capitaine. Je suis à peine fiancé, je suis encore loin de la crise de la quarantaine.
**Capitaine** : Eh bien, quel vent.
**André** : Je ne veux pas faire honte à votre charme, mais je ne suis pas en position d'accepter.
**Capitaine** : Alors j'y réfléchirai toute seule dans mon lit ce soir.

## 67/ Explication

A l'appartement. Suze avait accepté de venir, puisqu'il y aurait aussi Kawaii et son André. Quatre autour de la table principale à grignoter des petites cochonneries accompagnées de deux thés glacés, d'une bière et d'un whisky pure malt.

**Suze** : Nous ne sommes pas ici pour 'fêter' la fin de l'enquête, sinon René serait de la partie. Alors les mecs ?
**André** : On est ici pour vous rabibocher, toi et Eddy.
**Suze** : Et si cette fois c'était non ?
**André** : Cela me chagrinerait, car j'avais une information inintéressante.
**Suze** : Vas-y lâche, je t'écoute.
**André** : J'ai subi moi aussi des pressions de la part de la capitaine.
**Kawaii** : Et tu me dis cela en face ?
**André** : Oui, car il suffit de dire non. C'est facile, j'ai juste refusé sa proposition d'innocenter Mata Hari et Fred. Rien de surhumain.
**Kawaii** : Tu les as laissé tomber ?
**André** : Et dans le cas contraire je te perds ? Je suis un salaud dans tous les cas. Je compte encore sur un sursaut d'honneur de sa part.
**Suze** : La démonstration a fonctionné. C'est le principe du nœud cornélien. En se tournant vers Eddy : Et pour toi, cela s'est passé

comment ?
**Eddy**: Elle a été explicite sur ses intentions. Il n'y avait pas de chantage, juste de la manipulation. Elle est tentante. Elle m'a tentée. Mais je reste sur la route de la bonne conduite pour Suze. Donc j'ai décliné l'invitation… à mon corps défendant.
**Suze**: Alors pourquoi t'es tu saoulé à mort après ? N'était-ce pas plutôt car tu n'assumais pas ton adultère ?
**Eddy**: Il n'y a pas eu de faute. Je suis parti brisé. Elle aurait pu m'y contraindre, mais elle m'a laissée partir. Je me suis saoulé car j'ai été vaincu. Elle aurait pu, mais elle a accepté de laisser le détective quitter le lieu de la mise à mort. Je ne suis pas fier, mais je suis vierge d'elle. Mais elle aurait pu m'avoir.
**Suze**: A quoi cela sert-il de prendre un homme brisé. Je peux comprendre. Mais tu n'es pas fiable Eddy.
**Eddy**: Ce sera notre dernière affaire ensemble ?
**Suze**: Tu es con, allez, on prolonge le bail.
**Eddy**: Merci Suzette.

## 68/ Chez Mam

L'aventure avait été exaltante. René et André racontait l'histoire à Mam lors du repas mensuel, tout en évitant certains passages trop croustillants pour les enfants et les personnes âgées. Il y avait René & Suze, André et Kawaii, Mam, Eddy & Suze, et aussi Mata Hari.

**Mam** : Si cela continue, il faudra que j'achète une table à manger plus grande, beaucoup plus grande.
**Suze**: C'est ma faute, j'ai beaucoup de filles.
**Eddy**: J'aimerai abonder dans le bon sens de Man
**Mam** : Qu'est-ce que j'ai pu dire d'intéressant ? Je ne vois pas.
**Eddy** offrant un cadeau à Suzette: Suze, je te fais part de certains de mes sentiments au travers cette belle verroterie.
**Suze** découvrant la bague au brillant translucide comme un vitrage et étincelant comme une décoration de Noël: C'est un vrai au moins ?

Ce ne fut pas le plus long baiser d'Hollywood, mais celui-là au moins était sincère. À bientôt dans le tome suivant, ou plus tard encore. Les conneries continuent. Si le lecteur les cautionne.

**Enquête N° 11**

**Le mouvement des gilets jaunes.**
(French Yellow Jackets)

Un grand et énorme merci au site de Libération (le journal) que j'ai choisi pour débuter ma nouvelle.
https://www.liberation.fr/apps/2018/12/gilets-jaunes-les-dates-cles/

**<u>0/ A l'origine</u>**

***Jan 2018***
*La Préhistoire des gilets jaunes.*
*Et si le mouvement des gilets jaunes avait débuté en janvier ? On peut au moins en trouver les prémices lors de l'opposition à la limitation à 80 km/h qui dessinait un cahier de doléances de la France oubliée. Tout est parti d'un groupe Facebook : Vous en avez marre ? C'est maintenant !!», lancé le 12 janvier. Puis, un appel à sortir dans la rue et bloquer des ronds-points est lancé pour le 27 janvier dans toute la France. Ce jour-là, dans la foule manifestant à Périgueux, quelques personnes portent des gilets jaunes avec des slogans écrits dans le dos.*

***29 mai 2018***
*Lancement de la pétition à l'origine du mouvement.*
*Priscillia Ludosky, auto-entrepreneuse résidant à Savigny-le-Temple en Seine-et-Marne, lance une pétition en ligne sur change. org intitulée : Pour une baisse des prix du carburant à la pompe !». Elle n'appelle cependant pas à une mobilisation dans les rues, encore moins avec des gilets jaunes. En octobre, elle atteint 12 000 signatures, ce qui lui vaut un début de médiatisation. La barre du million de signatures a été dépassée fin novembre.*

***18 oct 2018***
*Une vidéo dénonçant la traque aux conducteurs devient virale.*
*Inconnue à l'époque, Jacqueline Mouraud publie une pour exprimer son ras-le-bol. Elle dénonce la hausse du prix du diesel,*

*la multiplication du nombre de radars ou encore les projets de péages à l'entrée des grandes villes. Elle comptabilise aujourd'hui 6 millions de vues. L'accordéoniste et hypnothérapeute bretonne est depuis devenue une des figures du mouvement et fait le tour des plateaux télé.*

**1/ Soirée Eddy & Suze**

La rue reprend toujours ses droits. C'est une des lois de Dame Nature. Et la vie de même reprend toujours le dessus. Eddy, Suze et leur famille atypique était parfois dans l'appartement du détective pour profiter d'un instant de bonheur. Cette sensation ne devait pas être gâchée par les actualités. Peine perdue ce soir… encore. Eddy et Suze regardaient les informations à la télévision. La spécialité française exposée au grand jour. Il s'en foutait, elle aussi, leur profession n'en souffrirait pas. Eddy eut néanmoins une pensée pour son beauf, super flic, qui était en plus aux premières loges ce samedi. Ce soir, Suze n'avait pas accepté de rendez-vous. Demain un autre genre de travail l'attendait et il lui faudrait remonter ses bras de chemises sans doute plus haut que d'habitude. Elle sourit intérieurement de cette pensée incongrue. Elle qui n'y allait pas de main morte, demain ses mêmes bras serviraient à porter des cartons de déménagement. Kawaii et André emménageaient ensemble. En fait André s'installait chez sa dulcinée. Il avait un studio et elle un T2, le calcul a été vite fait. En ce moment, sa protégée quittait le nid rémunérateur pour son envol vers un autre nid, moins lucratif. La nuit serait courte, surtout si Eddy ne comprenait pas les signes et restait à regarder la TV par internet jusque pas d'heure.
A demain…
Dimanche matin, Eddy et Suze prirent la Twingo et roulèrent jusqu'au commissariat pour réquisitionner un fourgon policier, puis allèrent chez André. La place pour se garer était balisée avec des banderoles : interdiction de stationner et ils s'y installèrent. Ensuite, le train-train d'un déménagement traditionnel prit le relais. À la première livraison, ils eurent droit chez Kawaii à un petit déjeuner : French touch, mais elle leur fit comprendre qu'il ne fallait pas s'attarder. Elle fit un bisou à son policier et les

mit poliment à la porte. Au voyage suivant, ce fut le déjeuner. Qu'importe qu'ils soient garés sur une place interdite, qui irait mettre un PV à un fourgon policier… surtout que tout le commissariat avait été informé. Beaucoup avaient proposés leur aide, mais André souhaitait un déménagement simple et intime. Le dimanche soir, ce fut open bar chez Kawaii qui avait invité toutes les: girls de Suze. Un T2 bien rempli et le pur malt de Eddy était de côté dans la cuisine. André avait invité quelques collègues, certains mariés, d'autres non, mais Suze et Kawaii avaient été clair. Motus et bouche cousue et défense de fricoter. Les filles étaient cool mais le message était respecté. Même Mata Hari était détendue mais attentive aux consignes. La soirée se finit tôt le lundi matin.: Et une fille correctement casée, une. Se disait en planant la mère Suzette. Elle dormira avec un sourire gros comme un baiser. C'est comme cela qu'elle se voyait : Leur mère… heureuse seulement quand une fille pouvait recommencer sa vie.
Bonne Nuit.

## 2/ Accident, forçage de barrage, mort (17 nov 2018)

***(France Bleue)***
*La mobilisation des «gilets jaunes» aura donc été massive. Selon un bilan publié par le ministère de l'Intérieur ce samedi à 19h, quelque 282.710 personnes ont participé aux différentes manifestations organisées par les «gilets jaunes» partout en France pour protester contre la hausse des taxes sur les carburants. Mais de nombreux incidents ont émaillé la journée entre manifestants et automobilistes excédés par les barrages. Une personne est décédée à un point de blocage en Savoie et plus de 227 ont été blessées dont cinq grièvement. Une centaine de personnes ont été interpellées dont 77 placées en garde à vue.*
*De Marseille à Brest, de Pont-à Mousson à Châtellerault, en passant par Chambéry, Quimper, Sablé, Montluçon, Bordeaux, Tarbes, Perpignan, Orange, Caen, Angoulême ou Porto-Vecchio, les «gilets jaunes» ont laissé éclater leur «colère noire», bloquant des routes, des accès à des stations-service, aéroports ou*

*supermarchés, laissant passer les automobilistes au compte-goutte aux péages, dans les tunnels ou sur les ronds-points du territoire, organisant des opérations escargots sur les rocades et autoroutes ou empêchant d'accéder à plusieurs centres-villes. Au total, plus de deux mille manifestations ont été recensées, la plupart non-déclarées en préfecture, ce qui a compliqué l'intervention des forces de l'ordre.*

*Des incidents, un mort et plus de deux cents blessés.*
*Plusieurs incidents ont émaillé la journée. La tension est montée très vite entre manifestants et automobilistes, certains prenant à partie policiers et gendarmes, d'autres perdant patience et n'hésitant pas à forcer les barrages. C'est ce qui s'est passé à Pont-de-Beauvoisin (Savoie), peu avant 10h ce samedi matin : une manifestante d'une cinquantaine d'années a été tuée, fauchée par une voiture dont la conductrice a été prise de panique quand des «gilets jaunes» se sont mis à frapper sur sa voiture.*
*Plus de 227 personnes ont été blessés un peu partout sur le territoire, dont cinq plus grièvement. La plupart des personnes blessées ont été percutées par des automobilistes qui ont tenté de forcer les barrages. Ces incidents ont donné lieu à 117 interpellations dont 73 gardes à vue.*

***(Le_Monde)***
*M. Castaner (ministre) indique qu'une personne est morte samedi au niveau d'un barrage à Pont-de-Beauvoisin, en Savoie. Au cours de la journée, 106 personnes ont été blessées dont cinq gravement, a précisé le ministre. La plupart des personnes blessées ont été percutées par des automobilistes qui ont tenté de forcer les barrages. M. Castaner a annoncé que 52 personnes ont été interpellées dont 38 placées en garde à vue.*

**(l'Express)**
*Retraitée depuis peu et inquiète pour son niveau de vie, elle participait à sa première manifestation.*
*Elle venait d'arriver au point de blocage d'un rond-point de la zone commerciale de Pont-de-Beauvoisin (Savoie). Chantal, retraitée de 63 ans,* a été tuée lors d'une manifestation des gilets

jaunes *le 17 novembre, écrasée par une automobiliste prise de panique.*

*Le parquet de Chambéry a annoncé ce dimanche que la conductrice a été mise en examen. Le parquet a précisé qu'elle était poursuivie «pour violences volontaires avec arme par destination ayant entraîné la mort sans intention de la donner». L'arme de destination étant ici sa voiture.*
*«C'était une battante»*

*Le Parisien, qui s'est rendu sur les lieux du drame, a dressé* un portrait de la manifestante. *Elle résidait dans la commune de Domessin, tristement célèbre puisque c'était aussi la ville d'origine de Nordahl Lelandais, meurtrier présumé de la petite Maëlys et du caporal noyer.*

Ce premier samedi jaune avait été trop 'sanguin' selon le gouvernement. On ne fait pas d'omelette sans casser des œufs pourrait répondre la base. Chacun choisira sa couleur et son parti de conviction. À partir de là, chaque français devrait choisir son camp. La neutralité était une position acrobatique difficile à tenir.

## 3/ Le même jour à Guyancourt (78-Yvelines)

Nous sommes le samedi 17 novembre 2018, en France, le pays champion du monde de la contestation démocratique, avec la grève, qui est sans doute la spécialité touristique la plus connue. Un des objectifs français caché est de réussir à exporter ce… boulet. Mais on subit, nous tous, travailleurs nationaux comme touristes internationaux. Sur la commune de Guyancourt, incluse dans la communauté d'agglomérations de Saint-Quentin-en-Yvelines, au rond-point des droits de l'homme, un grand feu de joie dominait, alimenté par des palettes natures, chaleureuses et éclairantes. Il y avait de plus un stock de pneus, mais non encore utilisé à cette heure. Une vingtaine de personnes portant toutes un gilet jaune installait des pancartes pour râler contre le trop plein de ras-le-bol des petites gens oppressées par les taxes du gouvernement. Cette fois-ci, la goutte d'eau qui avait fait déborder le vase était une Nième augmentation des carburants. La police était ravie de devoir faire encore et encore des heures supplémentaires non payées jusqu'à plus amples informations. Ils étaient dans un car, stationnant à un arrêt de bus, en face du rond-point, prêts à intervenir. Pour le moment, la manifestation était bon enfant. Les policiers se permettaient à tour de rôle par petits groupes de sortir du car pour étirer leurs jambes cuissardées et fumer une clope ou deux. Après une initiative conviviale barbecue 'gilets jaunes' (dix euros, deux morceaux de viande et 'végétables' à volonté), les manifestants organisèrent un blocage d'une route (principale) arrivant sur le rond-point. C'est là que les pneus et d'autres palettes aidèrent efficacement à construire un blocus contre les automobilistes. C'est là aussi que les policiers décidèrent d'intervenir. C'est à dire lorsque les voies menant au carrefour furent barricadées par maintenant cinquante manifestants, contre dix policiers. René alla voir le chef des manifestants. Les autres policiers calmaient les automobilistes bloqués.

**René** à son homologue manifestant : Inspecteur en chef René. Là on peut dire que vous foutez bien le bazar.
**Raoul** : Raoul, syndicaliste, mais aujourd'hui ras-le-boliste.
**René** : Pour commencer on pourrait éviter de bloquer les gens, surtout inutilement, afin qu'ils aient toujours la possibilité d'opérer un demi-tour.
**Raoul** : …
**René** : Je parle de la centaine de voitures prises en otage. Trouvons une solution.
**Raoul** : Bin, c'est la faute de la configuration du rond-point.
**René** : C'est toujours la faute à autre chose. Si vous voulez, on va vous et moi seuls aller voir ces pauvres automobilistes qui ça se trouve sont sensible à votre cause. Mais je vais leur commenter votre position ferme.
**Raoul** : On peut être manifestant et avoir du cœur.
**René** : C'est bizarre, mais je demeure attentiste.
**Raoul** : Ok, on va mettre le blocage en amont et ensuite on libère les autres.
**René** : Faites, et ensuite faudra qu'on ait une autre discussion,

toujours aussi aimable. Mais faite vite, pour tous.
**Raoul** : Ça roule inspecteur.

René demanda à son équipe de laisser le bordel momentanément et que cela sera probablement résorbé sous peu par les manifestants eux-mêmes. Vers quinze heures, les blocages étaient plus en cohérence, permettant aux voitures de repartirent vers d'autres issues.

**René** à Raoul : Mr Raoul, vous voyez qu'on peut discuter entre factions opposées ?
**Raoul** : On collabore. Ce sera indiqué dans vos dossiers ?
**René** : J'ai besoin de savoir combien de temps vous allez maintenir ce blocage ?
**Raoul** : Le temps qu'il faudra.
**René** : Pfff. La question était : Est-ce que vous acceptez de divulguer à la police vos horaires de blocage ?
**Raoul** : Ou serait alors l'intérêt d'un mouvement de contestation ?
**René** : Aucun mouvement de Gilets Jaunes n'a déposé de déclaration de mouvement de grève à la préfecture. Je peux donc vous arrêter comme bon me semble, mais ma hiérarchie et la situation politique demandent de la mansuétude. Donc Raoul ?
**Raoul** : Le mouvement ne fait que naître. Néanmoins pour demain, disons de midi à vingt heures Mr l'inspecteur.
**René** : Je tente de trouver un compromis entre la réalité policière et celle manifestante. Surtout ne pas rompre le dialogue. Nous restons en contact, vous et moi.
**Raoul** : Vous savez, ne nous sous-estimez pas, ce sera un mouvement dans ma durée. Il y a de la grogne à l'origine.
**René** : L'avenir n'est pas encore écrit. On part sur cet accord pour demain ?
**Raoul** : Oui.
**René** : Je brieferai mon adjoint André.
**Raoul** : Ah, vous serez en repos ?

Le mot 'Fonctionnaire' lui titillait le palet.
René partit sans répondre. Il avait minimisé les dégâts sans faire monter la tension. Opération réussie.

## 4/ Télévision, et exagération

Samedi 17 novembre 2018, journal télévisé.

*: Aujourd'hui 1$^{er}$ samedi d'émeutes nationales. Le mouvements des gilets jaunes s'est manifesté, et c'est une 1ère journée a été assez explosive. Nous déplorons des morts. Une centaine de lieu ou voies d'accès ouvertement occupés, et autant de barrages, et quelques forçages, et cinq morts pour cette 1ère journée.*

Les médias avaient mis l'accent sur les incidents. La réalité terrain était différente. Si le mouvement 'Yellow Jacket' perdurait, on pourra traiter alors d'autres sujets liés, et ne plus se focaliser sur les chiffres de victimes, et analyser les causes et les raisons profondes de ce mouvement social national.

## 5/ Morte à SQY

Le samedi suivant (24 oct 2018) apporta aussi son lot de désillusions. Un autre mort, pile poil dans la juridiction de l'inspecteur en chef René. En fait, une morte. C'est Raoul qui avait appelé René qui lui avait refilé son 06 perso. Par cascade, René & André se présentèrent sur les lieux sous trente minutes. Raoul avait organisé une protection invisible avec quatre de ses gars de confiance.

**René** : Bonjour Raoul. On peut causer boulot maintenant ?
**Raoul** : Je suis manifestant, même pas syndiqué. Ce sont mes tripes qui m'ont fait m'engager. Alors là, je déguste.
**René** : Nous non plus, nous n'aimons pas.
**André** : Mr Raoul, on va faire cela en douceur. Je prends l'affaire, René gérant toute la section 'Alerte Gilets Jaunes' à un niveau départemental.
**René** avec une pointe d'humour : Raoul, André est mon meilleur second, je ne vous dis pas le niveau des autres.
**Raoul** : On fera avec. C'est moi qui vais avoir du mal à assurer.

Raoul et André se serrèrent la main et une chaleur passa, entre deux factions pas forcément en total accord, ni en désaccord non plus. L'ambulance (même si la victime était clairement décédée, cela rassurait tout le monde) se pointa et repartit avec une femme dont le 'cadavre' avait été cachée derrière des pneus. Peu de monde de la faction Gilets Jaunes étaient au courant, Raoul avait bien travaillé, et il était aussi assez remonté. René suivit l'ambulance avec sa voiture banalisée. André débuta ainsi son enquête. Des balbutiements au départ pour n'effrayer personne. Demain serait un autre jour. Il fut présenté par Raoul à l'équipe des jaunes. Il tenta de démontrer sa bonne disposition, mais allait devoir changer les habitudes des grévistes vis à vis des forces de police, modérément et progressivement. Il avait toutes les qualités relationnelles pour réussir.

## 6/ Autopsie

André avait été réquisitionné pour assister à l'autopsie. Super cadeau dominical. Kawaii serait tranquille pour réaménager son chez elle en chez eux, sans avoir à lui demander son avis. Pour lui c'était changer d'appartement. Pour elle c'était changer de vie et en entamer une autre. André travaillait dorénavant six jours par semaine, payés cinq, et voilà qu'en plus, on lui collait cette enquête. Un début de vie en couple où il dormait peu dans son nouveau lit double. Il se présenta le matin et une docteure, sans doute car la victime était une femme et donc la responsable devait être en priorité une autre femme pour ce genre d'opération. Il avait déjà assisté à des autopsies, mais ce serait sa première en tant que responsable d'enquête. Le corps de la femme était sur une table de métal, et recouvert pour le moment d'un drap. La docteure approcha du policier.

**Docteur Weiss** : Bonjour je suis le docteur Nathalie Weiss (son nom était visible sur sa blouse).
**André** : Je suis le responsable en charge sur cet homicide. Je vais donc devoir vous poser des questions au fur et à mesure de votre travail.

**Docteur Weiss** : Inspecteur André ? Bienvenue au frigo, où été comme hiver la température y est constante.
**André** : Je n'ai jamais aimé les sports d'hiver, d'ailleurs je ne regarde que les JO d'été.
**Docteur Weiss** : Pour ma part, je préférerai les conserver tous vivants, mais je dois faire avec.
**André** : Maintenant que la glace est rompue, vous m'expliquez ce que vous allez pratiquer ?
**Docteur Weiss** : Premièrement, on va en avoir pour la journée et je ne suis pas sûr que vous ayez envie de déjeuner aujourd'hui. Mais nous avons un excellent café à volonté. Ce n'est pas grand-chose, mais cette mise en garde va vous conditionner pour que cette journée se passe plus ou moins correctement pour vous.
**André** : Merci. Finalement, vous savez mettre à l'aise les vivants.
**Docteur Weiss** : La femme de ménage ne passant pas durant le week-end, je souhaite ainsi préserver mon espace de travail.

André regarda plus attentivement l'espace. Très austère, hors de question que des éléments humains y traînent. Sans compter les traces de contamination. Elle lui indiqua où il devait se changer. Protection des chaussures, gants, masques et blouses jetables, sans oublier la charlotte. Seul le bloc note, son crayon et son mobile pour les photos étaient acceptés.

**Docteur Weiss** : Vous aimez la musique classique ?
**André** la regardant comme une extra-terrestre : Je n'en sais rien. C'est important ?
La **docteure** tapota sur son mobile et une musique douce mais non perturbante pour les conversations sorties d'enceintes non visible. : Je préfère travailler avec que sans.

Pour les archives, la dissection était filmée automatiquement avec une caméra verticale à l'aplomb de la table où dormait la morte. Durant la matinée, la docteure opéra, disséqua et notait des choses sur sa tablette. André n'avait pour le moment aucune question précise à part deux : La cause de la mort et s'il y avait-il eu des rapports sexuels. C'étaient des questions tellement basiques qu'il prit simplement son mal en patience. Lui aussi prenait quelques notes qui déboucheraient éventuellement sur des questions. Il la laissa continuer. Peu avant midi, **elle** ôta son masque et ses gants et dit : Voilà, c'est fini pour le moment. Nous allons prendre un café et commencer à échanger. André fit comme elle l'avait décidée. Ils étaient dans une pièce à coté avec vue sur le frigo. Un radiateur électrique réchauffait la pièce et l'atmosphère.

**Docteur Weiss** : Alors Inspecteur, un petit café ?
**André** : Oui s'il vous plaît. Comment pouvez-vous conserver un moral de gaîté dans ce lieu ?
**Docteur Weiss** : La musique m'aide. Et j'ai aussi l'impression d'être utile à la justice. Et je ne m'engueule jamais avec mes patients.
**André** : Et pour la température ?
**Docteur Weiss** : Là vous touchez un point sensible. J'ai cette pièce qui devient mon bureau quand je n'opère pas. Mais ce n'est pas une température estivale non plus. Je vais vous dire un secret de polichinelle. J'ai investi chez moi dans une cabine de luminothérapie. Et l'hiver, j'y vais souvent et assidûment, quand je ne suis pas ici.
**André** : Pouvez-vous me donner vos conclusions ?
**Docteur Weiss** : Il y a eu pénétrations au pluriel. Je pense plusieurs personnes différentes. Désolé. Elle a dû se débattre, mais il y a des traces de scotch industriel et logistique autour de sa bouche et de ses poignets. La cause de la mort est l'étouffement.
**André** : Des traces de sperme ?
**Docteur Weiss** : Oui et non. Vous savez les préservatifs sont en vente libre et tout le monde regarde la série des experts. Mais je vous confirme que les traces indiquent plusieurs violeurs.
**André** : D'autres traces ou pistes s'il vous plaît.
**Docteur Weiss** : Pas pour le moment. J'ai l'essentiel, mais je dois lire et relire mes notes pour suggérer des pistes. Je ne vous ai pour ma part demandé aucune information de son dossier pour ne pas polluer mon travail.
**André** : Encore de ce café colombien, même s'il est déshydraté, il est délicieux.
**Docteur Weiss** : Je le fais venir de Medellín. Ils sont fort en café. En d'autres choses aussi, mais pas pour moi.
**André** : Pour moi non plus. Je viens de me mettre en couple, ce

n'est pas pour fauter.
**Docteur Weiss** : Je parlais du trafic de drogue inspecteur.
**André** : Ah oui. Désolé, je suis un peu orienté 'femme' ces derniers temps. C'est récent vous savez.
**Docteur Weiss** : Alors soyez heureux en amour.
**André** : Sur le dossier, voici ce que j'ai en ma possession. Véronique Mapou 28 ans, travaille à TVfil 78, journaliste. Vu la dernière fois la veille du meurtre. Voilà. Ensuite c'est à moi d'étoffer le contenu du dossier.
**Docteur Weiss** : Revenez me voir si certains détails vous titillent. L'autopsie ne révèle pas tout, mais mon expérience pourrait vous être utile en cas de doute.
**André** : Merci. À bientôt alors.

## 7/ Le ton monte chez les gilets jaunes

Un soir à Montigny-le-Bretonneux (commune de Saint-Quentin-en-Yvelines). On parlait beaucoup de ce début de mouvement social ; En fait on ne parlait que de cela. Dans la zone piétonne de la zone commerçante centrale de SQY, il y avait un bar, 'le Balto' (mais d'autres aussi) qui retransmettait tout le temps un match de foot et attirait ainsi des consommateurs. Des bières, des bavardages, et les gens causaient, consommaient, et commandaient, surtout à la mi-temps. Il était question d'un truc louche à moins de cinq cents mètres, mais les versions étaient différentes et loufoques. Dans toutes les variantes, le beau rôle était donné aux gilets jaunes et le mauvais aux sales flics. Et puis le bar remit à la mi-temps la station locale : TVfil78. Tout de suite édition spéciale. : Découverte du corps sans vie d'une journaliste sur le lieu de rassemblement des gilets jaunes à Guyancourt. Les consommateurs reconnurent leur ville (ou juste à côté) et les voix baissèrent d'un ton. : Une macabre découverte endeuille le mouvement des gilets jaunes. Notre journaliste a été retrouvée morte sur un campement de gilets jaunes. C'est très récent. Nous allons contacter les responsables des deux factions. Les gilets jaunes et la police. Ce message vidéo passait en boucle toutes les cinq minutes sur la chaîne locale. Ensuite la seconde mi-temps s'imposa et les commandes de bière montèrent en flèche.

## 8/ Green Lantern et un 'politicien'

Non loin de là, dans un autre bar, plus open avec de l'alcool et travaillant ouvertement avec les sites de speed-dating, donc avec une certaine possibilité raisonnable de conclure. Une de nos chères amies, la douce et belle Green Lantern était bien entourée. Une amie non-Escorte et deux hommes étaient assis et sirotaient des boissons légèrement alcoolisées. Même une Escorte peut vouloir souffler, d'une façon ou d'une autre. Et c'est à ce moment qu'une personnalité connue de la municipalité entra dans le pub. C'était prévu, puisque qu'on lui apporta une table, de la lumière ainsi qu'un micro.

**Politicien**: Bonsoir à tous. Je souhaite vous montrer que l'agglomération de Saint-Quentin-en-Yvelines a la volonté d'engager le dialogue avec tous. Donc ce soir, des conseillers du maire, comme moi faisons cette œuvre d'ouverture. La mairie demeure neutre, mais veux rester proche de ses concitoyens.
Messieurs Dames, le dialogue est ouvert, s'il vous plaît

Une partie des buveurs préféraient bien plus se passionner pour le match de foot: PSG-Strasbourg où la tension était à son comble avec l'égalisation alsacienne à cinq minutes de la fin du temps réglementaire. Les autres, une bonne partie d'indifférents, essentiellement des étudiants, bien peu intéressés et sans doute passablement résignés, tant pis pour l'avenir de la nation, mais le bar pouvait difficilement se mettre en porte à faux avec la mairie. Quelques personnes, des femmes, des féministes ? Discutèrent et semblaient assez 'emmerder' le représentant de la mairie, qui avait révisé une autre partie du programme pour avoir réponse à tout, mais pas à toutes. Le mouvement des gilets jaunes n'est pas un, mais multiple. Les manifestants ne se manipulent pas, mais pouvons-nous seulement les comprendre ? Sous-entendu les orienter? Green Lantern trouvait amusante cette distraction. Son amie et son dragueur ainsi que son copain (qui la voyait déjà un peu trop tôt… dans son lit) nettement moins. Son amie avait espéré la brancher sur ce mec, et se taper accessoirement l'autre. Son amie lui en voudrait… un peu, mais on pardonnait beaucoup (trop) à Green. Le dragueur partira sans obtenir gain de cause. Quant à l'autre 'coup' pour sa copine, Green s'en désintéressa et retourna à son studio. Elle ne savait pas pourquoi, mais elle pensa à Suze et qu'elle avait très envie de causer avec, comme si elles ne se voyaient jamais. Avec un peu de chance, elle aurait une enquête à leur confier, à elle et à ses 'sœurs' de cœur.

## 9/ Mata Hari manifeste

Mata Hari, avait demandé la permission à Suze pour apporter son soutien à la cause 'Gilets Jaunes'. Elle devait refaire à zéro ses preuves et mettait un point d'honneur à respecter Suze. Tout le monde appréciait Suzie. Mata avait fait bien des conneries dans un passé récent, sans parler d'encore plus avant. Il n'y avait qu'une personne qui l'avait aidée et aimée. Elle, pauvre conne parmi les plus connes, était restée sourde et aveugle et l'avait reniée. Mata avait trahie sa meilleure amie. Et celle dernière l'avait encore aidée. Suze éclairait sa vie. Jamais plus elle ne déraperait, disait-elle. Eddy ne comptait pas pour elle, mais sans doute assez pour Suze, donc elle devrait se tenir sage parmi les sœurs. Mata Hari, la belle pseudo-japonaise en jupe (très) courte d'un Dress Code Professional un peu olé olé avait dû oublier que ce n'était pas un rencard individuel, mais populaire, entre Bastille et Nation. Elle dut supporter moult regards émanant des manifestants. Et même se défendre de certaines caresses impolies. Trop c'est trop. Elle quitta le cortège à mi-parcours.

## 10/ Kawaii critique juste un peu

Kawaii avait décidé il y a peu de quitter son boulot rémunérateur pour un coup de foudre avec un policier. Il se prénommait André et bossait avec l'inspecteur en chef René, beauf de Eddy, le gentil garçon de sa protectrice. Tout pourrait être si simple quelquefois.

Kawaii changeait. Pas encore de nouveau job en perspective, mais un amour stable entre deux personnes au horaires erratiques. Elle continuait de rester très proche de Suze et Eddy et ne savait pas encore quelle voie de reconversion elle devait explorer. Candidement, elle faisait confiance à son André, avant de s'esclaffer intérieurement de ses propres dires. 'Son' André... Elle tentait en ces temps difficile de discuter avec André, qu'elle ne voit quasi plus. Le même soir, tout le monde était connecté sur les chaînes, TV ou internet. Tous les journaux télévisés relataient les incidents et les morts. Mais un meurtre c'est autre chose. On étalait les images de Guyancourt. On y distinguait Raoul. Il n'y avait pas d'interview car trop tôt mais l'annonce préfigurait un autre envoi de reporters pour reportage spécial TVfil78. André avait vu. Il était prévenu. La semaine serait rude. Ses galons d'inspecteur, il allait devoir les gagner dans la douleur.

## 11/ Les consignes du gouvernement sur comment communiquer

Lundi matin, réunion Skype nationale dans chaque commissariat. Le commissaire et les intervenants managers sur les actions gilets jaunes devaient signer un formulaire dans lequel chacun s'engageait à ne rien divulguer de cette réunion, y compris et surtout à la presse. Pour leur commissariat, René et André était seuls convoqués en dehors du commissaire. Dans la salle de retransmission, après l'extinction de la lumière, un court métrage du ministère. Ce dernier expliquait aux membres de la police, les limites du métier et les consignes sur le mouvement des gilets jaunes. Un joli petit film de propagande, qui vous ramenait des décennies en arrière. Il s'agissait d'une diffusion qui rappelait aux fonctionnaires de police où était leur devoir, au cas où ils l'auraient oublié. Le mouvement des gilets jaunes pouvait être attractif pour nombre d'entre eux. Mais servir le pays est plus important. Et ils avaient signé un papier de renoncement à un quelconque mouvement de grève.

## 12/ Réunion chez Eddy

Ce soir, rendez-vous ‘Chez Eddy’, le nouvel endroit branché pour flics et Escortes. Outre Eddy et sa légitime, René sans André. Mata Hari et Green Lantern. Kawaii avait déclinée. Elle réaménageait son logis tandis que son officielle liaison bossait pour l’état et tentait de maintenir ou rétablir l’ordre social. La conversation était focalisée sur les manifestations actuelles, surtout que le mouvement était parti pour durer. Donc beaucoup de questions étaient posées à René, sans pour autant que quiconque sache qu’il sortait à peine d’une communication nationale secret police. Donc, René était entre deux feux mais en même temps sur le grill. Que divulguer ?

**Green Lantern** : Allez René, tu dois avoir des fuites ?
**René** : Je suis tenu au secret professionnel, et ma femme respecte ce concept et évite de me poser des questions, pour ne pas ne placer dans l’embarras.
**Mata Hari** : Nous aussi pour les confidences sur l'oreiller après les ébats. Mais tu as eu des tuyaux de notre part. Alors si tu tu considères à part, quitte ce lieu !
**Suze** : Mata ! Je t'ordonne d'adopter un ton plus sympa. René nous a aussi rendu des services. Mata, il va falloir qu'on cause encore. Et je t'aime aussi fort que tu dis m'aimer.

Mata Hari se figea et adopta une attitude silencieuse.

**René** : Eddy, je pourrai avoir un verre de ton pure malt grande réserve. J'en ai besoin. Après tout, je ne suis pas responsable des informations que je dévoile en état d'ébriété ?

Eddy était estomaqué. Son whisky… (et puis après quoi ? Sa femme !)

**Suzie** : Eddy, exécute-toi s'il te plaît, partage ton breuvage comme je participe au loyer de ton appartement.

**Eddy** : Suzie, tu sais le prix que ça coûte ne serait-ce qu'une

bouteille ?
**Suzie** : Les bons amis n'ont pas de prix.
**Eddy** : Mais les bonnes bouteilles oui.
**René** : Juste un doigt de ton nectar ?
**Eddy** résigné : Vertical ou horizontal le doigt ?

Eddy acceptait sa défaite. Le vase de Soissons, à coté c'était de la rigolade. René sirotait son verre sous le regard envieux d'Eddy, bien que ce dernier se fût largement resservi.

**René** : D'après des sondages internes, deux points importants pour moi. Le mouvement va durer. Les flics en ont marre de toutes ces manifestations à répétitions. On a comme consigne de pourrir le mouvement, mais sans faire de vague. On sait qu'il y a des brigades spécialisées dans les infiltrations. On devra les couvrir.
**Eddy** : Tu es sûr ? Tu sais que la situation peut dégénérer ?
**René** : J'ai bu je dis n'importe quoi.
**Eddy** : Et pour l'affaire de la fille trouvée assassinée à Guyancourt ?
**René** : J'ai confié l'affaire à André. Je souhaite que tu l'épaules. On doit encore avoir des fonds pour te payer cela dans le cadre de la formation d'un futur inspecteur prometteur.
**Eddy** força un changement de conversation. : Les filles, les affaires marchent autant ou moins ?

Mata Hari esquissa un mouvement de lèvres pour émettre une réponse, puis laissa tomber.

**Green Lantern** : Pour nous, autour de SQY (Saint Quentin en Yvelines) pas de perturbation, mais à Paris, cela ressemble au calme plat.

La soirée finira peu de temps après. Un goût amer, mais le contexte y était pour beaucoup.

## 13/ Mort suspecte

… Pour donner suite au démantèlement d'un barrage par les gilets jaunes le dimanche soir
Une journaliste de TVfil78 étranglée et accessoirement violée.

Le lendemain, lundi, les journaux régionaux, TVFil78 ainsi que d'autres distributions comme '20 minutes' titraient sur la découverte du corps d'une reportrice de SQY. Selon la tendance des périodiques, il était indiqué : Sur un lieu de rassemblement de gilets jaunes il pouvait aussi être indiqué : Avait-elle été déposée là pour orienter les accusations ? et aussi : Flics ou voyous, les Gilets jaunes demandent à participer à l'enquête. André avait eu juste le temps de réquisitionner quelques policiers pour former une barrière humaine sur le lieu déserté par Raoul et ses Jaunâtres. La marée des journalistes et des badauds faisait masse et avançait. André avait fait installer aussi une ligne avec le simple ruban jaune : Ne pas traverser – POLICE. Cela les tiendrait en respect le temps que le reste de la cavalerie rapplique. Les flashes crépitèrent mais la ligne de défense tenait son rôle. André accueillit les renforts avec soulagement. René était intervenu en urgence, immédiatement après l'appel à l'aide d'André. René réquisitionna quelques policiers et parti sans annuler ses rendez-vous. Il espérait que cela permettrait de gérer la crise externe. Il gérerait la colère de son commissaire ensuite. Les personnes sans aucune accréditation furent éloignées. Qu'importe, ils étaient contents d'avoir assisté à un événement et d'avoir des photos et des souvenirs. Les journalistes rechignèrent un peu plus. Il fallut leur demander à chacun leur carte de presse et ensuite les menacer de poursuite. Certains téléphonèrent à leur rédaction, mais la cause était entendue. Sous peu, le terrain serait à nouveau vide. Et René repartit. Il laissa la maîtrise du sujet à André, qui pilota l'équipe des experts arrivée pour analyser la potentielle scène de crime.

**André** au chef des experts : Bonjour. La scène du crime a été salopée. Voyez ce que vous pouvez y trouver. Nous gardons la place et tenons les gênants à distance.
**Chef expert** : Autant chercher une aiguille dans une meule de

foin. Enfin pour trouver des indices pertinents.
**André** : Débrouillez-vous. On passe encore aux infos ce soir.
**Chef expert** : On va prendre le maximum de prélevés. À partir de demain soir on vous enverra progressivement les résultats.
**André** : Pas avant, même si je vous sors un joker ?
**Chef expert** : Le joker a déjà été sorti. Nous sommes depuis ce matin pour votre affaire en mode 'Urgence Nationale'. Le ministre a validé.

## 14/ René convoqué au ministère de l'intérieur

René & André étaient convoqués au ministère de l'intérieur. René décida d'y a aller seul. Il avait jugé que André était assez occupé. S'il y avait un réel besoin, il l'en informera. Il connaissait les lieux et certains de ses habitants, malheureusement. Plus vite il aurait son rendez-vous, plus tôt il repartirait. Il fut reçu par un secrétaire d'état, celui rattaché à la ville. Un petit jeune qui avait certainement sa carte du parti au pouvoir. Celui justement contre lequel les Gilets jaunes étaient remontés. René, formé à bonne école, laissa son interlocuteur pédant s'exprimer.

**Secrétaire d'État** : Mr Inspecteur René. C'est un réel honneur de rencontrer un défenseur de la nation républicaine.
**Inspecteur René** : Pour votre information, je défends le peuple républicain. Mais je vous ai interrompu dans votre tirade ?
**Secrétaire d'État** : Donc, l'état républicain a maille à partir avec ce mouvement de colère des gilets jaunes. Il y a eu des personnes décédées. Une est sous votre juridiction. Il ne faut pas perdre de temps et vous atteler sans tarder à trouver le coupable. Nous avons entièrement confiance en vous.
**Inspecteur René** : Donc j'ai été convoqué et je perds une précieuse demi-journée pour m'entendre dire de faire simplement mon boulot ? Je pensais que vous alliez au moins me dire de quel côté chercher non ?
**Secrétaire d'État** : L'état français est proche et soutient ses fonctionnaires.
**Inspecteur René** : Je retourne travailler. Faut que je trouve

rapidement un coupable qui vous agrée. C'est cela ?
**Secrétaire d'État** : Bien sûr que non. Nous vous assurons juste un soutien gouvernemental.
**Inspecteur René**: Je suppose que vous allez l'écrire noir sur blanc …
**Secrétaire d'État** : Cela ne fait pas partie de mes attributions.
**Inspecteur René**: Vous inquiétez par pour cela, j'ai tout filmé avec mon mobile.
**René** se leva: Au revoir et merci pour ce temps perdu.
**Secrétaire d'État** : Cet enregistrement n'a aucune valeur légale.
**Inspecteur René**: Comme vos propos verbaux.

Le ras-le-bol n'était pas seulement du côté Gilets Jaunes.

## 15/ Analyse de la scène de crime. By the experts

André retrouva les gilets jaunes et les questionna. André avait sympathisé avec Raoul. Un café chaud autour d'un baril en ferraille qui servait de brasero.

**André**: Raoul, aide-moi à résoudre ce meurtre. Raconte-moi ce que tu te souviens du jour du crime, si la légiste a bien estimé.
**Raoul**: André, Je manifeste, je n'aime pas cette situation. Alors on va améliorer l'ordinaire du café et on va voir ce qui me revient en tête.

Sur ce, il alla chercher une bouteille de calvados. Il dû faire un geste clair à un autre gilet jaune pour le convaincre que la police n'était pas leur ennemi ce jour, et qu'il partagera avec lui la bouteille de l'amitié. André et Raoul discutèrent longtemps. André prenait des notes. André tira sympathiquement les vers du nez de Raoul. Ils étaient collègues d'un jour, le temps d'une enquête. Ils se quittèrent sur une franche poignée de mains, que personne ne photographia. De retour au commissariat, il mit de l'ordre dans ses informations et cela aboutit à ce compte rendu pour l'inspecteur en chef René.

Compte Rendu de l'inspecteur André (rattaché à L'inspecteur en chef René)

*Date : lundi 26 oct 2018*

*Découverte du corps. Aux alentours de 17h.*

*Au sujet du décès de la journaliste de TV-Fil-78.*

*Enquête sur le lieu de rassemblement des Gilets Jaunes.*

*NB : il n'est pas encore prouvé qu'il s'agît du lieu du crime.*

*Date du décès : Samedi 24 oct 2018 (2ème samedi Gilets Jaunes)*

*Entretien avec Raoul Pierroy, 'chef' des Gilets Jaunes du lieu.*

*Raoul avait neuf personnes avec lui. La semaine passée Il avait été nommé 'Chef'.*

*- Ce jour, l matinée, ils étaient en tous moments par trois pour l'organisation et la mise en place des palettes, pneus, stand bouffe, etc.*

*Il est impossible que le crime ait eu lieu le matin.*

*- Le midi, il y eut barbecue merguez.*

*- L'après-midi : mise en place du blocage.*

*Les gilets allèrent toujours deux par deux pour intimider les automobilistes et expliquer les raisons de la grogne. Donc, plus ou moins à tour de rôle 1 gilet jaune se retrouvait seul au campement.*

*En croisant les entretiens, deux événements cette après-midi-là.*

*- La venue d'un homme politique (ou se faisant passer comme tel) : env 13h.*

*Personne n'a retenu son nom ni son parti.*

*Description : homme 35 ans propre sur lui. Costume cravate. Blond commun. Cheveux court. Insipide.*

*Ce qui a intrigué : Aucune caméra où journaliste.*

*- La venue d'une femme journaliste (seule) donc papier et non TV (bien qu'elle se présente de TV-Fil-78) env 14h. Elle a pris des photos (NB : on a découvert sur les lieux aucun mobile ou appareil photo, pas plus que de bloc-notes)*

*Description : 170cm belle femme brune pas trop BCBG mais belle.*

*Indications complémentaires : le groupe des gilets jaunes de Raoul s'est dispersé après le barbecue du soir (arrosé au demeurant) aux alentours de 22h.*

*- Rappel : on a découvert son corps sous une bâche protectrices de palettes (protection contre l'eau)*

## 16/ Commissaire et René… Remontée de bretelles de l'état

René n'était pas le plus heureux des hommes en regagnant son commissariat fétiche. Il claqua la porte de son bureau. Ce bruit ne passa pas inaperçu et le commissaire le convoqua, mais pas pour cela. Dans le bureau du commissaire, René prit le siège et s'assit sans attendre l'autorisation de son chef, qui ne la donnait jamais, ni à lui ni à personne. Ce dernier resta muet, pour une fois.

**René** : Vous m'avez entendu et convoqué. Alors dites-moi tout. Je suis fatigué et je vais seulement débuter ma journée de travail.
**Commissaire** agacé : Inspecteur René ! J'ai reçu un coup de fil de l'Élysée. Vous avez fait un affront à un secrétaire d'état du gouvernement français. C'est une faute professionnelle.
**René** : Monsieur, j'ai été convoqué pour qu'on m'explique de quel côté orienter mon enquête. Cautionnez-vous cela ?
**Commissaire** : Ah bon, ce n'est pas ainsi que cela m'a été présenté.
**René** : A vous d'imaginer pourquoi une personne politique convoque un policier enquêtant sur un meurtre. Je vous demande de vous prononcer officiellement sur mon maintien sur cette enquête ou mon retrait forcé sur votre décision, avec document officiel signé à l'appui. Mr, j'ai l'honneur.

L'inspecteur en chef René se leva et retourna à son bureau, sans plus regarder en direction du commissaire.

## 17/ Samedi suivant (31 oct)… crescendo (Gilets jaunes)

Mata Hari n'était pas suffisamment stable et Suze avait préféré la faire suivre, c'est à dire l'accompagner elle-même. Rien de professionnel, juste l'amour d'une mère pour sa fille. Et pourtant elles devaient avoir sensiblement le même âge. Suze observait. Une manifestation parisienne un peu comme les autres. Fortement jaune fluo. Elles et ils marchaient en ordre dispersé vers la station Étoile. Suze était totalement dans le décor, avec des habits passe-partout. Mata, malgré ses expériences et ce qu'elle avait confiée à sa mentor, persistait à s'habiller provocante et surtout attirante pour la gente masculine. Raz la touffe n'est pas la bonne manif attitude, même si on est une Escorte. Suze veillait sur elle comme un garde du corps sur un VIP. Le cortège jaune était étalé comme toujours, pour faire croire qu'il était plus important que prévu. La délicate et sempiternelle guerre des chiffres entre les syndicats et la police. Suze surveillait les arrières de Mata. Suze entraînait Mata vers la tête du peloton, là où les gens étaient plus engagés et donc regardaient moins autour. Ils finirent devant les compagnies de CRS, bloqués comme les autres. Cette interruption de manifester était volontaire de la part du gouvernement pour contraindre le mouvement à rester compact et donc plus facile à surveiller et à manœuvrer ? Suze et Mata étaient devant la ligne de la garde républicaine casquée. Suze prît du recul, Mata non. Cette dernière reprenait en chœur les chansons qu'elle entendait provenant de l'arrière du cortège, mais remontaient vers la tête en rythme. Elle y mettait tellement de cœur que son doigt honorable se transforma en doigt d'honneur contre les représentants de l'ordre et de l'état. Suze ne laissa pas faire. Il convenait de l'exfiltrer avant que les provocations soient perçues hostiles et illégales. Suze tirait sur la tenue de Mata pour la retenir et qu'elle recule. Elle était insistante et était aidé spontanément par d'autres manifestants qui avaient compris le coté compromettant de cette mini-jupe au langage de poissonnière. Inutile de foutre en l'air volontairement l'esprit du mouvement. Mata avait été photographiée et filmée. Pourvu qu'il n'y ait pas trop de vagues. Mata Hari calmée (certes après une petite baffe de Suze) recouvrit ses faibles esprits et la suivit. Train à Paris-Montparnasse direction SQY. Elles purent discuter une demi-heure dans le train, et Mata en prit pour son (absence de) grade. Au fil des années et des aventures, Mata Hari était passée de libertine calculatrice à simple conne. Suze devait changer pour devenir pour elle plus qu'une mère de famille… une assistance sociale.

## 18/ René (comme d'autres Inspecteurs) convoqué au ministère de l'intérieur

L'Île de France était la région la plus ciblée par les Gilets Jaunes. L'état par son ministère de l'intérieur l'avait choisi pour une session pédagogique. Les journalistes y étaient à l'affût du moindre fait social ou plutôt anti-social. De ce fait, cette conférence avait sa légitimité. Tous les fonctionnaires de police : managers placés sur la mission Gilets Jaunes étaient conviés avec l'indication : Obligatoire sauf si dérogation hiérarchique. Autant dire qu'elles seraient examinées au microscope et que le chef avait intérêt à trouver des arguments de poids. On ne rigole pas avec la politique de l'état quand on est fonctionnaire manager en chef. René et André regardaient leur montre en alternance et ils étaient dépités. Le service aux citoyens, ce n'est pas dans un amphithéâtre politique que cela se règle. Toute la salle était remplie d'inspecteurs avec la même tête exprimant le même sentiment. : Mais putain laissez-nous travaillez. Semblaient-ils dire, tellement la pensée était présente. Ils durent endurer une heure de propagande étatique sur les valeurs de la république. Puis un autre film documentaire sur le mouvement des manifestants… 1968 revu (un peu) et pas corrigé. Le film était en couleur et en HD. Puis, dans une ambiance glaciale, quelques hôtesses en mini jupes avec micro se promenèrent pour sonder le chaland et faire croire que le climat était chaleureux. Quelques mains se levèrent pour poser des questions. Ces derniers, c'est à leurs collègues qu'ils faisaient honte. Le ministre de l'intérieur 'himself' passa pour dire sa lecture du message. : Nous sommes responsables de la santé publique, même à leur corps défendant. Donc, il ne faut pas tout gober et nous devons toujours découvrir pourquoi des personnes manipulables ont décidés d'attaquer la république. Il y a eu des incidents plus que regrettables il y a peu. Cherchez clairement la responsabilité et donc la culpabilité. J'en appelle à vos valeurs et votre attachement naturel à la loi. Messieurs, je vous libère et compte sur vous pour être des officiers exemplaires de la République La salle se vida sans aucun applaudissement.

## 19/ René informe sa hiérarchie qu'il souhaite être déchargé de l'enquête

Dans le bureau du commissaire. André et René étaient assis face au commissaire.

**Commissaire**: J'avais d'abord nommé René. Ensuite, André. Et maintenant le ministère refuse que quelque suivi du mouvement soit assuré par personne de moins qu'inspecteur.

René et André se regardèrent interrogatifs ?

**Commissaire**: Il y a une urgence nationale et le ministère pense mieux utiliser les cadres et avoir aussi des informations plus fiables, moins émotives.
**René**: Pas de problème, je suis le responsable et André sera mes yeux, mon nez et mes mains sur l'enquête.
**Commissaire**: Je vais faire comme vous dites. Mais uniquement car j'ai moins de paperasse dans cette voie.
**René**: J'avais compris comment vous procédiez pour prendre vos décisions.
Le commissaire releva le sarcasme mais réagir.
**Commissaire**: André. Vous êtes un élément prometteur. Donc vous travaillez en sous-marin. L'ordre ne vient pas de moi, et René partage la stratégie.
**André**: Merci. Ma communication va déviée et passera par René pour changer de signature. Je ne m'en offusque nullement, René est un bon mentor mon capitaine.
**René**: Il sera aidé par le détective Eddy. J'ai vérifié, il reste un peu de fond dans le cadre d'un consultant.
**Commissaire**: Soit Inspecteur René. Nous sommes en phase. Alors exécution.

René et André quittèrent le bureau du commissaire et firent un point dans leur bureau double, puisque René avait demandé que André s'installe dans son bureau. Pour une meilleure efficacité dans la transmission de savoir.

**René** : Tu sais où cela va te mener ?
**André** : Ça avait l'air d'être clair non ?
**René** : Ne t'y fies pas. Il n'est pas arrivé commissaire par hasard.
**André** : Ni vous inspecteur en chef.
**René** : C'est là où je veux en venir. Moi et toi aussi, on progresse par l'application de nos compétences reconnues au travers de notre travail au quotidien.
**André** : Oh…
**René** : Lui passe plus de temps à gérer son plan de carrière que de s'occuper de son commissariat.
**André** : Oh bis …
**René** : Ne compte que sur toi pour ton avancement. Il te volera tous tes faits de guerre pour se faire mousser et il ne défendra jamais l'un d'entre nous en cas de problème, mais sa botte sera présente pour nous enfoncer.
**André** : Oh ter …

## 20/ Ministère de l'intérieur

Le commissaire rappela le ministère de l'intérieur, comme convenu avec son contact.

**Commissaire** : Mr le secrétaire d'état à la ville, j'ai fait un point clair et virulent avec mes deux subordonnés. Il n'y aura que des cadres inspecteurs sur le sujet épineux, et pas de 'bleus-bitte' si vous me permettez.
**Secrétaire d'État** : Bien.
**Commissaire** : C'est toujours intéressant d'avoir dans son jeu un fonctionnaire zélé.
**Secrétaire d'État** : Sans doute.
**Commissaire** : Donc si j'ai besoin de quelque chose, je peux vous contacter.
**Secrétaire d'État** : L'état apprécie d'être entouré de personnes compétentes et professionnelles.
**Commissaire** : N'hésitez pas à solliciter mon aide. Mon commissariat sera heureux de répondre présent.
**Secrétaire d'État** : Je n'y manquerai pas.

Chacun raccrocha.

## 21/ Séparation des rôles

Le commissaire convoqua l'inspecteur en chef René ainsi que l'apprenti en formation André.

**Commissaire**: Asseyez-vous

Froncement de sourcils de la part de René, pour qui c'était la première fois qu'il l'entendait, le commissaire ayant la réputation d'avoir des lacunes en politesse et un sens inné de l'humiliation.

**Commissaire**: J'ai eu le ministre au téléphone. Il est ok pour notre couverture.

Il confusionnait entre Secrétaire d'État et Ministre, mais qu'importe.

**René**: Nous en avions déjà discuté il me semble.
**Commissaire**: Ce n'est pas vous qui décidez ! J'ai défendu âprement votre situation. Le ministre accepte sous conditions. René enquêtera sur la face visible de l'iceberg : l'assassinat de la journaliste. Toi André, tu gères le tout va avec les gilets jaunes.
**René**: J'ai déjà un travail qui m'accapare.
**Commissaire**: Vous remettez en question ce que j'ai réussi à négocier au plus haut niveau de l'état ?
**René**: Je suppose que vous avez omis de leur dire que j'étais déjà missionné ailleurs ?
**Commissaire**: On ne dit pas non à un ministre.

René préféra tourner casaque et entraîna André dans son sillage.
René et André prenaient un Nième café et René tentait de briefer son apprenti.

**André**: On va devoir s'organiser.
**René**: Certes. Je souhaiterai t'aider sur cette mission. Mais je ne

pourrai pas te former comme je le veux.
**André**: C'est si grave que ça ?
**René**: Je suis pro et tous mes formés sont devenus de bons inspecteurs.
**André**: Et ?
**René**: Je vais te coller dans les pattes du détective Eddy. Tu ne lui diras jamais, mais il aurai fait un bon flic. Je lui fais confiance. Tu vas bosser en binôme avec lui.
**André**: Ça te coûte ?
**René**: Pas vis à vis de Eddy, mais de ce putain de connard de commissaire à la con.
**André**: Donc on plie ?
**René**: Donc on fait notre boulot. Mais à chaque fois qu'on peut ne pas donner des billes au commissaire, on ne s'en privera pas.

## 22/ René à bout demande à Eddy & Suze en renfort

Rencontre impromptue chez Eddy. Suzie était habituée à ces soirées mais trouvait qu'elle était assez peu intégrée sur cette enquête ? Elle suspectait une affaire à la chartraine… Il n'aurait quand même pas eu le cran de réitérer ses conneries ? C'était une soirée quasi improvisée, à trois, sur 'convocation' de René.
(L'auteur vous rafraîchirait bien la mémoire, mais ce qui s'est passé à Chartres devra rester à Chartres.)

**Suze**: René, tu sembles épuisé ?
**René**: Ce n'est pas que de le dire.
**Eddy**: Viens-en au fait alors ?
**René**: Les gilets jaunes.
**Suze**: Eddy, sers-lui un verre. Et ne discute pas.

Eddy lui offrit un verre de son meilleur whisky pure malt.

**René**: Merci Eddy & Suzie.
**René**: Ma situation est compliquée et de plus difficile à tenir.
**Suze**: Demande, on t'aidera.
**René**: Le contrat a été enfin signé. Le commissaire ne s'occupe

pas de la compta tant qu'il n'est pas mis en cause.

**Eddy** : Ça veut dire que je vais accompagner André ?

**René** : Ça veut dire que tu es payé par l'état pour former ou compléter la formation de André. C'est trop dur ?

**Suze** : Merci René, André et Eddy auront plaisir à travailler ensemble.

**Eddy** : René. Je ferai le maximum pour André. Surtout que j'apprécie Kawaii. Allez… humour. Surtout en présence de ma toute douce.

**René** : Je bosse quatre-vingts heures par semaine. Je dors à la maison, mais je n'y vois pas Sœurette. J'arrive elle dors, je pars elle dort. Vivement la fin du mouvement manifestatif.

**Eddy** en regardant René : Donc, je vais aider André, mais qui va t'aider toi ?

**René** : Vous m'avez aidé à ne pas perdre Sœurette. Je ne peux pas toujours vous appeler à l'aide. Je ferai ce que je dois faire.

La suite de la soirée ou plutôt de la nuitée : On laissa René dans un fauteuil. Il avait un tel déficit de sommeil qu'ils avaient jugés préférable de le laisser ronfler dans un fauteuil. Gain deux heures de sommeil. Ce n'est pas négligeable. Eddy et Suze firent la chose en silence dans la chambre.

## 23/ Suze intègre le groupe SOY

Raoul et André se réunissaient assez souvent. Ils avaient forcément traité le sujet du lieu de rassemblement des gilets jaunes. Le rond-point bloqué était passé de celui de droits de l'homme à celui des sangliers. Le courant passait de plus en plus entre eux deux, et mêmes les autres jaunâtres l'acceptaient. Le jeu de l'équilibriste existait aussi dans la police. Suze avait pris sa décision. Elle refusait d'y envoyer une de ses chères filles. Elle irait elle-même. André, comme chaque samedi matin, passait voir les gilets jaunes et papotait un quart d'heure avec Raoul. Quelle ne fut pas sa surprise de reconnaître une silhouette familière. Il accéléra le pas et se permit de la prendre par la manche du bras. Il s'éloigna un peu à l'écart toujours en la tenant fermement.

**André** : Suze, tu joues à quoi ?
**Suze** : Bonjour Inspecteur André, frisquet ce matin, hein ?
**André** : Il y a déjà une victime. On mène l'enquête.
**Suze** : Tu as vu l'enquête avancer toi ? Tant qu'il n'y aura pas une personne infiltrée, tu ne progresseras pas. Même avec un Raoul dans ta main.
**André** : On pourrait y placer Kawaii plutôt que toi ?
**Suze** : Elle fait partie de ma famille pour toute ma vie, mais elle a décidé de tenter une autre aventure. Je suis heureuse pour elle. Et bonhomme, ce n'est pas sympa de balancer sa femme pour l'envoyer en première ligne.
**André** : Eddy va me tuer.
**Suze** : J'ai occupé le terrain en premier. Tout changement d'actrice foutra en l'air la pièce de théâtre. À bon entendeur, Salut.

Elle joint le geste à la parole, avec un joli doigt d'honneur. Elle libéra son bras et faussa compagnie à son geôlier.

## 24/ André et Raoul et Suze

Ensuite, André, légèrement choqué alla voir Raoul.

**Raoul** : C'est la première fois que tu questionnes un de mes gars sans ma permission.
**André** : Ouais, désolé, elle est nouvelle et je ne sais pas, je l'ai bousculée. Présente-lui mes excuses. À demain Raoul.
**Raoul** : C'est cela. À demain.

Il avait merdé et il le savait. Il avait gâché les avancées concédées par Raoul. Il cogiterait et verrait demain pour une nouvelle stratégie. Raoul s'approcha de la nouvelle.

**Raoul** : Ça va, il n'a pas été trop violent. Tu sais, ce n'est qu'un flic.
**Suze** : Il se considère en terrain conquis. En plus une femme. Allez, passons à autre chose.
**Raoul** : Tu fais quoi dans le civil ?

**Suze** : Des petits boulots par une boite d'intérim et d'autres au black.
**Raoul** : Notre quotidien. Moi, je suis un nanti à coté de toi. Je bosse en CDI à l'entrepôt Amazon. Boulot de merde, mais je veille à le conserver.
**Suze** : C'est pour cela que tu es le meneur ? Pour tes qualités de logisticien ?
**Raoul** : Ça se pourrait. Je dirige une équipe, alors c'est venu naturellement.
**Suze** : Oublie ce flic, lui aussi fait son boulot et il ne m'a pas rudoyé.
**Raoul** : Tu es sympa toi.
**Suze** : ?
**Raoul** : Je suis marié civilement et avec trois enfants. Pas envie de me farcir une aventure en plus. Sois tranquille de ce côté.
**Suze** : Excuse, j'ai cru ..
**Raoul** : Ça aussi c'est notre quotidien. Les couples n'ont pas les moyens financiers de divorcer. Alors ils font des entorses et cela devient monnaie courante. La précarisation et la paupérisation ont des impacts insoupçonnés sur la vie sociale.
**Suze** était conquise : Raoul,… euh, rien.
**Raoul** : Allez, comme tu es nouvelle, on va te mettre à la communication. Tu iras voir chaque membre du groupe et demandera s'ils ont besoin de quoi que ce soit. Cela peut-être un café ou une palette. Tu ne seras pas une secrétaire, mais une agente de liaison. Quand tu connaîtras tout le monde, on te fera tourner.
**Suze** : Tu ne me présentes pas à chacun ?
**Raoul** : Si j'avais le temps cela aurait déjà été fait. Allez zou, présente-toi à chacun et je t'assure que tu auras la gorge sèche dans moins de deux heures.
**Suze** : Merci.

## 25/ André et René

André de retour au commissariat alla voir René.

**André** : René, j'ai un truc délicat à te dire.

**René** : Vas-y assis toi je finis une paperasse.
**André** : J'ai vu Suze aujourd'hui.
**René** : Et moi hier soir, tu as plus de chance que moi.
**André** : Avec un gilet jaune.
**René** : Elle causait avec un gilet jaune, mais de quoi je me mêle ?
**André** : Elle portait un gilet jaune et faisait partie des manifestants.
**René** : Oh merde.
**André** : Je l'ai découvert par hasard et j'ai merdé pour l'enquête je crois.
**René** : On s'en fout, Eddy le sait-il ?
**André** : Cela m'étonnerait.
**René** : Respectons donc sa stratégie.
**André** : Je dois le voir cette après-midi avec sa couverture.
**René** : Eh bien on se verra ce soir alors. S'il n'a pas explosé en vol auparavant.

## 26/ Eddy.

Eddy nouvellement accrédité TVfil78 (via police interposée) fait son job de journal… à ce même rond-point. La camionnette TVfil78 se gara devant les grilles installées par les manifestants. André et René étaient déjà présent, averti par Raoul qu'une séance télévisée aurait lieu. Le comité d'accueil pendant que l'équipe de télé sortait son matériel : Raoul, André, René et Eddy, avec une présentation de journalistes accrédités. Puis ils firent un tour du propriétaire. Et c'est là que Eddy à son tour découvrit sa compagne officielle.

**Eddy** à René : J'ai bien vu ? C'est pour une mise en scène ? C'est dans le scénario ? Hein ? Hein !
**René** : Elle n'en fait qu'à sa tête. Elle infiltre pour nous aider sans notre accord.
**André** : Eddy, calme-toi, joue le jeu, et ce soir joue au jeu de la vérité avec ta dulcinée.

L'équipe de télé, sous le contrôle de Eddy le journaliste, filma des plans d'ensemble avant de voir avec Raoul pour des interviews plus personnels.

**Eddy**: Mr Raoul, j'aimerai procéder à des prises de vues individuelles, des entretiens filmés en clair, et nous sélectionnerons les séquences les plus appropriées.
**Raoul**: Voyons, je dois aussi protéger l'image des gilets jaunes. J'ai une gilette jaune au poil pour vous. La Suzie.
**Eddy**: Non surtout pas elle. Elle n'était pas présente le samedi du meurtre.
**Raoul**: Vous venez d'arriver et vous connaissez déjà tout sur mon équipe ?
**André**: Raoul, Disons que j'ai raconté mon épisode de ce matin.
**Raoul**: Sinon, y a Jérôme, un fada de Marseille, et faute de mieux, moi.
**Eddy**: A mon unanimité, je valide vos deux propositions.
**Raoul**: Commencez par Jérôme, et gardez-moi pour le pousse-café.
**Raoul** à André et René: Si je vous ai fait appeler, c'est pour sécuriser l'emplacement et qu'il n'y ait aucun débordement. Je vous en remercie.
**Eddy** à Raoul: Euh, même sans l'interviewer, je peux causer hors champs avec la nouvelle ?
**Raoul**: Ouais, mais qu'est-ce que vous avez tous avec elle… vous pouvez pas laisser vos spermatozoïdes en repos pour une fois ?
**Eddy** à Suze: Tu aurais pu m'avertir ?
**Suze**: J'y ai pensé, je l'ai fait. Pas eu le temps de communiquer. C'est grave ?
**Eddy**: Je suis avec toi ? On partage tout ? Ou non ?
**Suze**: Tu veux qu'on reparle de Mata Hari, car coté 'sharing', j'ai partagé mes filles et toi tu en as bien profité ?
**Eddy**: Ok, tu mènes ta barque, avec ou sans moi. Mais là, on est sur une enquête.
**Suze**: Alors ne détruis pas ma couverture. J'ai choisi l'infiltration car l'enquête ne progresse pas vite, voire pas du tout.

## 27/ Appel local.

Sur une vidéo de la Télévision locale, il y avait en plus de l'excellent reportage de Eddy (revu et corrigé par un vrai professionnel de TVfil78), un court métrage dans le style de SOS disparition. En l'occurrence il s'agissait d'un appel à l'aide en demandant à tout un chacun de fournir photo et vidéo de la date du décès de la journaliste locale. Reportage sobre et soft, estampillé 'approved by national police'. L'idée venait d'André, mais seul René pouvait valider. Dès le milieu de la nuit, les premières data arrivèrent. René avait créé un accès pour Suze, aide plus que substantielle pour le traitement des données. Suzie passa son dimanche à trier les informations, pendant que les fonctionnaires tentaient de profiter de leur famille. Et le flux de données continua toute la nuit. Suze travaillait et isolait chaque personne de cette putain de journée. Elle avait une galerie de photos de tous ou quasi tous les gilets jaunes de la journée. Cela servira l'inspecteur en chef. Suzie traita une seconde liste : Les non-gilets jaunes de passage ce jour. Et une troisième liste : La journaliste de la télé. Au petit jour, Suze était contente de sa moisson. Et aussi un peu surprise.

## 28/ Suze à Green

Dès que Eddy quitta l'appartement, Suzette prit son téléphone et composa le numéro de Green.

**Suze** : Green, j'ai besoin de toi.
**Green** : Suze, j'ai eu une nuit longue et vigoureuse, alors oui parce que c'est toi, mais quand j'aurai fini ma petite nuit.
**Suze** : Le métier d'abord et merci d'avoir décroché, j'ai un besoin de toi cette après-midi qui débouchera normalement sur une nuit. Désolé ma belle.
**Green** : Je suis de repos ce soir. Enfin, plus maintenant. Je lirai tes messages dans deux heures. Bisou maman.

Suzie était effectivement comme une mère pour elle. Cela lui faisait donc chaud au cœur cette forme familière de reconnaissance.

Trois heures plus tard, c'était une Green rebuildée qui sonnait à l'appartement de Eddy.

**Suze**: Bisou ma Green, mais et si j'avais été à mon propre appartement.
**Green** : J'y suis passée, j'ai sonné, et puis j'ai continué.
**Suze**: Entre ma fille, on partage le petit déjeuner ?
**Green**: Avec plaisir Mam.

Pas de croissant, pas prévu, mais du pain grillé et de la confiture bio car c'est Suze qui faisait les courses.

**Suze** en nuisette froissée qui avait dû servir, et Green clean et pro: Tu excuses ma tenue.
**Green**: Depuis quand une fille a le droit de critiquer sa maman.
**Suze**: Depuis qu'on est dans une famille formidable.
**Green**: Tu as besoin de moi. Je viens chercher les infos à la source.
**Suze**: J'ai moi aussi bossée toute la nuit. J'ai un suspect. Il y aura du danger car j'ignore les circonstances du premier meurtre et donc la potentialité de récidive.
**Green**: Sur une échelle de 1 à 10 ?
**Suze**: Ne sachant rien. Quatre mais incertitude de 50%.
**Green**: J'avance dans le brouillard.
**Suze**: Oui, tu laisseras ton mobile ouvert discrètement s'il te plaît.
**Green**: On verra, pas facile s'il est soupçonneux.
**Suze** serrant Green dans ses bras: Je ne veux plus perdre aucune d'entre vous.
**Green**: Cela s'entend.

## 29/ Green par hasard Raoul

Le samedi suivant. Nous sommes toujours en 2018 et l'hiver est bien présent. Green se pointa sur le lieu de manifestation en après-midi. Elle avait son gilet sur elle et se dirigea direct sur Raoul. Elle fut interceptée par Suze, qui prenait son rôle au sérieux. Elle présenta La nouvelle à Raoul.

**Raoul** : Bonjour. Joli gilet, mais ça ne fait pas tout. Présentez-vous s'il vous plaît.
**Green** : J'ai fini mon taf à un burger… Je suis venu ici par proximité. Je constate que je suis pestiférée, la pas-bienvenue ?
**Raoul** : Ici, ce n'est pas un moulin ouvert à tous les vents ? Tu as une référence ? Une seule …
**Suze** : Je la connais. Elle est effectivement serveuse au Mc Do.
**Raoul** : Bon Ok alors. Tu aides à la constitution des monticules des palettes. Suze te supervisera ce jour.
**Green** : Ce n'est pas trop physique au moins ?
**Suze** jetant un œil assassin à Raoul : Tu portes une seule palette, je tue Raoul.
**Green** : Je ne peux tout de même pas y aller et dire que je ne porte rien ?
**Raoul** : Ce n'est pas faux. Suze, on en fait quoi alors de ton amie ?
**Suze** : Et si on la mettait à l'intendance ? Ça doit être dans ses cordes ?
**Raoul** : Green, J'espère que tu ne feras pas frire les merguez. Enfin, rapport à ta profession. Et des gilets jaunes intoxiqués, je n'ai pas envie de voir ça sur France 3 et encore moins sur Tvfil78.
**Green** : Ne vous inquiétez pas. Je ne fais que le service et la plonge. Pas folle.
**Raoul** : Bon Ok, j'évite deux tentatives de meurtres. Suze, tu présentes la nouvelle à tous.
**Suze** : Merci Raoul, Tu es gentil.
**Raoul** : Ça je le savais, allez circulez maintenant, j'ai un métier moi, même si ici c'est mal à propos.

## 30/ Eddy Suze

**Eddy** : Suze, J'aurai besoin d'une autre fille.
**Suze** : Je ne te suffis plus ?
**Eddy** : Pour l'enquête. Rien que pour l'enquête.
**Suze** : Alors pourquoi une autre ? Je ne suis pas assez bien ? Je suis infiltrée moi.
**Eddy** : J'ai besoin de plus de filles pour les enquêtes. Des filles servant la cause car tu les aimes. Blue Lagoon : décédée. Mata

Hari : Pas fiable. Kawaii : Rangée. Green Lantern: Ok. Paradis d'un soir : Ok.

**Suze** : Tu veux quoi ? Que j'aille dans la rue avec la pancarte 'Je recrute Escorte Girl'.
**Eddy** : Vou n'êtes plus que trois filles, toi incluse.
**Suze** : Je sais, merci.
**Eddy** : J'aurai peut-être bientôt une nouvelle mission à te confier.
**Suze** : Accessoirement tu me les rends afin qu'elles puissent aussi travailler le soir ?
**Eddy** : C'est une enquête trop prenante. Et je me suis engagé en ton nom et celui des filles.

## 31/ Analyse des vidéos des : internautes

Une fois n'est pas coutume, le rendez-vous avait lieu chez Sœurette. Maintenant que la police devenait majoritaire dans la troupe, on pouvait estimer que le changement de lieu était judicieux. Eddy goûta à une autre marque de whisky. René et André l'accompagnèrent. Suze et Sœurette remontèrent le niveau du groupe en sirotant du thé. En plus c'est la Twingo de Suze qui raccompagnera André chez Kawaii et elle chez Eddy. Sœurette préféra rapidement aller se coucher et lire un bon polar pour se changer de cette affaire.

**Suze** : On a analysé les datas reçues pour donner suite à l'appel à témoin à la télévision.
**René** : Et donc la super analyste a trouvé du lourd ?
**Suze** : On avait déjà isolé un gilet jaune. Ma nouvelle analyse ajoute deux suspects. Un politique et un journaliste.
**André** : Suze, comment reconnais-tu un politique et un journaliste.
**Suze** : Le journaliste a un badge passablement illisible. Le politique a une cravate et arbore un sourire, plus faux que nature.
**Eddy** : Les images sont floues. On va devoir se faire aider.
**René** : Pas de problème, on appelle tout de suite la brigade PMM 'Police Multi Média', ils ont une équipe 24/24.
**Eddy** : Alors s'ils ont une équipe 24/24 …

Suze donna un coup de pied sous table. L'intéressé le reçu cinq sur cinq au niveau du tibia.

**René** : Je les appelle tout de suite.

Il joint le geste à la parole avec son téléphone pro et composa le numéro. René attendit et comptait les sonneries.

**Eddy** : C'est 24/24, mais pas 7/7…
**Suze** : Eddy, tu fermes ta gueule. C'est clair ?
**René** : Ouais, c'est une possibilité 24/24 mais pas 7/7. Je reconnais.
**Eddy** : René, excuse-moi.
**René** : L'enquête avant tout.
**Eddy** : Avec ta permission, on va appeler un de mes contacts.
**René** : Un 24/24 7/7 ?
**Eddy** : J'espère. Mais je vais m'isoler s'il te plaît. Ce n'est pas toujours simple.
**René** regardant Eddy dans les yeux : C'est le résultat qui compte, tu gères.
**Eddy** s'éloigna et composa sur le mobile le numéro de Julien le hacker sur la tangente : Julien, tu ne dors jamais ?
**Julien** : Je me refais l'intégrale de GoT, je n'ai pas envie de me faire avoir à la prochaine édition de 'trivial poursuit' spécial série TV.
**Eddy** : Tiens, c'est amusant que tu parles de vidéo. J'aurai besoin d'une analyse de reconnaissance faciale.
**Julien** : Tu m'appelles pour un truc aussi basique. Même toi tu pourrais trouver sur internet.
**Eddy** : Disons que les vidéos ne sont pas du domaine public. Et se rattrapant… et ce n'est pas du Q non plus.
**Julien** : Ok, tu envoies les vidéos sur mon site et tu auras les réponses rapidos.
**Julien** : Euh, je fais une connexion avec le fichier de la police ou non ?
**Eddy** : Fais, ça leur coupera la chique, ou plus.
**Eddy** : Julien… Ô mon Julien… Merci.
**Julien** : Cool Eddy. Je peux taffer maintenant ?

Trente minutes plus tard, le téléphone d'Eddy sonnait.

**Julien** : Je sais que tu es très pris. Alors va sur la messagerie de ta belle. Tu as ce que tu as demandé.
**Eddy** : Merci.
**Eddy** : Suze, as-tu reçu quelques courriels ?
**Suze** : Attends, je me connecte. Ah oui. De ton copain julien, qui m'invite à l'hôtel, mais seulement la nuit, même pas de restaurant ni de petit déjeuner ? Quel radin ton copain. Alors que le matin après ce genre d'exercice, on ne crache pas sur le petit déjeuner et ses apports calorifiques.
**Eddy** : Ah ah ah. Tout Julien ça.
**Suze** : C'est ça tes amis ? Des dragueurs primates ? Primo, tu lui diras que je ne fais pas dans le bas de gamme, et Secundo, je suis assez surprise de ta non solidarité avec ta meuf. Tertio, je n'avale pas, donc il me faut un dîner et un petit déjeuner. Il le comprend ou non, avec ton agrément…

Suzie ne semblait pas contente du tout.

**Eddy** : Suzie… Tu as sûrement une pièce jointe plus intéressante à nous montrer ?
**Suze** : Ah oui, j'ai failli l'oublier. J'ai dû être perturbé par un truc sans importance. Comme trop souvent.

Suze double cliqua sur la PJ (Pièce Jointe et non pas Police Judiciaire). Les faciès s'affichèrent sur un power point préparé par Julien, façon les experts. Chacun appréciera à sa juste valeur l'humour du dragueur. Il y avait Jérôme, gilet jaune. Il y avait un politique (Julien avait mis la photo avant et après récupération de qualité pour se mettre en avant). Il y avait un journaliste (idem).

**André** : Merci à Julien, même si je suis d'accord avec Suze.
**Eddy** : Merci. Je réglerai cela. Tout a un prix, mais pas à ce prix. Suze est ma reine.
**Suze** : Eddy, il y a l'enquête et il y a nous. Mais gare à tes fréquentations.
**René** : On pourrait partager et causer sur les trois vauriens

potentiels ?
**Eddy**: Le gilet jaune, l'enquête bis est en cours, c'est Green Lantern qui s'y colle.
**René**: Les deux autres ?
**Eddy**: Le journaliste sera assez facile à gérer. Je compte sur Suze pour y coller une de ses filles.

Il serra fort la main de Suzette, car il savait qu'il y avait un manque de personnel et il souhaitait quelle fasse silence sur ce point.

**Eddy**: Le politique, j'ai mon idée, mais je souhaite l'accord de René et mettre André au courant.
**Suze**: Et moi ?
**Eddy**: Tu connais l'histoire glauque, et je n'accompagnerai aucunement les inspecteurs au ministère des politiques.
**Suze**: Je valide alors.
**Eddy**: J'ai besoin de ton équipe ? Encore.
**Suze**: Je te prête Kawaii, si elle et André sont Ok. Moi je ne fais jamais rien dans le dos de mes amies.
**René**: Eddy, s'il te plaît ne la presse pas. C'est une de tes chéries par Suze interposée.
**Eddy**: J'ai besoin de Suze. Mais je suis incapable de lui dire que je l'aime…
**Suze**: … Sauf dans le lit conjugal pour obtenir plus que mérité ?
**René**: Stop, attends, je vais réveiller Sœurette.
**André**: Moi de toutes façons, je ne crois que les écrits, donc je n'ai rien entendu, même si ce serait une bonne nouvelle.

## 32/ Eddy Suze : Du travail pour Kawaii

Plus tard dans la soirée, au chaud.

**Eddy**: J'ai un contact pour Kawaii.
**Suze**: Ta pute ?
**Eddy**: C'est le Capitaine Corinne. C'est une nympho hétéro. J'espère que notre chère Kawaii ne risque rien.
**Suze**: Tu resteras en dehors ?

**Eddy** : A tous les sens du terme. Ce n'est vraiment pas ma meilleure expérience.
**Suze** : Tu viens de décider d'envoyer une de mes filles chez une de tes prédatrices ?
**Eddy** : Je n'ai décidé de rien du tout. En plus, l'expérience n'a pas été épanouissante.
**Suze** : Préviens Kawaii de ton expérience. Et je te surveille.
**Eddy** : Elle risquera moins que sur le chantier des gilets jaunes.
**Suze** : Passons à autre chose, car sinon nous allons dans une impasse.
**Eddy** : A tes ordres Maîtresse Suzette …

## 33/ Kawaii au ministère

Kawaii accréditée par le ministère était fringuée comme une figurine dans une film soap qui se passe dans une université américaine, style ‘cheerleader’ (Majorette). Elle se présenta au ministère de l’intérieur et déposa certains de ses vêtements sur le détecteur, mais elle restait plus vêtue que dans bien d’autres situations vécues professionnellement. Elle se pointa ensuite à l’accueil. On vérifia son identité et sa nouvelle affectation. L’hôtesse qui l’avait prise en charge la dirigea vers le bureau des RH, qui devaient gérer son arrivée. Kawaii s’y dirigea pour son rendez-vous. Aux RH, ils avaient organisé une réunion avec la Capitaine Corinne, la terreur des gradés… mais ce n’est qu’une rumeur. La RH comprit tout de suite qu’il était préférable de les laisser enfermées et ensemble.

**Capitaine Corinne** : Alors comme ça, le détective Eddy se souvient de notre relation …
**Kawaii** : Oui, et assez pour reconnaître votre compétence professionnelle. Le reste ne me regarde pas.
**Capitaine Corinne** : Vous voulez démêler le vrai du faux ?
**Kawaii** : Non je veux juste votre assistance sur le meurtre d'une journaliste et que vous m'aidiez à trouver les politiques mouillés ou impliqués. Eddy dit que vous pourriez nous aider ?
**Capitaine Corinne** : Donnant… donnant …

**Kawaii** : J'aurai des noms ?
**Capitaine Corinne** : Je suis une femme d'honneur. Je laisse filer les faibles. Je propose des choses aux belles et bonnes personnes.
**Kawaii** : Soit. Effectuez les recherches et on conclura ou finalisera ensuite.

La capitaine travailla sur son ordi sur les précisions de Kawaii. Cela dura entre trente minutes et une heure. Mais pour finir, la capitaine laissa Kawaii apercevoir le résultat. Cinq hommes politiques avaient prévu de se déplacer sur ce rond-point. Juste entrevoir.

**Capitaine Corinne** : Je ne donne pas mes informations. Je les échange.
**Kawaii** : J'ai compris. Où et quand ?
**Capitaine Corinne** : Maintenant.
**Kawaii** : Ok, fermons la porte et abaissons les stores.
**Capitaine Corinne** : Une femme honnête.
**Kawaii** : Une femme qui respecte les règles du jeu, même si vous avez toutes les cartes dans votre main.

L'opération se fît dans un certain silence. Kawaii repartit avec son listage, ainsi qu'un sentiment d'impureté. La Capitaine semblait 'comblée'.

## 34/ Kawaii à Suze : Confession

**Kawaii** : Maman Suze… J'ai besoin de te parler.
**Suze** : Vas-y et donnes moi une seule raison de ne pas tuer mon détective. Je me contenterais de peu tu sais ?
**Kawaii** : Disons que j'ai été piégé. Pas sûr que Eddy le savait.
**Suze** : Tu es vivante. Pas sûr qu'il s'en sorte aussi bien.
**Kawaii** : Suze… Sa capitaine, c'est une chaudasse… bisexuelle. Elle n'est jamais rassasiée.
**Suze** : Tu as du donner de ta personne ?
**Kawaii** : Tu connais mes orientations et ma tolérance. Simplement, je m'estime casée. Ce sera la dernière fois.

**Suze** : Pas un mot à André, promis. Mais je vais sermonner mon Eddy.
**Kawaii** : Pas Eddy. On ne divulgue rien.
**Suze** : Je respecte. Mais il a clairement sa part de responsabilité.
**Kawaii** : Suze, pour toi, il est innocent de tout. J'ai fait ma part du boulot. Mais Eddy ne pouvait pas savoir. L'enquête est prioritaire. Une femme journaliste est morte. S'il te plaît, si 'Just stop now'. J'ai été infidèle sans l'être tout à fait. Mais ce sera ma dernière fois.
**Suze** : Je vais te laisser. Je ne te solliciterai plus. Bises ma Fille.

Elles raccrochèrent. Suze pleurait.

## 35/ L'Assemblée Nationale

Kawaii était munie d'un badge du ministère de l'intérieur générée par la capitaine, avec sa photo et un titre extérieur ronflant et avec cela elle se rendit à l'Assemblée nationale. Sa couverture : VRP Consulting Quality communication et intervention. Elle passait de bureau en bureau et de couloir en couloir… Muni du listing des cinq hommes politiques, elle sillonna les couloirs et tapait à des portes, en quête de réponses à ses questions. Kawaii serpentait dans ce dédale de bureaux affectés aux députés. Elle marcha beaucoup. À chaque destination, elle se comportait pareil pour avoir un retour similaire de ses émissaires du gouvernement.

**Kawaii** : Bonjour Mr le député. Je suis Kawaii et je suis mandaté par l'Assemblée nationale pour réguler la communication autour des gilets jaunes.
**L'interlocuteur** : Mlle, puis-je voir votre carte ?
(Elle donna sa fausse carte de visite et son accréditation de la capitaine)
**L'interlocuteur** : Merci. Excusez cet excès de zèle, mais je ne serai pas le premier député à finir sur la première page du Canard Enchaîné.
**Kawaii** : Vous êtes tout excusé. Euh, Mr le député.

**L'interlocuteur** : A votre question, non je n'ai pas été visité le

camp de gilet jaune du rond-point des droits de l'Homme. Mais mon secrétaire d'état OUI.
**Kawaii** : Et je peux le trouver où ?

**L'interlocuteur** : Cherchez-le au bureau 252 de l'aile B.

Kawaii prit congé, avec son nom et son bureau et suivi les couloirs et escaliers pour parvenir à l'aile B, deuxième étage, couloir 5 et bureau numéro 2. Kawaii toc toqua puis entra sans attendre une quelconque réponse. Kawaii découvrit deux bureaux en mode face à face. Un homme la trentaine en costume et une femme jeune avec une jupe courte.

**Kawaii** : Bonjour. Je suis mandatée par une commission et Mr votre député a toute confiance en moi. Voici mes accréditations.

La femme se leva et observa minutieusement les documents. L'homme attendait. Puis son regard revint sur la plastique de Kawaii. Son faciès de porc vicieux, même jeune, ne pouvait pas échapper à l'analyse experte d'une Escorte qui a déjà eu affaire trop souvent à ce genre de regard et à ce genre de charognard.

**La femme** : Tout est Ok. Mais je ne connaissais pas cette commission.
**Kawaii** : Vous ne connaissiez pas encore cette commission. C'est dorénavant chose faite.
**L'homme** : Je suis le secrétaire d'état de notre député et voici mon assistante. Naturellement nous vous aiderons en tout.

Il dit cela et se leva, sans doute pour avoir une meilleure vue sur le bas de ma mini-jupe de Kawaii. Kawaii avait devinée son petit jeu. Elle s'assit sur la chaise et demanda au secrétaire d'état de faire de même, lui coupant ainsi un angle de vue. Il dut alors se contenter d'une vision de sa poitrine. Kawaii tourna son regard vers l'assistante et compris ce qu'elle devait endurer jour après jour.

**Kawaii** : Monsieur le secrétaire d'état. Je centralise les incursions

politiques auprès des gilets jaunes. Pouvez-vous s'il vous plaît, m'indiquez vos initiatives auprès de ces manifestants.
**Secrétaire d'État**, semblant gêné ou cherchant ses mots : Oui, euh je crois, je suis passé voir ce groupe de manifestants. Mais je ne suis pas sorti officiellement ma fonction. C'était une visite de courtoisie hors politique. D'ailleurs, il n'y eu aucun reportage. Voilà.
**Kawaii** : Il n'y a aucune exception. Quand était-ce ?
**Secrétaire d'État** : C'est que, vous me prenez un peu de court.
**Kawaii** : Demandez à votre assistante.
**Secrétaire d'État** : Elle n'était pas au courant.
**Kawaii** : Pourquoi ne l'était-elle pas ? N'est-ce pas votre assistante, qui doit toujours savoir où vous êtes, pour pouvoir toujours vous joindre et répondre en votre nom.
**Secrétaire d'État** : Elle n'était pas au courant.

L'assistante souleva un sourcil, puis le rabaissa. Selon Kawaii, il y avait 'anguille sous roche'.

**Kawaii** : C'est une pratique courante chez vous de cacher votre emploi du temps à votre assistante personnelle ?»
**Secrétaire d'État** : Je n'ai fait de mal à personne. Elle n'a pas à connaître tous mes déplacements ni mes rendez-vous.
**Kawaii** : Cela suffit Mr le secrétaire d'état. Donnez-moi ce que j'attends. Un horaire.
**Secrétaire d'État** : Je, j'y étais le samedi dans l'après-midi. J'ai fait quelques sourires et ensuite je suis parti.
**Kawaii** : C'est tout ? Aucun témoin ?
**Secrétaire d'État** : Je suis arrivé en retard et j'avais un autre rendez-vous ensuite.
**Kawaii** : Mlle l'assistante, quel est ce rendez-vous sur l'agenda chargé du secrétaire ?
**Assistante** : Ce samedi en question, je n'ai rien pour Mr le secrétaire d'état, hormis un dîner de famille à vingt heures à Boulogne.
**Secrétaire d'État** : Je ne vous informe pas des réunions trop personnelles.
**Kawaii** : Je comprends correctement en supposant une 'maîtresse' ?

L'assistante mis sa main devant sa bouche outrée. Mais Kawaii connaissait ce genre de profil sociétal.

**Kawaii** répéta : Je comprends donc correctement en supposant une 'maîtresse' ?
**Secrétaire d'État** : Et si cela était ?
**Kawaii** : Je comprendrai.
**Secrétaire d'État** : Mais je ne parlerai pas. Merci les tabloïds.
**Kawaii** : Monsieur. Cette commission a été montée pour aider la police sur l'enquête sur le décès d'une journaliste de TVfil78. Si vous refusez de me répondre, je travaillerai conjointement avec la police. Incessamment.
**Secrétaire d'État** : J'ai l'immunité diplomatique.
**Kawaii** : Si vous le dites… Mais, c'est tant que votre député vous couvre ou vous accorde sa confiance. Les médias risquent de changer la donne.
**Secrétaire d'État** : Je suis innocent.
**Kawaii** : Vous ai-je accusée ? Je n'attends que votre participation.
**Secrétaire d'État** : Vous l'aurez.
**Kawaii** : Ainsi que celle de votre assistante.
**Assistante** : Elle vous est totalement acquise.

L'assistante ne jouait pas. Elle comptait vraiment sur Kawaii. 'Me too'.

## <u>36/ Eddy appelle son filon : Analyse des noms</u>

**Eddy** : Julien. On a trouvé le politique. Tu peux nous aider pour les deux autres ?
**Julien** : Oui sure, j'y gagne quoi ?
**Eddy** : Tu n'auras jamais ma Suze !
**Julien** : Je me contenterai d'une de ses filles.
**Eddy** : On verra. Je les respecte toutes. Et ce n'est pas de la viande.
**Julien** : Pardon.
**Eddy** : Commence par nous aider.
**Julien** : Il vous faut qui ? Le politique, le journaliste ou le gilet jaune ? J'ai les trois.

**Eddy** : Tu me gonfles. Étale ta science. On a besoin de toi. Profite que tu n'aies as besoin de moi.
**Julien** : Le politique est le secrétaire d'état. Le journaliste est pigiste à TVfil78 mais est venu vers quinze heures. Le Gilet jaune Jérôme, fraîchement divorcé. Je t'envoie les infos complètes, tu reboucles avec ton inspecteur en chef.
**Eddy** : C'est ça et toi calme ta libido s'il te plaît.

## 37/ Eddy s'explique avec Corinne

Eddy avait court-circuité son 'contact' et avait eu le général qui avait confirmé que la Capitaine était de permanence ce soir. Il y alla sans mettre Suze dans la confidence. Il se présenta, montra patte blanche et se défroqua pour la bonne cause. Il se rhabilla et à vingt heures demanda le bureau de la Capitaine Corinne. Non il n'avait pas de rendez-vous. Mais il avait un certain numéro de téléphone de général si ce n'était pas suffisant. Il entra dans le bureau de sa bourrelle.

**Capitaine** : Surprise, mais c'est le petit détective ?
**Eddy** : Bonjour Capitaine. Je reconnais que je me suis peut-être retiré un peu impoliment à notre précédente rencontre.
**Capitaine** : Les bons coups se font rare.
**Eddy** : Je suis ici pour quelques mises au point.
**Capitaine** : Physiquement tu veux dire.
**Eddy** : Pas vraiment. J'étais dans un certain état de faiblesse.
**Capitaine** : Dont j'aurai abusé à ton corps défendu ?»
Elle joint le geste de sa jambe à l'entre-jambe de son invité.
**Eddy** : Je suis venu pour te sermonner.
**Capitaine** : Sur quoi. C'était sa proposition. Je pouvais faire quoi ?
**Eddy** : Je te l'ai envoyé. J'avais confiance en toi.
**Capitaine** : La friandise était trop alléchante.
**Eddy** : Je ne te savais pas bi. Et je t'ai envoyé Kawaii en toute innocence.
**Capitaine** : J'ai une grande faim de loup et je n'ai pas résisté au petit chaperon rouge.
**Eddy** : Ne touche plus jamais à aucune des filles de Suze.

**Capitaine** : Si tu veux, je peux aussi aller lui raconter la vérité ?
**Eddy** : Fais comme bon te semble. J'irai voir tes généraux.
**Capitaine** : Tu le ferai ? Et je ferai de même avec ta poule ?
**Eddy** : Non, car toi tu es une arriviste en plus de tes Tocs sexuels. Alors tu balances et tu perds sur tous les tableaux. Moi aussi d'ailleurs, mais je conserverai ma fierté pour les filles de Suze, à défaut de ma Suzette, perdu à jamais je le reconnais. Alors. Réfléchis avec ton sexe ou avec ta tête, mais hoche la tête si tu as compris ?
**Capitaine** : Il n'y a qu'une façon de le savoir.
**Eddy** : Vas-y Capitaine. Vas-y …

Eddy se leva et quitta la salle. En partant il lui sourit avec ce rictus qui indiquait 'j'irai jusqu'au bout'. La capitaine n'est pas chair à prendre peur facilement. Elle jouait depuis sa plus tendre enfance avec les hommes de tous les ages, les jouvenceaux, les ados. Elle couchait et y prenait plaisir. Elle couchait et garnissait son carnet de chantage. Coucher pour le pouvoir est plus jouissif que coucher pour le plaisir. Avec Eddy, ce ne fut que du plaisir. Convenu entre eux, elle avait juré de dire si cela lui était demandé qu'elle l'avait laissé s'échapper de sa toile, insignifiant insecte sans importance. Elle l'avait consommé juste pour un plaisir partagé. Encore une fois, Eddy était parti. Elle ne savait ce qu'avait cet homme de plus que les autres, pour qu'elle contourne ses propres règles 'Toujours coucher pour obtenir quelque chose'.

## 38/ Retour analyse des suspects

Eddy & Suze, André et René. Au lieu-dit 'chez Eddy'. La teneuse de bar était la charmante Suzie, qui arrosait de whisky son Eddy, et tenait la table propre pour ses amis policiers.
René avait prit goût au pure malt de Eddy. Donc deux verres à whisky, une bière et un ice tea.

**Suze** : Euh, messieurs les enquêteurs… On débute ?
**Eddy** : Soit. J'ai des informations sommaires sur trois suspects. Grâce aux anges de Suze.

**André** : Qui sont ces trois noms ?
**Eddy** : On a le secrétaire d'état : Thomas Edder. Identifié sur vidéo, mais confirmé par Kawaii de visu dans les bureaux de l'assemblée.
**René** : Et de un.
**Eddy** : Un gilet jaune sort du lot : Jérôme Thieux, au chômage depuis peu.
**René** : Et de deux.
**Eddy** : Un journaliste qui n'était pas de TVfil78 : Etienne Slovan
**René** : Et de trois. Bon, lequel a les faveurs des pronostics ?»
**André** : Je vois qui est Jérôme, mais je fais comment pour enquêter sur les deux autres ?
**Eddy** : La difficulté n'est pas là en fait. Trois suspects, jamais assez de preuve pour chacun.
**André** : Affaire classée et on récupère un blâme ?
**René** : Non, enfin pas encore. Il faut filer chacun d'entre eux. Eddy ajoute la cerise sur le gâteau.
**Eddy** : Si on n'a pas assez de preuves, on utilise une fille de Suze pour le coincer en le faisant parler. En cas de meurtre. Je réclame une protection policière pour ces dames sinon je refuse de les impliquer.

## 39/ Suze : Léa informe le déménagement d'une de ses filles vers SQY

Suze était revenu assez tôt à son propre appartement. Elle se posait toujours la question de savoir s'il fallait le revendre et habiter avec Eddy le drôle de détective. Elle avait peut-être aussi peur de s'avouer qu'elle l'aimait, voire pire, qu'ils étaient faits pour vivre ensemble. Ô merde, on en était là ! Elle composa le numéro de téléphone de Léa, une plus ou moins récente consœur, de Paris.

**Suze** : Léa, C'est Suze. Je te confirme. J'ai besoin d'une fille.
**Léa** : Kokeshi est partante.
**Suze** : Je dois savoir quoi sur elle ?
**Léa** : Elle a besoin de prendre le large. Un client puissant lui tourne trop autour.
**Suze** : Je lui prête mon appart en période d'essai. J'irai chez mon

Jules. Qu'elle ne le mette pas à sac.
**Léa** : Merci. Je prendrai en charge les dommages, mais elle est correcte.
**Suze** : Combien de temps ?
**Léa** : Si elle préfère rester dans ton groupe, je l'accepterai. Ce sera peut-être une preuve supplémentaire qu'on peut travailler et que j'ai à apprendre de toi, pourtant ma cadette.
**Suze** : Un gros merci, Léa.

## 40/ Appart : Suze Eddy Kokeshi Kawaii Green Lantern Mata Hari

**Suze** : Bonsoir Kokeshi. Bienvenue.
**Eddy** : Bienvenue Mlle. Je suis le compagnon de Suze, donc je suis inaccessible.
Les filles rirent.

**Suze** : Eddy est un gros lourd. Mais c'est mon homme. De plus, il est détective et nous aide et on l'aide. En l'occurrence, à l'heure actuelle, il a besoin de nous.
**Kokeshi** : Je n'ai pas tout compris… J'ai besoin de clients pour survivre et pour que Mlle Suze me garde ?
**Suze** : Kokeshi. Je m'adapte à chacune et ta vie ne concerne que toi. Tu auras ta vie d'Escorte. Mais J'ai une spécificité. Je vie avec un détective qui nous sollicite. C'est cette disponibilité immédiatement qui m'intéresse.
**Kokeshi** : Je ne comprends pas ?
**Suze** : Eddy est actuellement sur l'enquête de la journaliste morte chez les gilets jaunes. On l'aide avec ce qu'on sait faire. Tu comprends ?
**Kokeshi** : Mais qui me paie ?
Les filles rirent.

**Green Lantern** : Écoute Kokeshi. Il y a le taff et grâce à Suze on forme aussi une famille. Je peux te l'assurer. Il ne s'agit pas de tondre la pelouse ou de faire la vaisselle, mais si elle me demande d'utiliser mes charmes pour faire parler un homme, alors ce n'est

pas une question impliquant un tarif, mais c'est un peu comme si ta maman t'envoyait faire une commission. Elle me prévient des risques et en général, j'y vais tête baissée, tellement j'ai confiance en elle.
**Kokeshi**: Je peux réfléchir ?
Eddy faisant signe à Sa **Suze** de causer: Kokeshi. En cet instant, non. Si tu veux être payé pour un service atypique je paierai avec mon argent, mais je et Eddy surtout n'avons pas le temps. On t'envoie en mission.
**Kokeshi**: La mission est-elle dans mes cordes ?
**Eddy**: Coucher tu connais, mais il faut aussi le faire parler.
**Suze**: Coucher sans t'offrir, ou juste le pousser à te draguer. Tout peut dépendre des missions.
**Kokeshi**: Aucun truc tordu ?
**Suze & Eddy**: Refuses les !
**Kokeshi**: C'est à moi de faire mes preuves. Tentons la chance de la débutante.

## 41/ Kokeshi drague un Gilet Jaune : Jérôme

Sous la surveillance de Suze et Green, Kokeshi faisait ses débuts sur le site des Gilets Jaunes. Suze l'affecta avec Jérôme pour organiser la logistique interne (Palettes, Pneus, Repas). Il devrait montrer à la nouvelle sa façon de noter les choses.

**Raoul**: Pourquoi tu mets la nouvelle avec Jérôme ?
**Suze** hésita entre: Pourquoi pas et: J'ai mes raisons que ta raison ignore., mais préféra garder le silence.
**Raoul**: Vous avez tous décidé de me pourrir la vie aujourd'hui?
Cela mit la puce à l'oreille à **Suze**.: Tu aurais envie de nous dire quelque chose ?
**Raoul**: Qui est nous ?
**Suze**: Les enquêteurs. Je collabore avec les flics.
**Raoul**: Je ne confierai pas une vierge à cet homme, pas plus qu'une femme d'occasion. Il n'est pas net.
**Suze**: Raoul, On maîtrise. Une Suze avertie en vaut quatre ou cinq et on ne touche pas à mes amies. La nouvelle fait partie de

ma bande.
**Raoul**: Allons donc. Une cheffe de meute maintenant !

Le regard de Suze était déterminé et sans ambiguïté. Raoul sentait la puissance de la reine de la meute en face de lui.

## 42/ Kokeshi et Jérôme le gilet jaune (numéro 1)

La cohabitation entre Jérôme et Kokeshi se déroula sous de très bons auspices. Néanmoins de temps à autres elle avait besoin d'un coup d'œil de soutien de loin de Suze. Kokshi semblait avoir du répondant pour une débutante dans les rôles affectés par Suze. Si la nouvelle passa son déjeuner avec tous dont Jérôme le midi, il n'en fut pas de même le soir. Ils, Kok et Jérôme, s'étaient positionnés à l'écart et ceux qui les invitaient à revenir dans le groupe avaient affaire à gros sourcils noirs de Jérôme. Ils furent donc seuls, mais leurs éclats de rire eux se diffusèrent. Raoul était renfrogné et digérait mal ce cas à part. Il fallut toute la diplomatie de Suze pour le calmer. Kokeshi et Jérôme revinrent plus tard dans la soirée. Elle fit un clin d'œil à Suze et lui montra son mobile, un IPhone 8.

## 43/ Kokeshi : Compte rendu à Suze

Kokeshi était chez Suze, qui lui prêtait son appartement.

**Kokeshi**: Un thé Mme Suze ?
**Suze**: Je suis uniquement Suze, Suzie, ou Suzette. A ton choix ou à ta guise.
**Kokeshi**: Je vais m'y faire… Suze.
**Suze**: Bien. Maintenant, racontes-moi ta mission.
**Kokeshi**: Je n'ai pas eu de mal à draguer cet organe mono sexué. Il était assez en manque et j'imagine le calvaire de sa femme qui servait juste à cela. Il a pas mal bavé sur elle, mais certaines dates ne concordent pas. Vous aurez la conversation intégrale sur mon mobile. Il a parlé de ses dernières relations. Deux semaines, mais il est divorcé depuis plus. Je vous laisse retranscrire.

**Suze**: Merci Kokeshi. Oui c'est cela être dans la famille. On a encore besoin de toi, en plus de tes futures rentrées d'argent, mais tu apprendras qu'en cas d'enquête, ce n'est pas la priorité.
**Kokeshi**: Je fais quoi demain ? Une tâche normale ? Non, pas du tapin tout de même ?
**Suze**: Je ne crois pas. Tu as fait tes preuves et il y a une autre personne à piéger, mais la mouche ne sera pas sur ton lieu de chasse 'habituel'.
**Kokeshi**: Il y a parfois où je rapporte de l'argent ?
**Suze**: Sûrement, je te le dirai à l'avance ça aussi !
**Kokeshi**: Donc une mission similaire demain ?
**Suze**: Tu as testé le plus facile.
**Suze**: Demain tu auras pour proie un politicien. Un secrétaire d'état.
**Kokeshi**: J'ai connu des politiques. Je n'aime pas ce genre de gens.
**Suze**: Cette personne sera à son bureau. Il travaille à l'Assemblée nationale. Il faudra le séduire à son déjeuner. Il sort toujours au restaurant 'Les députés'. À toi de te faire remarquer.
**Kokeshi**: Je vais tenter (voyant le regard de Suze), et réussir.

## 44/ Kokeshi et le Secrétaire d'état (1)

Kokeshi alla inspecter les lieux au plus tôt du matin, déjà en tenue affriolante. Certains députés prirent un café dans le café 'Les députés'. C'est cela qu'elle surveilla et aussi leurs paroles. Elle voulait éviter de causer avec les serveurs, qui comme leur nom l'indique servent plusieurs causes. Sur les douze coups de midi, on a pu observer des personnes quittant l'hémicycle. Kokeshi ne connaissait pas ses horaires, ni ses habitudes, en encore moins avec qui. À midi quarante-cinq, Mr le secrétaire d'état entra dans l'établissement et s'installa sur une des tables 'réservée'. Ils étaient six. Elle du graisser la patte d'un serveur pour être placer de face de lui sur une table en vue et ouïe des six. Oui, c'était visuellement un mâle infâme. Elle commanda exactement ce qu'il commandait. Au fur et à mesure du repas, il y eu moult occasion d'échanges d'œillades. Il ne paya pas le repas. Ce sont toujours les clients ou les lobbies qui s'y collent. Elle dut acquitter son pécule. Mais en sortant du restaurant, elle restait en retrait et lui revint sur ses pas.

**Secrétaire d'état** : Mlle, Je n'ai pu m'empêcher de vous remarquer. Voici ma carte. Au plaisir.

Et il reparti avec ses amis sans vouloir se compromettre plus avec la plèbe.

## 45/ Kokeshi et le Secrétaire d'état (2) Après le repas

Kokeshi alla s'installer à un troquet. Elle était estomaquée de la suffisance de son 'client'. Elle aurait bien envie de déchirer sa carte de visite, mais cela ne correspondait pas avec les directives de Suze. Elle s'y résigna vraiment la mort dans l'âme. Elle attendit quatorze heures trente et téléphona.

Une **voix féminine** répondit : Mlle La secrétaire du secrétaire d'état, je vous écoute ?
**Kokeshi** : Mr le secrétaire m'a indiqué d'appeler ce numéro.
**Voix féminine** : Et vous êtes qui ?
**Kokeshi** : Quand il m'a abordé, il ne m'a pas demandé mon nom.

Gros blanc…

**Voix féminine** : Je vous passe Mr le secrétaire d'état.
**Secrétaire d'Etat** : Mlle, je suis surchargé, soyez brève.
**Kokeshi** : Vous m'avez accosté ce midi. Maintenant si c'est pour être bref, alors j'ai fait une grosse erreur d'appréciation.
**Secrétaire d'Etat** : Mlle, je vous re situe bien. Non, la brièveté est autre.
**Kokeshi** : Donc ? Je perds mon temps ?
**Secrétaire d'Etat** : Pas du tout. On peut se voir à l'Hôtel de l'assemblée pour partager un apéritif, qu'en dites-vous ?
**Kokeshi** : Je suis consentante. Soyons clair. J'ai besoin de faire sauter pas mal de contre-danses de ma famille. Je ne me prostitue pas à moins.
**Secrétaire d'Etat** : J'appuierai votre demande.

Kokeshi n'était pas dupe mais ce n'était pas son rôle. Elle devait croire en cette pourriture et coucher avec.

**Kokeshi** : Alors je serai présente à l'hôtel à la chambre que vous aurez réservé.
**Secrétaire d'Etat** : Je demande à ma secrétaire de réserver de suite, comme cela vous pourrez m'attendre en vous servant dans le bar.
**Secrétaire féminine** : Mlle. Je fais la réservation au nom de Mr Martin. Vous pouvez d'ores et déjà vous y présenter. Il arrivera après sa réunion présente.

## 46/ Kokeshi et le Secrétaire d'état (3) l'Hôtel

Kokeshi attendait le moment où il allait surgir. Elle décida de préparer le terrain pour l'audio en règle générale. Le rapace arriva finalement. Il entra dans la chambre d'hôtel comme en terrain conquis. Il s'attendait à être flatté. Mais Kokeshi en tenue érotique sur le lit faisait semblant de dormir. Il se dévêtit. Il profita d'elle. Kokeshi en plus de l'audio avait aussi installé quelques caméras. Après la prestation, le secrétaire d'état quitta les lieux. Elle eut beau tenter de mettre la conversation sur la tension avec les gilets jaunes, plus rien ne l'intéressait. Kokeshi alla chez elle et Suze la rejoint.

**Suze** : Kokeshi. Je t'ai donné une mission, mais surtout jamais tu ne dois te dégoutter ou te remettre en question.
**Kokeshi** : J'ai fait cela pour la mission.
**Suze** : Bienvenue dans la famille.

Suze repartit avec les fichiers wave et mp4.

## 47/ Debrief Suze André Eddy

**Suze** : Alors, vous en pensez quoi ?

Eddy et André se tournèrent l'un vers l'autre.
**Eddy** : C'est léger comme preuves, à peine des indices.
**André** : Allez, ne lâchons pas le morceau. Il nous reste le troisième suspect.
**Suze** : Quand vous nous direz où le trouver, j'enverrai une fille.
**Eddy** : Laissez tomber. J'ai fait ma petite enquête. Il est homo.
**Suze** : En clair, je remballe mes filles.
**André** : Et merde.
**Suze** : La bonne nouvelle, c'est qu'on a réduit le choix à deux.
**Eddy** était songeur : J'ai un plan.
**Eddy** : On va leur faire croire qu'on a retrouvé le téléphone de la journaliste.
**Suze** : Tu crois que cela va marcher ?
**Eddy** : On a deux chances. dit-il avec un petit sourire.
**André** : C'est légal ça ?
**Eddy** : L'important n'est pas comment on obtient des aveux, mais de les obtenir.
**André** apprenant à connaître les ruses du détective : C'est de quel grand penseur ?

## 48/ Assemblée Nationale : Arrestation d'un secrétaire d'état

La capitaine Corinne entra dans le bureau du secrétaire d'état.

**Capitaine** : Bonjour Madame, Monsieur.
**Secrétaire d'état** : Je ne vous ai pas entendu frapper.
L'assistance resta bouche bée.

**Capitaine**, laissant la porte ouverte : Mr le secrétaire d'état. Veuillez me suivre.
**Secrétaire d'état** : C'est hors de question. Je travaille moi.
**Capitaine** : Vous êtes convoqué par la police dans le cadre d'une enquête.

**Secrétaire d'état** : Immunité diplomatique.
**Capitaine** : Qui vous a été retiré par votre ministre.
**Secrétaire d'état** : Je ne vous croie pas. Marie-Claire, contactez immédiatement le ministre.

L'assistante joint le geste à la parole.

**Capitaine** fit entrer deux militaires. : Sortez le d'ici, manu militari s'il le faut.
**Assistance** : Monsieur le secrétaire d'état. Le ministre confirme. Je fais quoi ?
**Capitaine** : Eh bien vous lui dites au revoir… Marie-Claire.
**Capitaine** : Après vous Monsieur le secrétaire d'état.

## 49/ Au domicile de Jérôme

Dés six heures du matin, André tambourina au domicile de Jérôme. Au bout de quelques minutes, une lumière intérieure s'alluma, sans doute le couloir. Il ouvrit la porte mais la chaînette de sécurité avait été mise en place.

**Jérôme** : Que voulez-vous ?

Il avait dû les espionner par l'œilleton et reconnu l'uniforme de la police nationale et donc s'abstint de poser la question de : Qui êtes-vous ?

**André** : Monsieur Jérôme. Il est six heures du matin, je vous informe de votre convocation au poste de police, afin de procéder à une audition.
**Jérôme** : Et si je ne veux pas. C'est encore un truc pour casser le mouvement des gilets jaunes !
**André** : Si vous ne nous suivez pas tout de suite, alors il s'agira d'une enfreinte caractérisée et je devrai vous mettre en état d'arrestation et si vous insistez, nous devrons de plus enfoncer cette porte.
**Jérôme** : C'est l'état d'urgence ? Non ! Alors foutez-moi la paix.

**André** : Je prends cela pour un non. Mes collègues de la BAC, utilisez le bélier s'il vous plaît.

La porte résista, mais pas la chaînette. Il lui en coûtera moins cher à remettre en état.
Les deux policiers de la BAC entrèrent et appréhendèrent le suspect.

**André** : Je sous signale votre mise en examen, puisque vous refusez la méthode douce.

## 50/ Commissariat de police de SQY

**René** : La suite de ton plan ?
**Eddy** : A l'isolement durant douze heures. On prétextera un retard avec les avocats commis d'office.
**André** : Et ça ce serait légal ?
**Eddy** : Tant qu'on ne les interroge pas, la marinade n'est pas interdite ?
**Eddy** : René, trouve-nous des avocats les plus mous possible. On ne va pas les laisser mettre le souk dans notre enquête.
**Eddy** : En attendant, on répète nos rôles.
**André** : Et on commencera par lequel ?
**René** : Vu la solidité de notre plan, autant décider à la plouf.

## 51/ Garde à vue (Secrétaire d'état)

**René** : Ah Maître Léonard, nous vous attendions.
**Avocat** : Prévenu au dernier moment.
**Secrétaire d'état** : Je veux choisir mon avocat.
**René** : Et retarder encore volontairement la procédure. Cela suffit. On a trop tardé dans cette affaire, débutons sans autre retard.
**Avocat** : La loi me semble respectée. Commençons oui.
**René** : Mr le secrétaire d'état, vous êtes allé sur le lieu de rassemblement des gilets jaunes à Guyancourt.
**Secrétaire d'état** : Je ne l'ai jamais nié.

**René** : Mais ce n'est pas dans l'agenda de votre assistance.
**Secrétaire d'état** : Simple oubli.
**René** : C'est ce que vous faites à chaque fois que vous allez voire une autre femme.

L'avocat leva un sourcil, mais laissa courir.

**Secrétaire d'état** : Je vous interdis. Je suis un mari fidèle.
**René** : Mais certainement. Vous le jureriez devant un tribunal si vous étiez poursuivi ?
**Secrétaire d'état** : Bien sûr. Comme tout mari.
**René** : Merci, pouvons-nous avoir un échantillon vidéo de la pièce à conviction numéro 9.
**Secrétaire d'état** : C'est un faux. On fabrique n'importe quoi maintenant.
**René** : Nous avons l'intégrale de la vidéo. Cela intéressera et la justice, et votre femme.
**Secrétaire d'état** : Comment avez-vous eu cette vidéo ?
**René** : Donc vous reconnaissez le parjure ?
**Secrétaire d'état** : Oui peut-être. Vous m'avez poussé à bout. Ça ne comptera pas au tribunal.
**Avocat** : Monsieur le secrétaire d'état. Cette vidéo sera considérée comme une preuve. J'en suis navré.

Eddy savait qu'en choisissant un avocat intègre il agacerait le secrétaire d'état et comptait sur sa fureur intérieure pour le pousser à la faute.

**René** : Maintenant que ce fait est reconnu, passons à la suite.
**Secrétaire d'état** à son avocat : Et vous, vous ne faites rien ?
**Avocat** : Je suis l'observateur des irrégularités. Et je n'en vois aucune. Soyez sans crainte. suivi de : Si vous êtes innocent, vous dormirez ce soir dans votre lit avec votre femme.
**René** : Vous êtes trouvé en contact physique avec la journaliste de TVfil78 le jour qui nous intéresse.
**Secrétaire d'état** : Je ne sais de quoi vous voulez parler.
**René** : On a des vidéos. Vous devez vous souvenir qu'on a fait appel aux témoins pour récupérer un maximum de photos, selfies,

vidéo de tous support. Et certains représentants de la République ont voulus montrer leur attachement à cette même République en nous offrant leurs photos et vidéos.

**Secrétaire d'état** : Je ne me souviens plus.

**René** : Monsieur le secrétaire d'état, souhaitez-vous que nous vous mettions une seconde fois face à un nouveau parjure ?

**Secrétaire d'état** : Non enfin oui, elle est arrivée sans personne d'autre de TVfil78 et souhaitait que je lui fasse un entretien discret dans le but de préparer un papier. Pour elle c'était un scoop.

**René** : Ça, nous le savons. Mais les vidéos vous montrent allant derrière le stock de pneus. Là où elle fut retrouvée.

**Secrétaire d'état** : Non je suis innocent.

**René** : Donc, vous étiez avec elle pour une interview spontanée sur le lieu du crime.

**Secrétaire d'état** : Il n'y a aucune preuve.

Là, **René** sentit qu'il avait flairé et levé le bon lièvre. : Qu'avez-vous fait de tellement inavouable derrière cette rangée de pneus ?

**Secrétaire d'état** : Une interview.

**René** : On a retrouvé son mobile. Je vous l'avais dit au fait ?

**Secrétaire d'état** énervé : Non.

**René** : Il n'y a aucune interview sans fichier audio.

**Secrétaire d'état** : …

**René** : Donc vous avez occupé comment votre temps avec la belle journaliste, sachant que votre fidélité matrimoniale n'était que de façade. Mensonge pour être factuel.

**Secrétaire d'état** : …

**René** : Monsieur le secrétaire d'état. On a retrouvé son téléphone et on sait qu'elle a tenté d'en faire usage. Un numéro d'urgence par exemple.

**Secrétaire d'état** regardant son avocat : Maître, ils ont le droit ?

**Avocat** : C'est une garde à vue. C'est aussi le moment pour discuter hors tribunal. Et peut-être de négocier.

**René** : Je répète. J'ai une morte et j'ai un téléphone. Et vous avez été lâché par votre ministre de tutelle.

**Secrétaire d'état** : Ok, il est possible que j'aie pris quelques libertés avec cette femme.

**René** : Donc si je lis entre les lignes cela signifierait-il que vous reconnaissiez le viol ?

**Secrétaire d'état**: Elle m'avait aguichée pour l'interview. Je voulais ma part.
**René**: Mais ensuite, vous l'avez laissé dans quel état avant de quitter les lieux ? Je vous rappelle que nous parlons d'une morte.
**Secrétaire d'état**: Je l'ai frappé pour me laisser le temps de partir. Ensuite j'aurai nié.
**René**: Enfermez cet individu. Ses griefs vont lui être précisés.

Le suspect accusé partit en pleurs.

## 52/ Garde à vue (Jérôme)

André choya l'avocat commis d'office en lui proposant un café, afin d'arrondir les angles et de limiter les objections de la défense à venir.

**André**: Maître, nous allons commencer lentement, avec l'énoncé des faits pour le suspect. Je vous rappelle que le suspect s'est mis en situation de rejet de l'autorité et nous avons dû intervenir. Il n'a montré aucune marque de coopération.
**Jérôme**: Ils m'ont pris au saut du lit. Je n'étais pas réveillé.
**André**: Il était six heures et nous lui avons expliqué lentement la situation. Je rajouterai que pour moi aussi il était six heures du matin.
**Avocat**: Je connais les méthodes de la police, et hélas aussi celles de ceux que vous interrogez. Donc merci pour le café, mais entamons la procédure s'il vous plaît.
**André**: Jérôme. Vous étiez le second de Raoul à votre lieu de rassemblement.
**Jérôme**: Oui et alors.
**André**: Que faisiez-vous le jour du décès ?
**Jérôme**: Mon boulot.
**Avocat**: Mr Jérôme, je ne suis pas ici pour vous défendre coûte que coûte, mais je vous conseille de coopérer un peu plus. Si on doit aboutir à un procès, cette attitude pourrait se retourner contre vous.
**Jérôme**: La logistique des personnes. Donc oui, les personnages

genre indésirables qui traînaient autour mais n'étaient que des faux sympathisants. Peut-être même des indics de la Police.
**André**: Quels ont-ils été ce jour néfaste ?
**Jérôme**: Oh, y a souvent des gens qui passent et qui veulent se prendre en selfie devant un feu de palettes. Je gère leur évacuation.
**André**: Parlons de l'homme politique et de la journaliste.
**Jérôme**: C'est important ?
**André**: J'ai posé une question. Avocat, vous noterez l'absence de progrès mis en œuvre par votre client.
**Avocat**: Je note, mais ne l'accablons pas trop non plus. Il est en situation de stress.
**Jérôme**: La journaliste est arrivée la premère. On a discuté et je lui ai donné l'autorisation de promenade.
**Jérôme**: Le politique est arrivé un peu plus tard. Il est allé voir la journaliste car il voulait de la couverture médiatique. Puis je ne l'ai plus vu.
**André**: Vous avez été voir derrière la barrière de pneus.
**Jérôme**: Ça m'arrive.
**André**: Vous y avez vu la journaliste ?
**Jérôme**: Écoutez, les aventures extra-conjugales ce n'est pas mon truc.

André sut que son client était fait. On avait annoncé un meurtre, non un viol. Il pressentait que son suspect était le vrai meurtrier, pas forcément le violeur.

**André**: Ne seriez-vous pas divorcé ?
**Jérôme**: Oui, mais je ne lâche pas l'affaire. Je me tiens à carreau pour qu'elle comprenne qu'elle doit revenir. C'est mieux pour elle.
**André**: Vous jugeriez que vous êtes fidèle ?
**Jérôme**: Je n'ai qu'une femme dans mon cœur.
**André**: Je pense que je faisais abstraction de cet organe. Je pensais plutôt à un autre.
**Jérôme**: Non merci.
**André**: Je vais vous faire écouter un petit extrait audio.

Dans cet extrait, on entendait clairement et distinctement la voix de Jérôme. Il était naturellement en très belle compagnie. De plus il y avait cette phrase où il indiquait qu'il n'avait pas : baiser une fille depuis deux semaines. ce qui nous ramenait au samedi du meurtre.

**Jérôme** abattu : Euh.
**André** : Monsieur Jérôme. Vous êtes faible comme tous les hommes. C'est le premier point. Le second réside dans votre déclaration. Que s'est-il passé il y a deux semaines. Quelle femme a fait l'amour avec vous Mr Jérôme ?
**Jérôme** : Ridicule.
**André** : Monsieur Jérôme. Nous avons retrouvé le portable de la journaliste. Elle a tenté d'appeler un numéro d'urgence.
**Jérôme** : …
**André** : Elle est morte sous vos coups.
**Avocat** : Monsieur Jérôme. Faites attention aux mensonges. Ils ressortiront. La garde à vue est à double tranchant.
**Jérôme** : …
**André** : Parlez. Sinon ce sera aussi du quitte ou double pour la peine de prison.
**Jérôme** : Ok, Ok, j'ai un peu fricoté avec elle
**André** : Était-elle consentante ?
**Jérôme** : Pas totalement.
**André** : Donc puis-je indiquer viol sur le PV ?
**Jérôme** : Je reconnais.
**Avocat** : Je note que mon client vous aide dans l'enquête.
**André** : Jérôme. Et votre fuite, vous lui avez juste fait un bisou en lui demandant de se rhabiller et de partir discrètement ?
**Jérôme** : Pas tout à fait.
**André** : Alors ?
**Jérôme** : Je l'ai frappé et elle s'endormit pour plusieurs heures.
**André** : Enfermez cet individu. Ses griefs vont lui être précisés.

Le suspect accusé partit en pleurs.

## 53/ Après les deux gardes à vue

**René** : Si on avait dit qu'on aurait deux confessions et donc deux coupables. Trop cool.
**Eddy** : Bin non, on est dans la merde.
**André** : Pourquoi ? On a deux violeurs et deux meurtriers.
**Eddy** : On n'en peut pas juger deux personnes pour le même meurtre. Vous savez comment trouver et prouver lequel des deux est le vrai coupable vous ?
**René** : Non, on ne peut pas.
**André** : Alors ils seront relaxés ?
**Suze** : Alors ils seront jugés pour viol, mais non pour meurtre.
**Eddy** : Ils ont chacun pris un téléphone et s'en sont débarrassé intelligemment pour qu'on ne puisse pas les retrouver maintenant.
**André** : Elle avait deux téléphones. Le pro et le perso.
**Suze** : Je suis écœurée.
**René** : Désolé.
**Eddy** : J'ai encore un plan …
**André** : Encore ?
**Eddy** : Mais il ne vous plaira pas.

## 54/ Plan

**Eddy** : Écoutez. J'ai tout ré écouté. Mon avis perso. Le meurtrier est Jérôme. Il est passé après le politique qui lui l'avait seulement assommé. Jérôme, une fois son forfait accompli. Il l'assomma plus que de raison. Il fallait qu'il ait la paix pour plusieurs heures. Il ne pouvait pas quitter le rassemblement et ne souhaitait pas qu'elle se réveille. Et il devait revenir sur le campement des Gilets Jaunes le lendemain. Et pas mal l'ont vu découper ses merguez avec son propre couteau rétractable. Il avait des déchirures de peau à la main, donc elle était éveillée lors du second viol. Je suis désolé de vous donner mon avis. Mais c'est lui l'assassin.
**Suze** : C'est un plan ça ?
**René** : Je comprends le plan. On accuse uniquement Jérôme. Sans faire de vague.
**André** : Oui ! Le secrétaire reste poursuivi pour viol. On évite de

faire un lien entre les deux affaires.
**Eddy** : C'est l'idée.
**Eddy** : On est tous d'accord ?
**René** : Je valide. Go.

## 55/ Procès

Il y eut deux procès, certes consécutifs. Derrière Jérôme, les intransigeants du mouvement Gilets Jaunes le défendaient sans se poser aucune question. Malgré le chahut et une mini évacuation de la salle d'audience, le procès se déroula et Jérôme fut déclaré doublement coupable. De Viol et de meurtre. Trente ans avec vingt ans incompressible. Pour L'ex-secrétaire d'état, il avait été totalement lâché par sa famille politique. Cela alla très vite. Coupable dix ans dans cinq non négociable. Le soir même, Chez Eddy, on sabra le champagne. Ils firent aussi une minute de silence pour la journaliste. Ils firent aussi une minute de silence pour Blue Lagon. Mis au vote : La publication de la vidéo entre Kokeshi et le secrétaire d'état. Julien flouta parfaitement Kokeshi et se chargea de la mettre en ligne anonymement.

## 56/ Chez Mam

**Mam** : Je vous ai déjà dit que je comptais acheter une table plus grande ?
**Eddy** : Oui Mam, un certain nombre de fois.
**Sœurette** : Mam, On tient encore en se serrant.
**Mam** : Mais vous avez une petite nouvelle. Il va vraiment falloir que je note tous les noms. Ma mémoire n'est plus ce qu'elle a été. Et je ne pense pas que cela ira en s'améliorant.

Il y avait la cavalerie au grand complet. Eddy René André Mam Sœurette Suze Kawaii Mata Hari Green Lantern et Kokeshi. Soit dix personnes. On mangea les uns sur les autres. Heureusement que Mam n'était pas (encore) Alzheimer et avait fait à manger suffisamment (On lui aurait commandé pour deux personnes que la quantité aurait été la même).

**Enquête N° 12**

**RENAULT, fabriquant d'autos.**

## 1/ Ronde de nuit (Vendredi soir)

Vingt-trois heures, le match venait de finir sur un match nul pour le PSG à la Meinau. Encore un point perdu pour le leader face à Strasbourg… sa bête noire.

**Jacques** éteignant Beiing Sport : Et merde. Allez Mounir, on va faire notre ronde.

Jacques enfila sa veste et prit sa lampe torche avant d'ouvrir la porte pour aller à l'extérieur.

**Mounir** le rejoint dix mètres plus loin. : Eh Oh, tu as bouffé du lion ?
**Jacques** : Ils auraicnt pu marquer s'il n'y avait pas eu …
**Mounir** : … Ce putain d'arbitre à la noix acheté pour arrondir ses fins de mois. Je sais.
**Jaques** : Tu es désagréable.
**Mounir** : Disons que depuis le temps, je connais la pièce et les dialogues.
**Jacques** : C'est ce que je disais, tu es désagréable.

Partout sur le complexe du Technocentre Renault Guyancourt, les lumières étaient éteintes. Comme à chaque fois, ils parcouraient les ruelles intérieures, puis seulement ensuite ils entraient dans le bâtiment de la Ruche. Une structure qui rappelait l'organisation de la maison des abeilles. Dix mille personnes y travaillaient, butinant du travail dans un service pour le valoriser et générer un miel automobile. Bienvenue dans le haut-lieu de l'abeille travailleuse jaune et noire de la marque au losange. Le bavardage des deux hommes accompagnait la ronde de nuit. La balade s'étalait sur des centaines de mètres, des milliers de bureaux, et une demi-douzaine d'étages. Il faut le vouloir de faire un boulot comme celui-ci. Certes, c'était un VSDL, mais bonjour le jetlag et la vie de famille. Un job de célibataire endurci ou de vieux divorcé. Ce soir, on avait les deux.

**Jacques** : Bon ça suffira pour ce soir.
**Mounir** : Euh Jacques. Il reste le cinquième étage.
**Jacques** : Mais on y est, c'est ce que je signerai sur le rapport.
**Mounir** : Allons bon, mauvais perdant. Et ça sera quoi quand le PSG aura une défaite au lieu d'un nul ?
**Jacques** : Cela n'arrivera jamais.
**Mounir** : Du moins pas de ton vivant. dit-il et lui tapotant l'épaule.
**Mounir** appuya sur le bouton de l'ascenseur. : Putain, il est bloqué ou quoi ?
**Jacques** : Si ça ce n'est pas un signe du Bon Dieu.
**Mounir** : Je n'aime pas qu'on me mette des bâtons dans les roues. Toi vieillard, ne prends pas l'escalier. Moi j'y vais. Mais ouvre ton téléphone sur le canal 7, notre préféré mon Jacquot.
**Jacques** : Tu es con toi… tiens-moi la porte, j'arrive.
Jaques suivit **Mounir** qui avec sa torche montait l'escalier entre le 4ème et le 5ème. Sur le palier, il fit faire un 360 à sa lampe et dit : Jacques, y a un connard qui a bloqué l'ascenseur avec une chaise. Un petit plaisantin.
**Jacques** : Je hais les petits plaisantins.

Mounir s'approcha pour retirer la chaise pendant que Jacques reprenait son souffle.

**Mounir** : Merde Jacques dépêche-toi on a un plus gros problème.
**Jacques** : Gère, je suis sur tes talons.

Mounir entra dans la cage d'ascenseur et sortit de sa veste prestement un couteau. Il y avait un homme qui flottait dans l'air, retenu par une corde en hauteur. Mounir s'y prit à plusieurs reprises pour couper la corde du pendu, qui chut à terre.

**Jacques** arrivant essoufflé : C'est quoi ce beans !
**Mounir** paniqué : Un pendu. J'ai réagi au plus vite. Je ne sais pas prendre le pouls, alors j'ai foncé.

**Jacques** : Tu as bien fait. Allez, tu connais la procédure. On ne bouge pas et on appelle les renforts.
**Jacques** : Mounir, si tu n'étais pas monté, on s'en serait aperçu que demain, et j'aurai eu un blâme. Merci.

Il garda un contact physique pour rassurer le jeunot.

## 2/ René & André (Samedi)

André et René était dès le samedi matin sur les lieux, pour constater à posteriori un suicide. Sordide sans doute, mais la réalité de la vie refait surface avec ses morts. Le cadavre avait été évacué, mais des photos avaient été prises pour le dossier de la police. Les experts en blancs avaient déjà procédé aux prélèvements des empreintes digitales sur la corde, le corps, la chaise et la cage d'ascenseur. René n'en attendait rien. Trop de personnes passaient par là.

**René** à Jacques : Je suis l'inspecteur René et voici mon adjoint l'inspecteur André.
**Jaques** : Jacques surveillant de nuit, mais c'est Mounir qui a découvert le corps.

Les experts avaient tracé à la craie la silhouette du mort sur le parquet à côté de l'ascenseur, afin de visualiser ou de se projeter.

**René** en parlant du tracé du décédé : Mais il était petit. Un nain de jardin ?
**Jacques** : Oui, probablement. Demandez plutôt à l'infirmière Renault de garde. Elle a assisté votre équipe cette nuit.

René s'approcha de la silhouette en craie, s'imprima une image de référence dans sa tête avant de la passer dans l'ascenseur. La corde pendouillait encore du toit, d'une longueur d'environ cinquante centimètres. Elle était tenue par le haut attachée autour d'une barre dans le faux plafond. La hauteur de la cage d'ascenseur mesurait deux mètres et soixante centimètres. Il y avait quelque chose qui clochait. Le réflexe du flic. Il se dirigea vers l'infirmière.

**René** : Mlle, puis je poser quelques questions ?
**Infirmière** : Bien sûr.
**René** : Vous avez mesuré le défunt ?
**Infirmière** : Un mètre soixante-cinq, et cinq centimètres de talonnettes.
**René** : Vous auriez dû postuler dans la police nationale.
**Infirmière** : Et puis quoi encore.
**René** à André : Tu me fais évacuer tout le monde. Il ne doit ici rester que le responsable de la sécurité et l'infirmière.
**André** : ?
**René** : Ce n'est pas un suicide. Alors je ne veux plus voir plus personne dans les deux minutes.

**André** prit sa grosse voix et demanda une attention particulière : Messieurs Dames. Nous allons arrêter de polluer la scène. S'il vous plaît, quittez l'étage nous n'avons besoin que de Mr le responsable de la sécurité du TCR et Mlle l'infirmière.
**André** : Allez Merci et laissez-nous voir par nous-même.
**André** : Allez. Au revoir et merci.

Ils restèrent quatre seulement. Quatre dont deux ne comprenaient plus rien.

**René** : Allez me chercher des chaises s'il vous plaît.

Une fois chacun assis au milieu de nulle part sur quatre chaises de bureau.

**Responsable sécurité** : Vous nous expliquez ?
**René** : Vous nous avez appelé pour constater un suicide… un de plus chez vous.
**Responsable sécurité** : Un de plus… Je ne suis pas responsable.
**René** : Alors vous allez pouvoir respirer. C'est un meurtre.
**René** : André, viens vérifier avec moi. Vous deux vous ne bougez pas.

René et André retournèrent dans l'ascenseur. Ils mesurèrent la hauteur de la chaise, la hauteur du point d'attachement de la corde.

**René** : Le défunt mesure un mètre soixante-cinq, tu ajoutes cinq centimètres de talonnettes, ensuite quarante centimètres s'il a les bras tendus, et finalement soixante centimètres pour la chaise. Deux mètres soixante-dix. Mis la corde est enfilée dans un rouage avec un nœud très haut, et il faut soustraire la taille de la tête. Le compte n'y est pas. Tu partages ma conclusion ?
**André** : Bien vu. Oui, j'ai le même avis. Bonne conclusion.
**René** : Ouf, je souffle. Jamais facile d'expliquer ce genre de mathématiques. Merci.

Revenant à leur chaise.

**René** : Voilà. On vous confirme. Nous sommes face à un meurtre.
**Responsable sécurité** : Vous êtes sûr ?
**René** : Hélas oui. Donc, avec vous, on va organiser l'enquête et je veux un interlocuteur et des passe-droits pour lundi matin, soit donc demain. Il n'y a pas de temps à perdre.

A lundi.

## 3/ Conseil Renault Guyancourt

Le responsable de la sécurité du Technocentre Renault Guyancourt avait passé un sale dimanche. Il a fallu qu'il dérange des directeurs qui n'aimaient ni les suicides, et encore moins cette nouveauté de meurtre, surtout en plein milieu d'un golf dix-huit trous. Il y eut l'organisation d'un gigantesque rassemblement intranet et internet, où le responsable de la sécurité se sentait comme une pièce de 1 euro au pays des géants de la finance. Oui, on imprimera un badge en urgence pour les deux inspecteurs. Oui, on leur octroiera un contact 'débrouillard' en plus du responsable de la sécurité. Oui, ils auront accès à toutes les informations qu'ils demanderont. Oui, Renault collabore totalement avec la Police.

**4/ Dimanche soir : René & Resp Sécurité**

Par l'outil informatique Skype, René et le Responsable de la Sécurité avaient programmé un point en soirée pour préparer la venue des enquêteurs du lendemain, lundi.

**René** : Mr le responsable, Il va falloir faire deux badges supplémentaires. Un et une psychologue.
**Responsable sécurité** : Mais nous avons déjà préparés les nôtres.
**René** : Oui, mais ce sont des couvertures pour l'enquête.
**Responsable sécurité** : Ah. Ok.

**5/ Lundi au TCR**

Les entrées piétons se faisaient par le bâtiment de l'Avancée. Il était reconnaissable à son blason losange de deux mètres de haut, et aussi que cet édifice était comme une proue défiant l'océan. Et chaque visiteur devait poser ses bagages sur un tapis roulant munis de rayons X. Ensuite venait l'épreuve des hôtesses. Plus ou moins jolies, mais toujours elle se servaient de leur sourire comme une belle arme pour faire patienter. André et René entrèrent de leur côté. Suze et Eddy du leur. Alors que les deux policiers étaient accueillis et pris en charge par le responsable de la sécurité, les deux psychologues en renfort allèrent à l'infirmerie pour une réunion-bilan avant dispatching sur différentes réunions.

**Eddy** : Tu avais besoin de t'attifer comme pour un rencard ?
**Suze** : Les directeurs, c'est ma clientèle, mon lot quotidien si tu préfères. Tu l'aurais oublié ?
**Eddy** : Tâche de conserver ton rang.
**Suze** : Si je ne branche pas un directeur, je reverrai peut-être mes ambitions à la baisse avec un simple chef de service.
**Eddy** : C'est pour cela que tu t'es portée volontaire pour le groupe des directeurs ?
**Suze** : Disons que je présente nettement mieux que qui tu sais et aussi que je connais ce genre de squale mieux que toi. Alors reste avec la plèbe, mon beau détective …

**Eddy**: Tu présentes surtout nettement trop court. Suze, je te hais… mais je t'aime.
**Suze**: Mon chéri d'Amour, moi aussi, j'ai toujours trouvé que tu étais trop court.

## 6/ Le comité d'accueil (André et René) (Lundi)

Passé le portillon avec leur badge, André et René avait un aperçu sur le hall d'entrée, avec sur une estrade tournante, le prochain véhicule WorldWide qui était destiné à faire un nouveau tabac commercial. Puis, un gros bras et deux jeunes hôtesses prirent en charge les représentants de l'ordre. Direction l'Avancée et une réunion dite stratégique. Les gens s'écartaient sur leur passage. Nos deux représentants des forces de l'ordre furent diplomatiquement dirigés vers une salle de réunion prévue pour vingt personnes. Un petit déjeuner y avait été installé. Et cela permit aux hôtesses de les présenter à tous. Le gros bras resta à l'extérieur, au cas où ?

**Directeur** : Messieurs, installez-vous. Vous comprendrez qu'on ait envie d'en savoir plus avant de décider des décisions à prendre collégialement.
**René** : Et vous êtes ?
**Directeur** Un peu vexé qu'il ne fut pas reconnu comme VIP : Le directeur de l'établissement de Guyancourt. Et je suppose que vous ne connaissez pas mes collaborateurs non plus ?
**René** : Je ne connais personne pour le moment. Je démarre une enquête pour meurtre et j'attends votre entière collaboration.
**Directeur** : Moi j'attends de savoir à quoi je dois m'attendre.
**René** : Un de vos directeurs est décédé. Pour vous, vous en nommerez un autre. Pour moi, vous collaborez sans réticence et on pourra commencer l'enquête.
**André** se voulant rassurant et diplomatique : Merci pour les deux personnes affectées à notre service pour la durée de l'enquête. Si le directeur qui dirigeait le décédé est ici, et je n'en doute pas, qu'il lève la main et sorte avec nous immédiatement. Monsieur le directeur de l'établissement. L'enquête est en cours.

## 7/ Le directeur du mort (Lundi)

Tous les cinq changèrent de salle de réunion.

**René** aux deux hôtesses: Si vous pouviez nous attendre à l'extérieur. Il s'agit d'une enquête Mlle …
**André** au directeur: Évitons les fuites.

Installé dans une salle de plus petite dimension, à trois personnes cette fois-ci.

**René**: Mr le directeur, présentez-vous s'il vous plaît
**Directeur**: Je suis le responsable de la direction de l'ingénierie véhicule. Mr Jean de Druy. J'ai cinq services pour autant de branches. Mr Thierrot avait sous sa responsabilité l'habitacle, vous pouvez comprendre : La cage thoracique du véhicule, son poumon. Et un suicide ne m'aurait pas surpris. Il était loin de ses objectifs. Mais vous en avez décidé autrement.
**René**: Je vous sens chagriné ?
**Directeur**: Pas du tout. Enfin non, tout le contraire. Il laisse une organisation orpheline, …
**René**: Mes questions sont toutes autres.
**Directeur**: Ah …
**André**: Mr le directeur. On va avoir besoin d'un total accès à son bureau, ses collègues, etc etc.
**Directeur**: Bien sûr.
**René**: Revenons à nos moutons. Vous le suiviez à la culotte étant donné ses mauvais résultats ?
**Directeur**: J'ai toujours été présent pour mes collaborateurs. Je cherche toujours à les soutenir et à leur prouver mon épaulement et ma disponibilité.
**André**: Mr le directeur. On peut revenir sur le mort. Et dites-nous plus concrètement vos réunions et contacts avec lui.
**Directeur**: Oui. Nous avions avec mes chefs de service de l'ingénierie une réunion hebdomadaire. Le mercredi.
**André**: Vous ne le voyiez qu'une fois par semaine en fait.
**Directeur**: Oui, mais il pouvait me téléphoner quand il le voulait.
**René**: L'a-t-il fait ?

**Directeur** : Non, mais c'est la main tendue qui compte.
**René** énervé : Allez partez et envoyez-nous les deux hôtesses ?
**Directeur** : Bien sûr. Ma collaboration vous est acquise.

Il quitta soulagé la salle de réunion.

**André** à René avant que les deux jeunes femmes n'entrent : Tu veux un sac papier pour vomir ?
**René** : Non, mais le cœur y est.

## 8/ Les directeurs (Suze) (Lundi)

Suze et Eddy se séparèrent chacun pour une réunion différente. Suze avait une hôtesse à son service. Suze dut attendre seule avec son hôtesse que les directeurs de l'ingénierie quittent leur réunion précédente et se réinstallent bruyamment dans cette autre pièce, sans doute exaspéré de ne pouvoir travailler constructivement avec leurs équipes, dérangés pour cette gestion inhabituelle. Il y avait quatre chefs de service et un directeur, Mr de Druy. Suze les fit s'asseoir en cercle et elle se promenait au milieu. Puis elle s'assit à moitié sur une table, laissant entrevoir sa courte jupe judicieusement fendue. Silence éloquent. Public conquis, alors on lui retire la cerise. Elle se leva et son public souffla.

**Suze** : Messieurs, je ne doute pas de votre désarroi après le départ d'un collègue.
**Directeur** : Mlle Suze, Je suis le directeur de l'ingénierie et voici ce qui reste de mon équipe. Je sors d'ailleurs d'une réunion avec deux connards de la police. Aucune compassion pour notre travail à reconstruire un équilibre collaboratif. Encore des fonctionnaires qui ne savent pas conjuguer le verbe 'travailler', lui préférant celui de 'empêcher de tourner en rond' où ils excellent par ailleurs.
**Suze** : Je suis psychologue et je vais tenter de vous apporter mon aide, non pour oublier, mais pour repartir.
**Chef de service 1** : Mlle, Robert Thierrot était notre égal et mon ami. Nous sommes très peinés de son décès.
**Cheffe de service 2** : Mlle, Comme vous pouvez le constater, je

suis la seule femme du groupe. Mais on avait trouvé un équilibre de travail. Et notre directeur général était notre chef d'orchestre.
**Suze** : Donc psychologiquement, vous vous sentez bien ? Si vous avez des angoisses ou avez juste envie de me revoir, voici ma carte.
**Suze** déposa devant les cinq personnes sa fausse carte de psychologue. : Messieurs et Dame. Je suis à votre entière disposition, si votre besoin s'en faisait sentir. Ma mission est définie à partir de ce jour.

Suze quitta la pièce avec un certain déhanché… pour le moins provocateur.
Elle aurait sans doute plus tard des comptes à rendre à son Eddy… mais plus tard n'est pas maintenant.

## 9/ Les collègues (Eddy) (Lundi)

Suze et Eddy s'étaient séparé. À Suze les directeurs, à Eddy les collaborateurs que gérait le cadre décédé. Eddy avait une hôtesse à son service.
Dans la salle de réunion, tous les regards se posèrent sur lui.
L'hôtesse les fit s'asseoir. Eddy et l'hôtesse restèrent debout.

**Eddy** : Je vous confirme les bruits de couloir. Mr Robert Thierrot est décédé.

Il laissa le brouhaha s'installer puis le coupa en haussant le ton.

**Eddy** : Oh. OH. Je suis psychologue et je reste à votre disposition.
**Personne 1** : : Il y a aussi des bruits qui disent que ce n'est pas un suicide ?
**Eddy** : Vous aimiez votre hiérarchique ? Si non, je commence à rédiger la liste des suspects.
Devant le silence, **Eddy** reprit la parole : : Humour. Bon pas top. Soyons clair. Suicide ou non, ça remue les intestins. Alors, je vais rester ici ce jour et vous voir tous individuellement. Mlle mon assistante, prêtée par le groupe Renault ira nous chercher café, thé

et jus d'orange si on est sage. Mlle ? Vous voulez bien ?
**Mlle** : C'est demandé si poliment. Ne faites pas de bêtise en m'attendant.
**Eddy** : ?
**Mlle** : Humour, bon pas top. Et elle fila.

L'après-midi se passa entre café et collègues. Il rassurait et tirait les vers du nez. Il en apprit beaucoup sur l'automobile. Il ne regarderait plus jamais la Twingo de sa Suzette de la même façon. Il parlait technique et psychologie. Il mettait à l'aise les collègues de travail de Robert Thierrot. Il avait de l'empathie et était doué pour les rassurer. Lui aussi distribua sa carte. Il n'oublia pas d'en donner une à l'hôtesse, sait-on jamais.

**Eddy** à l'hôtesse. : Merci de m'avoir assisté. Cela m'a remonté le moral tout au long de la journée.
**Mlle** souriante et avenante : Bonne soirée Eddy. Et… Je conserve votre carte.

Il avait pris beaucoup de notes. Il les relirait en soirée à son appartement.

## 10/ Le soir : Suze et Kokeshi (Lundi)

Suze avait décidé de passer la soirée et la nuit à son appartement qu'elle prêtait temporairement à Kokeshi, une récente recrue. Elle sonna à son propre appartement. Kokeshi ouvrit.

**Kokeshi** : Quelle bonne surprise.
et voyant sa mini-jupe : Oh tu rentres du boulot ? Entre donc.

**Suze** : J'aide Eddy sur une enquête.
**Kokeshi** : Dans cette tenue ?
**Suze** : Je sais. Lui non plus n'a pas apprécié. D'où ma présence ce soir pour réfléchir.
**Kokeshi** : Tu es chez toi. C'est à moi de me faire toute petite.

Et Eddy attendit longtemps sa belle.

## 11/ Édition du Parisien (Mardi)

Mardi matin, édition du matin du Parisien pour Versailles & son agglomération. Titre sur trois lignes :

: Renault Technocentre Guyancourt.
Les suicides c'est du passé.
Maintenant c'est un meurtre.

## 12/ Édition syndicale (Mardi)

Le midi, à tous les restaurants d'entreprise, des syndicalistes de différentes opinions distribuaient des tracts présentant les faits à peu près de la même façon. Comme quoi ils peuvent avoir la même opinion mais ne jamais le reconnaître. Tout un symbole. Il y avait toutes sortes de population allant déjeuner. Des ouvriers en blouse grise aux cadres managers dirigeants en costume cravate, mais la majorité étaient en jean tee-shirt. Chacun prenait le tract syndical et allait manger en le lisant.

Décès à l'ingénierie.
Encore les 'cadences' infernales
Notre syndicat se porte 'partie civile'

## 13/ Mardi Soir 3H 1F (André René Eddy Suze)

Chez Eddy. Suze était revenue. Il y avait ce soir une réunion d'avancement.

**René**: Une enquête que je ne sens pas.
**Eddy**: C'est ça l'énergie propre. Bientôt on aura plus besoin de pot d'échappement.
**André**: Ce qu'il veut dire, c'est qu'on n'a pas pour l'instant d'indices probants, pas plus que pas probants d'ailleurs.
**Eddy**: J'ai pris pas mal de notes. Aucune piste, mais un malaise

général dans le service. En général, cela débouche sur du suicide, pas sur un meurtre.
**Suze** : J'ai des doutes sur certains chefs de service. D'après la seule femme : Le défunt était en conflit ouvert avec un autre chef de service.
**René** : Si on n'a pas mieux, avec André on ira le cuisiner dès demain.
**Eddy** : Allez zou, tournée générale.
**Suze** : Eddy, avec ta permission, je reste ici ce soir.
**Eddy** : Tu dors de quel côté du lit déjà ?
**André** et **René** : Bon, on se tient au jus. À demain.

## 14/ Mercredi matin, autre directeur (René)

L'entretien était programmé à neuf heures du matin. René et André accompagnés de leurs deux hôtesses s'y présentèrent. Mr le Directeur Jean de Druy et Mr le chef de service Thierry Gonbart ainsi qu'une autre personne entrèrent.

**René** : Qui vous accompagne s'il vous plaît ?
**Chef de service** : L'avocat que Renault m'octroie au vu de votre harcèlement.
**André** : Mr le chef de service, ne faite pas l'erreur de confondre harcèlement avec enquête.
**Avocat** : Messieurs, je suis justement ici pour faire respecter cette frontière.
**René** : Mr le chef de service. Quels sont vos liens avec le défunt ?
**Il** jeta un coup d'œil à l'avocat et répondit : Nous étions collègues.
**André** : Des collègues qui ne se supportaient plus. Depuis quand ?
**Chef de service** : Des collègues qui n'avaient pas le même caractère. Je suis collaboratif, demandez à mon équipe. Il était de plus en plus renfrogné et agressif, voire limite malsain.
**René** : Mais votre directeur parle d'une entente exemplaire.
**Directeur** : Je n'avais pas vraiment observé une dégradation des relations.
**André** : Leurs relations étaient assez tendues. Cela devait se voir. Vous avez été formé pour cela.

**Directeur**: Disons qu'un peu de friction amicale peut stimuler une certaine émulation.
**René**: Une émulation, c'est quand les gens collaborent. Là, ils se tirent dans les pattes.
**Directeur**: Écoutez. Au début de mon arrivée, tout allait pour le mieux.

**André**:… Dans le meilleur des mondes possibles. On connaît aussi.
**Directeur**: Interrogez mon équipe. Cette montée d'adrénaline a été soudaine. Environ quatre mois. On aurait dit deux coqs de basse-cour. Et pourtant pas beaucoup de poules à se faire dans non effectif.
**René**: Et bien embauchez une femme pour remplacer votre chef de service défunt. Ça limitera les hormones d'agressivité de votre autre collègue, et cela fera du bien aussi pour l'égalité des sexes.

## 15/ Mercredi après-midi, même directeur (Suze)

L'équipe orpheline était conviée en salle de réunion à quinze heures. À l'heure dite, les huit membres de l'équipes entrèrent et s'installèrent. Il y avait déjà le N+2, soit le directeur de l'ingénierie, Mr Jean de Druy. Et Suzie, et Eddy, et une autre femme, inconnue au bataillon.

**Directeur**: Messieurs Dames. Je vous présente la personne qui va prendre le relais. Mme Christelle Delamisse. Les Ressources Humaines ont débloqué sa mobilité en urgence, comme l'exige la situation. Elle sera qui plus est, en période de formation ici, et faute de remplaçant dans son ancien poste, elle ne sera qu'à moitié temps pour nous. Mais elle se dédoublera, car elle aime les défis. Donc la situation est compliquée, surtout qu'elle travaille à VSF (Villiers-Saint-Frédéric, autre site d'Ingénierie de Renault en Île de France). De ce fait, elle sera accompagnée d'une personne qui visiblement a un problème avec les horaires et qui aurait dû être là. À elles deux, votre UET (Unité Élémentaire de Travail = Équipe) doit redémarrer au plus vite et trouver sa vitesse de croisière.

Un bruit de porte ouverte en catastrophe. Kokeshi entra sans s'excuser, mais son sourire valait tous les pardons du ciel.

**Directeur** regardant sa montre : Donc, à elles deux, je l'espère, les projets de cette équipe vont décoller.
**Directeur** : Enfin, nous avons affecté deux psychologues à notre direction. N'hésitez pas à les contacter. Je le ferai d'ailleurs moi-même à l'issue de cette réunion. Des questions ?
**Une main se leva** : En fait, Mme Delamisse sera basée où ?
**Delamisse** : Je serai à VSF, et ici le mercredi, sacrifiant mon 4/5ème. Mais Mlle Kokeshi sera en permanence cinq jours par semaine à mon futur bureau et le mercredi nous travaillerons tous ensemble.
**Une main se leva** : Euh, c'est quoi son rôle ?
**Kokeshi** : Secrétariat option Ingénierie Automobile. Je ne suis pas une experte, mais je sais faire la différence entre une vitre de custode et une vitre arrière. J'espère que mon travail sera jugé professionnel par l'équipe et sa nouvelle cheffe promue. L'avenir nous le dira.
**Delamisse** : Pour votre information, Mlle Kokeshi est tri-lingue. Français, Anglais … et Japonais. Alors n'hésitez pas à la solliciter pour toutes vos réunions avec Nissan.
**Une main se leva** : Ça démarre quand ?
**Directeur général** : C'est déjà fait. On est mercredi. Vous reverrez votre cheffe mercredi prochain et son bras droit dès demain. Mais il est seize heures et la journée ne fait que débuter. Alors faites connaissance et mettez-vous au travail.

## 16/ Le soir (Mercredi)

Une petite soirée intimiste pour resserrer des liens d'un certain amour.

**Eddy** : Tu m'expliques pour Kokeshi ?
**Suze** : Elle parle Japonais à la perfection. Une opportunité.
**Eddy** : Et tu n'as pas jugé bon de m'en parler ?
**Suze** : René l'était. C'était suffisant.

**Eddy** : On est une équipe. Police et Détective et ta petite Famille.
**Suze** : C'est le soir où j'étais fâchée. J'ai opéré avec la police.
**Eddy** : Donc tu regrettes ?
**Suze** : Je suis heureuse d'être avec toi. Tu t'en satisferas !
**Eddy** : D'autres plans lancés ce même soir ?
**Suze** : Ah oui. C'est vrai. Green Lantern va faire son apparition.
**Eddy** : Elle va faire quoi ?
**Suze** : Surveiller l'homme à la testostérone.
**Eddy** : Tu me reproches souvent d'envoyer tes filles au casse-pipe et là tu lui demandes de faire copain-copine avec un mec qui a une tendance à perdre son sang-froid !
**Suze** : Elle fera attention.
**Eddy** : Et qui la surveillera ?
**Suze** : Toi, je comptais te demander ton aide.
**Eddy** : Alors crache tous les morceaux.
**Suze** : Oui Eddy.

## 17/ Radio Syndicat (Jeudi)

Édition du jeudi midi.

Meurtre à Ok TCR.
La direction minimise.
Que fait la Police ?
Que fait la direction ?
Elle collabore ?

## 18/ Green Lantern et le mâle (Jeudi)

Green Lantern se présenta dans sa nouvelle affectation. Assistante de transition. Personne ne savait si la place d'un autre chef de service était menacée ou non. Comme en plus elle remplaçait au pied levé l'assistante personnelle du directeur, les gens étaient perplexes et voyait en elle comme une espionne chargée de trouver le maillon faible et de forcer une réduction d'effectifs dans les chefs de service, comme si le décès de l'un d'entre eux était aussi utilisé comme prétexte à une réorganisation douloureuse.

Le directeur organisa un petit déjeuner pour combler les ventres désorientés. Il mettait souvent la main à l'épaule du chef de service Thierry Gonbart. Pour le rassurer ou pour le désigner ?

**Directeur** : Je renouvelle ma confiance à un de mes chefs de service préférés. Et je lui adjoins ma nouvelle assistante à temps partielle. Je tenais à ce que cela se fasse dans la communication. Mlle Green Lantern sera cette nouvelle assistante. J'espère que vous reconnaîtrez progressivement ses qualités inratables.
**Green Lantern** : Bonjour. Je vais mettre les bouchées double pour être au niveau de vos attentes. J'ai deux chefs et je vais les satisfaire.

Elle ne pouvait pas mieux dire pour jouer sur du velours… ou des draps en soie.

**Directeur** : Mlle Green. On peut se voir tous les trois ?

La nouvelle assistante Green et le chef de service Gonbart s'isolèrent dans une des innombrables salles de réunion de la Ruche (le bâtiment central du Technocentre).

**Mr Gonbart** : Mlle Green. Vous m'avez été imposé et j'ignorai la maladie de Caroline, ma secrétaire. Donc il va nous falloir un peu de temps pour trouver le juste équilibre.
**Green** : Je suis comme vous. Formez-moi et dites-moi vos attendus. Nous allons je l'espère apprendre à nous connaître.
**Mr Gonbart** : Nous allons voir cela.
**Green** : J'attends vos ordres…
**Green** : … Mr le chef de service.

Le soir du même jour.
**Green Lantern** à Suze : Il est ferré. Il est foutu.

## 19/ Syndicat (Vendredi)

Un tract syndical sortait du lot.

Crime sordide au 5ème étage de la Ruche.
Un collègue retrouvé pendu.
L'enquête piétine.
La direction lui a déjà trouvé un remplaçant.
'Show must go on.'

## 20/ Vendredi midi, post tract

En catastrophe, meeting internet entre René, Suze et Eddy.

**Eddy** : Bon, que pensez-vous du tract distribué aux différents restaurants d'entreprise ce midi ?
**René** : Je vais interroger les camarades syndicalistes dès cette après-midi.
**Suze** : Laisse. J'envoie Kawaii. Elle veut en être et autant qu'elle se présente au syndicat. René. J'ai besoin d'un badge Renault et d'une couverture.
**René** : Nous sommes en phase.

## 21/ Kawaii syndiqué (Vendredi)

Kawaii se présenta en début d'après-midi au local syndical, puisque l'entreprise se devait de fournir un local et des heures aux élus. Ils étaient tous en train de préparer la une du lendemain. Il faut battre le fer pendant qu'il est encore chaud. Elle avait l'impression de déranger. Il valait mieux venir ici avec une bonne raison.

**Kawaii** : Eh Oh, on peut m'aider ?

Un homme leva la tête et s'approcha d'elle.

**Syndiqué** : Mme, on ne vous connaît pas. Vous n'êtes pas

syndiquée ?
**Kawaii** : Faut être syndiqué pour remonter les problèmes ?
**Syndiqué** : Bon expliquez-vous ?
**Kawaii** : C'est quoi les symptômes pour porter plainte pour harcèlement ?

Elle ressortit une heure plus tard avec sa carte 'du parti'. Elle avait bien compris que toutes les formes de justice fonctionnaient pareilles. Il faut toujours la bonne carte pour être entendu.

## 22/ René chez le syndicat (Vendredi)

René et André croisèrent Kawaii en entrant dans le local syndical. Dans le local, l'homme syndical avait rejoint ses collègues pour apporter son aide au grand projet.

**André** : Eh Oh, on peut nous aider ?

Le même homme leva la tête et s'approcha.

**Syndiqué** : Messieurs, on ne vous connaît pas. Vous n'êtes pas syndiqués ?
**René** sortit sa carte de police : Ça le fera ? Car je n'ai pas envie de cotiser à tous les syndicats, juste pour poser quelques questions.

Ils se dirigèrent spontanément vers la table de travail et les hommes autour. Ils levèrent à leur tour la tête et comprirent.

**André** : Pouvons-nous nous asseoir entre adultes bienveillants et vous posez quelques questions amicalement ?
**René** : Nous menons l'enquête sur le décès d'un homme au TCR.
**Syndiqué 1** : Ah oui. On remue la boue pour défendre un directeur, mais les prolos suicidés, on classe l'affaire.
**Syndiqué 2** : Gilbert. Assieds-toi et ferme-là. Ou bien quitte la CGT et inscris-toi à SUD. Là, ils te laisseront t'exprimer, voire ils t'encourageront.
**René** : J'ai quelques questions à la suite de votre tract d'hier.

**Syndiqué 2** : Au moins vous êtes rapide.
**André** : Forcément, nous étions déjà sur place.
**Syndiqué 3** : Ça avance votre enquête ? En quoi peut-on vous aider ?
**René** : Vous communiquez des informations que seule la police connaissait.
**Syndiqué 2** : Bin alors y en a un qui a sympathisé avec nous ?
**André** : Pas de cela avec nous. Qui chez vous a eu cette information ?
**Syndiqué 1** : Secret professionnel. On ne cite pas nos sources.
**René** : On ne va pas vous arrêter pour obstruction à la la justice. Cela ne servirait personne que nous soyons cité dans votre tract de lundi. Cependant nous comptons sur votre sens civique. Voici nos cartes.
A l'extérieur, **André** : Tu es sûr que c'est une bonne idée ?
**René** : Non, mais je n'en ai pas d'autres. Et puis on sait où les trouver si les prochains tracts dérapent.
**André** : Tu as néanmoins semé le trouble dans leur esprit un peu trop solidaire.
**René** : Voilà, ça aussi. Jette un os à une meute de chiens, et fini la solidarité.
**André** : Homo Homini Lupus
**René** : Toi tu fréquentes top Kawaii. Enfin, tant que tu fais du bon boulot.

## 23/ Chez Eddy (Vendredi)

On aura rarement vu autant de personnes impliquées autour de la table chez Eddy. Suze avait fait les courses. Du gras et du maigre, de l'alcool et des jus de fruits.

**Eddy** : En tant que propriétaire de ce bar clandestin, je laisse la place à l'inspecteur en chef pendant que j'aide Suzette à remplir les verres.
**René** : Merci Eddy. Donc, une de nos enquêtes les plus dures à mener.
**Suze** : On est toutes en place, depuis peu. Faut nous laisser un peu

de temps aussi.
**André**: Ce que René veut dire, c'est qu'il y a pléthore de pistes et on ne voit aucune mèche s'allumer.
**Green Lantern** : Le chef de service bidule, vous savez celui qui n'a pas la langue dans sa poche. Et bien je pense que je l'ai bien chauffé. Ce sera pour la semaine prochaine. Il ne sait pas encore à qui il a affaire.
**Kokeshi**: J'ai pris mon poste et tous les mâles sont venus voir qui j'étais. Certains professionnellement, d'autres moins. Mon Japonais les a vraiment impressionné.
**Kawai**: J'ai passé une heure avec un syndicaliste qui m'a traité par-dessus la jambe (hi hi). Il n'y a que l'affaire qui les intéressent et comment gagner des parts de marché syndical. Renault ou la CGT, même combat.
**Suze**: J'ai aussi montré mon intérêt aux directeurs. On verra ce qu'il en sort.
**René**: Eddy ?
**Eddy**: Moi, J'ai nettement moins de touches que ma colocataire. On ne joue pas à armes égales.
**René**: Sauf Eddy que ce n'est pas un jeu, mais une collaboration comme tu la prônes depuis des années, et tu m'as convaincu.

## 24/ Qui fait quoi ?

Par ordre d'apparition :
**René** est l'inspecteur en chef chargé de l'enquête.
**André** est l'inspecteur aux ordres de son supérieur hiérarchique, René.
**Eddy** est le beau-frère de René et il est censé être un psychologue mandaté par la direction de Renault pour aider l'équipe de feu Thirot à tourner la page, sans séquelles
**Suze** est la compagne de Eddy. Elle a aussi comme couverture sur cette enquête d'être psychologue pour aider à digérer ce décès. Mais elle s'habille trop court au goût de Eddy.
**Kokeshi** connaît le japonais sur le bout des doigts s'est parfaitement intégré dans cette entreprise bi-nationale et elle a fait des heureux professionnellement s'entend. Elle endosse le costume d'assistant

pour Mme Delamisse, qui prend ses fonctions en lieu et place du défunt, et Kokeshi facilitera sa mobilité et sera aussi nos oreilles indiscrètes.

**Green Lantern** est la distraction qui fait que personne ne soupçonne les autres personnes infiltrées. Elle a aussi la charge de faire parler le bouledogue. Elle le supportera au un cinquième. Et sera aussi présente auprès du directeur.

**Kawaii** est venue à la rescousse lorsqu'il a fallu interroger les syndicats. Une sorte de pré enquête. Elle est donc infiltrée de façon périphérique.

## 25/ Chez Sœurette (Samedi)

Histoire de concurrencer Mam, Sœurette avait voulu organiser un repas samedi midi pour détendre l'équipe et épier pour recueillir des informations, juste par curiosité. Et puis, elle voyait de moins en moins son frérot et aimait bien André.

**Sœurette**: Allez-y tous. Vous en mourrez d'envie. Mangez sans fin et sans limite.

**Kawaii**: Non aux cadences infernales !

**Suze**: Si vous croyez que je suis mieux lotie.

**André** à sa compagne Kawaii: Je savais que c'était une très mauvaise idée de l'envoyer enquêter du coté des syndicats. Bientôt tu vas me demander la parité dans la cuisine.

**Eddy**: Je n'oublie pas Kokeshi et Green Lantern. Tu les inviteras un autre jour Sœurette ?

**René**: Et si on faisait un nouveau tour de table ?

**Suze**: Je participe et je prête et m'inquiète pour mes filles. Vous ne les enverrez plus nulle part sans mon accord. Leur mission : découvrir s'il y avait des hommes jaloux ou envieux ou ayant à gagner à la disparition du chef de service. Faisait-il de l'ombre à un de ses pairs ? On vient juste de poser le pied dans les différentes équipes. On y verra plus clair dans une semaine.

**Kawaii**: Je retournerai au local syndical. Je serai les oreilles de l'inspecteur. On sait qu'ils ont eu une information confidentielle.

**André**: Avec René, on pense reprendre les bases de l'enquête et

contacter cette après-midi le responsable de la sécurité du site.
**Sœurette** : Taratata. Le samedi c'est interdit.
**René** : On fait comme André a dit. Il nous faut trouver d'autres pistes.
**Sœurette** : Vous êtes des rabats-joie. Heureusement que je vous aie mitonné un petit plat exceptionnel.
**Eddy** en aparté à René : Rassures-moi, elle a fait les courses chez Picard.
**Sœurette** : J'ai entendu Eddy.
**René** : Je peux t'aider à aller chercher le plat en cuisine ?
**Sœurette** : Tu es trop gentil. Et je n'ai surtout pas envie que le plat tombe accidentellement. Non. J'ai des aides. Elles vont apporter le repas.

Tous se regardèrent.
**Sœurette** haussant le ton vers la cuisine : Allons les filles. On vous attend pour se mettre à table.

Apparurent Kokeshi et Green Lantern apportant des plats fumants, au fumet délicieux. Pendant que Sœurette ajoutait deux couverts sur la table, les deux filles posèrent les plats au milieu.

**Eddy** : Merci Sœurette.
**Sœurette** : Merci pour la beauté des serveuses ou pour le non-repas de ta sœur ?
**Suze** : Eddy a assez de distraction, mais il a les yeux bien trop baladeurs. Merci Sœurette pour m'avoir bluffée et contactée mes filles sans que je le sache.
**Sœurette** : En revanche le dessert est bien de moi.

Le repas se passa enfin dans une super ambiance conviviale. Ensuite café et pousse-café. Puis tous aidèrent à la desserte. Et tandis que Sœurette s'affairait à la cuisine, les sept enquêteurs et enquêtrices reprirent la discussion.

## 26/ Chez Sœurette (Samedi) Responsable de la Sécurité

A seize heures, les affaires reprirent. René alla chercher son ordinateur et le plaça sur la table devant tous avant de contacter le responsable de la sécurité du site de Guyancourt.

**René** : Monsieur le responsable de la sécurité. Je suis avec André. Nous aimerions revenir avec vous sur les fondamentaux.
**Responsable** : Oui, j'ai le dossier sous les yeux.
**André** : L'heure du crime ?
**Responsable** : Vendredi à dix-huit heures, plus ou moins une heure.
**André** : Cause du décès ?
**Responsable** : Pendaison, mais il avait été aidé par du chloroforme. Sans doute un chiffon. Naturellement, en cas de déclaration de suicide nous n'aurions pas demandé pour donner suite à votre injonction de faire de plus amples inspections.
**André** : Qui y-avait-il au cinquième étage ?
**Responsable** : Justement personne. L'étage avait été libéré et ses anciens occupants répartis dans d'autres bâtiments. Cet étage devait accueillir un service en provenance d'un autre site en cours de fermeture. Mais c'est la routine. Une entreprise dynamique est en mutation permanente et les implantations bougent au gré des effectifs de chaque service ou direction.
**André** : Que faisait-il là-bas, où il ne devait il y avoir personne ?
**Responsable** : C'est une excellente question.
**René** : On vous rappelle sous peu.
**René** : Nous sommes au complet grâce à Sœurette. Alors participons tous.

Le café coula à flot.

**René** : Putain, nous sommes passé à côté de quelque chose. J'ai réfléchi comme un amateur.
**André** : C'est tout de même toi qui a prouvé le meurtre alors qu'on allait conclure au suicide.
**Kokeshi** : Je ne comprends pas ?
**André** : Chercher des suspects sans piste sérieuse, c'est bien, mais

comprendre pourquoi il était au cinquième sans aucune raison, cela serait plus productif.

**Eddy**: Allez tous et toutes. Entraide. Pourquoi un homme qui a fini son boulot du vendredi irait-il faire un tour à une étage désert ?

**Kawaii**: On lui a donné rendez-vous ?

**André**: Probable. Autre idée ?

**Kokeshi**: Il avait donné rendez-vous à quelqu'un ?

**André**: Moins probable. Mais pour le moment j'écoute tout.

**Green Lantern**: A mon avis, c'est l'un ou l'autre.

**René**: Elle doit avoir raison. André le responsable. À quelle heure a-t-on vu le défunt pour la dernière fois dans son service. On aurait dû poser la question.

**André** revint quelques minutes plus tard : Dix-sept heures trente. Comme d'habitude le vendredi.

**Suze**: S'il donne rendez-vous, c'est sans doute avec une femme. Il faudrait savoir à quelle heure il rejoint exactement son domicile. On peut en faire des trucs dans des pièces vides.

**Eddy**: Et s'il a répondu à un rendez-vous ?

**Kawaii**: Idem. Occasionnelle ou régulière. Dans tous les cas, son horaire domicile nous aidera.

**René**: Ok. Et pas bête de plus. André, tu refiles le bébé au responsable de la sécurité.

**André**: Je lui laisse jusque demain dans ta grande mansuétude ?

**René**: Voilà, exactement.

## 27/ (Dimanche) Responsable de la Sécurité. André et René

A dix heures la sonnerie du téléphone d'André sonna. Comme la sonnerie était paramétrable, il savait que c'était René. Inconsciemment, il savait que René avait rongé son frein depuis longtemps, et cela représentait beaucoup d'heures.

**André**: Bonjour chef. Que me vaut le plaisir d'être réveillé à l'aube ?

**René**: L'aube putain je t'en mettrai …

**André**: Allez, dis-moi et libères-moi pour télé-foot.

**René**: Il habite Versailles, les beaux quartiers, près du marché

Notre-Dame. Il a contacté sa dame, enfin sa veuve. Son défunt mari rentrait pointilleusement le vendredi à dix-neuf heures, pour cause de repas de famille. Les autres jours de la semaine étaient 'libres'. Aucun écart en dix ans de mariage.
**André** : Sa femme est encore une bigote versaillaise je suppose.
**René** : Je n'ai pas l'information, nous la reposerons si besoin.

## 28/ (Lundi) Green Lantern dans le collimateur

A huit heures, Green Lantern, qui n'appréciait guère cet horaire trop matinal se gara sur le parking de l'avancée, puis passa le portillon de sécurité sans attendre comme les 'visiteurs' et alla prendre son poste à la Ruche, au département de l'ingénierie. Elle était dorénavant l'assistante du chef de service Thierry Gonbart, qui n'aimait guère le défunt, ce n'était un secret pour personne. Elle avait la consigne de s'imprégner du rôle et de se faire accepter par son nouveau patron. On verra les opportunités plus tard. Elle entra dans le bureau de son patron. Elle tendit sa main, mais il se leva et lui fit la bise. Elle retourna à son bureau, un plus petit bureau dans la même pièce personnelle du chef de service. Green Lantern prit connaissance de l'arborescence des fichiers disponibles sur le serveur informatique disponible pour tous les utilisateurs de la Direction de l'ingénierie. Il n'avait pas de temps à lui consacrer pour le moment. Green Lantern était à l'écoute discrète de tous les appels entrants pour son boss. Les numéros s'affichaient aussi sur son téléphone, afin de faciliter les prises indirectes, les rappels, et les prises de notes pour planifier des rendez-vous ultérieurs. À un moment de la journée, le téléphone du chef sonna sans son intervention. Elle tiqua et fit semblant d'avoir elle-même un coup de fil.

**Mr Gonbart** décrocha directement : Oui. Je me demandais quand tu allais rappeler. Ce soir ? Un peu tôt, je veux dire prévenu tardivement. Et puis, un peu inconvenant. Laisse passer un peu de temps. La semaine prochaine, promis. Bises.

La femme raccrocha. Green Lantern continua, raccrocha et

s'excusa auprès de son chef d'avoir répondue à un coup de fil personnel.

**Green Lantern** : Cela ne se reproduira plus.
**Mr Gonbart** : Laissez. C'est humain.

## 29/ (Lundi) Kawaii syndiquée

Kawaii avait révisée son rôle. Elle se présenta au local syndical.

**Kawaii** : Eh Oh, j'ai ma carte.
Le **syndicaliste** qui s'était occupé d'elle la semaine passée leva la tête et répondit : Ça ne donne pas accès à tout.
**Kawaii** : Ah, faut aussi une carte coupe-file. Comme chez Mickey. Je me suis bien fait baisée alors.

Syndiqué quittant sa place assise avec ses camarades et s'installa sur un tabouret sur élevé en face de Kawaii.

**Syndiqué** : Mais je vous reconnais.
**Kawaii** : On me le dit souvent.
**Syndiqué** : Bon, Je suppose qu'on continue votre dossier.
**Kawaii** : Voilà exactement. Je ne sais plus quoi faire pour éloigner ses mains baladeuses.
**Syndiqué** : Donc votre question, ce sont quelles preuves pour appuyer cette accusation.
**Kawaii** : Voilà. Comme vous êtes perspicace vous alors.
**Syndiqué** : Vous n'êtes pas un cas isolé. La CGT sera toujours auprès de vous.
**Kawaii** n'étant pas naïve pour deux sous : Pas trop près tout de même alors.

Mieux vaut prévenir que guérir, surtout pour une fraîche fiancée. La table en retrait était émaillée de propos sur l'affaire. Visiblement le coup de semonce de l'inspecteur avait été perçu plutôt comme un avertissement pris sérieusement. Leurs clameurs incitaient Kawaii et son acolyte à monter d'un ton dans les graves comme dans les aigus. On ne se méfie jamais assez de qui peut écouter une conversation. Kawaii devait juste avoir assez de distanciation cérébrale pour suivre deux conversations à la fois. Heureusement que ce n'était pas un discours de l'académie française.

**Syndiqué (autre)** :: Merde je ne lui ai pas demandé d'où elle savait ce détail.
**Syndiqué 2**:: Le genre de détail qui te fait être suspect pour la police.
**Syndiqué (autre)** :: Merde, on les emmerde !
**Syndiqué 2**:: Fabrice avait raison, tu as plus ta place parmi nous. On va voter immédiatement ton renvoi.
**Syndiqué (autre)** :: Espèce de tas de trous du cul. J'ai une info que seul le patronat a et vous vous la jouez fillette dans un pensionnat de religieuses.
**Syndiqué 2**:: Fabrice avait raison, tu n'as plus ta place parmi nous. On va voter immédiatement ton renvoi.
**Kawaii** : Dis donc, ça ne rigole pas chez vous. On doit marcher au pas comme chez les militaires.
**Syndiqué** : Non, lui, disons qu'il était en période d'essai.
**Kawaii** : Il aurait comme on dirait de la testostérone à revendre.
**Syndiqué** : Il nous plombait surtout.
**Kawaii** : Mais Ce n'est pas lui qui écrivait vos tracts ?
**Syndiqué** : Si, il avait des sources et des infos. C'est curieux, on ne saura sans doute jamais de qui en interne il les obtenait.

## 30/ (Lundi) Green Lantern convoitée / Invitée

Green Lantern arriva à son bureau sur les coups de huit heures. Même ainsi elle était la bonne dernière. Elle du faire une tournée de bises, pour finir par son patron.

**Mr Gonbart** : Mlle Green. Je me suis permis de fêter votre arrivée. Il reste quelques viennoiseries, si vous savez où les mettre ?
**Green Lantern** : Sûrement pas. Car après c'est trop dur à s'en débarrasser. Le plaisir gustatif et temporaire ne vaut pas cela.
**Mr Gonbart** : Mais vous êtes toute fine ?

**Green Lantern** : Mais ça a un coût. Je limite la viande et le gras.
**Mr Gonbart**: Les petits déjeuners ont toujours eu un succès. Désolé d'être tombé à côté.
**Green Lantern** : Désolé, mais c'est important pour moi. Je ne suis pas végane, rassurez-vous. Mais je suis BIO en nutriment et BIO dans l'administration de mon corps aussi.
**Mr Gonbart**: En tout cas, ça vous réussit parfaitement.
**Green Lantern** : Merci.

Quelques minutes plus tard.

**Mr Gonbart**: Puisque le petit déjeuner est un échec, laissez-moi vous inviter au restaurant.
**Green Lantern** : Désolé, je ne déjeune pas, ou si peu.
**Il** cliqua sur 'enter' et dit: A l'instant, je viens de réserver pour deux personnes ce soir au restaurant végétarien 'La belle et la blette', et je vous interdis de me dire non.
**Green Lantern** : Je connais ce restaurant de réputation. Une raison de plus pour ne pas pouvoir refuser.

## 31/ (Lundi) Kokeshi s'intègre

Kokeshi prit place au large bureau de sa cheffe, Mme Christelle Delamisse, absente du TCR ce jour.
Kokeshi serra des mains et fit des bises avant de pouvoir lancer un tchat (Skype) avec sa cheffe.

**Kokeshi**: Mme Delamisse.
**Delamisse**: Bonjour Kokeshi, et on se tutoie. La distance est déjà synonyme de perte de qualité d'information. Alors ne créons pas de superficielles distanciation inutile.
**Kokeshi** se forçant: Bien Christelle.
**Christelle**: On est seule ?
**Kokeshi** se forçant: J'ai même mis mon casque audio par sécurité.
**Christelle**: Oh comme c'est excitant d'être sollicitée pour une enquête.
**Kokeshi**: Alors joue ton jeu.

**Christelle** : Ce n'est pas si simple, je suis toute chose.
**Kokeshi** indisposée : Puis je te poser une question ?
**Christelle** : Bien sûr, professionnelle comme personnelle.
**Kokeshi** : Tu as été promue pour le poste réellement ou cela ne durera que le temps de l'enquête ?
**Christelle** : Disons qu'on ne m'a guère laissé le choix sur la date de prise de fonction. Mais oui, ça a boosté leur choix. Ils auraient préféré un homme, mais ils ont du se contenter de moi.
**Kokeshi** : Alors prouve leur que tes 'corones' valent plus que celles des hommes du TCR.
**Christelle** : Ok Kokeshi. Cochon qui s'en dédit.

## 32/ (Lundi) Green Lantern dîne

Au restaurant : La belle et la blette. La serveuse arriva pour prendre la commande.

**Mr Gonbart** : Nous prendrons la menue 'découverte', pour deux.
**Serveuse** : Bien.
**Mr Gonbart** : Avec votre Chablis bio s'il vous plaît.
**Serveuse** : Bien.
**Mr Gonbart** : Mais surtout nous débuterons avec deux apéritifs crémants d'Alsace aux groseilles à maquereau.
**Serveuse** : De l'acidulé dans des bulles de bonheur.

Elle partit préparer la commande.

**Green Lantern** : Je note que je n'ai pas eu le droit à la parole pour exprimer un choix différent.
**Mr Gonbart** : Certes. Et je vous présente mes excuses. Je prends sans risque le pari que cela vous comblera.

Le repas se déroula sans anicroche. À chaque fois que Green tentait de le mener sur le terrain professionnel, il revenait sur un terrain plus neutre. À la fin du repas, il raccompagna la belle à sa propre auto.

**Mr Gonbart** : J'ai mon appartement pas loin.
**Green Lantern** : Vous souhaitez donc joindre l'utile à l'agréable ?
**Mr Gonbart**: Non, je me contenterai juste de votre agréable présence.
**Green Lantern** : Et si je décline ?
**Mr Gonbart** : Alors je dormirai seul, mais avec une belle image iconique qui me fera vivre de beaux rêves.
**Green Lantern** : Et demain ?
**Mr Gonbart** : Il n'y aura pas de petit déjeuner et nous devrons continuer de travailler ensemble.
**Green Lantern** : Et si je vous accompagne ?
**Mr Gonbart** : Ce sera une relation sans lendemain, sauf si nous en décidons autrement.
**Green Lantern** : Alors vous n'êtes pas amoureux de moi ?
**Mr Gonbart** : Non, et oui. Pour une nuit, ou plusieurs. Mais je suis vacciné contre le mariage, mais pas contre les femmes …
**Green Lantern** : Si je viens, je veux les formes. Une conversation aussi, que j'ai l'impression de vivre une belle soirée, pas un plan Q si vous me permettez ?
**Mr Gonbart** : Mlle Green Lantern, mon salon vous attends.
**Green Lantern** : Mr Gonbart, je vous suis.

## 33/ (Lundi) Green Lantern couche

Les deux voitures se garèrent sur le parking de la co-propriété. Des places nominatives et des places libres. Elle pourrait partir quand elle le souhaitera, à n'importe quel moment de la nuit. L'appartement était petit, mais bien décoré, du moins elle était en phase avec ce style. Pour une fois, elle ne débuta pas par la salle de bain ni la chambre, mais comme promis, il y eu une nouvelle phase d'échanges à un niveau plus ouvert dans le salon. Il lui servit du champagne. Lui préférant un cognac. Il respectait ses engagements. Faut dire que le gros lot était assez magnifique, et il n'était aucunement question d'un lot de consolation. Green Lantern passa une bonne soirée au salon et dans la chambre. Cerise sur le gâteau, elle avait obtenu des informations.

**Green Lantern** : Je vais y aller, je souhaite passer quelques heures chez moi.
**Mr Gonbart** : Fort bien. Tu reviendras ?
**Green Lantern** : On se voit demain au TCR non ?
**Mr Gonbart** : Ok, à demain. Claque la porte en partant.
**Green Lantern a**u moment de partir : Au fait. Tu as été un bon amant et un honnête gars et ce fut un chouette moment.

Tout cela est naturellement un tissu de mensonges.

## 34/ (Mardi) Kokeshi son nouveau quotidien

Mardi matin, Christelle était connectée depuis déjà une heure avant l'arrivée de Kokeshi.

**Christelle** : Kokeshi, bonjour. Alors ça avance comment ?
**Kokeshi** : Bonjour Christelle. Bin je m'intègre. Les gens sont bien gentils avec moi. Un peu trop d'ailleurs.
**Christelle** : Je m'en fous Kokeshi. L'enquête ! Que diable.
**Kokeshi** : Christelle. Ce n'est pas un jeu. On est plusieurs femmes à être impliqué. On participe et on prend des risques. Je n'ai pas beaucoup de compétences automobiles. Je peux faire illusion le temps de l'enquête. Mais j'ai des amies dans la misère. Alors Merde et à demain.

Est-il utile de préciser que Kokeshi avait raccrochée ?

## 35/ (Mardi) lettre anonyme dénonçant un syndicaliste

La lettre était pour l'inspecteur de la police travaillant sur le meurtre. Finalement la lettre parvint au bon inspecteur. Il ouvrit l'enveloppe. Il prit une feuille à l'entête du syndicat.
René lut

A Monsieur l'inspecteur de police.

Cherchez Dimitri. Syndiqué. Il a obtenu ses infos via une femme.

Bonne enquête.
Votre dévoué.

**36/ (Mardi) Green Lantern à Eddy & Suze**

Green Lantern durant la matinée trouva un peu de temps pour joindre ses amis pendant que son ‘amant’ d’un soir était en réunion.

**Green** : Suze, Eddy, j'ai des infos.
**Suze** : Ça va ? Il ne t'est rien arrivé de mauvais.
**Green** : T'inquiète, c'est un bon gars, quoique jaloux, possessif, arrogant et arriviste. Il aime les femmes faussement libérées, mais bel et bien soumises. Donc rassure-toi. Il n'a aucun des charmes que je recherche chez un homme. Je rempile avec plaisir dans ma profession.
**Suze** : Parce que tu recherches ?
**Eddy** : Bon les filles, si on revenait à l'enquête ?
**Green** : Il m'a dragué car sa 'régulière' l’a mis temporairement sur la touche, et je ne parle pas de sa femme. Cette absente devait peut-être ou sans doute être occupée par son propre mari. Il est divorcé et vacciné sur le concept de mariage, mais elle n'était pas disponible. Vous avez suivi où je vous la fais en trois phrases simples et courtes ?
**Suze** : Pour ma part j'ai tout suivi et compris. Demande à Rahan.
**Eddy** : Bon Suze, et on doit en conclure quoi ? A part qu'il doit pratiquer son sport à minima une fois par semaine sous peine de surchauffe moteur.
**Green** : En fait il a dit deux choses. Ne jamais coucher sauf exception avec quelqu'un qu’on pourrait rencontrer par hasard dans sa propre entreprise. Il a ajouté que moi cela ne comptait pas, je n'étais qu'une intérimaire, donc sans conséquence.
**Green** : La seconde chose, il a rectifié. Sa régulière n'était pas indisponible. Mais il préférait décliner ses avances pendant sa période de deuil. Vous me suivez toujours ?
**Eddy** et **Suze** en même temps : Il se tapait la veuve !
**Green** interrogative : Et c’est mal ?

## 37/ (Mardi) Suze invité par Directeur Ingénierie

Ce mardi, en fin de matinée, Mr le directeur de l'ingénierie véhicule appela la psychologue Suze pour l'inviter à déjeuner, sous prétexte de parler de l'état des patients pendant cette crise. Ils déjeunèrent au restaurant japonais à l'intérieur du bâtiment de l'Avancée. Elle adorait, et Elle et Eddy adorait cette gastronomie, et quelquefois demandaient des conseils à Kokeshi. Jean de Druy serra quelques mains et hocha la tête très souvent. Pas elle. Il vivait cela naturellement, comme un droit acquis. Le pouvoir ne signifie pas le respect, cette idée fusa dans la tête de Suze. Restaurant japonais d'entreprise, mais le principe du self-service restait de mise. Elle se servit des sashimis, des sushis et des makis. Ainsi qu'une soupe miso. Pas de dessert, car le japonais n'en prend guère. Elle remercia en japonais celui qui lui prépara son plateau, mais il ne comprit pas. Il devait venir du treizième arrondissement.

**Suze** au directeur : Savez-vous s'il est possible d'avoir du Saké ?
**Directeur** : Je peux tout obtenir.
**Suze** : Du Saké chaud alors s'il vous plaît, c'est la tradition. Et les Japonais sont très sensibles à la tradition.
**Directeur** au serveur : Vous avez entendu. Du Saké chaud, vous nous l'apporterez, nous nous installons dans le petit salon 'Katana'.

Après le passage en caisse, il la mena au petit salon. Ce restaurant, assez cher avait été créé exprès pour montrer aux visiteurs de Nissan que nous étions ouvert à leur culture et qu'un restaurant d'entreprise leur était dédié. Ce jour, Jean de Druy avait réservé le salon 'Katana'. Il y avait aussi 'Samouraï', 'Meijii', et d'autres noms très connus, qui représentait le Japon, comme la baguette ou le béret représentent la France.

**Suze** : C'est un honneur d'être invité par un directeur dans le sein des seins de l'alliance automobile. Arigato De-Druy-San.
**Directeur** : Je vous en prie, ce n'est que peu de chose et vous faites tant de choses pour éviter que l'enquête dégénère en crise.

Suze était parfaitement à l'aise avec ses baguettes. Elle prenait un peu de Wasabi avec une baguette, posa cette noisette verdâtre sur son met, et enfin saisi ce sushi ou sashimi ou maki entre les baguettes et le trempa dans la sauce avant élégamment de l'amener à sa bouche. Elle savourait la qualité du repas, mais aussi l'ébahissement sur le visage du directeur. Surtout ne pas pouffer de rire.

**Suze**: Vous n'aimez pas la nourriture japonaise ?
**Directeur**: Si, de temps à autre. Je viens souvent ici en fait.
**Suze**: Vous aimez cette pâte verte ?
**Directeur**: Le Wazabi. Je préfère la moutarde.
**Suze:** Le Wassabi. Monsieur le directeur. Cela se prononce avec le son 'Esse'.
**Directeur**: C'est du pareil au même.
**Suze**: Si vous travaillez avec des Japonais, le moindre détail a plus d'importance que le sujet de la réunion.
**Directeur**: Mais on n'est pas en train de couper les cheveux en quatre là ?
**Suze**: Ne prononcez aucun mot japonais si vous le prononcez mal. C'est pire que de ne pas parler japonais.

Le serveur apporta le Saké chaud ainsi que deux petits bols. Le directeur laissa Suzie procéder à la cérémonie.

**Suze**: Il n'y a pas à proprement de cérémonie comme pour le thé, mais une approche respectueuse est toujours appréciée.
**Directeur**: Si je m'attendais à cela en vous invitant.
**Suze**: Il vaudrait mieux oublier votre idée originelle. Je ne suis pas libre.
**Directeur**: La franchise aussi est japonaise ?
**Suze**: Non, bien au contraire. Le Japonais ne dit pas non, mais la discussion dure une heure pour exprimer la même notion sans vous vexer.
**Directeur**: Je dois donc m'estimer heureux ?
**Suze**: Puis-je changer le cours de la conversation ?
**Directeur**: Je ne saurai pas l'exprimer en japonais, donc j'acquiers, faute de mieux.

**Suze**: Y-a-t-il eu un soutien psychologique pour sa veuve, où qu'elle habite et travaille ?
**Directeur** : Oui, l'infirmerie lui a affecté une infirmière au début.
**Suze** : Généreuse initiative du Technocentre.
**Directeur** : Vous n'y êtes pas. Mme Thierrot travaille aussi chez Renault.
**Suze** faussement 'sur le cul' : Vous avez prévenu René ?
**Directeur** : Vous connaissez l'inspecteur ?
**Suze** : J'ai travaillé avec lui par le passé, et aussi son adjoint André.
**Directeur** : Vous travaillez souvent avec la police ?
**Suze**: Disons que la police nous recommande souvent. Il y a tellement de drames et de détresse humaine, encore plus s'il y a meurtre. Alors, la Police Nationale fait appel à nous.
**Directeur** : Donc tout ce qui se dit ici leur sera répété ? Donc vous leur avez répété ce que j'ai dit sur deux connards mal embouchés ?
**Suze** : De mémoire, cela n'avait aucun rapport avec l'enquête.
**Suze** sentait qu'elle le perdait. : J'ai signé une clause pour remonter les informations pertinentes à l'enquête. Par exemple, le menu japonais n'en fait pas partie.
**Directeur** se détendant : Vous ferez quoi ensuite ?
**Suze** : Je retournerai à mon cabinet et à ma thèse.
**Directeur** : Qui est ?
**Suze** : Psychologie du meurtrier : Les bases.
**Directeur** : Vous êtes embauché comme profileuse ?
**Suze** : Oui, ce n'est pas officiel, mais oui, c'est tendance. Comme je vous ai assez facilement déchiffré pour la finalité de cette rencontre. Mais c'est oublié maintenant.
**Directeur** : Je suis intéressé… Ça marcherait aussi lors de réunions commerciales avec des concurrents ?
**Suze** : Disons que cette discussion n'a jamais eu lieu.
**Directeur** : ?
**Suze** : C'est la limite à ne pas franchir, Jean. dit-elle en posant sa main sur la sienne.
**Directeur** : On se lève de table alors ?

**38/ (Mardi soir) Eddy & Suze & René : Cherchez la femme**

A l'appartement.

**Suze** : On s'enlisait, là on a une belle piste.
**Eddy** : Trop belle pour être vrai.
**Suze** : Tu parles de la fille ou de la piste.
**Eddy** : Uniquement la piste… pour le moment.
**Suze** : Eddy, parfois, freine sacrément sur ton humour. Je suis trop souvent sur le grill avec toi.
**Eddy** : …
**Eddy** : Et si on appelait René pour se faire un mini 'brain storming'.

Eddy composa le numéro et n'attendit pas longtemps.

**René** : Tu as vingt-quatre heures par jour pour m'appeler et tu choisis l'heure où on allait se coucher !
**Eddy** : Pour ta gouverne, Suzie m'a dit la même chose.
**Suze** parlant fort car assez loin du mobile : René. Une info cruciale. Tu es demandeur ?
**René** : Dis à Eddy d'être clair et concis… s'il le peut.
Eddy : La veuve travaille chez Renault… Ça change des hypothèses de travail non ?
**René** : Je vais lancer une enquête.
**Eddy** : Je vais voir avec l'établissement pour être affecter dans son équipe.
**René** : Ok, feu vert. On se fait un point à mi-journée. Je raccroche.
**Suze** à Eddy : Tu changes de poste ? Pas assez d'ouverture dans ton service à forte majorité masculine ?
**Eddy** : Mais que me racontes-tu là ?
**Suze** : Je ne sais pas. Je sais plus où nous en sommes. Bonne nuit Eddy.

Et elle lui tourna le dos.

## 39/ (Mercredi) Eddy change de secteur et va aux achats

En fin de matinée, le RH (Ressource Humaine) du département des Achats (Purchasing Department) arriva à l'étage de la Ruche réservé à ce secteur confidentiel. Le badge d'Eddy avait été augmenté en droit et c'est lui qui débloqua la porte de l'étage. Le RH reprit la marche vers sa destination. Un coup de fil avait prévenu Mme veuve Thierrot de réserver une petite salle pour onze heures. C'est à onze heures que le RH et Eddy entrèrent dans la petite salle. Le RH décida immédiatement de fermer les stores, surtout ceux donnant vers l'intérieur de la Ruche.

**Mme veuve Thierrot** : Bonjour. Que me vaut ?
**Eddy** : Bonjour, je suis Eddy.
**RH** : Mme. Les périodes de deuil, en plus en ces circonstances.
**Mme Thierrot** : Quelles circonstances ?
**Eddy** : Sans doute un décès par meurtre. Ni un accident, ni un suicide. Madame.
**RH** : Mme. L'établissement a décidé que durant la période de l'enquête, vous auriez un assistant.
**Mme Thierrot** : Il sait faire quoi ?
**Eddy** : Madame. Mon rôle n'est pas de vous aider professionnellement, mais de vous seconder et de vous rappeler les choses évidentes.
**RH** : Oui, il y a souvent de la confusion et des oublis. Ce sera une aide ponctuelle. Aucune remise en question de votre poste. Juste un geste de la direction. Notre confiance en vous est totale, constante, et indéfectible.
**Mme Thierrot** : J'ai le choix ?
**Eddy** : Je ne crois pas. Et moi non plus. Alors ?
**Mme Thierrot** : Pour ma part, vous êtes à l'essai.
**Eddy** : Pour moi aussi. Merci.
**RH** : Je vous laisse. et il joignit le geste à la parole.

## 40/ (Jeudi) Kawaii draguée.

Kawaii travaillait son dossier de harcèlement et passait une fois par jour au local syndical. Elle poussa la porte et les bruits de conversations étaient toujours les mêmes, d'où un sourire automatique. Mais il n'y avait pas son contact habituel.

**Kawaii** : Euh. Il n'est pas là Xavier pour mon dossier ?
**Syndiqué** : Non, ailleurs. Je vais le remplacer agréablement.
**Kawaii** dans sa tête : Ça jamais tête de pois chiche.
**Kawaii** resitua le personnage. Ce ne serait pas celui qui avait fuité une info confidentielle ?
**Syndiqué** : J'ai un peu de temps à vous accorder. Où en étions-nous sur le sujet ?
**Kawaii** : Nous ?
**Syndiqué** : Le dossier, qu'importe qui le suit.
**Kawaii** : Il était sympathique, mais vous aussi n'est-ce pas ?
**Syndiqué** feuilletant le dossier : Fouillouillouillllle, du lourd. Il faut m'en dire plus.
**Kawaii** : Encore ?
**Syndiqué** : Bin faut être précis dans les termes. Il y a Harcèlement et harcèlement. Vous ne souhaitez pas être licenciée pour vous être tromper de terme.
**Kawaii** : Ah bin non, surtout pas !
**Syndiqué** : Donc, reprenons le dossier, je pense que mon camarade était un peu trop jeune dans le métier.
**Kawaii** : Si vous le dites.
**Syndiqué** : Êtes-vous aller voir les RH avant nous ?
**Kawaii** : Non, je ne savais pas.
**Syndiqué** : Vous avez laissé passer ses gestes jusqu'à quel point ?
**Kawaii** : Je peux supporter son haleine en allant vomir de temps à autre, mais personne ne me touchera sans ma permission.
**Syndiqué** : ?
**Kawaii** : Dans mon job précédent, j'ai dégusté. Je n'aimerai pas le mode replay.
**Syndiqué** : Mlle Kawaii. Comme vous le savez, on est pas mal full à cause de l'omerta des patrons sur le décès. Je pourrai prendre sur moi sur mon temps non syndical pour avancer avec vous sur votre

injustice. Mais c'est vous qui décidez.
**Kawaii** sur la réserve : Et vous me proposez quoi ?
**Syndiqué** : On se revoit un soir dans un restau… à la vue de tous Kawaii. Je ferai une fiche payable par le syndicat. Cela arrive.
**Kawaii** : Je crois que je ne risque pas grand-chose. Alors Ok.
**Syndiqué** : Disons demain (vendredi) soir. Un chouette restaurant et on sera tranquille pour notre affaire.
**Kawaii** : Merci de la carte de visite et de votre numéro de téléphone personnel. À demain soir donc.

## 41/ (Jeudi) Kokeshi fait parler

Kokeshi était fort bien acceptée dans le service. À croire que Christelle Delamisse n'existait pas, ou pas encore. Mais elle fut très surprise quand une femme se présenta à son bureau.

**Femme** : Mlle Kokeshi ?
**Kokeshi** : Oui. Je vous ai déjà vue et croisée mais je ne me souviens plus de qui vous êtes. Désolé.
**Femme** : Je ne sais pas à qui en parler, et je n'ai aucune confiance dans les psychologues à la soldes des chefs.
**Kokeshi** : Je suis intérimaire.
**Femme** : C'est à propose de Mr Thierrot.
**Kokeshi** : Oui ?
**Femme** : Sa femme venait souvent le chercher à son bureau. Elle travaille aussi au Technocentre. Mais depuis quelques semaines, c'était chaud.
**Kokeshi** : Chaud ?
**Femme** : Disons qu'elle arrivait la fleur au fusil, mais que lui dégainait rapidement. L'équipe n'aime pas se mêler des affaires familiales, mais on redoutait son arrivée à dix-huit heures.
**Kokeshi** : Vous avez une hypothèse ?
**Femme** : Il a pris une maîtresse et elle l'a appris.
**Kokeshi** : Le contraire ?
**Femme** : Oui, aussi, bien sûr.
**Kokeshi** : Mr Thierrot vous a-t-il fait des avances ?
**Femme** : Jamais, ce n'est le genre.

**Kokeshi** : C'est quoi son genre ?
**Femme** : Il est réglo. Il veut mener une vie rangée et son équilibre Renault-Perso est important pour lui. 'Était' pardon.
**Kokeshi** : Merci.

## 42/ (Jeudi) Kawaii se fait engueuler par André

Jeudi soir, Kawaii était toute penaud dans les bras de son tendre policier.

**Kawaii** : André, je crois que j'ai fait une connerie …
**André** : ?
**Kawaii** : J'ai donné rendez-vous à un homme, pour les besoins de l'enquête.
**André** : Kawaii, ma puce… tu as tiré un trait sur ton passé, n'est-ce pas ?
**Kawaii** : Ça a été un réflexe. Je te demande pardon.
**André** : Non. Je tiens à toi. Mais tu coupes avec ton passé tout de suite immédiatement.
**Kawaii** : Je me suis engagée.
**André** : Avec moi aussi tu t'es engagée.
**Kawaii** : André. J'ai eu un mauvais réflexe.
**André** : J'irai à ta place.
**Kawaii** : Pour que tu le tues ?
**André** : Possible mais pas sûr.
**Kawaii** : Écoute André. Demandons à René. J'ai envie de te garder.
**André** : Pour rattraper ta connerie, pour une fois je suis Ok.
**Kawaii** : Euh, on peut l'appeler maintenant. Si je peux déculpabiliser avec une nuit sans cauchemar ?
**André** : Oui, moi aussi j'ai besoin de repos cérébral. Tu ne me ménages guère.

André prit son mobile et composa le numéro de l'inspecteur en chef René.

**André** : René, c'est André. J'ai un service à te demander.
**René** : Pourquoi vous appelez tous quand je me mets au lit !

**André** : Parce que j'y suis aussi et que Kawaii m'a mis dans la merde.
**René** : Vas-y. Soirée foutue.
**André** : Elle a connement accepté un rencard avec le syndicaliste à la bavure.
**René** : Et bien c'est une bonne nouvelle, quelle y aille et nous fasse un compte-rendu ensuite.
**André** : René. Ma femme a raccroché !
**René** : Ah oui, c'est dommage, c'était une chouette opportunité.
**André** : René. Le rendez-vous est acté. Mais tu pourrais y aller toi ? C'est pour demain soir.
**René** : Ah, je comprends mieux. Comment sais-tu que je n'ai rien prévu pour demain.
**André** : Je ne sais rien, mais j'interdis à Kawaii de bouger de l'appartement demain soir.
**René** : Pff. Ok J'irai.
**André** : Merci chef.
**René** : s'il te plaît, oublie mon numéro pour quelques semaines.

## 43/ (Vendredi) Mme invite Eddy au restaurant

Au service des achats. Eddy et Ghislaine avait fait connaissance et Eddy devenait son ombre, ou son petit chienchien. Il allait chercher les cafés pour ses réunions, ou entre les réunions. Eddy était installé dans le bureau de la veuve. Une quadra très bien conservée, qui le savait et sans doute en usait. Il était présent lorsqu'elle téléphonait ou qu'elle répondait au téléphone. Il sentait qu'elle était sur la réserve et lui cachait des choses. Mais était-ce en lien avec l'enquête ? Sinon elle l'envoyait quelques fois voir s'il y avait du courrier interne pour elle. Lorsqu'il revenait, il la surprenait au téléphone ou raccrochant rageusement le téléphone. Et puis, elle sourit et le regarda bizarrement.

**Ghislaine** : Eddy, vous pouvez vous approcher ?
**Eddy** : Oui.
**Ghislaine** : J'ai prévu de vous déléguer certaines tâches, qui me demandent trop de concentration en ces temps troublés.
**Eddy** : Merci de cet acte de confiance… Ghislaine.

**Ghislaine** : Vous seriez disponible ce soir ?
Un peu interloqué, car les choses allaient trop vite pour **Eddy** : Oui, sans doute ?

Pendant la pause déjeuner, Ghislaine n'arrêtait pas. Elle enchaînait les meetings comme tous les jours. Elle avait de l'adrénaline à la place du sang. Il en profita pour s'isoler et téléphoner à René.

**Eddy** : René. Je suis dans la merde.
**René** : Je suis pris ce soir, tu te souviens ?
**Eddy** : J'ai rencard avec la veuve noire.
**René** : Félicitations. Suze doit être radieuse.
**Eddy** : Je fais comment avec elle ?
**René** : Non Eddy. Je n'irai pas me brûler les ailes sur un truc qui va me revenir dans la gueule.
**Eddy** : Je fais quoi alors ?
**René** : Je peux juste te prêter un gilet pare-balle. Mais si tu me le rends abîmé, tu paies la remise en état.
**Eddy** : Je peux aussi te passer ta sœurette.
**René** : Super. Beauf, va te faire foutre.

## 44/ (Vendredi) Eddy informe Suze

**Eddy** avec une petite voix : Hello salut Suze. Comment va ?
**Suze** : Eddy ? C'est toi, tu sembles bizarre ?
**Eddy** : Tu sais, l'enquête avance bien.
**Suze** : Eddy. Je te connais. Alors !
**Eddy** : J'ai une mauvaise nouvelle.
**Suze** : ?
**Eddy** : J'ai un rencard avec la veuve.
**Suze** : Jusqu'où ?
**Eddy** : Un restaurant.
**Suze** : Quand ? Ce midi ?
**Eddy** : Ce soir.
**Suze** : Avec option nuit ?
**Eddy** : Ce soir.
**Suze** : Avec option nuit ?

**Eddy** : Je ne sais pas. Suzette, Je n'avais pas envisagé cela.
**Suze** : Tu réfléchis avec quel organe ?
**Eddy** : Je dois faire quoi ?
**Suze** : Tu te fous dans la merde tout seul et ensuite tu sors la carte enquête et je dois me plier ou plus encore me coucher ! Connard !
**Suze** : Si tes enquêtes c'est juste un prétexte pour tremper ta nouille ailleurs qu'en moi, alors trouves toi un autre groupe d'Escortes aimantes et compatissantes.
**Eddy** : Je finis l'enquête. Désolé Suzie.

## 45/ (Vendredi) René avec Syndiqué

La journée avait été mauvaise, voire très mauvaise. Il était parvenu à ne joindre ni Eddy ni Suze de l'après-midi, alors que toute l'équipe était sur le site du TCR. Allez comprendre. Enfin à dix-neuf heures, René quitta le site central du groupe Renault et rejoint en voiture le lieu du rendez-vous. Il s'était garé non loin et attendait. Au moment où son contact se gara à son tour et sorti de son véhicule, il fit de même et l'interpela, tout en espérant qu'il ne tenterait pas de fuir.

**René** : Monsieur. Que faites-vous ici ?
**Enzo** : On est encore en République non ?
**René** : Vous ne répondez pas à la question.
**Enzo** : Je vais au restaurant. Ça vous pose un problème ?
**René** : Avec Kawaii, oui, je sais.
**Enzo** : Comment vous le savez ?
**René** : Elle m'envoie à sa place.
**Enzo** : Y-a maldonne. Je repars.
**René** sortant sa plaque passe-partout : Police.
**Enzo** : Maintenant je me souviens de vous.
**René** : On fait la discussion ici ou au poste ?
**Enzo** : Là, en pleine rue ?
**René** : Si c'est ici, c'est informel. Au poste je devrai faire un rapport ?
**Enzo** : Finalement un capot de Clio, c'est plus confortable que la cellule de passage à tabac.

**René**: Allons droit au but. D'où tenez-vous vos informations sur les détails du crime ?
**Enzo**: Vie privée.
**René**: En ce cas, on va au poste. La conversation informelle incluait des confidences, puisque aucune poursuite. Alors ?»
**Enzo**: J'ai quelques rencards avec une femme du Technocentre.
**René**: C'est à dire ?
**Enzo**: Je me tape une à deux fois par semaine une 'manager' travaillant ici.
**René**: C'est elle qui vous a donné les détails confidentiels ?
**Enzo**: Oui.
**René**: A-t-elle donnée d'autres détails non encore publiés ?
**Enzo**: Peut-être un ou deux.
**René**: Lesquels !
**Enzo**: Pendu dans un ascenseur, mais comme je ne visualisais pas la scène, j'ai réduit.
**René**: Mais encore !
**Enzo**: Je crois que c'est tout.
**René**: Enfin, son nom.
**Enzo**: Vous savez, j'ai un peu le béguin pour elle.
**René**: Vous choisissez. Vous collaborez ou vous êtes complice.
**Enzo**: Vous savez, 'collabo' ce n'est pas un beau rôle non plus ?
**René**: Incarcéré alors ?
**Enzo**: Mme Ghislaine Modieri. Une belle italienne. Flamboyante et brûlante à souhait. Un peu dominatrice.
**René**: Vous auriez une photo ?
**Enzo**: Non, elle refusait. Faut dire qu'elle était nue.
**René**: Enzo, vous êtes libre. Mais deux points. Primo, vous stoppez vos propos dans les tracts. Secundo. Si je passe à votre local syndical. Vous venez me voir et on s'isole.
**Enzo**: Il n'y aura aucune suite ?
**René**: Cette conversation n'a jamais eu lieu. Mais si on découvre coupable de quoi que ce soit, c'est caduc.
**Enzo**: Même pour un PV de stationnement ?
**René**: J'espère effectivement que vous êtes à jour de vos contraventions.

## 46/ (Vendredi) Suze attend tard… puis va chez Kokeshi

Vendredi soir chez Suze, seule avec Kokeshi.

**Kokeshi** : Je te prépare une tisane ?
**Suze** : Tu n'as rien de plus fort ?
**Kokeshi** : Une infusion ?
**Suze** : ?
**Kokeshi** : Un thé ?
**Suze** riant jaune : De l'alcool, et fort de préférence.
**Kokeshi** : J'ai de l'alcool de riz, mais je te préviens, ça a le goût de l'alcool à brûler.
**Suze** riant jaune : Du moment qu'il y a le mot alcool.

Suze était au plus bas et Kokeshi l'écoutait. Suze craignait pour son couple. Lorsqu'elle fut ronde comme une queue de pelle, Kokeshi alla la coucher. Kokeshi prépara en avance le petit déjeuner spécial gueule de bois. Elle n'appela personne.

## 47/ (Vendredi) Eddy avec Ghislaine

Eddy était morose depuis le matin. Genre le mec qui gamberge et doit prendre une décision cruciale. 'Crucial' comme dans 'crucifié'. Elle quitta le TCR à dix-huit heures en lui donnant rendez-vous chez elle pour vingt heures.

**Ghislaine** : Comptez une heure pour venir et vous garer. Mais pour qui veux, il y a toujours des places à Versailles. Rendez-vous à vingt heures mon cher.

Eddy ne savait plus qui appeler pour parler ou se confesser. Il quitta le TCR à dix-neuf heures et programma son GPS.
A dix-neuf heures cinquante-cinq il se garait à deux pas. À vingt heures, il sonnait chez elle. Elle lui ouvrit personnellement.

**Ghislaine** : Entre Eddy. Je t'attendais.
**Ghislaine** : Eddy, où est passé ton entrain ?

**Eddy** : Je pense qu'on fait une bêtise.
**Ghislaine** : Tu veux dire que tu fais une bêtise. Moi ça me va.
**Eddy** : Oui, tu as raison, Je suis fidèle.
**Ghislaine** : Un peu tard pour tes états d'âmes. Passons à l'apéro. Et tu ne vas pas gâcher mon repas préparé en t'attendant. Hein ?
**Eddy** : Ok.

Ils passèrent dans le petit salon. Lumière tamisée et champagne rosé au frais. Elle fit le service.

**Ghislaine** : Eddy, goûte ta coupe, mon Cupidon d'une nuit.

**Eddy** appréciant son premier cru champenois. : Beau choix et bonne température. Un régal de pétillance.
**Ghislaine** : Tu vois quand tu veux.

Eddy se détendait à vitesse grand V, comme dans TGV.

**Ghislaine** : Donc Eddy, la journée t'a été difficile. Tu angoissais de n'être pas à la hauteur ce soir.
**Eddy** : Pas exactement. Mais j'angoissais.

Eddy et Ghislaine passèrent ensemble un bon début de soirée. La bouteille de champagne fila sans que quiconque s'en aperçoive.

**Ghislaine** : J'ai donné congé au petit personnel. Mais j'ai préparé personnellement le repas.
**Ghislaine** avec des yeux de biches : Faudra être indulgent avec moi, mon Eddy.

Ils passèrent au salon et elle fit le service dans sa robe très échancrée. Le menu provenait de Picard. Il commençait à se sentir tout drôle, mais il savait ce qu'il mangerait ce week-end puisque ce serait à coup sûr un week-end de célibataire. Eddy pensait fort à Suzie, mais pourquoi fallait-il toujours qu'il réfléchisse toujours trop tard ?
Le vin était excellent et l'hôtesse arborait un sourire magnifique. La soirée paradisiaque pensait Eddy. En fin de soirée, elle le guida

à sa chambre. La nuit se passa divinement. Elle se disait satisfaite et comblée. À renouveler. Ils se réveillèrent nus le lendemain matin. Elle n'eut pas beaucoup à insister pour qu'ils remettent le couvert. Eddy ne sortit jamais vraiment du brouillard et ne posa donc aucune des questions qu'il avait pensé poser.

## 48/ (Samedi) Chez Eddy

Eddy était à son appartement à treize heures. Il lut ses courriels en retard. Il décrocha le téléphone sans regarder le numéro émetteur

**Eddy** : Allo ?
**René** : Eddy. Ça fait plaisir de t'avoir. Ça va ? Tu étais où ?
**Eddy** : C'est compliqué. J'ai besoin de toi. Je ne me sens pas bien.
**René** : Oui, cela s'entend. Que puis-je ?
**Eddy** : Si je viens au commissariat, tu peux me faire une analyse de sang ?
**René** : Rectification. Je t'envoie une voiture à domicile. Tu m'inquiètes.

La voiture était conduite par un agent qu'il connaissait, mais incapable de se souvenir de son nom. Il s'allongea sur la banquette arrière, à la surprise du conducteur. Eddy arriva au commissariat et René sortit pour aider l'agent. Direction l'infirmerie.

**René** à l'infirmière : Vous me le testez à toutes les drogues connues. D'habitude il est à coté de ses pompes, mais pas autant.
**Infirmière** : Facile de se moquer d'un autre dans cet état. On verra si vous oserez répéter vos propos ensuite.
**René** : Vous seriez surprise de toutes les méchancetés que je pourrai sortir sur mon beauf.

L'infirmière amena Eddy à l'intérieur. Il eut la perception d'avoir été mis en position horizontale. C'est tout ce qu'il demandait. Une heure plus tard, l'infirmière sortait de son antre.

**Infirmière** à René : Il a effectivement englouti de la drogue. Un

mélange d'Ecstasy et de Viagra. Mais à forte dose.
**René** : Il va mieux ?
**Infirmière** : Je lui ai fait un lavage d'estomac. Il sera vasouillard pendant tout le week-end. Je serai donc de permanence ici puisque c'est mon unique patient alors que sinon je pouvais être seulement en astreinte de chez moi.
**René** : Aurait-il pu en mourir ?
**Infirmière** : Non, aucun risque. Il a été utilisé quelques heures et ensuite, on l'a jeté.
**René** : Euh. On l'a utilisé ?
**Infirmière** : Viagra pour la performance, Extasie pour la docilité. Je vous fais un autre dessin ?
**René** : Le concept est limpide. Merci.

## 49/ (Samedi) Eddy & René

René et l'agent ramenèrent Eddy chez lui. René savait que Suze avait pris du recul. Sacrée putain d'enquête à la con. Eddy était encore flagada.

**Eddy** : René et Agent, je vous offre un petit remontant ?
**René** : Outre le fait que nous pourrions être en service, tu es plus con que nature.
**Eddy** : Rabat-joie, tous autant que vous êtes. Je suppose que je ferai mieux d'aller me coucher ?
**René** : Exactement. Et l'agent va rester cette nuit.
**Agent** : Ah bon ?
**René** : Bin oui. C'est mon beauf, je dois bien cela à ma femme qui n'est rien moins que sa sœur.
**Eddy** : Et toi, pas touche à mon pur malt.

## 50/ (dimanche) Eddy & René

René passa plus tard dans la soirée du dimanche au logis de Eddy. Son agent lui ouvrit.

**René** : Hello Agent. Il remonte la pente ?
**Agent** : Plus il descend la bouteille, plus il remonte la pente.
**René** : On ne peut pas dire que je n'ai pas fait tout mon possible. En se prenant la tête.

Il entra et demanda un café fort.

**René** : Eddy, de quoi te souviens-tu ?
**Eddy** : Tu veux dire jusqu'à la petite enfance ?
**René** : Tête de pois chiche, émerge, s'il te plaît.
**Eddy** : Je me souviens que bon gré mal gré je suis allé chez elle vendredi soir. On a bu du champagne. Et ensuite j'ai des bribes de souvenirs. J'ai commis l'irréparable avec elle.
**René** : Eddy. Ton champagne était drogué.
**Eddy** : C'est vrai ! Alors c'est super, Suze va me pardonner.
**René** : C'est beau la naïveté …
**Eddy** : Bin je n'y suis pour rien. Tu l'as dit toi-même ?
**René** : Tu as été drogué dans la maison. Avant tu étais toi-même. Tu as décidé de devenir son assistant. Tu as décidé d'accepter son rendez-vous. Et pour finir tu as décidé d'y aller. Drogue ou pas, tu comptais y faire quoi ? Lui dire non ?
**Eddy** : Forcément, présenté comme cela je suis coupable.
**René** : Moi je suis le cadet de tes soucis. Pense plutôt à Suze …
**Eddy** : J'y pense, mais j'ai du mal à trouver la solution.
**René** provocateur : Peut-être qu'il n'y en a pas ?
**Eddy** : Ça. Jamais.

## 51/ (Dimanche) René & l'état civil

René espérait qu'il pourrait se passer des trucs & astuces de son beauf. Il appela le service 24h/7j de l'état civil national, numéro réservé à la police. Après identification sécurisée.

**René** : Bonjour. J'ai besoin de consulter la fiche de Ghislaine Modieri.
**Service** : Née le 19 février 1984 à Milan. Marié à Robert Thierrot le 7 juillet 2014 à Vernon. Veuve depuis deux semaines.

René raccrocha et cogita. Maintenant il avait un but.

## 52/ (Lundi) Enquête aux achats (René)

Lundi matin, Eddy s'installa à son bureau, juste à côté de celui de Mme Thierrot (ou Mme Modieri). Eddy semblait être spectateur ou témoin impuissant. L'Inspecteur René s'invita et les trois personnes ainsi que le responsable de la sécurité du site, sorte de caution morale, s'enfermèrent dans une petite salle et fermèrent de plus les stores.

**René**: Mme Thierrot, la police, représenté par moi a quelques questions à vous poser.
**Ghislaine**: Est-ce légal ? demanda-t-elle en s'adressant au responsable de la sécurité du site.
Ce **dernier**, mal à l'aise sur sa chaise répondit néanmoins: Nous collaborons totalement avec la police. Si vous ne le faites pas, nous nous réservons le droit de vous le faire savoir.
**René**: Madame. Où étiez-vous le jour du meurtre à dix-huit heures?
**Ghislaine**: A mon bureau ou sur le point de le quitter.
**Responsable sécurité**: Les caméras de surveillance indiquent dix-neuf heures.
**Ghislaine**: Oui, le temps de rejoindre ma voiture.
**René**: Madame. Quelles étaient vos relations avec votre mari?
**Ghislaine**: Je dois répondre devant ces deux étrangers ?

Après évacuation, l'interrogatoire soft continua.

**Ghislaine**: Marié depuis quelques années, mais le deal n'était plus là.
**René**: Quel deal ?
**Ghislaine**: Il était censé être bon au lit. Mais passé la lune de miel, il ne s'est plus manifesté.
**René**: Alors vous cherchez ailleurs ?
**Ghislaine**: Il était prévenu. Je ne me contente pas d'un livre le soir.

**René** : Vous avez changé de régime alimentaire ou sexuel depuis quand ?
**Ghislaine** : Il était prévenu. Je l'ai simplement mis en application.
**René** : Et il vous fallait aussi Eddy ?
**Ghislaine** : Faute de grive, on se contente de merle. Quand on est en manque, on cherche ce qui est mangeable dans son entourage.
**René** : Vous l'avez empoisonné.
**Ghislaine** : Stimulé serait plus exact.
**René** : Et pour votre mari.
**Ghislaine** : Quoi mon mari ?
**René** : Que lui avez-vous fait ?
**Ghislaine** : Vous voulez dire 'A part le rendre cocu'… rien.

René du libérer sa proie, la belle Italienne.

## 53/ (Lundi) Enquête à Versailles (André)

Pendant ce temps, André était à Versailles avec une équipe de fouille. Il prit bien garde de respecter la loi. Il sonna au domicile de Mme Modieri. Une personne du personnel ouvrit le portail et dut donc faire contre mauvaise fortune bon cœur. L'équipe policière envahit la belle maison champêtre à l'intérieur de la ville, et investit les pièces jugées utiles pour la fouille. André pilotait la perquisition. Grâce à une photo de caméra de surveillance, la cible était clairement un manteau. Celui porté le jour du meurtre. L'équipe débuta par la chambre, et ensuite les autres pièces, de plus en plus loin de la chambre. Au bout de plusieurs heures, André devait reconnaître son échec. Échec, mais aussi échec personnel quand vous comparez avec votre investissement personnel.

Souvent **René** lui envoyait un SMS de : Alors on en est où ?
**André** était honteux de taper : Rien.

André savait que son chef attendait une bonne nouvelle pour mettre en examen la veuve. Mais non. Il avait échoué.

## 54/ (Lundi soir) conseil des filles

Lundi soir, la base était chez Suze, avec Kokeshi à ses côtés. Par internet audio et vidéo, Kawaii et Green Lantern les rejoignirent.

**Suze**: Bonsoir les filles. Je souhaite un point sur votre feeling, votre motivation ainsi que votre libre-arbitre.
**Kawaii**: Hello les filles. J'ai envoyé André ailleurs, alors, aucun parasite, mais cela me coûte de l'envoyer promener sur un faux prétexte.
**Green Lantern**: Je reste une heure max, après j'ai un contrat. Bise les filles.
**Kokeshi**: Konbanwa.
**Suze**: Je voulais ouvrir mon cœur à ma famille. Eddy n'est pas honnête. Je n'ai plus envie de vous demander de participer à ses envies pour vous utiliser. Les enquêtes sont parfois un bon prétexte pour aller voir ailleurs.
**Green Lantern** : Suze, Eddy est un homme. Il a des qualités humaines et c'est toi qui nous l'as vendu.
**Kawaii**: Suze, Je défendrai Eddy sauf si tu me dis de le laisser tomber. Mais c'est dur d'entendre tes dires. Tu resteras ma maman.
**Kokeshi**: Je suis la ptite nouvelle, et je loge chez Suze. Si vous avez une solution pour qu'elle arrête de pleurer, cela m'irait.
**Suze**: Mes filles. Je note que vous ne lâchez pas Eddy. Pour le moment, il m'a encore déçu. Mais je reste solidaire de vous. Je resterai alors juste en retrait de lui.
**Green Lantern**: J'ai été la première à t'accepter et tu m'as adoptée. On a traversé des mauvaises passes, sans jeu de mot. Finissons l'enquête et fait un break Suze. Une Suze radieuse, ça nous guide mieux. Et bises, je vous lâche pour ce soir, mais mon cœur reste auprès de ma famille. Je n'en ai guère besoin pour la tâche qui m'attends.
**Kawaii**: Je raccroche les crampons, ou les préservatifs pour nous. Mais mon cœur et ma famille, c'est Suze. Si elle me demande de lâcher Eddy, Je le ferai, mais sûrement pas de gaîté de cœur. Je stoppe ce soir, car je n'ai plus de mouchoir. Bise la famille.
**Kokeshi**: Bin, je reste seule avec Suze ce soir. Je vais encore devoir l'abreuver d'alcool de riz. Ça faisait longtemps que je ne

m'étais pas mis dans un certain état qui nous attends Suze et moi.

## 55/ (Lundi soir) conseil des garçons

**René**: Merde. Quel fiasco.
**André**: J'ai tout fouillé.
**René**: Elle m'a snobé la S….
**Eddy**: Il faut rebondir.
**Eddy**: J'ai peut-être une idée.
**René**: Vas-y, au point où nous en sommes.
**Eddy**: Il y a un manteau, personne ne le nie. Alors où est-il ou où pourrait-il être ?
**André**: Au pressing !
**Eddy**: C'est ma seule idée …
**René**: Ça a intérêt à être la bonne.
**André**: Je questionne tous les pressings autour de Guyancourt et de Versailles alors ?
**René**: Tu fais.
**Eddy**: J'ai une autre idée …
**René**: Tu fais chier.
**Eddy**: Et si elle était meilleure ?
**René**: Pfff.
**Eddy**: Il y a dans la ruche un service de pressing.
**René**: Ok, André, tu t'occupes de l'idée une. Je mets un agent sur l'idée deux.

## 56/ (Mardi) pressings

Pendant que André suait sang et eau pour courir d'un pressing à l'autre dans la région du grand Versailles, l'agent Émilien, récemment embauché faisait le pied de grue devant le pressing interne à la Ruche. Il ne savait pas qu'il ouvrait seulement à onze heures. Il était dix heures et cinquante-neuf minutes. Ce fonctionnaire de police ignorait aussi que les aiguilles des horloges avaient été inventées pour être flexible. À onze heures er cinq minutes, la marchande prit place derrière son comptoir.

L'agent se présenta.

**Agent** : Bonjour Mme. Je recherche un manteau.
**Marchande** : Vous avez le ticket ?
**Agent** : Non, je recherche un manteau.
**Marchande** : Vous n'avez pas le ticket alors ?
**Agent** : Non.
**Marchande** : Alors je fais comment pour le retrouver ?
**Agent** :Ne vous inquiétez pas. J'ai une photo.
**Marchande** suspecte : Vous êtes sûr de l'avoir déposé ici ?
**Agent** : Je n'ai rien déposé. Je recherche juste un manteau.
**Marchande** suspecte : Vous vous foutez de moi ?
**Agent** : J'appelle mon supérieur.
**Marchande** suspecte : C'est cela, faite. Client suivant.
**Agent** : Inspecteur René. Je suis au pressing de la Ruche.
**René** : Ah bien et donc ?
**Agent** : La marchande me demande le ticket du manteau.
**René** : Vous vous foutez de moi ? Vous avez compris le boulot ?
**Agent** : Oui Inspecteur. Nous recherchons un manteau.
**René** : Et donc ?
**Agent** : Bin Monsieur, je n'ai pas le ticket.
**René** : Agent, Je viens vous libérer. Vous serez bien mieux à la circulation.

Dans les cinq minutes, un René furax arriva au pressing.

**Agent** : Bonjour Inspecteur. L'enquête n'avance pas par obstruction de la marchande.
**René** : Laissez. Je vais tenter de démêler le problème.
**René** à Marchande : Mlle, Je suis policier et je suis à la recherche d'une pièce à conviction. Voici la photo.
**Marchande** : Pourquoi il ne l'a pas dit le bouffon ?
**René** : Mlle, cette photo est-elle évocatrice ? Le manteau vous revient-il à l'esprit ?
**Marchande** : Oui bien sûr. Il a été apporté ici la semaine passée.
**René** : Où est-il actuellement ? Euh, s'il vous plaît.
**Marchande** : Je téléphone pour me renseigner.
**Marchande** : Il a été réceptionné au dépôt. Il est prêt à être traité.

**René** : Vous le stoppez tout de suite. Je vais le chercher. C'est où ?

René finit par récupérer ledit manteau. Il l'apporta tout de suite aux laboratoires de la police judiciaire. Ils devaient l'examiner sans tarder.

**René** : Je ne bougerai pas d'ici sans les résultats.
**Labo** : On n'est même pas sûr de vous les donner demain. Vous connaissez le nombre de priorités ?
**René** téléphona à Eddy : Eddy. Je suis énervé envers les services de l'état. Je veux que l'analyse du manteau se fasse tout de suite et je suis mis en dessous de la pile.
**Eddy** : Ok. Donne-moi l'adresse, le service et un nom quelconque pour taper dessus. Je te recontacte si j'ai le temps, mais je préférerai que la porte s'ouvre toute seule.

Visiblement Eddy fut efficace. Une demi-heure après son coup de fil, il fut convié à attendre les résultats de l'analyse qui arriveraient incessamment.

**Labo** : Mr René. L'analyse du manteau a montré des fibres de chanvre. Dès que vous nous aurez fournis un échantillon de la corde, nous vous confirmerons la concordance.
**René** : Je vais en prendre sur pièces à conviction que j'ai conservé au commissariat sous scellés. Je reviens.
**Labo** : Nous ferons l'analyse immédiatement à votre arrivée. Ce sera notre priorité.
**René** : Ok, bon alors, je reviens très vite.
**René** téléphonant à André : Urgent. Tu vas me chercher la pièce à conviction 'Corde' et tu l'amènes aux laboratoires de la police judiciaire. À priori tu dis que c'est pour moi, c'est étonnant mais tu devrais être servi en premier.
**André** : Ils ne font plus les horaires de bureaux ?
**René** : Tente, je crois que je suis sur une bonne série.

André avait rejoint René au laboratoire de la Police et attendit avec lui, fébrilement. Plus tard, René, était aux anges Il avait les analyses, le manteau, la corde et la concordance.

**René** : André merci. Accompagne-moi, on va la coffrer ensemble.

## 57/ (Lundi) Mme piégée ?

Au Technocentre, Ghislaine prenait son premier café de la journée avec l'ensemble de son équipe. Quand René et André et deux policiers apparurent, accompagnés par Mr le directeur de l'établissement et du responsable de la sécurité, le personnel se dispersa, laissant une seule personne sur le devant de la scène.

**René** : Mme Thierrot, nous vous informons de votre mise en examen pour le meurtre de votre mari.

Ils s'enfermèrent dans une salle de réunion. Ils furent rejoints par Mr le directeur de l'ingénierie Mr Jean de Druy. Les deux policiers encadraient la suspecte.

**Ghislaine** : Mr le directeur, je ne comprends pas ?
**René** : Mme, je préférerai des aveux. Ce serait plus simple.
**Ghislaine** : Oui, naturellement, ce serait plus simple, et les prisons seraient pleines de personnes qui ont été contraintes par la police d'avouer n'importe quoi.
**Directeur** à René : Vous êtes absolument sûr de votre chef d'accusation ?
**René** faussement songeur : Meurtre, c'est le mot juste. Je maintiens.
**Directeur de l'ingénierie** Jean de Druy : Quand aurons-nous le résultat définitif de l'enquête ?
**René** : D'ici la fin de la semaine.
**Directeur de l'établissement** : je vais devoir trouver encore un ou une remplaçante au pied levé.
**Directeur de l'ingénierie** Jean de Druy : Quant à moi, Il serait dommage que je doive expliquer à Mr le président directeur général que le projet Koleos III prend du retard à cause de problème de jeu du taquin pour remplacer un collègue décédé et que sa remplaçante n'est qu'à mi-temps car on est aussi à la recherche de son remplacement. Le jeu des chaises musicales, ce

ne doit pas être le jeu de la roue de secours.
**René** : C'est sûr qu'expliquer à un fonctionnaire comme Mr Jean-Dominique Senart qu'un projet véhicule phare a pris du retard à cause d'un petit fonctionnaire de police, ça la fout mal.
**Responsable de la sécurité** : René. Je saisis l'ordinateur et vous suis au commissariat.

## 58/ (Mardi) Cellule

Ghislaine fut installée en cellule.

**René** : Bon je vous laisse réfléchir. Je dois appeler pour un avocat commis d'office.

René partit en sifflotant.

**René** demanda à André d'appeler un avocat, mais : Prends ton temps, ce genre de personne a l'habitude d'être obéis au doigt et à l'heure, alors ne lui faisons pas plaisir sur l'efficacité des services de police et confortons-là dans son délire.
**André** : Enfin, en général, c'est tout de même lent les procédures administratives.
René : Enfin André, tu es dans son camps ?
**André** : Tu sais ce que tu fais. Je suis en instruction. J'apprends tes méthodes.
**René** : Ouais eh bien ne retiens pas tout. Garde ton libre arbitre.

## 59/ (Mardi) Garde à vue

**L'avocat** arriva en retard : Je suis venu dès la fin de ma réunion. Mais côté adresse, vous auriez pu être plus précis.
**Ghislaine** : Ne demandez pas à la police de faire des miracles. Qu'ils commencent par arrêter les voleurs à la tire dans une impasse ce serait déjà beau.

René fit un clin d'œil à André.

**René** à l'avocat : Bon, on va vous laisser quelques minutes pour expliquer à votre cliente ses droits.
**Ghislaine** : Je ne suis pas une cliente, juste une accusée à tort.
**André** : Une suspecte alors dirons-nous en attendant la fin de la garde à vie, euh, à vue.

Ils s'éloignèrent et revinrent au signal de l'avocat. Tous les quatre s'installèrent dans la salle dédiée aux interrogatoires.

**René** : Mme Thierrot. Une dernière fois. Reconnaissez-vous le meurtre de votre mari ?
**Avocat** : Mme, toute garde à vue débute par cette phrase, c'est dans le manuel.
**Ghislaine** : Je plaide non coupable.
**René** : Quel est votre degré d'implication dans le meurtre ?
**Ghislaine** : Aucun.
**René** : Reconnaissez-vous avoir des amants ?
**Avocat** : Cela a-t-il un quelconque lien avec l'enquête ?
**André** : Oui, laissez-le continuer et demandez à votre cliente de répondre avec plus de coopération.
**Ghislaine** : C'est possible.
**René** : Je prendrai cela pour un oui.
**André** : Par exemple, combien depuis votre veuvage ?
**Avocat** : Je vous trouve bien indélicat. Elle est bouleversée.
**Ghislaine** : Un seul. Sous le regard catastrophé de son avocat.
**René** : Combien dans le mois qui a précédé votre veuvage.
**Ghislaine** : J'ai deux réguliers, ensuite quelques extras selon ma gourmandise.
**L'avocat** ne savait plus où se mettre : Mais enfin, pourriez-vous m'expliquer où vous voulez en venir ?
**André** à l'avocat plus spécialement : Mme Thierrot a communiqué des informations confidentielles à un de ses amants qui l'a diffusé largement.
**René** : Voyez-vous de quelle information nous parlons en ce moment ?
**Ghislaine** : Vous parlez certes mais ne donnez aucune information.
**Avocat** : Ce n'est pas faux.
**René** : Mme Thierrot a donné deux informations. Le mort a été

retrouvé pendu dans une cabine d'ascenseur. Mme Thierrot ?
**André** à avocat : Maître, pourriez-vous demander à votre cliente de nous fournir une explication convaincante.
**Avocat** à Ghislaine : Mme, si vous avez eu vent de ces informations, il vaut mieux collaborer. Ce n'est pas une accusation de meurtre, juste une diffusion d'information par erreur.
**Ghislaine** : Il y a peu, j'ai du passé ma visite médicale. J'ai dû en entendre parler par les infirmières.
**René** : Très forte. Nous allons vérifier.
**René** à André : Tu peux nous laisser et prendre ce sujet. Tu as toute ma confiance.
**René** à Ghislaine : Un policier écarté. Mais il reviendra avec les informations avant la fin de la garde à vue.
**Ghislaine** : Je collabore.
**René** : Continuons. Pourquoi un de vos manteaux porte-t-il des traces de chanvre ?
**Avocat** : Euh, vous m'expliquez ?
**René** : Mme Thierrot a compris, mais je fais un rappel pour vous. Le mort, marié à Mme Thierrot a été retrouvé pendu dans l'ascenseur avec une chaise bloquant la porte, censé donner le change pour l'hypothèse du suicide et aussi pour bloquer la porte de l'ascenseur, donc son appel à partir d'un autre étage.
**Avocat** : Et ?
**René** : Le chanvre est le matériau composant la corde. Le chanvre est comme un cheveu sur une tête. Il en perd. Des brins de chanvre ont été retrouvé sur un des manteaux de Mme Thierrot.
**Avocat** : Mais s'il était pendu, pourquoi chercher une coupable ?
**René** : Parce que j'ai prouvé que le suicide était impossible. Additionnez tous les centimètres que vous voulez, il est mathématiquement impossible que Mr Thierrot ait pu attacher la corde en hauteur tout seul. CQFD.
**Avocat** : Ah !
**René** à Ghislaine : Donc Mme Thierrot. Le suicide ayant été écarté, il nous reste donc le meurtre et vous.
**Ghislaine** : Je ne comprends pas.
**René** : Vous cherchez encore à gagner du temps. Soit. Nous avons trouvé du chanvre sur le manteau que vous avez confié au pressing de la Ruche. L'analyse des échantillons corresponds à ceux de la

corde. C'est une preuve.
**René** à avocat : Cette fois-ci c'est bel et bien fini. Je suis contraint par les procédures, malgré la non-collaboration persistante de votre cliente de tendre la main une ultime fois.
**René** à Ghislaine : Mme Thierrot : Reconnaissez-vous votre implication directe dans le meurtre de votre époux ?

René se levant, en passe de quitter provisoirement la pièce.

**Ghislaine** : Attendez, on attend encore le retour de l'inspecteur André.
**René** : Cela ne changera rien et vous le savez.
**André** revint : Mme Thierrot a eu tort de vouloir m'attendre. Son rendez-vous à l'infirmerie a eu lieu après la publication et la diffusion du tract. Je reboucIerai avec les infirmières pour lui enlever ses dernières illusions.
**René** à avocat : Expliquez-vous avec la suspecte. Ensuite, si vous le souhaitez, vous assurerez la défense de l'accusée.

Quelques minutes plus tard, Ghislaine demanda à parler.

**Ghislaine** : Je collabore. J'ai tué mon mari.
**René** : Pourquoi ? Et pourquoi maintenant ?
**Ghislaine** : Je suis italienne. Je viens d'un milieu modeste. J'ai des ambitions. Je voulais réussir. Je voulais habiter à Versailles. Mais une fois établie, je n'étais que son faire-valoir. Mais j'ai un appétit. Il ne me faisait pas grimper au rideau comme vous dites. Alors j'ai fait comme ces bourgeoises, j'ai pris un alternatif.
**René** : Ça durait depuis longtemps ?
**Ghislaine** : Notre mariage a duré deux ans. Chacun de nous deux craignait le divorce. Lui car cela ne se faisait pas dans son milieu. Moi j'aimais le confort et le luxe. Alors j'ai été discrète et j'ai cherché des plaisirs compensatoires.
**René** : Et pourquoi maintenant ?
**Ghislaine** : Il voulait me couper les ailes. Il ne souhaitait plus être cocu. Allez savoir pourquoi. Je tenais mon rôle de femme versaillaise comme convenu. Allez savoir ce qui se passe dans la tête d'un homme trompé, mais pas à son insu. Mauvais perdant

surtout.
**René** : Donc le meurtre vous a paru la meilleure solution.
**Ghislaine** : Oui, Aucun de nous deux ne souhaitait le divorce. Vous auriez eu une autre solution à proposer, à posteriori ?
**René** : Le fait que vous ne trouviez pas de solution n'autorise pas pour autant le meurtre.
**Ghislaine** : Vous êtes trop compliqué. Pourquoi ne pas opter pour la simplicité ?
**René** à avocat : Elle est inculpée. Voyez avec elle les détails de sa défense.

## 60/ (Mercredi) Police

René et Eddy était content de leur journée, bien remplie.

**André** : Je ne suis pas fâché d'en finir avec cette affaire.
**René** : Oui, on peut voir ça comme cela.
**André** : Quoi ? Ce n'est pas elle la meurtrière ?
**René** : Oh ça si, pas d'inquiétude, la veuve noire est sous les verrous.
**André** : Alors quoi ? J'ai loupé une marche ?
**René** : Disons que la partie visible de l'iceberg est résolue. Mais il va falloir nager en eau trouble pour le reste.
**André** : Je ne comprends plus rien chef.
**René** : Cela ne fait pas partie de la formation inspecteur. Mais de la formation des dettes qu'on a envers ses amis.
**André** : On va devoir s'occuper de Eddy ?
**René** : Ouais. Et j'aurai bien besoin d'un bon verre de whisky.

## 61/ (Mercredi) Chez Sœurette

Sœurette avait du impromptuement faire des courses pour un dîner buffet improvisé. Les invités arriveraient au fur et à mesure qu'ils pourraient se libérer.

**Sœurette** à René : Tu n'as pas confiance en moi ?

**René** : Je te confierai ma vie. Mais je conserve mon pistolet de service par sécurité supplémentaire.
**Sœurette** : Ton humour devient grave.
**René** : Non, c'était un indice.
**Sœurette** : Eddy ? Et donc Suze.
**René** : Cellule de crise. J'ai convoqué la cavalerie.

Il y avait René et André. Sœurette et Kawaii. Green Lantern et Mata Hari. Kokeshi logeant avec Suze n'avait pas souhaiter se libérer. Sœurette en faisait toujours trop. Il resterait beaucoup de sushis, sashimis et maquis. René était aux anges (plutôt le contraire).

**René** : Les filles étant en majorité, je vous laisse la parole.
**Kawaii** : Alors je résume la situation. Eddy a décidé contre l'avis de Suze, de devenir l'assistant de la suspecte pour la faire tomber. Elle l'a invitée chez elle et il a accepté. Il a passé la nuit chez elle. Ce sont les faits. Je ne ferai pas d'allégation sur ce qui s'est passé dans la tête de Suzie.
**René** : J'ajoute comme précision qu'à partir du moment où il est entré dans la maison de la criminelle, il a été drogué. Mais cela n'excuse pas tout.
**Mata Hari** : Bon il a couché. Et alors ? Moi cela m'arrive tous les soirs, et je ne porte pas plainte.
**Kawaii** : Mata Hari, j'ai changé de vie pour André. Eddy et Suze avait un autre accord.
**Green Lantern** : On sait que Eddy a fait quelques écarts, n'est-ce pas Mata ?
**Mata Hari** : C'est une rumeur récurrente. Rien de plus.
**Sœurette** : Euh, on parle de mon frérot là ?
**René** : Sœurette, On tente de les rabibocher.
**Sœurette** : Pourquoi ? Puisqu'il trompe l'amour de sa vie ?
**René** : Sœurette. Ils s'aiment.

Sœurette s'éloigna en haussant les épaules. Décidément la vie en couple était compliquée. Chez elle et chez les autres aussi.

**Kawaii** : Mata Hari. Pour ton info Suze sait ce que tu as fait avec Eddy.

**Green Lantern**: C'est juste un chouette gars lâché dans un magasin de bonbons.
**Mata Hari**: Il n'avait qu'à dire non !
**Green Lantern**: Il nous a beaucoup aidé. Il ne l'a jamais fait avec une quelconque arrière pensée.
**Sœurette** sortant de la salle de bain et entrant dans la chambre : C'est sûr qu'au lit, il n'y a guère le temps pour des arrières pensées.
**Kawaii**: Grâce à lui, on est autre chose qu'un groupe d'Escortes.
**Mata Hari**: Mais on ne parle pas de cela. Il a trompé Suze.
**René**: Qui m'a aidé quand Moi et Sœurette étions en crise ?
**Mata Hari**: Tu ne t'étais pas éloigné de Sœurette. Il a juste profité de la situation sans aucune ambiguïté.
**André**: Mata Hari. Serais-tu contre notre tentative de les réconcilier ?
**Mata Hari** : Je suis contre le mensonge. S'ils s'aiment, ils se remettront naturellement.
**Green Lantern**: Je vote pour les aider.
**Kawaii**: Moi aussi.

On rappela Sœurette pour le vote. Mata Hari regardait Sœurette.

**René**: Sœurette, ton vote est primordial.
**Sœurette** songeuse: Eh bien, je n'avais pas une grande estime de mon frère, mais force est de constater qu'il a ses fans. Et je pense qu'ils forment un joli couple avec Suze. Je l'ai trop souvent rabaissé. S'il vous plaît. Aidez-le.
**Mata Hari**: Mon vote ne compte pas. Mais je vous suis, même si vous ne me comprendrez jamais.
**René**: Donc à l'unanimité, on passe à la phase 'recherche d'un plan de réconciliation'.

Les filles reprirent des mets japonais crus. Sœurette apporta le saké chaud et le saké froid. Cela convenait mieux à René et André.

**André**: S'il vous plaît. J'aimerai dire un mot.
**André** après une courte: Je suis avec Kawaii. J'espère que cela durera longtemps. Mais je pense que je peux comprendre un peu Eddy.

**André** : Je ne me serais pas mis en couple avec Kawaii si elle avait persisté dans son petit commerce. Je pense que Eddy traverse une crise en lien avec cette difficulté.
**Mata Hari** : En clair, pourquoi n'a-t-elle pas décrochée ?
**Green Lantern** : Au début, les finances sont importantes. Ensuite aussi. Et puis Détective, est-ce que cela paie bien ?
**Kawaii** : Avec André, on a fait des calculs. Savoir si on s'en sortirait. Je souhaite trouver un 'vrai' travail. Et on en a aussi vraiment besoin.
**Sœurette** : S'il vous plaît ne confondez pas Amour et Argent. Ils s'aiment.
**René** : En clair elle a sa profession et on suppose que cela tape sur le système de Eddy. D'où éventuellement ce serait une explication à ses écarts ?
**Mata Hari** : C'est possible.

Green Lantern et Kawaii hochèrent la tête en signe d'acquiescement.

**André** : Donc ?
**Kawaii** : Donc, si Eddy a fauté, la solution passe aussi par Suze, Car Eddy n'est pas aussi fort qu'il le prétend.
**Mata Hari** : Ce n'est pas pour rabâcher, mais oui il a fauté, et pas qu'avec moi.
**Green Lantern** : Quelle situation serait acceptable par les deux ?
**Kawaii** : La question essentielle : Pensez-vous que Eddy sera 'calmé' si Suze se retire ?
**André** : Je suis en accord avec Kawaii. Nous avons ainsi le même avis féminin et masculin.
**Mata Hari** : Je donne 10% de plus de mes gains pour la bonne réussite de ce projet.
**Green Lantern** : Acceptera-t-elle de prendre du recul, mais sa place est indéboulonnable. Elle doit rester notre mère.
**Kawaii** : Je vote pour. Mais comment l'en convaincre. Et comment être sûr de Eddy ?
**René** : Donc si je comprends. Vous pensez que Suze doit stopper son commerce. Et qu'il faut demander à Eddy de devenir enfin fidèle car il n'aura plus jamais aucune excuse.
**Mata Hari** : Une sorte de contrat de mariage ?

**André** : Écoutez les filles. Vous êtes son premier cercle. À vous d'œuvrer. Et à René de travailler Eddy au corps, pas trop en frontal tout de même.
**Sœurette** : La politique et la manipulation, ce sera toujours une histoire de femme. Laissez-moi faire.

Bien que tout le monde ne soit pas convaincu de la vocation diplomatique de Sœurette, personne ne proposa mieux et tous appréciait la nouvelle position de Sœurette, et la coopération positive de Mata Hari.

En quittant la maison de René, **Kawaii** interpella Sœurette : Dis, c'est quoi l'adresse de ton traiteur japonais ?

## 62/ (Dimanche) Sœurette & René

**René** : Mais pourquoi t'es-tu proposée ?
**Sœurette** : Vous avez tous une activité, plus ou moins recommandable. Femme au foyer, tu penses que c'est mon CV ?
**René** : On ne cause pas de CV, mais de vie de couple.
**Sœurette** : Tu crois que je me suis proposé pour plomber mon frère ou sa dulcinée, ou leur couple ?
**René** : Non, je pense seulement que tu ne sais pas où tu as mis les pieds.
**Sœurette** : Tu désapprouves ?
**René** : Oui, totalement, mais impossible de faire marche arrière. Donc ce sera une marche en avant.
**Sœurette** : Tu n'as aucune confiance en ta femme ?
**René** souriant : Si, quand on sera marié.
**Sœurette** : Pourrais-tu m'aider pour un double plan ?
**René** : Que pourrai-je refuser à ma future femme ?

## 63/ (Dimanche) Plan

**René** : Que comptes-tu faire ?
**Sœurette** : Le problème est Suzie, pas Eddy. Lui est facilement manipulable. Je le sais depuis toute jeune. Mais plus depuis l'arrivée de sa belle.
**René** : Ton plan Suze alors ?
**Sœurette** : Difficile de savoir à l'avance comment elle va réagir. Cela dépendra aussi de son humeur.
**René** : Ton plan merdique alors ?
**Sœurette** : Avoir une conversation de femme à femme.
**René** : As-tu compris que tu n'es pas comme elle, ou elles. Tu n'es pas de leur monde.
**Sœurette** : Une femme reste une femme.
**René** : Tu es ma belle. Mais pour le salut de cette opération, je m'occupe de Suze.
**Sœurette** : Tu ne me fais pas confiance.
**René** : Pour foutre le bordel si. Pour sauver Eddy et Suze, désolé mais non.
**Sœurette** : Tu me vexes.
**René** : Donnes-moi ton plan Eddy. Je te donnerai mon plan Suzette.
**Sœurette** : Ok. Je vais demander à Eddy s'il aime vraiment sa Suze. Il répondra oui je pense. Alors je lui demanderai pourquoi il se comporte de manière aussi libertine alors qu'il a une relation sérieuse réciproque avec une autre femme qu'il clame aimer.
**René** : C'est un excellent début.
**Sœurette** : Merci, et toi avec notre belle-sœur ?
**René** : Elle n'est pas née de la dernière pluie. Il va falloir que je croie en mes arguments.
**Sœurette** : Le fil rouge ?
**René** : Son travail. Si je parviens à la focaliser sur son activité et la réticence de Eddy, alors j'aurai peut-être une chance.
**Sœurette** : Et donc ? Optimiste ou Pessimiste ?
**René** : Je ne sais pas. Mais on doit passer par là.
**Sœurette** : A qui 'on' parle en premier ?
**René** : En parallèle, mais pas par téléphone, trop impersonnel, et on se retrouve le bec dans l'eau s'il raccroche.

**Sœurette** : Quand ?
**René** : On est dimanche. C'est aujourd'hui !
**Sœurette** : Je prends la voiture.
**René** : Je prends une voiture de patrouille.
**Sœurette** : Bonne chance.

## 64/ (Dimanche) Plan activé (Eddy) Sœurette

Sonnette à l'appartement de Eddy. Il ouvrit. Il n'attendait pas Suze, mais son esprit en était rempli. À la place sa Sœurette.

**Sœurette.** : Entre Sœurette. Que me vaut ta visite ?
**Sœurette** : Et si je te disais que je passais ici par hasard ?
**Eddy** : Oui, et ce sont les marmottes qui ferment les tablettes des chocolat Milka.
**Sœurette** : Tu en es où avec Suze ?
**Eddy** : Voilà l'explication. Qui est derrière ? Suze ou René ?
**Sœurette** : Nous tous sauf Suze ? Ça te va ?
**Eddy** : Et tu veux savoir quoi ?
**Sœurette** : Par exemple, pourquoi tu la trompes à tout va ?
**Eddy** : Je la trompe ?
**Sœurette** : Je ne connais pas chiffres ? Tu nies ou tu admets ?
**Eddy** : Ça se pourrait.
**Sœurette** : Je prends cela pour un 'oui'. Quelle serait ton excuse ?
**Eddy** : Personnelle.
**Sœurette** : Tu veux te remettre avec elle ou non ?
**Eddy** : La réponse est sans ambiguïté. Oui.
**Sœurette** : 1/ Pourquoi la trompes-tu ? 2/ Pourrais-tu arrêter ?
**Eddy** : Elle a un métier qui me met à cran.
**Sœurette** : C'est tout ?
**Eddy** : N'est pas une raison suffisante pour péter un câble de temps à autre ?
**Sœurette** : Si la cause disparaît ? Alors tu te tiendras sage, frérot ?
**Eddy** : Bien sûr.
**Sœurette** : Réfléchis bien. On s'est tous et toutes associés pour vous rabibocher. En as-tu conscience ?
**Eddy** : Mais je l'aime !

**Sœurette** : On te surveillera. Et ce n'est pas une promesse en l'air !

**65/ (Dimanche) Plan activé (Suzie) René**

**René** : Que comptes-tu faire ?

Suzette (avec Kokeshi) avait bien entendu les sirènes, mais sûrement une ambulance ou les pompiers. Puis quelqu'un frappa à la porte de l'appartement. Elle ouvrit.

**René** : Euh, bonsoir Suze.
**Suze** : J'avais prévu de me coucher tôt alors non tu n'es pas le bienvenu.
**Kokeshi** : Suzie. Je viens de recevoir une proposition de rencard. J'ai accepté. Avec l'enquête les fonds ont plongé. Ai-je bien fait d'accepter ?
**Suze** : Kokeshi, tu fais déjà partie de la famille. Je t'ai adoptée.
**Kokeshi** : J'ai découvert autre chose. Je n'ai pas envie de faire marche arrière. Je reste et vais aller chercher mon salaire. Allez zou Suze. A plus tard.
**René** : Suze, tu ne m'as pas invité à entrer ?
**Suze** : Parce je ne suis pas sûr d'y avoir envie.

Kokeshi quitta l'appartement.

**René** : Puis-je entrer ?
**Suze** : Ça changera quelque chose ?
**René** : Ça changera tout.
**Suze** : Entre, menteur.

Dans le salon. Suze préparait du thé.

**René** : Je suis là pour Eddy.
**Suze** : Alors tu t'es trompé d'adresse.
**René** : Je suis là pour le couple Eddy & Suze.
**Suze** : Même réponse.
**René** : Je suis ici à la demande de tes filles.

**Suze** : Qu'elles ne s'en mêlent surtout pas !
**René** : Je ne peux pas.
**Suze** : Je souhaite la tranquillité. J'ai assez donné.
**René** : Je me permets d'insister, Suzie, il y a eu unanimité pour vous recoller.
**Suze** : Faut être deux pour vivre une histoire d'amour en longueur dans le temps.
**René** : Faut aussi être deux pour se remettre en cause et définir de nouvelles bases.
**Suze** : ???
**René** : Comme je te disais. On a causé. Ta famille incluse.
**Suze** : Il m'a trompé !
**René** : Oui, on sait…
**Suze** : Mais c'est secondaire, c'est cela ?
**René** : Pas pour moi. On a cherché non pas à comprendre, mais à trouver une solution.
**Suze** : Vous en savez plus que Eddy et Suze sur notre couple ?
**René** : Disons que je ne suis pas un expert, mais que tout le monde vous aime. Il ne s'agit pas d'une seconde chance. Mais que vous redeveniez nos égéries.
**Suze** : Et lui ?
**René** : Je te dirai bien que c'est un sacré connard qui se morfond dans son déshonneur. Mais je n'ai pas la charge de le ramener à la raison. À chacun sa croix.
**Suze** : Il m'a trompé !
**René** : Oui. Mais il te jugeait volage, par profession.
**Suze** : Je bossais. Jamais moi je n'ai couché avec un autre sans le faire payer.
**René** : Et si vous arrêtiez chacun des deux cotés ?
**Suze** : Que je devienne comme Kawaii, que je respecte énormément par ailleurs.
**René** : Oui, si vous deveniez un couple sans embrouille.
**Suze** : Tu y crois ?
**René** : On y croit, nous.
**Suze** : Tu veux que je te croie ?
**René** : Oui.
**Suze** : On va être sous surveillance ?
**René** : En fait surtout lui.

**Suze** : Il a signé l'accord ?
**René** : Demande à Sœurette.
**Suze** : Alors, oui, je vous fais confiance à tous les deux.

**66/ (Dimanche suivant) chez Mam**

Eddy et Suze ne s'étaient pas croisé depuis les négociations croisées. Mam étrennait sa nouvelle table. Elle l'avait achetée comme la précédente sur 'Le Bon Coin'. Il y avait René et Sœurette. André et Kawaii (presque une belle-fille par ricochet.) Green Lantern, Kokeshi, Mata Hari et Eddy et Suze, et Mam naturellement. 9 personnes.

**Mam** : Je vous ai préparé une de mes spécialités. La blanquette de veau. Simplement traditionnelle, et terriblement délicieuse. Comme je vous connais, il y aura deux ou trois bouteilles de Bourgogne, mais laissez-m' en un peu. Du Bourgogne s'entend.

Le repas se déroula idéalement. On parla peu de l'affaire à peine close.

**Suze** : J'ai une grande nouvelle à vous annoncer.
**Tous** sauf un : Super, oui, on veut savoir et on t'écoute.
**Suze** : Je vous annonce que je change de profession.

Sourires des filles.

**Suze** : Je vais ouvrir une agence de détectives privées. René. Tu penseras à moi ?